AUTORITÉ

La trilogie du Rempart Sud **

Né en 1968, Jeff VanderMeer a grandi dans les îles Fidji et vit maintenant en Floride avec sa femme. Auteur, éditeur et professeur de *creative writing*, il est traduit dans plus de vingt langues, et ses romans ont remporté les plus grands prix spécialisés (Nebula, Rhysling, British Fantasy, World Fantasy, Shirley Jackson). Son premier roman, *La Cité des Saints et des Fous*, qui reparaîtra Au diable vauvert, a reçu en France le prix du Cafard cosmique 2007. Fortement attendue, l'adaptation au cinéma d'*Annihilation* par Alex Garland avec Natalie Portman et Jennifer Jason Leigh est produite par Paramount.

Paru au Livre de Poche :

LA TRILOGIE DU REMPART SUD

1. Annihilation

JEFF VANDERMEER

Autorité

La trilogie du Rempart Sud **

TRADUIT DE L'ANGLAIS (ÉTATS-UNIS) PAR GILLES GOULLET

AU DIABLE VAUVERT

Titre original :

AUTHORITY

Published by arrangement with Farrar, Straus and Giroux, LLC, New York.

ISBN : 978-2-253-18379-2 – 1re publication LGF

Pour Ann

INCANTATIONS

000

Dans les rêves de Control, c'est le petit matin, avec juste une pointe de lumière dans le bleu profond du ciel. Du haut d'une falaise, il plonge le regard dans un abîme, une baie, une crique. Cela change toujours. Sa vue s'enfonce à des kilomètres dans l'eau calme. Il y voit des monstres marins glisser, comme des submersibles, des orchidées en forme de cloche ou les larges coques de navires, silencieux et toujours en mouvement, d'une taille dégageant un sentiment de puissance tel que, même tout en haut de cette falaise, il perçoit le chaos provoqué par leur passage. Il regarde des heures durant ces formes, leurs mouvements, à l'écoute des murmures qui montent jusqu'à lui… puis il tombe. Lentement, trop lentement, il tombe en silence dans l'eau sombre, sans ride ni éclaboussure. Et il continue de tomber.

Cela lui arrive parfois éveillé, comme s'il n'avait pas été assez attentif, et il prononce alors intérieurement son propre nom jusqu'à ce que le monde réel revienne à lui.

001 : Chute

Premier jour. Le début de sa dernière chance.

« Ce sont les survivantes ? »

Debout près de la directrice adjointe du Rempart Sud derrière la glace sans tain tachée, Control regardait les trois personnes installées dans la salle d'interrogatoire. Les trois femmes revenues de la douzième expédition dans la Zone X.

La directrice adjointe, une grande quadragénaire noire et mince, ne répondit pas à sa question. Control n'en fut pas surpris : depuis qu'il était arrivé ce matin-là, après avoir pris son lundi pour s'installer, elle ne lui avait pas adressé la moindre parole superflue. Ni le moindre regard superflu, sauf quand il lui avait dit, en même temps qu'au reste du personnel, de l'appeler « Control » et non « John » ou « Rodriguez ». Elle avait marqué un temps d'arrêt avant de répondre : « Dans ce cas, appelez-moi Patience et non Grace », au grand mais discret amusement de l'assistance. Il trouva intéressant qu'elle passe de son véritable nom à un autre ayant de surcroît une signification différente. « Aucun problème, je peux vous appeler juste Grace », avait-il dit avec la certitude qu'elle n'apprécierait pas. Elle avait paré le coup en se référant uniquement à lui comme au directeur « suppléant ». Elle n'avait pas tort : il existait, entre sa gérance à elle et sa propre ascension, un fossé, une vallée de temps et de formulaires à remplir, de procédures à suivre, la recherche et l'embauche de personnel. Dans l'intervalle, la question de l'autorité ne serait sans doute pas très claire.

Mais Control préférait ne penser à elle, ni comme patience, ni comme grâce. Il préférait penser à elle comme à une abstraction, sinon une obstruction. Elle lui avait fait regarder une vieille vidéo d'orientation sur la Zone X, vidéo qu'elle savait forcément sommaire et obsolète. Elle avait déjà clairement laissé entendre que leur relation serait basée sur l'animosité. Du moins en ce qui la concernait.

« Où les a-t-on trouvées ? » lui demanda-t-il, alors qu'il voulait en réalité savoir pourquoi on ne les avait pas séparées. Parce que vous manquez de discipline, parce que votre service part à vau-l'eau depuis longtemps ? À présent, l'eau inonde le sous-sol, qu'elle est en train de ronger.

« Lisez les dossiers », répondit-elle, en sous-entendant clairement qu'il devrait déjà les avoir lus.

Et elle quitta la pièce.

En laissant Control seul face aux dossiers sur la table devant lui… et aux trois femmes derrière la glace sans tain. Bien sûr qu'il les avait lus, mais il avait espéré déjouer les défenses de la directrice adjointe, peut-être savoir ce qu'elle en pensait. Même s'il avait également lu certaines parties de son dossier à elle, il n'arrivait toujours à ne cerner d'elle que la manière dont elle réagissait avec lui.

Sa première journée complète n'avait commencé que depuis quatre heures et déjà il se sentait contaminé par cet étrange bâtiment miteux, avec sa moquette verte usée et les opinions vieux jeu des quelques membres du personnel qu'il avait rencontrés. Une impression de déclin imprégnait tout, le soleil lui-même n'entrait qu'à contrecœur par les hautes fenêtres rectangulaires.

Control portait sa tenue habituelle : blazer et pantalon noirs, chemise blanche, cravate bleu clair, chaussures noires cirées par ses soins le matin même. Il se demandait à présent pourquoi il s'était donné cette peine. Il n'aimait pas avoir de telles pensées, parce qu'il n'était pas au-dessus de tout cela – il en était *à l'intérieur* –, mais elles se laissèrent difficilement réprimer.

Il prit son temps pour observer les trois femmes, même si leur apparence ne lui apprenait pas grand-chose. On leur avait donné les mêmes uniformes génériques, qui évoquaient vaguement à la fois un soldat et un concierge. On leur avait rasé la tête, comme si elles avaient été victime d'une contamination, par exemple de poux, et non de quelque chose de plus inexplicable. Elles avaient sur le visage la même expression, ou plutôt n'en avaient aucune. Ne pense pas à elles par leurs noms, s'était-il dit dans l'avion. Laisse-les tout d'abord ne porter que le poids de leur fonction. Puis complète le reste. Mais Control n'avait jamais été doué pour garder ses distances. Il aimait fouiller, essayer de trouver un niveau où les détails l'éclairaient sans le submerger.

On avait retrouvé la géomètre chez elle, installée dans un fauteuil sur sa terrasse.

L'anthropologue avait été découverte par son mari médecin en train de frapper à la porte de service de son cabinet.

Quant à la biologiste, on l'avait récupérée dans un terrain vague envahi de végétation à quelques rues de son domicile, le regard fixé sur un mur en brique délabré.

Tout comme les membres de l'expédition précédente, aucune d'elles n'avait le moindre souvenir de la manière dont elles étaient ressorties de la Zone X, en avaient retraversé l'invisible frontière. Aucune d'elles ne savait comment elle avait évité les clôtures, barrières et autres obstacles installés par les militaires autour de cette frontière. Aucune d'elles ne savait ce qu'était devenu le quatrième membre de leur expédition, la psychologue, qui était en réalité la directrice du Rempart Sud et avait décidé de conduire incognito cette expédition malgré toutes les objections soulevées.

Aucune d'elles ne semblait se souvenir de quoi que ce soit.

Ce matin-là, alors qu'il prenait son petit-déjeuner dans la cafétéria, Control avait regardé par la grande baie vitrée la cour et sa profusion de tables en pierre, puis les gens dans la file d'attente… trop peu nombreux, semblait-il, pour un si vaste bâtiment. « Pourquoi, avait-il demandé à Grace, tout le monde est-il si peu excité qu'on ait récupéré l'expédition ? »

Elle avait eu pour lui un regard d'une patience à toute épreuve, comme pour un élève particulièrement lent dans une classe de rattrapage. « À votre avis, Control ? » Elle avait déjà réussi à conférer une certaine ironie à son nom, donnant ainsi à Control l'impression d'être le plomb d'une des cannes à mouche de son grand-père et donc voué à la vase du fond de dizaines de lacs. « On a déjà connu tout ça avec les membres de l'expédition précédente. Ils ont subi neuf mois d'interrogatoire qui ne nous ont rien appris. Et ils étaient mourants pendant tout ce temps. Ça vous ferait vous sentir comment, vous ? » De longs mois de désorientation, avant de succomber à une forme particulièrement maligne de cancer.

Il avait répondu d'un lent hochement de tête. Bien sûr, elle avait raison. Il avait vu son père emporté par le cancer. Il n'avait pas réfléchi à l'effet que cela avait pu avoir sur le personnel. Pour lui, c'était encore une abstraction, de simples mots dans un rapport lu à bord de l'avion.

Là, dans la cafétéria, la moquette devenait vert foncé, et s'y détachait en vert clair un motif à base de flèches stylisées pointant toutes vers la cour.

« Pourquoi n'y a-t-il pas davantage de lumière ici ? avait-il demandé. Où va toute la lumière ? »

Mais Grace n'acceptait plus de répondre à ses questions pour le moment.

Quand l'une des trois – la biologiste – tourna d'un rien la tête pour plonger son regard dans la glace sans tain comme si elle le voyait, Control esquiva ce regard avec une espèce d'embarras à retardement. Lui-même examinait les trois femmes d'une manière impersonnelle, professionnelle, mais qui n'en donnait sans doute pas l'impression, même si elles se savaient observées.

On ne l'avait pas prévenu qu'il passerait sa première journée à interroger des gens désorientés de retour de la Zone X, ce que Central devait pourtant bien savoir en lui proposant le poste. Les membres de l'expédition avaient été récupérés presque six semaines auparavant, subi un mois de tests au sein d'un camp de traitement dans le Nord, puis été transférés au Rempart Sud. Tout comme on l'avait lui-même envoyé d'abord à Central pour deux semaines de briefings, blancs compris, journées entières glissant dans l'oubli sans qu'il se passe rien de notable, comme si cela était prévu depuis le début. Puis tout s'était accéléré et il avait eu une impression d'urgence.

Cela faisait partie des détails qui le baignaient d'une vaine exaspération depuis son arrivée. La Voix, son principal contact dans les échelons supérieurs, avait laissé entendre lors d'un des premiers briefings qu'il s'agissait d'une affectation facile, avec des antécédents comme ceux de Control. Le Rempart Sud était devenu une agence rétrograde et de seconde zone, gardienne d'un secret en sommeil dont plus personne ne semblait vraiment se soucier, l'accent étant mis sur le terrorisme et l'effondrement écologique. La Voix avait, à sa manière bourrue, décrit sa mission comme consistant « dans un premier temps » à « s'acclimater, évaluer, analyser, puis creuser profond », ce qui ne ressemblait pas à ce dont on le chargeait depuis quelque temps.

Sa carrière, il est vrai en dents de scie, Control l'avait débutée comme agent de terrain affecté à la surveillance de cellules terroristes sur le territoire national. On l'avait ensuite propulsé à la synthèse de données et à l'analyse organisationnelle – au moins deux dizaines d'affaires que leurs ressemblances rendaient banales et dont il n'avait pas le droit de parler. Des affaires invisibles pour le grand public : l'histoire secrète de rien du tout. Mais de plus en plus, il était devenu le réparateur, surtout parce qu'il semblait plus apte à identifier les problèmes spécifiques des autres qu'à gérer les siens. À trente-huit ans, il avait désormais cette réputation, en admettant qu'il en ait une. Cela signifiait qu'il n'était pas nécessaire de rester jusqu'au bout, même si c'était justement ce qu'il voulait à présent : mener quelque chose à son terme. Le problème, c'était que personne n'aimait vraiment un réparateur – « Hé, je vais vous montrer que vous vous y prenez mal dans votre boulot » – surtout si on pensait que celui-ci avait depuis longtemps besoin d'être réparé.

Cela commençait toujours bien, même si ça ne finissait pas toujours ainsi.

La Voix avait de surcroît oublié de mentionner que la Zone X se situait derrière une frontière que personne ne paraissait comprendre, même au bout de trente et quelques années. Non, il ne l'avait appris qu'en étudiant les dossiers et en visionnant l'inutile vidéo d'orientation, qui lui avait fourni les mêmes renseignements.

Il ignorait aussi que la directrice adjointe lui en voudrait à ce point de remplacer la directrice disparue. Il est vrai qu'il aurait dû s'en douter : d'après les bribes d'information présentes dans son dossier personnel, elle venait d'une famille de la petite classe moyenne, avait tout d'abord fréquenté une école publique, avait dû travailler plus dur que beaucoup de monde pour se retrouver à son poste actuel. Alors que Control arrivait entouré de chuchotements le disant membre d'une espèce de dynastie invisible, ce qui engendrait naturellement l'animosité. On ne pouvait le nier, même si, vue de près, cette dynastie ressemblait davantage à une franchise en déclin.

« Elles sont prêtes. Venez avec moi », lui ordonna Grace, qui venait d'apparaître sur le seuil.

Il existait, il le savait, plusieurs manières de briser l'opposition, ou la volonté, d'un collègue. Sans doute lui faudrait-il les essayer toutes.

Control prit deux des trois dossiers posés sur la table et, le regard désormais rivé à celui de la biologiste, les déchira par le milieu, sentant leur résistance dans ses paumes, avant de les lâcher dans la corbeille à papier.

Il entendit une sorte de bruit étranglé dans son dos.

Il se retourna alors, affrontant en face toute la puissance de la colère muette de la directrice adjointe. Mais il vit aussi de la méfiance dans son regard. Parfait.

« Pourquoi continuez-vous à conserver des dossiers papier, Grace ? demanda-t-il en avançant d'un pas.

— La directrice y tenait. Vous avez fait ça dans un but précis ? »

Il ignora sa question. « Grace, pourquoi est-ce que ça vous dérange, vous et les autres, d'utiliser les mots *alien* ou *extraterrestre* pour parler de la Zone X ? » Ils le dérangeaient aussi. Parfois, depuis qu'on lui avait exposé la vérité, il sentait s'ouvrir en lui un gouffre énorme rempli de ses propres hurlements et glapissements incrédules. Mais il ne l'avouerait jamais. Il avait un visage de joueur de poker : ses parents et copines le lui avaient dit, et même des inconnus. Environ 1,80 m. Impassible. Carrure musclée et compacte d'athlète : il pouvait courir des kilomètres sans se fatiguer. Il s'enorgueillissait de manger sain et de faire assez d'exercice, même s'il appréciait le whisky.

Elle campa sur ses positions. « Personne n'en est sûr. Ne jamais préjuger des preuves.

— Même après tout ce temps ? Je n'ai besoin d'en interroger qu'une.

— Pardon ? »

La résistance entre ses mains s'était transformée en une résistance dans la conversation.

« Les autres dossiers ne me serviront à rien, car je n'ai besoin de poser de questions qu'à une seule d'entre elles.

— Il faut que vous interrogiez les trois. » Comme si elle ne comprenait pas encore tout à fait.

Il pivota pour ramasser le dossier restant. « Non. Seulement la biologiste.

— C'est une erreur.

— Sept cent cinquante-trois n'en est pas une. Ni sept cent vingt-deux. »

Les yeux de la femme se plissèrent. « Vous avez quelque chose qui ne tourne pas rond.

— Gardez la biologiste », ordonna-t-il en l'ignorant, mais en adoptant sa syntaxe. *Je sais quelque chose que tu ne sais pas*. « Renvoyez les autres dans leurs quartiers. »

Grace le regarda comme s'il était une espèce de rongeur face auquel elle hésitait entre dégoût et pitié. Elle finit par hocher la tête avec raideur avant de sortir.

Il se détendit, laissa ses poumons se vider de leur air. Même si elle avait accepté ses ordres, elle contrôlerait encore le personnel pendant une ou deux semaines, pouvait encore lui mettre mille bâtons dans les roues avant qu'il soit pleinement intégré.

Était-ce de l'alchimie ou une véritable magie ? Se trompait-il ? Et cela avait-il de l'importance, puisque, s'il se trompait, chacune était de toute manière exactement comme les autres ?

Oui, ça en avait.

C'était sa dernière chance.

Sa mère le lui avait dit avant qu'il vienne.

*

La mère de Control lui faisait souvent l'impression d'un éclair au loin dans le ciel nocturne. Présente à un moment et absente le suivant, absente puis présente, et dont on se souvenait toujours ; on se demandait peut-être ce qui s'était passé, ce qui avait causé cette lumière. Mais on ne pouvait pas vraiment la *connaître*.

Fille unique d'un agent secret, Jackie Severance avait embrassé la carrière paternelle et s'y était distinguée : elle évoluait à présent à des niveaux bien supérieurs à tous ceux atteints par son père, Jack Severance, pourtant maintes fois décoré. Il l'avait élevée de manière à en faire quelqu'un de malin, d'organisé, de prêt à mener des hommes. Pour ce que Control en savait, Jackie avait dû, dès son enfance, parcourir d'épuisantes courses d'obstacles et percer des sacs de farine à la baïonnette. Il n'y avait pas beaucoup d'albums photo familiaux dans lesquels vérifier. Quoi qu'il en soit, elle tenait aussi de l'éducation paternelle une espèce de cruauté désinvolte, l'attente d'excellentes performances, et un côté calculé qui pouvait se manifester comme une indifférence apparente au sort d'autrui.

En tant qu'éclair dans le lointain, Control lui vouait une admiration sans bornes et avait d'ailleurs suivi son exemple, certes à une altitude beaucoup plus modeste… Mais en tant que parent, même quand elle n'était pas en déplacement, on ne pouvait pas compter sur elle pour aller le chercher à l'heure à l'école, ni pour se souvenir de ses déjeuners, ni pour l'aider à faire ses devoirs… Tout cela était rarement compatible avec quoi que ce soit d'important dans le monde banal de ce côté du fossé. Même si elle l'avait toujours encouragé dans sa fuite en avant pour se faire embaucher par le service, puis une fois devenu membre de ce service.

Papy Jack, d'un autre côté, n'avait jamais paru voir cela d'un bon œil et avait dit un jour en le regardant : « Je ne pense pas qu'il ait le caractère pour. » Évaluation qui avait été terrible pour un garçon de seize ans déjà lancé dans cette voie, mais qui l'avait aussi rendu plus déterminé, plus résolu, plus enclin à se tourner vers la lumière dans le ciel. Plus tard, il s'était dit que c'était peut-être le but recherché. Papy ressemblait à une sorte de feu sauvage imprévisible, sa mère étant quant à elle plutôt une flamme bleu glacé.

Il avait huit ou neuf ans la première fois qu'ils étaient allés dans la maison de campagne près du lac – « notre club d'espions rien qu'à nous », comme avait dit sa mère. Seulement lui, sa mère et papy. Il y avait une vieille télé dans le coin, face au canapé délabré. Papy le faisait monter sur le toit pour ajuster l'antenne afin d'améliorer la réception : « Un peu plus à gauche, Control, disait-il. Encore un tout petit peu. » Sa mère dans l'autre pièce, examinait des dossiers déclassés qu'elle avait rapportés du bureau. Ainsi lui était venu son surnom, sans savoir que papy l'avait volé au jargon des espions. Le gamin qu'il était alors s'était accroché à ce surnom comme à quelque chose de *cool*, donné par amour par son grand-père. Il avait malgré tout eu assez d'intelligence pour n'en parler à personne en dehors de la famille, pas même à ses petites amies, et cela pendant de nombreuses années. Il laissait croire qu'il lui avait été donné au lycée, dans l'équipe de football américain où il était *quarterback* remplaçant.

En grandissant, il récupéra « Control » pour lui-même. Il sentait à présent le piquant de la condescendance dans le mot, mais jamais il ne demanderait à papy si c'était ou non ce qu'il avait voulu dire. Il avait passé autant de temps à lire qu'à pêcher, dans la maison de campagne près du lac, et il se demandait si cela avait d'une manière ou d'une autre retourné son grand-père contre lui.

Donc, oui, il avait pris ce nom, l'avait reconstruit et laissé lui coller à la peau. Mais c'était la première fois qu'il disait à ses collègues de l'appeler « Control » et il n'aurait pas vraiment pu expliquer pourquoi. Cela lui était venu d'un coup, comme s'il pouvait trouver le moyen de bénéficier d'un véritable nouveau départ.

Un peu plus à gauche, Control, *et tu pourras peut-être apercevoir cet éclair lumineux.*

*

Pourquoi un terrain vague ? Il se posait la question depuis qu'il avait vu la bande de surveillance ce matin-là. Pourquoi, à son retour de la Zone X, la biologiste était-elle allée dans un terrain vague au lieu de rentrer chez elle ? Les deux autres étaient revenues à quelque chose de personnel, à un endroit affectivement important pour elles. La biologiste était quant à elle restée des heures et des heures dans les herbes du terrain vague, sans aucune conscience de ce qui l'entourait. À force d'observer des suspects en vidéo,

Control avait appris à détecter jusqu'aux plus banals des manies et tics nerveux qui trahissaient la transmission d'une information… mais il ne vit rien de tel sur cette bande-là.

Le Rempart Sud n'avait su la présence de la biologiste que par l'intermédiaire d'un rapport de la police locale l'ayant embarquée pour vagabondage : réaction tardive, due au lancement de recherches une fois qu'il avait récupéré les deux autres membres de l'expédition.

Et il y avait le problème du laconisme contre le laconisme.

753. 722.

À peine un début de piste, mais Control sentait déjà que le succès de sa mission dépendait des détails, d'un travail de détective. Rien ne lui tomberait du ciel. La chance ne lui sourirait pas, il n'y aurait pas d'imbécile qui fabriquait en amateur une bombe à l'aide d'engrais et de la version au rabais d'une idéologie, et dont les nerfs lâcheraient en moins de vingt minutes dans la salle d'interrogatoire.

D'après les transcriptions figurant dans son dossier, la biologiste avait réussi, au cours des entretiens menés avant qu'on décide qui partirait avec la douzième expédition, à ne prononcer que 753 mots. Control les avait comptés. Dont *petit-déjeuner* comme réponse complète à une question. Control trouvait cela admirable.

Il avait compté et recompté les mots durant cette attente interminable pour qu'on installe son ordinateur, lui remette une carte de sécurité, lui indique mots de passe et codes, entre autres rituels avec lesquels ses passages dans diverses agences et divers services l'avaient outre mesure familiarisé.

Il avait insisté pour que lui revienne le bureau de la précédente directrice, malgré les tentatives de Grace de le confiner dans un vulgaire placard à balais loin du cœur de tout. Il avait aussi insisté pour qu'on ne touche à rien dans la pièce, pas même aux objets personnels. Cela ne plaisait manifestement pas à Grace de l'imaginer en train de fouiller dans les affaires de la directrice.

« Vous êtes un peu absent, lui avait dit Grace une fois les autres partis. Vous n'êtes pas entièrement là. »

Il s'était contenté d'un hochement de tête, parce qu'il ne servait à rien de le nier : c'était un peu bizarre. Mais s'il était là pour évaluer et rétablir la situation, il lui fallait se faire une meilleure idée de la mesure dans laquelle celle-ci s'était dégradée… et comme l'avait dit un sociopathe à un autre poste : « Le poisson pourrit par la tête. » Le poisson pourrit de partout, ni la hiérarchie ni les castes ne changeant quoi que ce soit à la corruption cellulaire, mais ce n'était pas faux.

Control s'était aussitôt assis derrière l'imposante table de travail, au milieu de tas et tas de dossiers, des méandres de notes manuscrites et de post-it… il avait pris place dans le fauteuil pivotant d'où il bénéficiait d'une superbe vue panoramique sur les bibliothèques murales, avec entre elles des panneaux d'affichage recouverts du sédiment de divers morceaux de papier épinglés et réépinglés, jusqu'à ressembler plutôt à des installations artistiques d'une étrange délicatesse, mais montées au petit bonheur la chance. La pièce sentait le renfermé, avec un vague arrière-goût de vieux tabac.

La taille et le poids du moniteur informatique de la directrice suffisaient à dire son obsolescence, outre le fait qu'il était hors service depuis des décennies et recouvert d'une épaisse couche de poussière. On l'avait poussé sans conviction sur le côté, deux ombres sur le calendrier en sous-main révélant à la fois son emplacement original et celui de l'ordinateur portable qui l'avait apparemment remplacé… même si personne n'arrivait à remettre la main dessus. Control prit mentalement note de demander si on avait fouillé le domicile de la directrice.

Le calendrier datait de la fin des années 1990 : était-ce l'époque à laquelle elle avait commencé à perdre pied ? Il se la représenta soudain dans la Zone X avec la douzième expédition, errant sans véritable destination en pleine nature, grande quadragénaire costaude qui faisait plus que son âge. Silencieuse, confuse, déchirée. Consumée par ses responsabilités au point de se laisser aller à croire devoir aux personnes qu'elle envoyait sur le terrain de les accompagner. Pourquoi personne ne l'en avait-il empêchée ? N'y avait-il pas quelqu'un pour se soucier d'elle ? Avait-elle su trouver les bons arguments ? La Voix n'avait rien dit sur ce point. Les dossiers sur la directrice, exaspérants d'incomplétude, n'apprirent rien à Control.

Tout ce qu'il voyait témoignait qu'elle avait pris sa tâche au sérieux, et en même temps qu'elle ne s'était absolument pas souciée du fonctionnement de l'agence.

S'enfonçant légèrement dans le genou de Control sous la table de travail : le disque dur du moniteur. Il se demanda si celui-ci avait également cessé de fonctionner dans les années 1990. Il avait le sentiment qu'il n'aimerait pas voir les salles dans lesquelles travaillaient les techniciens hardware, les malheureux cadavres croupissant des ordinateurs des décennies précédentes, l'involontaire et chaotique musée de plastique, de câbles et de circuits imprimés. Ou peut-être que le poisson pourrissait bel et bien par la tête et que seule la directrice s'était décomposée.

Et donc, privé d'ordinateur, le sien n'ayant pas encore franchi les contrôles de sécurité, il avait parcouru les transcriptions des entretiens de recrutement des membres de la douzième expédition. Entretiens menés par l'ancienne directrice, dans son rôle de psychologue.

Les autres recrues avaient été des geysers continus que personne n'aurait pu arrêter, selon Control : de grandes bavardes qui gloussaient, parlaient à toute vitesse et débitaient des clichés. Des gens qui, par comparaison, ne savaient pas tenir leur langue… 4 623 mots… 7 154 mots… avec, comme championne incontestée, la linguiste qui avait fait machine arrière à la dernière seconde : 12 743 mots, dont un souvenir d'enfance héroïquement prolongé « à peu près aussi amusant qu'un calcul rénal qui vous explose la bite », comme quelqu'un l'avait griffonné dans la marge. Ce qui ne laissait que la biologiste avec ses 753 petits mots. Ce genre de maîtrise avait poussé Control à ne pas regarder uniquement les mots, mais aussi les silences entre eux. Par exemple : « Tous mes boulots sur le terrain m'ont plu. » Elle avait pourtant été renvoyée de la plupart. Elle pensait n'avoir rien dit, mais chaque mot – même *petit-déjeuner* – créait une ouverture. La biologiste avait eu des problèmes de petit-déjeuner dans son enfance.

Le fantôme était juste là, dans les transcriptions depuis son retour de la Zone X, allant et venant dans le texte. Des choses qui s'étaient montrées dans les espaces vides, rendant Control réticent à prononcer à voix haute les mots de la biologiste, de crainte de ne pas vraiment comprendre les courants sous-jacents et références cachées. Une description isolée d'un chardon… Une mention du phare. Une description en une ou deux phrases de la lumière sur les marais. Rien de tout cela n'aurait dû atteindre Control, et pourtant il la sentait là, il ne savait comment, en train de regarder par-dessus son épaule d'une manière que n'évoquaient pas les entretiens avec les autres membres de l'expédition.

La biologiste affirmait se souvenir d'aussi peu de choses que les autres.

Control savait que c'était un mensonge… ou que ça en deviendrait un, s'il la faisait sortir de sa coquille. Voulait-il l'en faire sortir ? Se montrait-elle prudente à cause de quelque chose qui s'était passé dans la Zone X, ou simplement parce qu'elle était faite ainsi ? Une ombre était alors passée sur la table de travail directoriale. Il s'était déjà retrouvé dans une telle position, ou dans d'autres du même genre, il avait déjà pris ce genre de décisions par le passé, ce qui l'avait presque brisé, ou transpercé. Mais il n'avait pas le choix.

Environ 700 mots prononcés depuis son retour. Tout comme les deux autres. La différence étant qu'elle s'était déjà montrée aussi peu loquace avant son départ. Et ses paroles entraient parfois dans certains détails qui n'apparaissaient pas chez les autres. Là, par exemple, où l'anthropologue disait « La nature était déserte et immaculée », la biologiste disait « Il y avait des chardons rose vif partout, même quand l'eau douce devenait salée… La lumière au crépuscule était un léger flamboiement, un éclat. »

Cela, combiné avec l'étrangeté du terrain vague, amenait Control à croire que la biologiste pourrait se rappeler davantage de choses que les autres. Qu'elle pourrait être plus présente, mais en le cachant pour une raison quelconque. Il n'avait jamais été confronté à pareille situation, mais se souvenait d'un collègue qui avait questionné un terroriste blessé à la tête et ne cessait de faire durer encore et encore les séances d'interrogatoire à l'hôpital, dans l'espoir que l'homme retrouve la mémoire. Et il l'avait retrouvée. Mais il ne lui était revenu que les faits, pas l'impulsion vertueuse à l'origine de son geste, après quoi il avait été perdu, proie facile pour ceux qui l'interrogeaient.

Control n'avait pas fait part de sa théorie à la directrice adjointe, parce que, s'il se trompait, elle s'en servirait pour renforcer l'opinion négative qu'elle avait de lui… mais aussi parce qu'il voulait la déconcerter le plus longtemps possible. « Ne fais jamais quoi que ce soit pour une seule raison », lui avait à plus d'une reprise conseillé son papy, et ce conseil-là, au moins, Control l'avait pris à cœur.

La biologiste avait de longs cheveux châtain foncé, presque bruns, avant qu'on lui rase la tête. Elle avait d'épais sourcils sombres, des yeux verts, un nez mince et un peu de travers (car fracturé par une chute sur des rochers), et de hautes pommettes caractéristiques d'un important héritage asiatique d'un côté de sa famille. Ses lèvres gercées étaient étonnamment pleines pour une moue aussi mince. Il se méfiait des yeux, des pourcentages sur ce point, s'était fait confirmer qu'ils n'avaient pas changé de couleur depuis son départ dans la Zone X.

Même assise à cette table, elle se débrouillait pour projeter une impression de force physique, surtout avec son épais bourrelet de muscles à la jonction du cou et des épaules. Jusqu'à présent, aucun des tests effectués n'avait révélé de cancer ou autre anomalie. Control ne se souvenait plus de ce qui figurait à ce sujet dans le dossier de la biologiste, mais il pensait qu'elle était presque aussi grande que lui. Cela faisait deux semaines qu'elle était détenue dans l'aile est du bâtiment, sans rien pour s'occuper, à part manger et faire de l'exercice.

Avant de pénétrer dans la Zone X, la biologiste avait reçu, dans une installation spécialisée de Central, une formation intensive à la survie et au maniement des armes. Elle avait été informée des demi-vérités jugées utiles par le commandement du Rempart Sud, jugement basé sur des critères que Control continuait à trouver mystérieux, voire troubles. Elle avait été soumise à un conditionnement pour la rendre plus réceptive aux suggestions hypnotiques.

On avait mis à la disposition de la psychologue/directrice toute une collection de mots-clés qui, associés d'une certaine manière, provoqueraient certains effets par suggestion hypnotique. Une pensée traversa l'esprit de Control au moment où la porte se refermait derrière lui : la directrice avait-elle fait quoi que ce soit pour brouiller leurs souvenirs, quand elles étaient encore dans la Zone X ?

Il se glissa sur une chaise face à la biologiste, conscient que Grace, à tout le moins, les observait derrière la glace sans tain. Des experts avaient interrogé la biologiste, mais Control était lui aussi une sorte d'expert et il avait besoin de ce contact direct. Il y avait dans la structure d'un tel entretien quelque chose d'absent dans les transcriptions et les captations vidéo.

Le sol sous ses pieds était sale, presque poisseux. Les néons au plafond tremblotaient à intervalles irréguliers et la table comme les chaises semblaient provenir d'une cafétéria de lycée. Il sentait l'odeur métallique et aigre d'un détergent de mauvaise qualité, on aurait presque dit du miel pourri. L'endroit n'inspirait pas confiance dans le Rempart Sud. Une pièce destinée aux débriefings – ou cherchant à se faire passer pour telle – ne devrait être aussi inconfortable que si on la destinait toujours et à jamais aux interrogatoires, au présupposé d'une résistance.

À présent que Control était assis en face de la biologiste, elle avait le genre de présence qui le faisait répugner à la regarder dans les yeux. Mais il se sentait toujours nerveux juste avant d'interroger quelqu'un, avait toujours l'impression que cet éclair lumineux qui déchirait le ciel avait cessé sa progression pour descendre se tenir juste derrière lui, mère en chair et en os venue l'observer. À vrai dire, sa mère vérifiait de temps en temps comment les choses se passaient pour lui. Elle pouvait se procurer les images. Ce n'était donc pas de la paranoïa ou une simple impression. C'était une partie de sa réalité possible.

Exagérer sa nervosité aidait parfois la personne en face de lui à se détendre. Aussi se racla-t-il la gorge, prit d'un geste mal assuré une gorgée d'eau dans le verre qu'il avait apporté et tripota le dossier de la biologiste, qu'il avait posé entre eux sur la table, à droite d'une télécommande. Afin de protéger les conditions dans lesquelles on avait retrouvé la biologiste, et de s'assurer en fin de compte que celle-ci n'acquerrait pas artificiellement des souvenirs, la directrice adjointe avait interdit qu'on lui communique la moindre information figurant dans son dossier personnel. Control trouva cela cruel, mais justifié. Il voulait que la biologiste voie le dossier entre eux comme une récompense au cours d'une séance ultérieure, même s'il ne savait pas encore s'il le lui donnerait.

Il se présenta sous son véritable nom, l'informa que leur « entrevue » était enregistrée et lui demanda de décliner son identité pour la bonne règle.

« Appelez-moi Oiseau Fantôme », dit-elle. N'y avait-il pas un peu de défi dans sa voix monotone ?

Il leva les yeux vers elle, fut aussitôt désorienté, détourna de nouveau le regard. Se servait-elle d'une espèce de suggestion hypnotique sur lui ? Ce fut sa première pensée, qu'il écarta aussitôt.

« Oiseau Fantôme ?

— C'est ça ou rien. »

Il hocha la tête, il savait quand lâcher du lest, il ferait des recherches plus tard sur ce nom. Il avait vaguement souvenir de quelque chose dans le dossier. Peut-être.

« Oiseau Fantôme », prononça-t-il à titre d'essai. Les mots semblaient crayeux, contre-nature dans sa bouche. « Vous ne vous souvenez de rien sur l'expédition ?

— Je l'ai dit aux autres. C'était une nature immaculée. » Il pensa déceler une note ironique dans sa voix, mais sans certitude à ce sujet.

« Vous avez appris à bien connaître la linguiste, durant votre formation ?

— Pas bien. Elle parlait beaucoup. Impossible de la faire taire. Elle était… » La biologiste s'interrompit tandis que Control masquait sa joie. Une question à laquelle elle ne s'était pas attendue. Pas du tout.

« Elle était quoi ? » l'encouragea-t-il. L'interrogateur précédent avait suivi la procédure standard : établir une communication, présenter les faits, développer la relation à partir de là. Sans aucun résultat.

« Je ne me souviens pas.

— Je crois que si. » Et si tu te souviens de ça, alors…

« Non. »

Il ouvrit le dossier comme pour consulter les transcriptions existantes, en laissant voir le bord des pages reliées par un trombone qui contenaient les principales informations d'état-civil de la biologiste.

« Bon, très bien. Parlez-moi des chardons.

— Les chardons ? » Ses sourcils expressifs lui indiquèrent ce qu'elle pensait de la question.

« Oui. Vous avez été très précise à leur sujet. Pourquoi ? » La quantité de détails qu'elle avait livrée sur les chardons lors d'un entretien la semaine précédente, à son arrivée au Rempart Sud, continuait à le laisser perplexe. Une fois encore, cela lui donnait l'impression d'une suggestion hypnotique. De mots utilisés comme un taillis protecteur.

Elle haussa les épaules. « Je n'en sais rien. »

Il lut la transcription à voix haute. « “Les chardons là-bas ont une fleur lavande et poussent dans le milieu de transition entre la forêt et le marécage. On ne peut pas ne pas en voir. Ils attirent toute une variété d'insectes entourés d'un bourdonnement et d'une luminosité qui donnent l'impression que la Zone X est un endroit où l'on s'affaire, presque comme dans une grande ville humaine". Je m'arrête là, mais ça continue dans la même veine. »

Elle haussa une nouvelle fois les épaules.

Control n'avait pas l'intention de faire du surplace, pour cette première fois, mais plutôt de survoler le terrain, de cartographier l'étendue du territoire qu'il voulait couvrir avec elle. Aussi passa-t-il à autre chose.

« De quoi vous souvenez-vous concernant votre mari ?

— Quel rapport ?

— Quel rapport avec quoi ? » répliqua-t-il aussitôt.

Aucune réponse, aussi relança-t-il : « De quoi vous souvenez-vous concernant votre mari ?

— Que j'en avais un. Des souvenirs d'avant mon départ, comme j'en ai de la linguiste. » C'était malin de sa part de lier les deux, de faire comme si l'un n'allait pas sans l'autre. Cela ajoutait de l'ambiguïté et non de la précision.

« Vous saviez qu'il était revenu, comme vous ? Qu'il était désorienté, comme vous ?

— Je ne suis pas désorientée », jeta-t-elle en se penchant en avant. Control se redressa, non qu'il eût peur, mais il avait pensé un instant qu'il le devrait. Les scans cérébraux n'avaient rien révélé d'anormal. Toutes les mesures avaient été prises pour s'assurer qu'il n'y avait rien qui ressemble de près ou de loin à une espèce invasive. Ou « un intrus », comme disait Grace, toujours incapable de lui dire le moindre mot qui ressemble un tant soit peu à *extraterrestre*. En tout cas, Oiseau

Fantôme était en meilleure santé qu'avant son départ : la recherche dans son organisme des toxines présentes chez la plupart des individus révélait, comme pour les deux autres, un niveau très inférieur à la normale.

« Je ne voulais pas vous offenser », dit-il. Elle était pourtant bel et bien désorientée, Control le savait. Peu importait ce dont elle se souvenait ou non, la biologiste qu'il en était venu à connaître par les transcriptions antérieures à l'expédition n'aurait pas montré aussi vite de l'agacement. Pourquoi avait-il touché un point sensible ?

Il saisit la télécommande posée à côté du dossier, cliqua à deux reprises. L'écran plat du téléviseur à sa gauche sur le mur s'alluma, montra l'image floue et pixellisée de la biologiste debout dans le terrain vague, presque aussi immobile que le trottoir ou les briques de l'immeuble devant elle. Toute la scène baignait dans le vert écœurant d'une caméra de surveillance à vision nocturne.

« Pourquoi ce terrain vague ? Pourquoi est-ce qu'on vous a retrouvée à cet endroit-là ? »

Un regard indifférent, aucune réponse. Il laissa la vidéo se poursuivre. La répétition à l'arrière-plan atteignait parfois la personne interrogée. Mais en général, la vidéo montrait un suspect déposant un sac ou fourrant on ne savait quoi dans une poubelle.

« Premier jour dans la Zone X, lança Control. Quand vous alliez à pied au camp de base, qu'est-ce qui s'est passé ?

— Pas grand-chose. »

Control n'avait pas d'enfants, mais il imaginait que c'était à peu près la réponse qu'il obtiendrait d'une adolescente à qui il demanderait comment s'était passée sa journée au lycée. Peut-être allait-il revenir en arrière un moment.

« Mais vous vous souvenez des chardons, vous vous en souvenez très très bien.

— Je ne sais pas pourquoi vous parlez tout le temps des chardons.

— Parce que ce que vous en avez dit laisse penser que vous vous souvenez d'une partie de vos observations faites durant l'expédition. »

Un silence, durant lequel Control sut que la biologiste le regardait fixement. Il voulut lui rendre la pareille, mais quelque chose l'en dissuada. Quelque chose lui donna l'impression que le rêve de chute dans les profondeurs pourrait s'emparer de lui.

« Pourquoi suis-je prisonnière ici ? » demanda-t-elle. Il sentit alors qu'il ne risquait plus rien à croiser à nouveau son regard, comme si un instant dangereux était passé.

« Vous n'êtes pas prisonnière. Ceci fait partie de votre débriefing.

— Mais je ne peux pas partir.

— Pas encore, admit-il. Mais bientôt. » Ne serait-ce que dans une autre installation ; il faudrait peut-être encore deux ou trois ans, si tout se passait bien, avant qu'ils autorisent la libération de l'une ou l'autre des trois membres restant de la douzième expédition. Leur statut légal se situait dans cette zone grise souvent arbitrairement définie par la menace pour la sécurité nationale.

« Ça me paraît improbable », dit-elle.

Il décida de faire une nouvelle tentative. « Si les chardons n'ont aucune importance, qu'est-ce qui en a ? Quelle question faudrait-il vous poser ?

— Ce n'est pas votre boulot ?

— Quel est mon boulot ? » Même s'il savait parfaitement ce qu'elle voulait dire.

« Vous êtes responsable du Rempart Sud.

— Vous savez ce que c'est que le Rempart Sud, non ?

— Sssi. » Comme un sifflement.

« Et le deuxième jour au camp de base ? À quel moment les choses ont-elles commencé à devenir bizarres ? » L'avaient-elles fait ? Il devait le supposer.

« Je ne me souviens pas. »

Control se pencha en avant. « Je peux vous mettre sous hypnose. J'en ai le droit. Je peux le faire.

— L'hypnose ne fonctionne pas sur moi, répondit-elle d'un ton clairement écœuré par sa menace.

— Comment le savez-vous ? » Un instant de désorientation. Avait-elle laissé échapper quelque chose qu'elle voulait garder pour elle, ou s'était-elle souvenue de quelque chose qu'elle avait oublié ? Pouvait-elle faire la différence ?

« Je le sais, voilà tout.

— Pour éclaircir ce point, nous pourrions vous reconditionner, puis vous mettre sous hypnose. » Tout cela n'était que bluff, en ce sens que les difficultés logistiques ne manqueraient pas. Il devrait commencer par l'envoyer à Central, gouffre dans lequel elle disparaîtrait à jamais. On transmettrait peut-être les rapports à Control, mais il n'aurait plus jamais aucun contact direct avec elle. Et il ne *voulait* pas particulièrement non plus la reconditionner.

« Si vous faites ça, je vous… » Elle parvint à refermer la bouche sur le début d'un mot qui semblait bien être *tue*.

Control décida de faire comme si de rien n'était. Il s'était assez souvent trouvé à l'autre extrémité de menaces pour savoir lesquelles prendre au sérieux.

« Qu'est-ce qui vous a rendue résistante à l'hypnose ?

— Et *vous*, vous l'êtes ? » D'un ton de défi.

« Pourquoi étiez-vous dans le terrain vague ? Quand on a retrouvé les deux autres, elles cherchaient à retourner auprès de leurs proches. »

Pas de réponse.

Peut-être en avait-il été assez dit pour le moment. Peut-être cela suffisait-il.

Control éteignit la télévision, ramassa le dossier, salua la biologiste d'un hochement de tête et se dirigea vers la porte.

Quand il l'eut atteinte, quand, une fois ouverte, elle sembla laisser entrer davantage d'ombres qu'elle ne l'aurait dû, il se retourna, conscient que la directrice adjointe le regardait plus loin dans le couloir.

Il demanda comme il avait toujours prévu de le faire, post-scriptum du premier acte : « Quelle est la dernière chose que vous vous rappelez avoir faite dans la Zone X ? »

La réponse, inattendue, jaillit vers lui comme une sorte d'attaque tandis que la lumière rencontrait les ténèbres. « Me noyer. Je me noyais. »

002 : Ajustements

« Ferme juste les yeux et tu te souviendras de moi », lui avait dit son père trois ans plus tôt, pas très loin de là, l'agonisant s'efforçant de réconforter le vivant.

Mais quand Control fermait les yeux, tout disparaissait, à part le rêve de chute et les cicatrices accumulées au cours des missions précédentes. Pourquoi la biologiste avait-elle dit cela ? Pourquoi avait-elle dit qu'elle se noyait ? Il en avait été déstabilisé, avec toutefois aussi l'impression bizarre qu'ils partageaient un secret. Comme si elle était entrée dans sa tête et y avait vu son rêve, créant ainsi un lien entre eux. Cela le contrariait : il ne voulait aucun lien avec les personnes qu'il devait interroger. Il fallait qu'il plane au-dessus d'eux. Qu'il choisisse quand fondre sur eux, et non qu'il soit ramené sur terre par la volonté d'autrui.

Quand Control rouvrit les yeux, il était derrière le bâtiment en U servant de quartier général au Rempart Sud. La courbe du U était à l'avant, précédée par une route et un parking. Construit dans un style datant désormais de plusieurs décennies, l'empilement de béton était un monument ou un tas d'ordures… Control n'arrivait pas à se décider. Les arêtes et partitions étaient déroutantes, et la manière légèrement oblique dont le toit recouvrait le reste lui donnait moins l'air de quelque chose de fonctionnel que d'une performance artistique ou d'une sculpture abstraite à une échelle grandiose mais abrutissante. Pire encore, la zone convoitée par les bras ouverts du U avait été transformée en cour, qui donnait sur un lac entouré par une dense forêt millénaire. Les bords du lac étaient noircis, comme si on y avait mis le feu par le passé, et un misérable nœud de pneumatophores de cyprès s'avançait dans les eaux sombres et saumâtres. La lumière qui se répandait sur celles-ci, d'un gris oppressant, était distincte et différente du bleu du ciel.

Cela aussi avait été nouveau à un moment donné, peut-être durant le crétacé, époque à laquelle le bâtiment existait sans doute déjà sous une forme ou une autre, installé par rétro-ingénierie, si loin dans le passé qu'on voyait sans doute par les fenêtres des libellules grosses comme des vautours.

Le U qui les enserrait n'inspirait guère confiance : il donnait moins l'impression d'un symbole de chance que d'incomplétude. Incomplétude des pensées. Incomplétude des conclusions. Incomplétude des rapports. Les portes aux extrémités du U, dont beaucoup se servaient comme raccourci entre les deux ailes, confirmaient un échec de l'imagination. Et pendant tout ce temps, le marécage abyssal se comportait comme n'importe quel marécage, aussi parfait à sa manière que le Rempart Sud était imparfait.

Tout était si calme et si immobile que le passage inopiné d'un pivert eut la violence du bang supersonique d'un F-16.

Sur la gauche du U et du lac, à peine discernable de cet endroit, une route sinueuse partait entre les arbres en direction de la frontière invisible qui marquait la limite de la Zone X. Rien qu'une cinquantaine de kilomètres de goudron, puis une vingtaine sans goudron, avec dix postes de contrôle au total, l'ordre de tirer pour tuer sur qui n'était pas censé être là, des clôtures, des barbelés, des tranchées, des fosses et encore du marécage, peut-être même des colonies de superprédateurs entraînés par le gouvernement, des baies toxiques génétiquement modifiées et des marteaux pour vous percuter la tête… mais d'une certaine manière, depuis que Control avait été briefé, il se demandait pourquoi.

Parce que c'est ce qu'on faisait dans ce genre de situations ? On gardait les gens à l'écart ? Il avait examiné les rapports. Si vous atteigniez la frontière de « manière non autorisée » et que vous la traversiez par tout autre endroit que par la porte, on ne vous revoyait plus jamais. Combien de personnes l'avaient fait sans être repérées ? Comment le Rempart Sud l'apprendrait-il un jour ? À une ou deux reprises, un journaliste d'investigation était arrivé suffisamment près pour photographier l'extérieur des installations frontalières du Rempart Sud, mais même cela n'avait fait que confirmer, dans l'imagination du grand public, l'histoire officielle d'une catastrophe environnementale, de celles dont le nettoyage prend un siècle.

Un bruit de pas lui parvint qui contournait les tables en pierre de la cour en béton, sur laquelle des petits carreaux blancs concurrençaient des carrés de terre durcie plantée à intervalles irréguliers d'improbables tulipes… Il reconnut cette démarche à son léger traînement caractéristique. La directrice adjointe avait été blessée à la jambe en mission, quand elle était encore agent de terrain. À l'intérieur du bâtiment, elle arrivait à le dissimuler, mais pas sur ces carreaux traîtreusement jointoyés. Savoir cela n'arrangeait pas Control, qui était du coup tenté d'éprouver de l'empathie pour elle. « Chaque fois que tu dis "sur le terrain", je vous imagine toi et tes collègues espions en train de jouer au basket », avait un jour lancé son père à sa mère.

Grace venait le rejoindre à sa demande, pour l'aider à contempler le marécage pendant qu'ils discutaient de la Zone X. Il avait en effet pensé que changer de décor – sortir des confins du cercueil en béton – pourrait contribuer à apaiser l'animosité de la directrice adjointe. Avant de se rendre compte à quel point le paysage était infernal et préhistorique, et donc à présent tout aussi préhystérique. Regarde donc cette orgie de moustiques et fais preuve d'un peu de chaleur à mon égard, Grace.

« Vous n'avez interrogé que la biologiste. Je ne sais toujours pas pourquoi », dit-elle avant même qu'il puisse tenter un premier pas vers elle… et toute sa résolution de faire preuve de diplomatie, de trouver un moyen de devenir son collègue et non son ennemi – ne serait-ce que par tromperie ou par un métaphorique coup de poignard dans les reins – se volatilisa dans l'air humide.

Il lui expliqua son raisonnement. Elle sembla impressionnée, même s'il n'arrivait pas encore à la déchiffrer vraiment.

« Durant sa formation, a-t-elle jamais semblé cacher quelque chose ? demanda-t-il.

— Détournement. Vous pensez qu'elle cache quelque chose.

— Je n'en sais encore rien, en fait. Je peux me tromper.

— Nous n'avons pas que vous comme expert en interrogation.

— Je m'en doute.

— On devrait l'envoyer à Central. »

Cette perspective le fit frissonner.

« Non », répondit-il, avec un peu trop d'emphase, avant de craindre une fraction de seconde plus tard d'avoir laissé deviner qu'il se préoccupait du sort de la biologiste.

« J'y ai déjà envoyé l'anthropologue et la géomètre. »

Il sentait à présent l'odeur de la décomposition de toute cette matière végétale en train de pourrir lentement sous la surface du marécage, percevait le mouvement des tortues maladroites et des poissons chétifs qui se frayaient un chemin dans les couches enchevêtrées. Il ne se sentait pas en mesure de se tourner vers la directrice adjointe. De dire quoi que ce soit, si bien qu'il resta là, figé par sa propre surprise.

Elle continua d'un ton enjoué : « Comme vous disiez qu'on n'avait pas besoin d'elles, je les ai expédiées à Central.

— De quelle autorité ?

— La vôtre. Vous m'avez clairement fait part de cette volonté. Si ce n'était pas ce que vous vouliez dire, veuillez m'en excuser. »

Un minuscule séisme se produisit dans Control, un frémissement imperceptible.

Elles n'étaient plus là. Il ne pourrait pas les récupérer. Il devait se les sortir de l'esprit, se repaître du mensonge que Grace lui avait rendu service, lui avait facilité la tâche. Quelle influence avait-elle à Central, d'ailleurs ?

« Je peux toujours lire les transcriptions, si je change d'avis », dit-il en s'efforçant de ne pas laisser paraître son irritation. Elles continueraient à être interrogées, et c'est lui qui avait ouvert une brèche à Grace en disant ne pas vouloir leur parler.

Elle le dévisageait attentivement, à la recherche d'un signe qu'elle n'était pas passée loin de la cible.

Il essaya de sourire, étouffa sa colère avec la pensée que, si la directrice adjointe lui avait vraiment voulu du mal, elle aurait trouvé un moyen de faire disparaître aussi la biologiste. Ce n'était qu'un avertissement. Mais il allait devoir prendre à son tour quelque chose à Grace. Non par revanche, mais pour qu'elle-même ne soit pas tentée de lui prendre davantage. Il ne pouvait pas se permettre de perdre aussi la biologiste. Pas pour l'instant.

Dans le silence gêné, Grace demanda : « Pourquoi restez-vous planté là dans la chaleur comme un idiot ? » Elle poursuivit avec désinvolture, comme s'il ne s'était absolument rien passé : « On devrait rentrer. C'est l'heure du déjeuner, vous allez pouvoir rencontrer une partie du personnel administratif. »

Control s'habituait déjà à son manque de respect, et il détestait cela, il voulait avoir l'occasion de renverser la vapeur. En revenant à l'intérieur du bâtiment sur les talons de Grace, il sentit dans son dos la présence, le poids du marécage. Un autre genre d'ennemi. Il avait assez vu ce genre de paysages, ayant passé non loin de là une partie de son adolescence après le divorce de ses parents, puis étant revenu plus tard assister à la lente agonie de son père. Il avait espéré ne plus jamais avoir de marécage sous les yeux.

« Ferme juste les yeux et tu te souviendras de moi. » Je les ferme, papa. Je me souviens de toi, mais tu commences à disparaître. Il y a trop d'interférences, et tout *ça* est en train de devenir bien trop réel.

*

La famille paternelle de Control était d'origine centraméricaine, hispanique et indienne : il avait les cheveux bruns et les mains de son père, le nez menu ainsi que la taille de sa mère, et une couleur de peau qui était un mélange des deux. Son grand-père paternel était mort avant qu'il ait l'âge de le connaître, mais il avait entendu raconter son parcours épique. Dans son enfance, le grand-père avait vendu des pinces à linge au porte-à-porte dans certains quartiers, avant de monter sur le ring à vingt et quelques années, boxeur d'un niveau insuffisant pour prétendre à un titre, mais assez bon pour qu'on le paye à se laisser battre. Il avait travaillé ensuite comme ouvrier du bâtiment et moniteur d'auto-école, puis avait succombé à une crise cardiaque à seulement soixante-cinq ans. Sa femme, employée dans une boulangerie, l'avait suivi dans la tombe exactement un an plus tard. L'aîné de ses enfants, le père de Control, était devenu artiste dans une famille surtout composée de charpentiers et de mécaniciens, et avait consacré son héritage à la création de sculptures abstraites. Il avait humanisé ces abstractions en les recouvrant de peinture dans la palette de couleurs vives que privilégiaient les Mayas, puis en ajoutant par-dessus des morceaux de céramique ou de verre… comblant ainsi le fossé entre art professionnel et marginal. C'était sa vie, et jamais Control n'avait vu son père être quelqu'un d'autre que cette personne-là.

L'histoire de la rencontre de ses parents était aussi celle, heureuse, où son père était devenu un temps le chouchou des galeries d'art haut de gamme. Ils avaient fait connaissance à l'occasion d'une réception pour son œuvre et, à ce qu'ils racontaient, avaient eu le coup de foudre l'un pour l'autre, ce que, par la suite, Control eut toutefois du mal à croire. À l'époque, sa mère était basée dans le Nord pour ce qui équivalait à un travail de bureau, mais montait rapidement les échelons. Son père avait déménagé pour vivre avec elle, ils avaient eu Control, puis, un ou deux ans plus tard seulement, elle avait été réaffectée au service actif sur le terrain, ce qui fut le début de la fin de tout. L'histoire qui avait arrimé Control gamin se révéla bientôt ne constituer qu'un bref instant devant un paysage de tristesse. Sans rien d'unique : le genre de peinture d'une déprimante familiarité qu'on trouve chez un antiquaire de bord de mer, mais qu'on n'achète jamais.

Le silence était ponctué de disputes, un silence créé non seulement par les secrets qu'elle avait en elle, mais aussi par ceux qu'elle ne pouvait pas divulguer, et, comprit Control une fois adulte, par son caractère réservé, auquel elle avait fini par ne plus pouvoir résister. Ses absences faisaient beaucoup souffrir son mari et, quand Control eut dix ans, ce fut le sous-texte et parfois la transcription de leur différend : elle tuait son art et ce n'était pas juste, même si la scène artistique avait changé et que ce que produisait son père était coûteux au point de requérir bourses ou mécènes.

Elle avait affronté ces récriminations, se souvenait Control, pleine de calme et d'une compassion distante et glaciale. C'était la force qui déboulait sans qu'on puisse l'arrêter – présente, absente – avec des cadeaux achetés au dernier moment dans des aéroports lointains, avec une histoire d'apparence innocente pour camoufler ses véritables activités ou une histoire moins innocente qui, Control s'en aperçut des années après en étant confronté à un dilemme similaire, leur parvenait avec retard. Quelque chose de déclassifié dont elle pouvait à présent parler, mais qui lui était arrivé longtemps auparavant. Si les histoires et l'attitude distante troublaient son père, la compassion le mettait en rage.

Quand ils divorcèrent, Control partit dans le Sud vivre avec son papa, qui s'intégra à une communauté confortable pour lui, parce qu'elle comprenait certains membres de sa famille et nourrissait ses ambitions artistiques alors même que son compte en banque criait famine.

Et pourtant, durant ces étés trop chauds dans cette petite ville pas très éloignée du Rempart Sud, adolescent de treize ans doté d'un vélo rouillé et de quelques amis fidèles, Control ne cessait de penser à sa mère, quelque part sur le terrain, dans une ville ou un pays lointains : ce flash lumineux qui sortait parfois au loin du ciel nocturne pour se matérialiser en être humain devant leur porte. Exactement comme quand ils vivaient tous ensemble.

Un jour, croyait-il, elle l'emmènerait et il deviendrait cet éclair, aurait des secrets que personne d'autre ne pourrait jamais connaître.

*

Certaines rumeurs sur la Zone X étaient compliquées et dans leur complexité, ressemblaient pour Control à des bancs des plus mortelles mais volumineuses méduses de l'aquarium. Quand on les regardait, quand on suivait des yeux leurs évolutions onduleuses, elles semblaient à la fois réelles et irréelles, dans le bleu pur de l'eau. *Site d'invasion. Expériences gouvernementales secrètes*. Comment un tel organisme pouvait-il vraiment exister ? Les versions simples qui faisaient écho à l'officielle – des variations sur une zone touchée par une catastrophe écologique d'origine humaine – étaient par comparaison à présent si banales qu'on s'apercevait à peine de leur présence, qu'elles ne suscitaient guère la curiosité. Les versions apprivoisées du zoo où les animaux vous mangeaient dans la main.

Mais la vérité était très simple : environ trente-deux ans auparavant, le long d'une région isolée dans le Sud connue par certains sous le nom de « côte oubliée », s'était produit un Événement qui commença à transformer le paysage tout en provoquant l'apparition d'une frontière ou d'un mur. Une espèce de fantôme ou de « manifestation perméable préfrontière », comme disaient les archives – léger comme la brume et que seul un tremblotement rendait visible – avait rapidement émané dans toutes les directions d'un épicentre inconnu, avant de s'arrêter d'un coup à ses actuelles et impénétrables limites.

Depuis, le Rempart Sud avait été créé et chargé d'enquêter sur ce qui s'était produit, sans guère de succès, mais au prix de nombreuses vies humaines sacrifiées au cours des expéditions… qui pénétraient dans la Zone X par l'unique point d'accès existant. Ces vies perdues n'étaient cependant rien, comparées à la possibilité d'une rupture de confinement d'une frontière que les scientifiques continuaient à étudier et à tenter de comprendre. La raison énigmatique pour laquelle le matériel, quand on le récupérait, avait été rendu inutilisable, une partie se décomposant à une vitesse incroyable. La façon malicieuse et incohérente dont certaines expéditions revenaient sans le moindre dommage semblait presque encore plus inexplicable.

« Ça a commencé avant la formation de la frontière », lui dit après le repas la directrice adjointe dans son vieux nouveau bureau. Elle semblait à présent ne plus penser qu'au travail et Control choisit de prendre cela pour argent comptant, de continuer pour le moment à mettre de côté la colère suscitée par la frappe préventive de Grace en chassant l'anthropologue et la géomètre.

Grace déroula la carte de la Zone X sur un coin de l'imposante table de travail de Control : le littoral, le phare, le camp de base, les sentiers, lacs et cours d'eau, l'île qui, à de nombreux kilomètres au nord, marquait l'extrémité de… de l'incursion ? de l'invasion ? de l'infestation ? Quel mot convenait le mieux ? La pire partie de la carte était le point noir à côté duquel la directrice avait écrit de sa main « le tunnel », mais qu'on connaissait plus généralement sous le nom d'« anomalie topographique ». C'était la pire, parce que les expéditions dont des membres avaient survécu et donc pu faire un rapport ne l'avaient pas toutes trouvée, même quand elles avaient cartographié la région en question.

Grace jeta des dossiers par-dessus la carte. Control continuait à être frappé, avec une sorte de nostalgie dont bénéficiait rarement sa génération, par l'anachronisme du papier. Mais le problème rencontré en faisant passer de la technologie moderne de l'autre côté de la frontière avait contaminé l'ancienne directrice. Elle avait interdit certaines formes de communication, exigé que tous les courriers électroniques soient imprimés et leurs versions électroniques originales régulièrement archivées et effacées, disposait de protocoles aussi mystérieux que déroutants pour l'utilisation d'Internet et d'autres formes de communication électronique. Mettrait-il fin à cette politique ? Il ne savait pas encore ; elle lui inspirait une certaine sympathie, malgré son manque de commodité. Lui-même n'utilisait Internet qu'à des fins de recherche et d'administration. Il croyait qu'une espèce de fragmentation s'était subrepticement introduite dans les esprits des gens de l'ère moderne.

« Ça a commencé avant… »

« Combien de temps avant ?

— Les informations dont on dispose laissent penser qu'une étrange… activité a pu se produire le long de ce littoral pendant au moins un siècle avant la formation de la frontière. » Avant que la Zone X se soit formée. Une « nature immaculée ». Il n'avait jamais entendu le mot *immaculé* utilisé autant de fois.

Il se demanda vaguement comment *ils* l'appelaient – ce ou ceux qui avaient créé cette bulle immaculée ayant tué tant de gens. *Maison de campagne*, peut-être. Ou *tête de pont*. Peut-être étaient-« ils » tellement incompréhensibles qu'il ne saisirait jamais comment ils l'appelaient, ni pourquoi. Il avait demandé à la Voix s'il lui fallait accéder aux dossiers sur les autres grands phénomènes inexpliqués, et elle avait répondu d'un « non » qui évoquait une falaise de granit sans rien derrière qu'un ciel bleu tourmenté.

Control avait déjà vu certaines au moins des épaves qui menaçaient à présent de déformer la table de travail sous leur poids dans le résumé du dossier. Il savait que bon nombre des informations qui lui faisaient de l'œil depuis les classeurs beiges provenaient des journaux du phare et des rapports de police… et que ce qu'elles avaient d'inexplicable devait être démêlé en partant des bords, poussé dans la lumière comme les derniers grammes de dentifrice dans le tube presque vide recroquevillé au bord du lavabo. Le genre de « bizarreries » auxquelles, dans les vieux films d'horreur, de rudes pêcheurs au visage mangé de barbe faisaient allusion en fixant d'un regard tourmenté la mer inhospitalière. Des disparitions restées inexpliquées. Des lumières dans la nuit. Des histoires de sauveteurs étranges, de fanaux trompeurs, et la centaine de légendes qui s'accumulent autour d'un littoral et d'un phare isolés.

Il avait même existé un groupe à caractère non officiel – la Brigade Science & Spiritisme – consacré à l'application « de la réalité empirique aux phénomènes paranormaux ». Plusieurs livres des membres de la Brigade S&S avaient été publiés à compte d'auteur avant de prendre la poussière sur les comptoirs des magasins de la région. C'était la BS&S qui avait d'ailleurs baptisé la Zone X, identifiant cette côte comme « d'un intérêt particulier » et l'appelant « Site Actif X »… un nom qui figurait de manière bien visible sur leurs bizarres cartes de tarot d'inspiration scientifique. Le Rempart Sud avait vite cessé de s'intéresser à la BS&S, l'évaluant « ni catalyseur ni acteur ni instigateur » dans ce qui avait provoqué la Zone X… une simple bande d'« amateurs » (mal) chanceux pris dans quelque chose qui dépassait leur imagination. Sauf que presque tous les véritables terroristes auxquels Control avait eu affaire étaient des « amateurs ».

« Nous vivons dans un univers régi par le hasard, avait dit un jour son père, mais les baratineurs veulent tous qu'il y ait causalité. » *Baratineur*, dans ce contexte, signifiait sa mère, mais le propos pouvait s'appliquer plus largement.

Était-ce donc tout ou en partie pure coïncidence… ou une composante d'une grande conspiration pré-Zone X ? On pouvait chercher pendant des années la réponse dans les données… et Control avait l'impression que c'était exactement ce qu'avait fait l'ancienne directrice.

« Et ça vous paraît crédible, comme preuves ? » Control ne savait toujours pas à quelle profondeur dans cet océan de conneries était tombée la directrice adjointe. Trop profond, au vu de son animosité naturelle, et il ne serait pas disposé à l'en sortir.

« Certaines, pas toutes », reconnut-elle, un mince sourire remplaçant sa moue habituelle. « Mais quand on examine les événements que nous savons s'être produits depuis la formation de la frontière, des motifs récurrents commencent à émerger. »

Control la crut. Il aurait cru Grace, si elle avait dit que des visions apparaissaient par les plus chaudes journées d'été dans les tourbillons de sa crème glacée à la fraise, ou dans les fissures des glaçons d'une autre de ses consommations préférées, le rhum-coca light-citron vert (son dossier personnel débordait de détails d'une exaspérante inutilité). C'était dans la nature d'un analyste. Mais quels motifs avaient colonisé l'esprit de l'ancienne directrice ? Et quelle proportion de ceux-ci avait infiltré celui de son adjointe ? Quelque part, Control espérait qu'elle avait délibérément laissé la pagaille, pour cacher une progression plus rationnelle.

« Mais en quoi est-ce différent de n'importe quelle partie paumée de littoral mal raccordée au réseau électrique ? » Il en restait des dizaines dans tout le pays. Des endroits toxiques pour les agents immobiliers, des endroits ayant peu d'infrastructures et se méfiant depuis toujours du gouvernement.

La directrice adjointe le dévisagea d'une manière qui le mit de nouveau dans l'inconfortable peau d'un collégien puni pour insolence.

« Je sais à quoi vous pensez, dit-elle. Avons-nous été compromis par nos propres données ? La réponse est : bien sûr que oui. C'est ce qui arrive avec le temps. Mais s'il y a quelque chose d'utile dans les dossiers, vous qui arrivez avec un œil neuf, vous le repérerez peut-être. Si bien que je peux archiver tout ça maintenant, si vous voulez. Ou alors on peut se servir de vous de la manière dont on a besoin de se servir de vous : non pour vos connaissances, mais parce que vous en savez si peu. »

Une espèce de fierté empreinte de ressentiment monta inutilement en Control, car il avait un parent ayant l'air, lui, de tout savoir.

« Je ne voulais pas dire que je… »

Elle eut la clémence de l'interrompre. Et la cruauté de le faire d'un ton convoyant le mépris. « On est là depuis longtemps… Control. Très longtemps. À vivre avec ça. Sans pouvoir y faire grand-chose. » Une douleur s'était glissée en quantité surprenante dans sa voix. « Vous ne rentrez pas chez vous le soir en l'ayant dans le ventre, dans les os. D'ici quelques semaines, quand vous aurez tout vu, vous aurez vécu depuis longtemps avec, vous aussi. Vous serez exactement comme nous… surtout que ça empire. On retrouve de moins en moins de journaux, et toujours plus de zombies, comme si on leur avait vidé le cerveau. Et aucun responsable n'a de temps à nous consacrer. »

Cela aurait pu être le moment de s'apitoyer sur les caprices et injustices de Central, s'aperçut ensuite Control, qui resta toutefois immobile à dévisager Grace. Il trouvait son fatalisme gênant, surtout que celui-ci baignait, diagnostiqua-t-il au début par erreur, dans une tout aussi sombre satisfaction. Un mélange oppressant dont personne n'avait besoin, qui n'aidait personne. Qui était de plus inexact dans ses progressions.

La seule première expédition avait, d'après les archives, vécu de telles horreurs, presque inimaginables, qu'il était surprenant qu'on en ait envoyé d'autres. Mais ils n'avaient pas le choix, comprenaient qu'ils étaient là « à long terme », comme, avait-il lu dans les transcriptions, aimait à dire l'ancienne directrice. Ils n'avaient même pas informé les expéditions suivantes de ce qu'il était vraiment arrivé à la première, avaient inventé une histoire de rencontre avec une nature sauvage et intacte, puis accumulé d'autres mensonges par-dessus. Sans doute autant pour soulager le traumatisme du Rempart Sud que pour ne pas démoraliser les expéditions suivantes.

« Vous avez votre visite de la division sciences dans trente minutes, rappela-t-elle en se levant pour aller se pencher sur lui, les mains appuyées sur sa table. Je pense que je vais vous laisser la trouver tout seul. » Ce qui donnerait à Control juste assez de temps pour chercher d'abord s'il y avait des dispositifs de surveillance dans son bureau.

« Merci. Vous pouvez disposer. »

Elle sortit donc.

Mais cela n'aida pas Control. Avant son arrivée au Rempart Sud, il s'était imaginé le survolant en toute liberté et fondant d'un perchoir distant pour gérer les choses. Il n'en serait rien. Déjà ses ailes brûlaient et il se faisait plutôt l'impression d'un animal pesant qui gémissait, coincé dans un bourbier.

*

Control se familiarisa davantage avec le bureau de l'ancienne directrice, sans que son œil exercé repère de nouveautés ou de particularités. Hormis que, par comparaison, son propre ordinateur, enfin installé sur la table de travail, semblait presque relever de la science-fiction.

On entrait dans la longue pièce rectangulaire par une porte située au fond à gauche et il fallait donc la traverser entièrement pour atteindre la table de travail en acajou, installée contre le mur opposé. Personne n'aurait pu approcher subrepticement de la directrice ou lire par-dessus son épaule. Chaque mur était dissimulé par des bibliothèques ou des meubles-classeurs, couche elle-même placée derrière une autre constituée de piles de papiers et de quelques livres. Aux plus hauts niveaux ou, dans quelques cas ridicules, en équilibre sur les piles, on voyait ces tableaux d'affichage sur lesquels étaient épinglés des schémas griffonnés et des bouts de papier. Control eut l'impression d'avoir été placé à l'intérieur d'un esprit désordonné. Près de sa table, sur la gauche, il découvrit un assortiment d'objets éphémères conservés par la directrice. Des fragments de pomme de pin poussiéreux se décomposaient sur les étagères. Une très vague odeur de pourriture, mais dont il ne put localiser l'origine.

Entre deux bibliothèques face à l'entrée, mais bloquée par des piles de dossiers et de cartons, il y avait une autre porte dont on avait dit à Control qu'elle ouvrait sur le mur… résidu d'une inélégante restructuration. Vis-à-vis de la table de travail, à sept ou huit mètres de distance sur le mur du fond, une espèce de brèche dans le fouillis permettait de voir deux rangées de photographies, toutes sous le genre de cadres que les solderies vendent à bas prix. Dans le sens des aiguilles d'une montre en partant de celle en bas à gauche : une gravure carrée à l'eau-forte représentant le phare et datant des années 1880, un cliché noir et blanc de deux hommes et d'une petite fille devant ce phare, un long panorama aquarellé en dilettante montrant des kilomètres de roseaux seulement interrompus par quelques rares îlots d'arbres noirs, et enfin une photographie couleur du phare dans toute sa gloire. Rien de véritablement personnel, rien ne montrant la directrice avec sa mère amérindienne, son père blanc… ou quiconque susceptible de compter dans sa vie.

De l'ensemble des informations que Control allait devoir étudier au cours des jours suivants, celles qu'il pourrait découvrir dans ce qui était devenu son propre bureau ne lui inspiraient pas la moindre impatience et il envisageait de les garder pour la fin. Tout dans la pièce semblait indiquer que la directrice était retournée à l'état sauvage. Un des tiroirs de la table de travail était verrouillé et il n'en trouvait pas la clé. Mais il remarqua que ce tiroir était plus ou moins terreux, comme si, longtemps auparavant, il avait contenu quelque chose de pourri. Mystère qui n'incluait même pas la pagaille qui menaçait de tomber de chaque côté de la table.

Jamais avare de conseils plus ou moins utiles, papy l'espion disait d'un ton pénétré, que ce soit en lavant la vaisselle ou en se préparant à partir à la pêche : « Ne saute jamais une étape. Si tu en sautes une, tu en verras cinq autres apparaître devant toi. »

La recherche de dispositifs de surveillance, de mouchards, prit du coup à Control davantage de temps qu'il ne s'y attendait, aussi appela-t-il la division sciences pour prévenir de son retard. Une espèce de grognement viscéral lui répondit et la communication fut coupée sans qu'il ait la moindre idée de l'identité de son correspondant. Une personne ? Un cochon dressé ?

Finalement, au terme d'une recherche infernale, il s'aperçut, non sans surprise, qu'il venait de dénicher vingt-deux mouchards dans son bureau. Il n'était pas sûr que beaucoup d'entre eux soient encore en état de fonctionner et, le cas échéant, que quelqu'un écoutait ou regardait ce qu'ils transmettaient. Car le fait est que le bureau de la directrice avait constitué un musée consacré aux dispositifs de surveillance… De divers genres et de diverses époques, de plus en plus petits et difficiles à repérer. Et dont les plus monstrueux étaient des goitres métalliques protubérants et éructant comparés aux têtes d'épingle lisses et éthérées de l'époque moderne.

Chaque découverte de mouchard lui remontait le moral et contribuait à sa bonne humeur. Les mouchards relevaient d'une logique qui manquait à certains aspects du Rempart Sud. Durant sa formation d'omnivore dans le service, on lui avait confié plus de six missions dans lesquelles il avait dû lui-même en poser, pour surveiller des personnes ou des endroits. Espionner des gens ne lui procura pas le genre d'excitation par procuration que certains ressentaient, ou du moins, ce sentiment s'estompa au fur et à mesure qu'il en venait à mieux connaître ses sujets et à adopter une attitude protectrice à leur égard. Mais il trouvait les mouchards modernes fascinants.

Quand il estima ses recherches terminées, Control s'amusa à disposer ses découvertes, dans un ordre qu'il estimait chronologique, sur le papier passé du sous-main. Plusieurs scintillaient de chrome. D'autres, noirs, absorbaient la lumière. Des fils électriques sortaient de quelques-uns à la manière de cordons ombilicaux. Une déclinaison, cachée à l'intérieur de ce qui ressemblait à une petite boule poisseuse en papier mâché vert ou en nid d'abeille coloré, l'amena à penser que certains pouvaient être de fabrication étrangère : des intrus que la boîte noire qu'était la Zone X attirait par curiosité. Mais, de toute évidence, la directrice savait et se fichait qu'ils soient là. Ou peut-être avait-elle jugé plus sûr de n'y pas toucher. Et peut-être en avait-elle posé une partie elle-même. Il se demanda si c'était pour cela qu'elle se méfiait de la technologie moderne.

Quant à installer les siens, Control devrait attendre : pas le temps pour le moment. Pas le temps non plus de déployer ces mouchards à une autre fin dont il venait tout juste d'avoir l'idée. Il les poussa tous soigneusement à l'intérieur d'un tiroir et sortit à la recherche de son guide scientifique.

Les laboratoires avaient été enfouis au sous-sol du côté droit du U, quand on regardait le bâtiment depuis le parking de devant. Ils se trouvaient directement en face de l'aile condamnée qui servait aux pré-préparatifs des expéditions et abritait pour le moment la biologiste. La tâche de guider Control était revenue à un des hommes à tout faire de la division sciences. Ce qui signifiait que, malgré son ancienneté – il était là depuis plus longtemps que tout le monde –, Whitby Allen était quelqu'un qui se laissait bousculer et qui, du fait entre autres de l'usure des effectifs, sacrifiait souvent son travail de « naturaliste cohésif et savant holistique spécialiste des biosphères » aux commissions de ses collègues ou à la saisie de leurs rapports. Il était placé sous les ordres du responsable de la division, mais aussi de la directrice adjointe. Il était le descendant d'une aristocratie intellectuelle, d'une longue lignée de professeurs, d'hommes et de femmes titulaires de chaires dans diverses universités privées à colonnes en faux style corinthien. Peut-être était-il devenu un paria pour sa famille : l'étudiant qui abandonne les beaux-arts pour emprunter des chemins de traverse et n'obtient que plus tard un véritable diplôme.

Whitby portait un blazer bleu sur une chemise blanche et un nœud papillon bordeaux curieusement discret. Il ne faisait pas du tout son âge, avec ses cheveux éternellement châtain derrière le genre de visage étroit et pincé qui permettait à un quinquagénaire de sembler, de loin, n'avoir que trente-deux ans. Ses rides avaient fait leur apparition sous forme de minuscules et très fines fissures. Au déjeuner, Control l'avait vu à la cafétéria avec une dizaine de billets d'un dollar déployés en éventail près de lui sur la table, sans aucune raison valable. Les comptait-il ? Créait-il une œuvre d'art ? Une biosphère monétaire ?

Whitby avait un rire désagréable, une mauvaise haleine et des dents qu'il aurait manifestement dû faire soigner. De près, il semblait aussi ne pas avoir dormi depuis plusieurs années : un jeune homme prématurément desséché, toute l'humidité extraite de son visage, ce qui donnait à ses yeux bleus larmoyants une taille en apparence démesurée. Son attitude excentrique avec l'argent et cela mis à part, il semblait compétent et, même s'il était sans nul doute capable de faire la conversation, il n'en avait pas le goût. Ce qui constituait une raison comme une autre, tandis qu'ils louvoyaient entre les tables de la cafétéria, pour que Control l'interroge.

« Vous connaissiez les membres de la douzième expédition, avant son départ ?

— Je ne dirais pas que je les "connaissais". » La question le mettait manifestement mal à l'aise.

« Mais vous les voyiez dans le bâtiment.

— Oui.

— La biologiste aussi ?

— Aussi, oui. »

En sortant de la cafétéria au plafond élevé, ils pénétrèrent dans un atrium baigné d'une lumière fluorescente. Des stridulations grinçantes de pop music ruisselaient, au loin, depuis un bureau quelconque.

« Qu'est-ce que vous pensez d'elle ? Quelle impression elle vous a faite ? »

Whitby se concentra attentivement, le visage durci par l'effort. « Elle était distante. Sans rire, monsieur. Elle travaillait plus fort que toutes les autres. Sauf qu'elle n'avait pas l'air de travailler, si vous voyez ce que je veux dire.

— Non, je ne vois pas, Whitby.

— Eh bien, elle s'en fichait. De travailler. Elle voyait plus loin que ça. Elle voyait autre chose. » Control eut l'impression que Whitby avait examiné la biologiste de près.

« Et l'ancienne directrice ? Vous l'avez vue discuter avec la biologiste ?

— Peut-être deux ou trois fois.

— Elles s'entendaient bien ? » Control ne savait pas pourquoi il posait cette question, mais quand on pêchait, on pêchait. Parfois, il fallait commencer par jeter la ligne, peu importait à quel endroit.

« Non, monsieur. Mais aucune ne s'entendait avec qui que ce soit. » Il prononça tout bas les derniers mots, craignant peut-être d'éventuelles oreilles indiscrètes. Il ajouta alors, comme pour se couvrir : « À part la directrice, personne ne voulait de la biologiste dans la douzième expédition.

— Personne ?

— La plupart des gens.

— Dont la directrice adjointe ? »

Whitby le regarda d'un air inquiet, mais son silence parla pour lui.

La directrice faisait depuis longtemps partie du Rempart Sud. Elle avait eu beaucoup d'influence. Même disparue, elle en gardait encore un peu. Peut-être pas tout à fait sur Whitby, pas vraiment. Mais Control la sentait quand même. Il s'était déjà surpris à avoir une étrange pensée : que la directrice le regardait par les yeux de son adjointe.

Les ascenseurs ne fonctionnaient pas et ne seraient pas réparés avant plusieurs jours, quand un expert de la base militaire passerait, aussi prirent-ils les escaliers. Il fallait pour cela suivre la courbe du U jusqu'à une porte latérale qui donnait sur un couloir parallèle d'une quinzaine de mètres, dont le sol était recouvert de cette même moquette verte usée et nuisible à la valeur immobilière qu'on retrouvait dans le reste du bâtiment. Les escaliers les attendaient au bout du couloir, derrière de larges portes battantes qui auraient mieux convenu à un abattoir ou à une salle des urgences. Whitby se sentit obligé d'agir d'une manière qui ne lui ressemblait pas, en poussant brutalement cette double porte comme si Control et lui étaient deux rock stars fonçant sur scène – ou peut-être voulait-il faire peur à ce qu'il y avait de l'autre côté –, puis s'arrêta d'un air penaud pour retenir l'un des battants tandis que Control examinait cette première étape.

« C'est par là, dit le scientifique.

— Je sais. »

Derrière les portes, ils se retrouvèrent soudain en une espèce de chute libre, plus de moquette verte, leur chemin devenait un plan incliné en béton qui conduisait à un petit palier terminé par des marches… et plongeait ensuite dans les ombres créées par les ternes lampes à halogène blanches sur les murs et ponctuées par les éclairages de sécurité rouge clignotant. Tout cela sous un haut plafond encadrant ce qui, dans la pénombre, donnait davantage l'impression d'une grotte artificielle ou d'un entrepôt que d'une descente au sous-sol. La rampe d'escalier, sous cette lumière chiche, scintillait de points de rouille lumineux. La fraîcheur de l'air rappela à Control le jour où sa classe de lycée était allée visiter un muséum d'histoire naturelle équipé d'une série de grottes censées imiter l'époque contemporaine, sortie scolaire dont le point culminant avait paradoxalement été les reproductions en plein mouvement d'un paresseux géant et d'un tatou géant préhistoriques, mégafaune qui avait pris un mauvais virage.

« Combien de personnes travaillent dans la division sciences ? demanda-t-il une fois acclimaté.

— Vingt-cinq. » La réponse exacte était dix-neuf.

« Et vous étiez combien il y a cinq ans ?

— À peu près autant, peut-être quelques-uns de plus. » La réponse exacte était trente-cinq.

« Le turnover est important ? »

Whitby haussa les épaules. « On a des inconditionnels qui resteront quoi qu'il arrive. Et aussi beaucoup de nouveaux qui débarquent avec des idées à eux, c'est vrai, mais ils ne changent pas vraiment grand-chose. » Son ton laissait entendre que soit ils ne tardaient pas à repartir, soit ils prenaient le pli… mais lequel, au juste ?

Control laissa le silence perdurer, si bien qu'il n'y eut plus que le bruit de leurs pas. Comme il s'en doutait, Whitby n'aimait pas le silence. « Désolé, désolé, dit celui-ci au bout d'un moment. Je ne voulais rien sous-entendre par là. Mais c'est parfois frustrant que des nouveaux arrivent en voulant changer les choses sans connaître… notre situation. On aimerait bien qu'ils commencent par lire le mode d'emploi… enfin, si on en avait un. »

Control y réfléchit en répondant d'un bruit qui n'engageait à rien. Il avait l'impression d'être tombé au milieu d'une dispute opposant Whitby à d'autres personnes. L'homme avait-il été à un moment une nouvelle voix ? Est-ce que *lui* était le nouveau Whitby, mais pour l'ensemble du Rempart Sud plutôt que pour la seule division sciences ?

Whitby avait l'air plus pâle qu'avant, presque malade. Il regardait à mi-distance en descendant mollement les marches. Chacune semblait le mettre encore plus mal à l'aise. Il avait cessé de l'appeler monsieur.

Control se sentit pris d'une espèce de pitié ou de compassion, sans savoir si c'était l'une ou l'autre. Peut-être un changement de sujet aiderait-il le scientifique.

« À quand remonte votre dernier nouvel échantillon de la Zone X ?

— À peu près cinq ou six ans. » Whitby semblait plus sûr de cette réponse-là, à défaut d'avoir repris des forces, et il avait raison. Cela faisait six ans que le Rempart Sud n'avait rien récupéré de nouveau en provenance de la Zone X. À l'exception des membres changés à jamais de la onzième expédition. Les médecins et les scientifiques avaient pratiqué tous les tests imaginables sur eux et sur leurs vêtements… sans rien trouver. Absolument rien qui sorte de l'ordinaire. À part une anomalie : le cancer.

Aucune lumière n'atteignait le sous-sol, sinon celle que la division sciences produisait pour elle-même : elle disposait de son propre générateur, de son propre système de filtrage, de ses propres réserves de nourriture. Des vestiges, sans nul doute, d'un impératif de l'ancien temps qui se résumait à : « en cas d'urgence, sauvez les scientifiques ». Control avait du mal à imaginer ces premiers jours, avec un gouvernement pris de panique derrière des portes closes et tout le personnel du Rempart Sud croyant que ce qui s'était introduit dans le monde le long de la côte oubliée pourrait bientôt s'intéresser à l'arrière-pays. Mais l'invasion ne s'était pas produite, et Control se demanda si cette attente déjouée n'avait pas réussi à provoquer le déclin du Rempart Sud.

« Ça vous plaît de travailler ici, Whitby ?

— Si ça me plaît ? Oui. Je dois avouer que c'est souvent fascinant, et assurément stimulant. » Il suait à présent, de grosses gouttes se formaient sur son front.

Fascinant, peut-être, toujours est-il que, d'après les dossiers, Whitby avait vécu trois ans auparavant une longue crise de demande de transferts… une par mois, puis tous les deux mois, comme un s.o.s. émis par intermittence, avant que cela se calme complètement, à la manière d'un électrocardiogramme qui devient plat. Control approuvait l'initiative, mais appréciait moins le sentiment de désespoir qu'exprimait ce nombre de tentatives. Whitby ne voulait pas être coincé dans un endroit où il ne se passait manifestement plus rien et d'où, tout aussi manifestement, la directrice ni personne d'autre n'avait voulu le laisser partir.

Peut-être à cause de sa polyvalence, parce qu'il était clair pour Control que, à l'instar de tous les autres services du Rempart Sud, la division sciences avait été « vendue pièce par pièce », comme aurait dit sa mère, par l'antiterrorisme et Central. Les dossiers du personnel montraient qu'il y avait eu par le passé cent cinquante scientifiques sur site, représentant près de trente disciplines et répartis dans plusieurs départements. Il n'en restait plus que soixante-cinq dans tout ce bâtiment hanté. Il avait même été question, Control le savait, d'un déménagement, sauf que l'endroit était trop proche de la frontière pour servir à quoi que ce soit d'autre.

La même vilaine odeur de pourriture lui parvint de nouveau aux narines, comme si le concierge avait un accès illimité à l'ensemble du bâtiment.

« L'odeur de détergent n'est pas un peu forte ?

— Quelle odeur ? » Whitby tourna la tête d'un coup, ses yeux rendus immenses par les cercles qui les entouraient.

« Celle de miel pourri.

— Je ne sens rien. »

Control fronça les sourcils, contrarié avant tout par la véhémence de la réponse. Oui, évidemment. Ils y étaient habitués. C'était une tâche d'une importance très minime, mais il ferait autoriser le remplacement des produits de nettoyage par des équivalents écologiques.

Quand ils débouchèrent par une descente qui paraissait inutilement raide dans une espèce de vaste antichambre de la division sciences, le plafond paraissant plus haut que jamais, Control fut surpris. Un grand mur métallique se dressait devant eux, percé d'une petite porte au système de sécurité perfectionné qui clignotait en rouge.

Sauf qu'elle était ouverte.

« La porte est toujours ouverte, Whitby ? »

Semblant croire qu'émettre une supposition pourrait s'avérer dangereux, le scientifique hésita avant de répondre : « C'était l'arrière des installations, à l'époque… Ils n'ont ajouté la porte qu'il y a un an ou deux. »

Si bien que Control se demanda à quoi avait servi cet espace auparavant. Salle de bal ? Mariages et bar-mitsva ? Cours martiales improvisées ?

Tous deux durent se pencher pour entrer et furent aussitôt confrontés à deux sas du genre spatial, sans aucun doute destinés à empêcher toute contamination. Leurs panneaux étaient ouverts en porte-à-faux et de l'intérieur provenait une intense lumière blanche qui, pour une raison quelconque, refusait de dépasser la porte de sécurité non sécurisée.

Le long des murs des deux pièces, à hauteur d'épaule, pendaient des rangées de longs gants noirs flasques auxquels Control ne put que trouver l'air abattu. Ils donnaient l'impression de ne pas avoir été ranimés depuis longtemps par des mains et des bras. C'était une espèce de mausolée, de sépulture de la curiosité et du zèle.

« Ils sont là pour quoi, Whitby ? Faire peur aux invités ?

— Oh, on ne s'en est pas servi depuis une éternité. Je ne sais pas pourquoi ils les ont laissés là-dedans.

Cela ne s'arrangeait pas vraiment après.

003 : Traitement

De retour dans son bureau après avoir laissé Whitby à son monde, Control se livra à une nouvelle recherche de mouchards. Il se prépara ensuite à appeler la Voix, qui exigeait des rapports réguliers. On lui avait remis à cet effet un téléphone portable particulier, rien que pour rendre son cartable plus encombrant. La dizaine de fois où il avait parlé à la Voix à Central avant de venir au Rempart Sud, celui/celle-ci aurait pu être dans les parages. Il/elle aurait pu l'observer depuis le début par des caméras cachées. Ou se trouver à des milliers de kilomètres, opérateur distant employé pour ne gérer qu'un seul agent.

Control ne gardait plus guère de souvenir de ces conversations, à part les informations brutes obtenues durant celles-ci, mais parler à la Voix le rendait nerveux. Il trempait de sueur son maillot de corps en composant le numéro, non sans avoir vérifié au préalable qu'il n'y avait personne dans le couloir, puis verrouillé sa porte. Ni sa mère ni la Voix ne lui avaient indiqué ce qu'on attendait de ses rapports. Sa mère avait dit que la Voix pouvait le destituer sans passer par elle. Il en doutait, mais avait décidé d'y croire pour le moment.

La Voix était, comme toujours, bourrue et camouflée par un filtre. Uniquement par sécurité ou pour ne pas que Control la reconnaisse ? « Tu n'apprendras sans doute jamais l'identité de la Voix, avait dit sa mère. Il faut que tu te sortes cette question de la tête. Concentre-toi sur ce qui t'attend. Fais ce que tu fais le mieux. »

Mais que faisait-il le mieux ? Et comment cela se traduisait-il par la Voix estimant qu'il avait bien travaillé ? Il se la représentait déjà comme un mégalodon ou un autre de ces monstres géants, placé dans un *think tank* d'eau salée au sous-sol d'un endroit utilisé par les agences gouvernementales pour leurs opérations clandestines, endroit si secret et si labyrinthique que tout le monde avait oublié à quoi il servait, mais continuait à en respecter les rituels. Un *sink tank*, en fait. Ou un *stink tank*. Control aurait été surpris que la Voix et sa mère daignent sourire à ces jeux de mots[1].

La Voix se servit du véritable nom de Control, ce qui commença par le déconcerter, comme s'il s'était tellement assimilé à « Control » que son nom d'avant appartenait désormais à quelqu'un d'autre. Il ne pouvait empêcher son index gauche de tapoter le sous-main.

« Au rapport, commanda-t-elle.

— De quelle manière ? répondit aussitôt Control, réaction il faut le reconnaître plutôt stupide.

— Avec des mots, ce serait bien. » La Voix était comme du gravier sous des semelles.

Control se lança dans un résumé de ce qui lui était arrivé jusqu'à présent, en commençant par un résumé du résumé qu'on lui avait fait de la situation au Rempart Sud.

Mais il perdit à un moment le fil ou l'élan – avait-il déjà rendu compte des mouchards dans son bureau ? – et la Voix l'interrompit : « Parlez-moi des scientifiques. De la division sciences. Vous les avez rencontrés, aujourd'hui. Quelle est la situation à ce niveau ? »

---

1. *Tank* désigne un réservoir, une cuve, une citerne, un aquarium *(fish tank)*. D'où *think tank* (littéralement *réserve de pensée*, en français : groupe de réflexion, laboratoire d'idées). Control passe de *think* à *sink* (couler, mais aussi lavabo) et *stink* (puanteur). (*Toutes les notes sont du traducteur.*)

Intéressant. Cela signifiait-il qu'elle disposait d'autres yeux à l'intérieur du Rempart Sud ?

Il raconta donc sa visite, mais en traduisant ses propres opinions en langage diplomatique. S'il avait été débriefé par sa mère, Control aurait dit que les scientifiques n'étaient bons à rien, même pour des scientifiques. Le responsable de la division, Mike Cheney, était un petit quinquagénaire blanc fortement charpenté, les cheveux argentés coupés ras, qui portait un jean, un t-shirt et un blouson de moto. Il parlait d'une voix joviale et retentissante avec un accent originaire du Nord, mais parfois un peu traînante comme celle des gens du Sud. Les plis aux coins de sa bouche et ses sourcils tombants concouraient à faire ressembler son visage à un X, sort qu'il combattait sans relâche en étant de ces gens qui avaient toujours le sourire aux lèvres.

Son adjointe, Deborah Davidson, elle aussi physicienne, était d'une maigreur de joggeuse alors qu'elle devait sa perte de poids à la cigarette. Elle semblait grincer dans sa chemisette à carreaux rouges et son pantalon serré en velours marron maintenu par une épaisse ceinture en cuir trop grande. Le tout largement dissimulé par une veste de costume noire usée dont les énormes épaulettes révélaient l'âge. Sa poignée de mains, dont Control eut du mal à s'extirper, évoquait un poisson mort et froid.

La capacité de Control à retenir les noms s'arrêta toutefois là. Il salua de vagues hochements de tête le chimiste de recherche ainsi que l'épidémiologiste, le psychologue et l'anthropologue qu'on avait également entassés dans la minuscule salle de réunion pour cette rencontre. Control interpréta tout d'abord le choix de cet endroit comme un manque de respect à son égard, mais s'aperçut de son erreur au beau milieu de la réunion. Non, ils étaient comme un chat confronté à un prédateur : ils essayaient simplement de paraître plus gros à ses yeux, en l'occurrence en diminuant la taille de leur environnement.

Aucun des autres n'avait grand-chose à ajouter, même s'il eut le sentiment qu'ils se montreraient plus diserts en tête-à-tête. Pour le reste, ce fut le Cheney & Davidson *show*, avec quelques commentaires de l'anthropologue. Vu leur manière de parler, si leurs diplômes avaient été des médailles, ils les auraient toutes épinglées à une espèce d'uniforme de scientifique quasi militaire… du genre, disons, des blouses de laboratoire qu'aucun d'eux ne portait. Mais il comprenait le besoin, comprenait que cela faisait tout simplement partie du récit en cours : la division sciences s'était petit à petit vue privée du vaste territoire dont elle disposait autrefois.

Grace leur avait apparemment dit – ordonné ? – de lui servir le laïus habituel, ce qu'il interpréta comme une forme de subterfuge ou, au mieux, une possible perte de temps. Mais cette redite ne semblait pas les perturber. Elle leur plaisait, au contraire, comme à des magiciens trop enthousiastes à la recherche d'un public. Control lisait la gêne de Whitby dans sa manière de se rendre petit et insignifiant à l'autre bout de la pièce.

La « pièce de résistance », comme son père aimait à dire par plaisanterie, consistait en une vidéo de lapins blancs qui disparaissaient au niveau de la frontière invisible : ils devaient l'avoir montrée à de multiples reprises, vu l'aisance avec laquelle ils la commentèrent.

La chose s'était produite au milieu des années 1990, et Control était tombé dessus dans les données relatives à la frontière invisible entre la Zone X et le monde. Comme si, réflexe de frustration à l'absence de progrès, les scientifiques avaient lâché deux mille lapins dans un secteur bien précis à une quinzaine de mètres de la frontière, et les avaient poussés droit sur cette dernière. Si observer la transition des lapins d'un endroit à l'autre avait de la valeur pour la division sciences, celle-ci avait de plus caressé l'espoir que le franchissement simultané ou quasisimultané de la frontière par autant de « corps vivants » parvienne à « surcharger » le « mécanisme » sous-jacent à la frontière au point de le mettre en court-circuit, ne serait-ce que « localement ». À supposer que la frontière *puisse* être surchargée, comme un réseau électrique.

Ils avaient documenté la transition des lapins non seulement par une captation vidéo standard, mais aussi à l'aide de minuscules caméras sanglées sur le crâne des animaux. Un montage en écran divisé des images ainsi obtenues permettait de maximiser l'effet dramatique, avec des ralentis et des accélérés qui, dans l'ensemble, dégageaient une impression bizarrement désinvolte. Comme si même le monteur avait voulu prendre l'événement à la légère pour trouver un moyen, par l'intermédiaire d'une impertinence dans les images, de les *dé-voir*. En tout, Control le savait, les bibliothèques vidéo et numérique contenaient plus de quarante mille séquences de lapins en train de disparaître. De bondir. De se grimper dessus tout gigotants, formant ainsi de grossières pyramides de lapins dans leurs efforts pour ne pas être poussés dans la frontière.

La principale séquence vidéo, passée à vitesse normale tout comme au ralenti, avait quelque chose de terre-à-terre et d'abrupt. Les lapins ziguaient et zaguaient devant des humains en encombrantes combinaisons bactériologiques qui les avaient rassemblés en demi-cercle. Ces humains ressemblaient bizarrement à d'anonymes policiers antiémeutes vêtus de blanc et formaient avec leurs longs boucliers blancs maintenus côte à côte une muraille qui cernerait et guiderait les animaux. Une ligne rouge fluo sur le sol matérialisait la zone de transition de cinq mètres entre le monde et la Zone X.

Quelques lapins parvinrent à contourner ce demi-cercle ou trouvèrent par des bonds affolés une trajectoire qui les propulsa au-dessus du rempart antiémeute occupé à les pousser en avant. Mais la majeure partie ne put s'échapper. La majeure partie se précipita et, soit en pleine course, soit en plein bond, disparut en atteignant le bord de la frontière. Il n'y eut ni ondulation, ni explosion de sang et d'organes. Ils ne firent que disparaître. Un gros plan au ralenti révéla une microseconde de transition dans laquelle une moitié ou un quart de lapin apparaissait sur l'écran, mais seule une image fixe pouvait vraiment marquer le moment entre *là* et pas là. Sur l'une d'elles, cela se traduisait par une vue de l'arrière-train d'une cinquantaine de lapins en pleine bousculade et pour moitié en train de bondir, arrière-trains sans tête et ni thorax.

La vidéo que lui montrèrent les scientifiques n'avait pas de son, rien qu'un commentaire en voix off, mais

Control avait lu dans les archives qu'un horrible hurlement s'était élevé au sein des lapins une fois les premiers d'entre eux forcés de franchir la frontière. Une espèce de mélopée funèbre et une panique générale. Si la vidéo avait continué, Control aurait vu les derniers lapins se rebeller si totalement contre le mouvement qu'on leur imposait qu'ils se retournaient contre ceux qui le leur imposaient, bondissant pour mordre et griffer… il aurait vu les boucliers blancs se teinter de rouge et les chercheurs si surpris que la plupart rompaient les rangs, laissant s'enfuir plus de deux cents lapins.

Les caméras sanglées sur leur crâne furent peut-être encore moins révélatrices. Comme les rushes mis au rebut d'une intense scène de bataille, ils montraient simplement l'arrière-train et le dessous des pattes arrière de lapins en train de courir désespérément et un paysage très secoué, puis tout devenait noir. Les animaux ayant franchi la frontière ne transmirent aucune image, même si ceux qui étaient parvenus à s'échapper brouillaient un peu la situation sur ce point, les marécages se ressemblant énormément d'un côté et de l'autre. Le Rempart Sud avait par la suite passé beaucoup de temps à récupérer les fugitifs afin d'écarter l'éventualité de séquences filmées derrière la frontière.

Et l'expédition suivante, envoyée dans la Zone X une semaine après cette expérience, n'avait trouvé aucune trace des lapins blancs, morts ou vifs. Aucune des expériences semblables, menées à beaucoup plus petite échelle, n'avait donné le moindre résultat. Et Control n'avait pas manqué de tomber, dans un dossier, sur la note tatillonne d'un écologiste qui disait à ce sujet : « Mais bon Dieu, c'est une espèce envahissante. Ils auraient dû *contaminer* la Zone X. » Vraiment ? Ce qui avait créé la Zone X l'aurait-il permis ? Une image ridicule vint à l'esprit de Control, qui s'efforça de la chasser : la Zone X renvoyant des années après un lapin de taille humaine ne se souvenant plus de rien, sinon de sa fonction. La plupart des magiciens pouffaient de rire aux mauvais moments, de toute façon, comme s'ils lui montraient de quelle manière ils réussissaient leur tour le plus célèbre. Mais Control avait déjà entendu des rires nerveux : il ne doutait pas que, même à pareille distance, la vidéo dérangeait beaucoup d'entre eux.

Certains des responsables avaient été renvoyés, d'autres mutés. Mais ajouter le passage du temps à une farce vous laissait apparemment avec une image emblématique, vu que les nobles vestiges de la division sciences lui montraient à présent avec un enthousiasme manifeste ce qui avait été jugé comme relevant de l'échec complet. Ils avaient d'autres choses à lui faire voir – des données et des échantillons sous verre de la Zone X –, mais il ne s'agissait guère que de ce qui figurait déjà dans les dossiers, d'informations qu'il pourrait ensuite vérifier à loisir.

D'une certaine manière, cette vidéo ne posa aucun problème à Control. C'était un soulagement, étant donné ce qui l'attendait. Les vidéos de la première expédition, dont un seul membre avait survécu, il lui faudrait les examiner plus tard dans la semaine comme principaux éléments de preuve. Mais il n'arrivait pas non plus à cesser de trouver à cette présentation une sorte de sensibilité de potache, d'y entendre brailler par en dessous : « T'as vu ce truc qu'on a envoyé dans la frontière ! T'as vu ça un peu ? » Passe la mauvaise bière. Vide un shot à chaque lapin blanc que tu vois.

Quand Control était parti, ils s'étaient tous mis debout plus ou moins en ligne comme s'il allait les prendre en photo, pour lui serrer la main l'un après l'autre. Ce n'est qu'ensuite, une fois Whitby et lui de retour sur l'escalier, après les horribles gants noirs, qu'il se rendit compte de ce que cela avait eu de bizarre. Ils s'étaient tenus tellement droits, avec une expression tellement sérieuse. Ils avaient dû penser qu'il était venu tailler encore davantage dans leur service. Qu'il était venu les juger. Plus tard encore, alors qu'il ressortait certains mouchards du tiroir dans l'idée d'accomplir une mauvaise action avant d'appeler la Voix, il se demanda s'ils n'avaient pas plutôt eu peur de tout autre chose.

La majeure partie de ce qui s'était passé, Control la raconta à la Voix avec un sentiment croissant de futilité. Il n'y avait là-dedans pas grand-chose de logique ou de nouveau : il ne faisait que parler pour avoir quelque chose à dire. Il ne lui dit pas que certains des scientifiques avaient décrit la Zone X comme une *bénédiction environnementale* X, avec le sous-entendu démoralisant et perturbant : « Fait-on bien de la combattre ? » C'était une « nature immaculée », après tout, désormais débarrassée des toxines d'origine humaine.

« ET MERDE ! » hurla la Voix alors que Control arrivait au terme de son rapport sur la division sciences, interrompant l'incessant bruit de fond de ses propres marmonnements… Control éloigna un instant le téléphone portable de son oreille sans trop savoir ce qui avait déclenché pareille réaction, jusqu'à ce qu'il entende : « Désolé. Je me suis renversé du café dessus. Continuez. » Sa représentation mentale de la Voix en mégalodon quelque peu perturbée par cette histoire de café, Control ne retrouva pas tout de suite le fil.

Quand il eut fini, la Voix se contenta de demander, comme s'ils recommençaient depuis le début : « Quel est votre état d'esprit actuel ? Vos affaires sont-elles en ordre ? Vous pensez qu'il faudra quoi ? »

À quelle question répondre ? « Optimiste, je crois. Mais tant qu'ils ne sauront pas un peu mieux dans quelle direction aller, qu'ils n'auront pas davantage de structure et de ressources, difficile à dire.

— Que pensez-vous de la précédente directrice ? »

Une accumulatrice. Une excentrique. Une énigme. « La situation n'est pas simple, ici, et je n'ai vraiment commencé qu'auj…

— QUE PENSEZ-VOUS DE LA PRÉCÉDENTE DIRECTRICE ? » Une espèce de mugissement, comme si le gravier avait été enlevé par un déluge de pluie.

Control sentit son cœur accélérer. Il avait déjà eu des supérieurs qui maîtrisaient mal leurs accès de colère, et que celui-ci soit à l'autre extrémité d'une communication téléphonique n'arrangeait rien.

Tout lui échappa, ses embryons d'opinion. « Elle avait complètement perdu le sens des proportions. Elle avait perdu le fil. Ses méthodes étaient devenues extravagantes et ça va prendre du temps pour démêler…

— ASSEZ !

— Mais je…

— Ne dénigrez pas les morts. » Cette fois, ce fut un chuchotement granuleux. Malgré le filtre, Control eut une impression de deuil, ou peut-être ne faisait-il que projeter.

« Oui, désolé, c'est juste que…

— J'espère que la prochaine fois, l'interrompit-elle de nouveau, vous aurez quelque chose de plus intéressant à raconter. Quelque chose que je ne sais pas. Interrogez la directrice adjointe sur la biologiste, par exemple. Sur ce que comptait en faire la directrice.

— Oui, bonne idée », approuva Control en souhaitant juste que la conversation se termine au plus tôt. Il lui vint alors une idée. « Oh, à propos de la directrice adjointe… » Il expliqua brièvement le problème posé ce matin-là par le départ de l'anthropologue et de la géomètre, par Grace qui semblait disposer à Central de contacts susceptibles de causer des ennuis.

« Je vais regarder ça. Je m'en occupe. » Elle prononça alors des paroles qu'elle avait déjà plus ou moins dites et qui semblaient du coup préenregistrées : « Et n'oubliez pas que je surveille en permanence. Réfléchissez donc *bien* à ce que je pourrais ne pas savoir. »

Clic.

Control rattrapa la directrice adjointe dans un des nombreux couloirs qu'il n'avait pas tout à fait reliés l'un à l'autre. Il essayait de trouver le service des ressources humaines pour de la paperasse, mais ne visualisait toujours pas la disposition globale des lieux et était encore un peu désarçonné par son entretien avec la Voix.

Les bribes de conversation qu'il captait au passage ne l'aidaient pas, qui faisaient référence à des éléments sur lesquels il ne disposait pour l'instant d'aucun contexte. « Vous pensez que ça descend à quelle profondeur ? »

« Non, ça ne me rappelle rien. Mais je ne suis pas spécialiste. » « Crois-le ou non. » Grace ne l'aidait pas non plus. Dès qu'il arriva à sa hauteur, elle se plaça tout près de lui, peut-être pour souligner qu'elle le valait en force et en taille. Elle dégageait une telle odeur de lavande synthétique que Control dut se retenir d'éternuer.

Il répondit à ses questions sur sa rencontre avec les scientifiques, puis se tourna vers elle pour l'interroger avant que leurs chemins aient le temps de se séparer. « Pourquoi vous ne vouliez pas de la biologiste pour la douzième expédition ? »

Elle cessa de marcher, recula un peu pour le regarder de travers. Très bien… au moins, elle n'allait pas éviter la confrontation.

« Qu'est-ce que vous aviez à l'esprit à ce moment-là ? Pourquoi vous ne vouliez pas d'elle dans cette expédition ? »

Des employés passaient à gauche comme à droite. Grace baissa la voix : « Elle n'avait pas les bonnes qualifications. Elle s'était fait renvoyer de cinq ou six boulots. Elle ne manquait pas de talent naturel, elle avait une sorte d'étincelle, c'est vrai, mais elle n'était pas qualifiée. Et que son mari ait participé à l'expédition précédente… ça la compromettait aussi.

— La directrice n'était pas du même avis.

— Comment ça se passe, pour Whitby, au fait ? » demanda-t-elle en guise de réponse, et il comprit qu'elle lisait sur son visage la confirmation de sa source. Pardonne-moi de t'avoir livré, Whitby. Mais la réaction de Grace lui apprit aussi qu'elle n'aimait pas trop que Whitby lui parle. Cela voulait-il dire qu'il était l'âme damnée de Cheney ?

Il insista : « Mais la directrice n'était pas du même avis.

— Non », admit-elle. Control se demanda quel genre de trahison cela avait été. « Pas du tout. Elle pensait que tous ces manques étaient des *plus*, qu'on se souciait trop des mesures habituelles d'aptitude. On s'est inclinés.

— Même si elle avait fait exhumer et réexaminer les corps de l'expédition précédente ?

— Où avez-vous entendu parler de ça ? demanda-t-elle, sincèrement surprise.

— Est-ce que ça n'en dit pas long sur les aptitudes de la directrice elle-même ? »

Mais l'étonnement de Grace s'était déjà durci en résistance, si bien qu'elle s'était remise en mouvement quand elle répondit d'un ton sec : « Absolument pas.

— Elle soupçonnait quelque chose, pas vrai ? » demanda Control en revenant à sa hauteur. D'après Central, les dossiers laissaient penser que, même si le vidage de cerveau sans égal subi par l'expédition précédente ne signalait pas de changement dans la situation à l'intérieur de la Zone X, il en signalait peut-être un chez la directrice.

Grace soupira, comme fatiguée d'essayer de se débarrasser de lui. « Elle soupçonnait qu'ils pouvaient avoir… changé depuis les autopsies. Mais si vous posez la question, c'est que vous le savez déjà.

— Et ils avaient changé ? » Avaient disparu. Ressuscité. S'étaient envolés dans le ciel.

« Non. Ils s'étaient décomposés un peu plus vite qu'on aurait pu s'y attendre, mais non, ils n'avaient pas changé. »

Control se demanda combien cela avait coûté à la directrice en termes de respect et de faveurs. Il se demanda si, quand elle avait annoncé au personnel qu'elle se joindrait à la douzième expédition, une partie dudit personnel avait ressenti non de l'inquiétude ou de la préoccupation, mais plutôt une sorte d'étrange soulagement coupable.

Il avait une autre question à poser à Grace, mais celle-ci était déjà partie dans une autre direction, dans un autre couloir du labyrinthe.

Suivirent de futiles et timides efforts pour réaménager son bureau, ainsi que la lecture de quelques rapports élémentaires remis à brûle-pourpoint par Grace, sans doute pour le ralentir. Il apprit que le Rempart Sud disposait de son propre service d'accessoiristes, chargé de créer pour les expéditions un équipement respectant les protocoles. En d'autres termes, de fabriquer de la technologie obsolète. Il apprit aussi qu'on mettait à niveau les dispositifs de sécurité des installations hébergeant à leur retour les membres des expéditions : les caméras de surveillance étaient d'une marque dépassée et tombaient systématiquement en panne. Il essaya même de regarder un dvd donné par un « biologiste des cycles de vie » et montrant une vue en coupe générée par ordinateur de l'écosystème de la côte oubliée, représenté par une série de lignes topographiques dans un arc-en-ciel de couleurs. De très belles images, mais d'un niveau de détail inadapté pour lui.

Il rentrait chez lui en fin de journée quand il tomba une nouvelle fois sur Whitby, dans la cafétéria dont l'homme ne semblait jamais s'éloigner beaucoup, presque comme s'il ne voulait pas rester en bas au cachot avec les autres scientifiques. Ou comme s'ils le chargeaient d'une commission après l'autre pour ne pas l'avoir dans les jambes. Un petit oiseau noir n'arrivait plus à ressortir de la pièce et Whitby l'observait qui voletait entre les lucarnes.

Control lui posa la question qu'il avait voulu poser à Grace quand elle était partie dans un autre couloir du labyrinthe.

« Whitby, pourquoi récupère-t-on si peu de journaux au retour des expéditions ? » On en récupérait beaucoup, beaucoup moins que de membres d'expédition.

Toujours fasciné par le vol de l'oiseau, Whitby tournait la tête à la manière d'un chat pour en suivre les moindres mouvements. Avec dans le regard une intensité qui déconcerta Control.

« Données incomplètes, répondit le scientifique. Trop incomplètes pour arriver à une certitude. Mais la plupart de ceux qui reviennent nous disent qu'ils n'ont tout simplement pas pensé à en rapporter. Ils ne croient pas que c'est important ou n'en ressentent pas le besoin. C'est le mot *ressentir* qui est important, en l'occurrence. On perd le besoin ou l'élan de transmettre, de communiquer, un peu comme les astronautes perdent de la masse musculaire. De toute manière, la plupart des journaux se retrouvent dans le phare, apparemment. Ça n'a pas été la priorité pendant un moment, mais, quand nous avons demandé aux expéditions d'après de les récupérer, en général elles n'ont même pas essayé. On perd l'élan, ou bien je ne sais quoi d'autre intervient, devient plus crucial sans même qu'on s'en aperçoive. Jusqu'à ce qu'il soit trop tard. »

Cela mit dans l'esprit de Control la désagréable image de quelqu'un ou quelque chose qui, dans la Zone X, allait à l'intérieur du phare s'asseoir au sommet d'une pile de journaux afin de les lire *pour* le Rempart Sud. Ou de les écrire.

« Je peux vous montrer un truc intéressant là-dessus dans une des pièces situées près de la division sciences, indiqua Whitby d'un ton rêveur sans cesser de suivre l'oiseau des yeux. Ça vous dit ? » Son regard se baissa et se fit plus précis pour se poser sur Control, donnant soudain à celui-ci l'impression dissonante qu'il y avait deux Whitby, l'un tapi dans l'autre.

« Dites-moi plutôt de quoi il s'agit.

— Non. Il faut que je vous le montre. C'est un peu bizarre. Il faut le voir pour comprendre. » Whitby semblait à présent à la fois se ficher et tenir beaucoup trop à ce que Control voie l'étrange pièce.

Control rit. Plusieurs personnes lui avaient montré des choses complètement cinglées depuis ses débuts dans l'antiterrorisme. Ou lui avaient dit des choses cinglées durant la journée.

« Demain, dit-il. Je verrai ça demain. » Ou pas. Pas de surprises. Pas de satisfaction pour les gardiens de secrets insolites. Pas de bizarreries avant l'heure. Il en avait vraiment assez pour la journée, la nuit lui permettrait de se préparer au match retour. Le problème, avec les gens qui voulaient vous montrer quelque chose, c'était que leur intérêt à accroître vos connaissances se mêlait parfois d'un peu de sadisme de voyeur. Ils attendaient le Regard ou la Réaction, peu importait du moment que cela vous causait de la gêne. Il se demanda si Grace avait poussé Whitby à faire cela après leur conversation, s'il s'agissait d'une espèce de plaisanterie étrange consistant à lui faire mettre la main dans quelque chose qu'il ne savait pas rempli de vers de terre, ou encore ouvrir un carton dont jaillirait un serpent en plastique.

Difficile à distinguer dans cette lumière de fin d'après-midi, l'oiseau prisonnier plongeait à présent avec des mouvements erratiques.

« Vous devriez le voir maintenant, dit Whitby d'un ton de regret blessé. Mieux vaut tard que jamais. »

Mais Control lui avait déjà tourné le dos pour se diriger vers l'entrée, puis (enfin) le parking.

Tard ? À quel point au juste Whitby le pensait-il en retard ?

004 : Retour

L'automobile lui permit de respirer un peu, lui donna l'occasion de décompresser et de se transformer en autre chose. Hedley se situait à quarante-cinq minutes en voiture du Rempart Sud, sur les rives d'un fleuve qui, une petite trentaine de kilomètres plus loin, se jetait dans l'océan. C'était une ville assez grande pour avoir du caractère et une vie culturelle sans être un piège à touristes. On s'y installait même si elle n'arrivait pas tout à fait à être « un bon endroit où élever des enfants ». Entre les boutiques qui vivotaient blotties à une extrémité de la courte promenade riveraine et les routes passant sous les branches des arbres qui les bordaient, les signes d'une certaine qualité de vie ne manquaient pas, en partie brouillés par les alignements de commerces qui rayonnaient depuis les limites de la ville. Il y avait une petite université privée, avec un centre culturel performant. On pouvait faire son jogging le long du fleuve ou randonner sur les voies vertes. Hedley ne se départait néanmoins pas d'une certaine langueur qui, surtout l'été, pouvait passer du jour au lendemain de charmante à terne. Quand la brise cessait de souffler du fleuve, s'installait un calme annonciateur de changement d'humeur et on savait depuis longtemps que des actes d'une violence insensée éclataient soudain dans certains bars sur les quais… des établissements à fréquenter uniquement si on pouvait passer pour blanc, et encore. Une ville qui semblait piégée dans le temps, pas très différente de celle que Control avait connue dans son adolescence.

Son emplacement convenait à Control, qui voulait être proche de la mer, mais pas sur le littoral. Quelque chose dans l'incertitude de la Zone X avait suscité cette exigence en lui. D'une certaine manière, son rêve interdisait qu'il en soit autrement. Son rêve lui disait de se tenir à distance. Dans l'avion qui le conduisait à sa nouvelle mission, il avait été pris d'étranges pensées sur les habitants de ces villes situées de chaque côté de la Zone X sur le littoral, se disant qu'ils avaient dû muter d'une façon ou d'une autre sans changer d'apparence. Des communautés entières n'étaient plus ce qu'elles avaient été, même si personne ne s'en serait aperçu à première vue. C'était le genre de pensées qu'il fallait à la fois tenir à distance et alimenter, si on y arrivait. On ne pouvait pas se laisser dévorer par elles, mais il fallait en tenir compte. Car Control savait d'expérience qu'elles reflétaient quelque chose du subconscient, un instinct qu'on ne voulait pas contrecarrer. Vu le peu que le Rempart Sud savait sur la Zone X, même au bout de trente ans, une précaution irrationnelle n'était d'ailleurs pas forcément déraisonnable.

Et il ne se sentait pas dépaysé, à Hedley. C'était là qu'il venait s'amuser le week-end avec ses amis, une fois certains d'entre eux capables de conduire, même s'ils savaient que Hedley était aussi une sorte de trou à rat… mais un peu moins petit que celui où ils habitaient. Enclavé et désolé. Sa mère y avait même fait allusion lors de leur dernière rencontre. Elle était venue en avion dans le Nord lui rendre visite sur son précédent lieu de travail, où les tâches d'analyse et de management qu'on lui confiait s'étaient peu à peu réduites à un rôle plus réactif et plus administratif. À cause de ses antécédents, devinait-il. À cause de ses débuts toujours bons, mais ensuite, s'il restait trop longtemps, il se produisait parfois… quelque chose, quelque chose qu'il ne pouvait pas clairement définir. Il s'investissait trop. Il se mettait à avoir trop ou moins d'empathie. Cela le déconcertait quand tout se mettait à merder, parce qu'il ne voyait pas à quel moment au juste la situation avait commencé à se dégrader… et restait convaincu qu'il pourrait trouver la bonne formule.

Mais sa mère était venue de Central et ils s'étaient vus dans une salle de réunion probablement sous écoute. La Voix avait-elle voyagé avec elle et été installée à l'intérieur d'un aquarium d'eau salée dans la pièce attenante ?

Le froid extérieur expliquait le manteau, le pardessus et l'écharpe que portait sa mère, en plus de son tailleur de femme d'affaires et de ses talons hauts noirs. Elle ôta le pardessus qu'elle posa sur ses genoux. Mais elle garda son écharpe. Elle avait l'air capable de bondir de son siège sans crier gare pour franchir la porte avant même qu'il puisse claquer des doigts. Il ne l'avait pas revue depuis cinq ans – elle était, comme on pouvait s'y attendre, injoignable quand il avait essayé de la contacter à propos des obsèques de son ex-mari –, mais n'avait qu'à peine vieilli, ses cheveux châtain toujours aussi volumineux que ceux d'un mannequin et ses yeux d'une espèce de bleu calculateur dans un visage où les rides n'empiétaient qu'à deux endroits : au coin des yeux et, dissimulées par la chevelure, sur le front.

« Ce sera comme un retour à la maison, non, John ? » demanda-t-elle en l'encourageant, en voulant qu'il le dise, comme s'il était une balane accrochée à un rocher et elle une mouette cherchant à le convaincre de lâcher prise. « Le cadre te mettra à l'aise. Les gens aussi. »

Il avait dû réprimer un mélange de colère et d'ambivalence. Comment saurait-elle si elle se trompait ou pas ? Elle n'était que rarement venue, malgré son droit de visite. Rien que lui et son père, papa qui commençait alors à s'effondrer, à trop manger, à boire un peu trop, au fil d'une série d'aventures après le prononcé du divorce… puis se réorientait vers une forme d'art dont personne ne voulait. Mettre de l'ordre dans ses affaires puis partir à l'université avait procuré à Control un soulagement coupable, ne plus vivre dans cette atmosphère.

« Et une fois à mon aise dans ce monde que je connais si bien, qu'est-ce que je ferai ? »

Elle lui sourit. Un sourire sincère. Il savait faire la différence, ayant tant de fois subi l'éclat jaune et terne d'un faux s'efforçant de raviver son amour filial. Quand elle souriait vraiment, sans hypocrisie, son visage acquérait une certaine beauté qui surprenait tout le monde, comme si elle avait jusqu'alors caché son véritable moi sous un masque. Alors qu'on attribuait rarement du mérite aux gens toujours sincères.

« C'est une chance de faire mieux, dit-elle. Une chance de tirer un trait sur le passé. »

Le passé. Quelle partie du passé ? Ce poste dans le Nord constituait sa dixième affectation en une quinzaine d'années, le Rempart Sud étant la onzième. Il y avait de nombreuses raisons, il y avait toujours des raisons. Ou une seule, dans son cas.

« Qu'est-ce que j'aurai à faire ? » Il savait que, s'il devait arracher la réponse à sa mère, cela risquait de ne pas être quelque chose dont il voulait. Mais le côté répétitif de son poste actuel le fatiguait déjà : il s'agissait finalement moins de réparation que de ravalement de façade. Il en avait assez aussi des intrigues de bureau. Peut-être cela avait-il toujours été son problème, au fond.

« Tu as entendu parler du Rempart Sud ? »

Il en avait entendu parler, essentiellement par deux collègues qui y avaient travaillé à un moment donné. De vagues allusions qui ne s'écartaient pas de l'histoire de catastrophe environnementale. Des rumeurs sur une hiérarchie au mieux excentrique. Des rumeurs de variation significative, d'anguille sous roche. Mais bon, comme toujours. Il ignorait, en entendant sa mère dire ces mots, s'il les trouvait excitants ou non.

« Et pourquoi moi ? »

Face au sourire qui précéda la réponse maternelle et lui parut empreint d'un peu de tristesse, de regret ou d'autre chose, il détourna les yeux. Quand elle était en mission, avant qu'elle parte pour de bon, elle avait eu pendant une assez brève période le chic de lui écrire de longues lettres manuscrites… à peu près autant que lui-même l'avait eu pour ne pas trouver le temps ou l'envie de les lire. Et voilà qu'il souhaitait presque qu'elle lui raconte le Rempart Sud par lettre, plutôt qu'en tête à tête.

« Parce qu'ils vont réduire les effectifs ici, même si tu ne le sais pas forcément, et tu seras dans la charrette. En plus, c'est exactement ce qui te convient. »

Cet à-coup au creux de l'estomac. Un autre changement. Une autre ville. Jamais la moindre chance de trouver son équilibre. À vrai dire, depuis qu'il s'était engagé dans le service, Control n'avait presque jamais vu l'éclair lumineux. Il s'était souvent senti pesant, et il se rendit compte que sa mère se sentait sans doute pesante, elle aussi. Qu'elle lui avait dissimulé derrière une façade de réserve et de légèreté le poids de l'information, de l'histoire et du contexte. Toutes ces choses qui vous surchargeaient, même contrebalancées par le sentiment électrique d'être d'un côté de la frontière où l'on savait des choses que tout le monde ignorait.

« C'est la seule solution ? » Bien sûr que c'était la seule, puisqu'elle n'en avait pas mentionné d'autre. Bien sûr que c'était la seule, puisqu'elle n'avait pas fait tout ce voyage uniquement pour lui dire bonjour. Il savait qu'il était la brebis galeuse, qu'en n'ayant pas obtenu de promotion il donnait mauvaise opinion de sa mère. N'avait pas la moindre idée des luttes intestines qu'elle avait dû livrer aux plus hauts échelons de services occultes si inaccessibles à son propre niveau d'habilitation qu'ils pouvaient tout aussi bien être dans les nuages, au milieu des anges.

« C'est peut-être injuste, John, je sais. Mais il pourrait bien s'agir de ta dernière chance. » Elle ne souriait plus. Plus du tout. « Du moins, c'est la dernière chance que je peux t'obtenir. » D'être nommé à un poste permanent qui mettrait un terme à ce mode de vie nomade, ou en général ? De garder un pied dans l'agence ?

Il n'osa pas poser la question… le bouillonnement de peur glacée qu'elle lui avait inspiré était trop profond. Il ignorait avoir besoin d'une dernière chance. La peur était si profonde qu'elle expulsait de son crâne la plupart des autres questions. Sur le moment, il ne s'était pas demandé un seul instant si rendre service à son fils pouvait ne pas être la seule raison de sa venue. Si, peut-être, elle avait *besoin* qu'il accepte.

L'appât, pour contrebalancer sa peur, fut brandi d'un ton gai et exactement quand il le fallait. « Tu ne veux pas en savoir davantage que moi ? Tu pourras, si tu prends ce poste. »

Et il ne put rien faire pour sa propre réaction. C'était vrai. Il le voulait.

Elle le serra dans ses bras quand il dit oui au Rempart Sud. Il en fut surpris. « Plus tu es près, moins tu cours de danger », lui murmura-t-elle à l'oreille. Près de quoi ?

Il se dégageait d'elle une vague odeur de parfum coûteux qui lui rappela un peu celle des pruniers du jardin de la maison où ils avaient vécu tous les trois dans le Nord. Le petit verger dont il avait jusqu'alors oublié l'existence. La balançoire. Le malamute du voisin qui lui courait toujours sans conviction après sur le trottoir.

Le temps que les questions lui viennent, il était trop tard. Elle avait remis son pardessus et quitté les lieux, comme si elle n'était jamais venue.

Le registre des visiteurs ne garda bien entendu aucune trace de son arrivée comme de son départ.

Le crépuscule, début du sursis nocturne à la chaleur, était descendu sur Hedley au moment où Control arriva devant chez lui. Il louait, au bout d'environ un kilomètre et demi de pente douce sur des collines dressées tout au bord du fleuve, une petite maison en cèdre de 120 m^2. Peinte en bleu clair, ses volets blancs légèrement gauchis par la chaleur, elle contenait deux salles de bains, une grande chambre, un salon, une kitchenette et un bureau, avec à l'arrière une terrasse couverte fermée par des moustiquaires. La décoration intérieure était entièrement d'un écœurant mais confortable « chic patrimonial ». À l'avant, un jardin d'herbes aromatiques et de pétunias devenait une petite étendue de pelouse près de l'allée.

Il montait les marches quand El Chorizo jaillit des fourrés sur le côté pour se jeter dans ses jambes. L'énorme chat noir et blanc, équivalent félin d'un cheval de trait, avait été baptisé ainsi par le père de Control. Manière de plaisanter, la famille ayant possédé un cochon appelé El Gato quand Control était enfant[1]. Control l'avait récupéré trois ans plus tôt, quand l'aggravation du cancer avait fait de l'animal un fardeau. El Chorizo avait toujours aimé l'extérieur autant que l'intérieur et Control avait décidé qu'il en serait de même dans ce nouvel environnement. Décision qui semblait avoir été la bonne : « Chorry », comme l'appelait Control, paraissait vif et confiant, même si son long poil était déjà sale et emmêlé.

Ils entrèrent ensemble ; Control alla dans la cuisine lui servir un peu de pâtée, le caressa quelques minutes, puis écouta ses messages sur la ligne fixe qui servait uniquement aux « civils ». Il n'y en avait qu'un : Mary Phillips, sa copine jusqu'à leur rupture six mois plus tôt, voulait s'assurer que le déménagement s'était bien passé. Elle avait menacé de venir lui rendre visite, même s'il ne lui avait pas donné d'adresse précise et venait juste de se réhabituer à dormir seul. « Sans rancune », et il ne se souvenait même plus vraiment qui avait rompu avec l'autre. Il n'y avait presque jamais de rancune, ce qui lui semblait bizarre et anormal. Ne devrait-il pas y en avoir ? Il avait eu presque autant de copines que d'affectations : elles survivaient rarement aux déménagements, ou à sa circonspection, ou à ses horaires impossibles, ou peut-être n'avait-il tout simplement pas trouvé la bonne personne. Il ne pouvait en être sûr, essayait à chaque début de cycle d'arracher le maximum d'intensité et d'intimité aux premiers mois, ayant le sentiment de savoir comment cela allait finir. « T'es un drôle de numéro », lui avait dit la fille d'un soir, avant Mary, alors qu'il la léchait,

1. *El Gato* signifie « Le Chat » en espagnol.

mais il n'était pas vraiment un numéro. Il ne savait pas ce qu'il était.

Au lieu de rappeler Mary, il alla s'installer dans le canapé du salon. Chorry ne tarda pas à se mettre en boule contre lui et Control lui gratta distraitement le crâne. Un roitelet ou autre passereau fouillait la terre devant la fenêtre. Il y eut aussi un chant d'oiseau moqueur, et le pépiement bienvenu des chauves-souris, qui n'étaient plus aussi répandues.

Cela lui rappelait tellement tout ce qu'il avait connu pendant son adolescence, qu'il décida d'en tirer réconfort, et de la maison aussi, qui l'aidait à croire que cette affectation-là ne serait pas temporaire. Mais « garde-toi toujours une porte de sortie », lui avait répété sa mère ad nauseam depuis son premier jour de formation, aussi avait-il le matériel standard dissimulé dans le double fond d'une valise. Il n'avait pas uniquement apporté son arme de service, qu'il conservait parmi d'autres avec les passeports et l'argent.

Control avait déjà défait ses bagages, la perspective de laisser ses affaires dans un box de stockage lui étant douloureuse. Sur le manteau d'une cheminée en briques essentiellement décorative, il avait posé un échiquier et les petites figurines en bois aux couleurs vives qui avaient été le dernier retranchement de son père. Celui-ci s'était mis à en vendre à des boutiques d'artisanat locales et à travailler dans une maison de quartier, une fois sa carrière au point mort. Il lui était arrivé, durant les dix dernières années de sa vie, de vendre à un collectionneur une de ses énormes installations laissées à rouiller sous une bâche dans le jardin, mais cela évoquait davantage la visite d'un fantôme, d'un voyageur temporel, qu'un regain d'intérêt. L'échiquier, figé dans le temps, montrait où en était restée leur dernière partie.

Control se releva, alla dans la chambre mettre un short, un t-shirt et des chaussures de jogging. Chorry leva les yeux vers lui, comme s'il voulait l'accompagner.

« Je sais, je sais. Je viens juste de rentrer. Mais je reviens. »

Il sortit par la porte d'entrée en décidant de laisser l'animal à l'intérieur, mit ses écouteurs, sélectionna le genre de musique classique dont il raffolait et partit dans la rue. La nuit était à présent complètement tombée et il ne restait qu'un vague halo bleu foncé en bas sur le fleuve, en plus des lumières des demeures et locaux professionnels, tandis que le reflet dans les cieux des lueurs de la ville repoussait les premières étoiles. La chaleur s'était dissipée, mais la stridulation grave des grillons et autres insectes en ravivait le spectre.

Il eut aussitôt l'impression d'une contracture dans son quadriceps gauche, mais il savait qu'elle passerait toute seule. Il commença doucement, se familiarisant avec le quartier, principalement constitué de petites maisons comme la sienne, avec de hautes haies en guise de clôtures et des rues parallèles à la crête de la colline, plus quelques voies de raccordement qui descendaient tout droit. Le côté tortueux ne le gênait pas : il voulait courir cinq à huit kilomètres. L'odeur dense du chèvrefeuille lui parvint par vagues quand il longea certaines demeures. Il ne restait plus grand monde dehors, à part quelques personnes installées dans des balancelles, d'autres en train de promener leur chien, et deux ou trois skateurs. La plupart le saluèrent d'un signe de tête en le voyant passer.

Quand il accéléra et trouva son rythme, toujours en descendant vers le fleuve, Control pénétra dans un espace où il pouvait penser à la journée écoulée. Il revécut encore et encore ses conversations et en particulier l'interrogatoire de la biologiste. Il revint encore et encore à toutes ces informations qui s'étaient déversées en lui, auxquelles il avait permis de continuer à se déverser en lui. Cela se poursuivrait le lendemain, et le surlendemain, et nul doute que de nouvelles informations entreraient pendant un bon moment avant que ressorte la moindre conclusion.

Il pouvait essayer de ne pas se retrouver impliqué à ce niveau. Il pouvait essayer de n'exister qu'à un niveau abstrait de management et d'administration, mais il ne pensait pas que c'était vraiment ce que la Voix voulait de lui… ou que la directrice adjointe le *laisserait* faire. Comment pouvait-il être le directeur du Rempart Sud, s'il ne comprenait pas viscéralement ce à quoi son personnel faisait face ? Il avait déjà prévu au moins trois autres tête-à-tête avec la biologiste avant la fin de la semaine, plus une visite du point d'entrée dans la Zone X sur la frontière. Il savait que sa mère attendrait de lui qu'il établisse des priorités en fonction de la situation sur le terrain.

Il ne put plus particulièrement s'empêcher de penser à la frontière, pendant son jogging. Il trouvait absurde qu'elle existe dans le même monde que la ville qu'il traversait et la musique qu'il écoutait. Le crescendo des cordes et des vents.

La frontière était invisible.

Elle ne laissait aucune place aux demi-mesures. Quand vous la touchiez, elle vous absorbait (ou vous faisait la traverser ?).

Elle avait des limites discrètes, dont l'une à un peu plus d'un kilomètre et demi au large. L'armée avait installé des digues flottantes et patrouillait en permanence sur ce périmètre.

Il s'interrogea, alors qu'il franchissait d'un bond un muret recouvert de kudzu pour prendre par un pont en pierre délabré permettant un raccourci entre deux rues. Il s'interrogea un instant sur ces patrouilles incessantes : avaient-elles déjà vu quelque chose dans les vagues ou leurs vies étaient-elles jour après jour une douloureuse observation des mêmes détails gris-bleu ?

La frontière s'étendait depuis le phare à environ cent dix kilomètres vers l'intérieur des terres, et environ soixante-cinq à l'est comme à l'ouest le long du littoral. Elle se terminait juste sous la stratosphère et, en sous-sol, juste au-dessus de l'asthénosphère.

Elle incluait une porte ou un passage permettant d'accéder à la Zone X.

Porte qui n'était pas forcément l'œuvre de ce qui avait créé la Zone X.

Control passa devant un magasin d'alimentation à un coin de rue, puis devant une pharmacie et un bar de quartier. Il changea de trottoir en évitant de justesse une cycliste, abandonna celui-ci quand il le fallut pour courir au bord de la chaussée, désormais impatient d'arriver au fleuve et envisageant sans plaisir d'avoir à remonter la colline.

Il n'y avait absolument aucun moyen de passer sous la frontière côté océan. On ne pouvait pas non plus creuser un tunnel dessous, côté terre. Ni la traverser avec des instruments de pointe, des ondes radar ou sonar. Par les satellites d'observation, on ne voyait qu'une nature sauvage apparemment en temps réel, sans rien qui sorte de l'ordinaire. Même si c'était un mensonge optique.

La nuit où la frontière s'était formée, elle avait emporté des navires, des avions et des camions, tout ce qui se trouvait sur ou à proximité de cette ligne imaginaire. Mais elle était bel et bien réelle au moment de sa création, et cela avait duré des heures et des heures, jusqu'à ce que tout le monde sache ce qui se passait, en sache suffisamment pour garder ses distances. Jusqu'à ce que les soldats arrivent. Le gémissement plaintif du métal et la vibration des moteurs qui continuaient à tourner tout en disparaissant… dans on ne savait quoi on ne savait où. Une vision apocalyptique, provocante, du kiosque d'un destroyer, envoyé enquêter sur place avec de mauvais renseignements, « glissant dans le néant », comme l'avait formulé un observateur. Les dernières transmissions vidéo et radio des hommes et femmes à bord, sous le choc, tandis que la plupart de leurs camarades se précipitaient à l'arrière en une vague bouillonnante, croissante qui, sur les images granuleuses prises par l'hélicoptère, ressemblait à une énorme créature sautant dans l'eau. Parce qu'ils étaient sur le point de disparaître et ne pouvaient rien y faire, le tout compliqué par le brouillard. Certains, toutefois, regardaient sans bouger leur navire se désintégrer, puis traversaient, ou bien mouraient, s'en allaient, ou… Control n'y comprenait rien.

La pente s'aplanit et il retourna sur les trottoirs, passant cette fois devant des petits alignements de commerces sans caractère, des succursales de marques connues, des gens qui traversaient aux feux et d'autres qui montaient en voiture dans les parkings… jusqu'à ce qu'il retrouve la grand-rue avant le fleuve – une masse confuse de lumières brillantes et encore d'autres piétons, dont certains étaient ivres. Il traversa pour entrer dans un quartier tranquille de mobil-homes et de minuscules maisons en parpaings. Il suait à grosses gouttes, désormais, malgré la fraîcheur. Il passa à côté de gens qui faisaient des grillades au barbecue et qui s'immobilisèrent tous pour le regarder passer.

Ses pensées retournèrent une nouvelle fois à la biologiste. Au besoin de savoir ce qu'elle avait vu et vécu dans la Zone X. Conscient que la directrice adjointe ne se contenterait peut-être pas de menacer de la faire partir. Conscient que la directrice adjointe voulait se servir de cette incertitude pour le pousser à prendre des décisions peu judicieuses.

Une route à sens unique bordée de mauvaises herbes et jonchée de gravier provenant des nids-de-poule le conduisit au fleuve. Il sortit d'une auréole de branches sur un ponton branlant, plia les genoux pour garder l'équilibre. Finit par s'arrêter là, au bout de ce ponton, près d'un hors-bord à l'amarre. Quelques lumières de l'autre côté du fleuve, simples petits essaims ponctuels, rien, comparé à l'étalage voyant sur sa gauche, où la promenade riveraine s'attardait sous les stupides lampadaires qu'on avait placés là pour les touristes, du faux style victorien surmonté de globes remplis d'œufs mollets flous.

Quelque part sur l'autre rive, à gauche, il y avait la Zone X… distante de nombreux kilomètres, malgré tout visible d'une certaine manière comme un poids, une ombre, une lueur. Des expéditions étaient revenues ou non alors que Control allait encore au lycée. Et la psychologue était devenue directrice à un moment ou à un autre. Toute une histoire secrète s'était déroulée pendant que ses amis et lui venaient à Hedley, bien décidés à boire des bières et trouver une fête, pas forcément dans cet ordre.

Sa mère l'avait appelé la veille de son départ en avion pour le Rempart Sud. Ils avaient un peu discuté de sa relation avec Hedley. « Je ne connais le coin que parce que tu y vivais, avait-elle dit. Mais tu ne t'en souviens pas. » Non, en effet. Il ne savait pas non plus qu'elle avait brièvement travaillé pour le Rempart Sud, ce qui le surprit sans le surprendre. « C'était pour être plus près de toi », avait-elle précisé, et quelque chose s'était détendu dans le cœur de Control, même s'il se demandait s'il pouvait la croire.

Parce que c'était difficile à dire. Cela remontait à l'époque où il obtenait d'elle des récits accélérés de précédentes missions. Il essaya de les passer rapidement en revue pour voir si et quand elle lui avait raconté de manière déguisée son travail au Rempart Sud. Il ne trouva rien, ou peut-être sa mémoire refusait-elle de lui livrer ce souvenir. « Tu y faisais quoi ? » avait-il demandé et le seul mot reçu en réponse avait été un mur : « Classifié. »

Il coupa sa musique, écouta le coassement des grenouilles, le clapotis de l'eau frappant le hors-bord sous l'effet de la brise. L'obscurité était plus complète, à cet endroit, et les étoiles semblaient plus proches. Le fleuve coulait plus vite, autrefois, mais les agro-industries avaient généré du limon qui le ralentissait, l'immobilisait, changeait la nature et l'emplacement de la vie à l'intérieur. Cachées par l'obscurité sur la rive opposée, des fabriques de papier et les ruines d'anciennes usines continuaient à polluer la nappe phréatique. Tout cela se retrouvait dans les mers de plus en plus acides.

Il y eut un cri au loin, de l'autre côté de la rivière, et une réponse encore plus lointaine. Quelque chose d'assez peu volumineux renifla en se frayant un chemin dans les roseaux à sa droite. Une profonde bouffée d'air frais fut tempérée par une légère mais nette odeur de marécage. C'était le genre d'endroit où, dans son adolescence, il serait allé faire du canoë avec son père. Pas vraiment de la nature sauvage, plutôt quelque chose d'agréablement proche de la civilisation, mais qui existait juste assez à part pour créer une frontière. Ce qui convenait à la plupart des gens, car ils voulaient être *proches* sans être *partie intégrante*. Ils ne voulaient pas l'effrayant inconnu d'une « nature immaculée ». Ni d'une vie artificielle sans âme.

Il était à présent redevenu John Rodriguez, « Control » s'estompait. John Rodriguez, fils d'un sculpteur aux parents venus dans le pays chercher une vie meilleure. Fils d'une femme qui vivait dans un domaine de secrets d'une complexité byzantine.

Quand il repartit à l'assaut de la colline, il se demanda s'il devait dès à présent prendre sa porte de sortie. Tout mettre dans la voiture et partir, ne plus avoir à affronter ni la directrice adjointe, ni le reste.

Ça commençait toujours bien.

Ça ne se terminerait peut-être pas bien.

Mais il savait qu'au matin il serait redevenu Control et retournerait au Rempart Sud.

RITES

005 : La première brèche

« C'est quoi ? C'est sur moi ? Où ça sur moi ? C'est sur moi ? Où sur moi ? Vous le voyez sur moi ? Vous le voyez ? C'est où sur moi ? »

Le matin, après une nuit remplie de rêves du sommet de la falaise, sur le parking d'un café-restaurant avec son gobelet de café à emporter et son biscuit de petit-déjeuner, Control regardait à deux voitures de lui une femme blanche entre trente et quarante ans vêtue d'un tailleur violet. Même en tournant sur elle-même pour essayer de voir la fourmi de velours[1] qui lui était montée dessus, elle ressemblait à une agente immobilière, avec son maquillage soigné et ses cheveux blonds coupés à la Jeanne d'Arc. Mais son tailleur ne tombait pas bien, ses ongles au vernis rouge écaillé manquaient de régularité et sa détresse, telle que la percevait Control, allait bien au-delà de ce problème d'insecte.

L'insecte en question se trouvait pour le moment immobile sur sa nuque. Elle l'écraserait d'une claque,

1. Sorte de guêpe sans ailes qui ressemble à une fourmi velue.

si Control le lui disait. Il faut parfois taire des choses aux gens pour éviter qu'ils suivent leur première impulsion.

« Ne bougez pas, lui dit-il en posant son café et son biscuit sur le coffre de son automobile. Il n'est pas méchant, je vais vous l'enlever. » Car personne d'autre ne semblait pouvoir se rendre utile. La plupart des gens ignoraient la femme, certains se moquaient même d'elle en quittant ou regagnant leur voiture ou leur gros 4×4. Mais Control ne riait pas. Il ne trouvait pas cela amusant. Lui non plus ne savait pas où la Zone X était sur lui, et aucune des questions qui lui tournaient dans le crâne ne semblait sur le moment moins frénétique et moins inutile que celles de cette femme.

« D'accord, d'accord », dit-elle, toujours agitée tandis que Control passait derrière elle pour placer sa main devant l'animal qui, après avoir délicatement tâté le terrain, grimpa dessus. Il avait eu du mal à traverser le champ de cheveux blonds sur la nuque de la femme. Strié de rouge et doux, malgré ses poils raides, il erra sans but sur la main de Control.

La femme secoua la tête et tendit le cou comme pour voir dans son dos, puis adressa à Control un sourire indécis. « Merci. » Elle se précipita dans sa voiture, comme si elle était en retard à un rendezvous ou avait peur de lui, le type étrange qui lui avait touché la nuque.

Control s'approcha de la bordure de végétation du parking pour laisser la fourmi de velours descendre de son pouce sur les copeaux de bois. Elle ne tarda pas à s'orienter et partit avec détermination en direction de la rangée d'arbres qui longeait la route, guidée par une impression de sa localisation et de sa destination incompréhensible pour Control.

« Tant que tu ne dis pas aux gens que tu ne sais pas une chose, ils s'imagineront sans doute que tu la sais. » Étrangement, il tenait cela de son père et non de sa mère. Mais peut-être n'y avait-il là rien d'étrange. Sa mère savait tellement de choses qu'elle pensait peut-être n'avoir pas besoin de faire semblant.

Était-il la femme ne sachant absolument pas où était la fourmi, ou bien la fourmi ignorant qu'elle était sur la femme ?

*

Control passa les quinze premières minutes de sa journée de travail à chercher la clé du tiroir verrouillé. Il voulait résoudre ce mystère avant son rendez-vous avec ce plus grand mystère que constituait la biologiste. Son biscuit, son gobelet de café presque froid et son cartable gisaient sans élégance à côté de son ordinateur. Il n'avait pas spécialement faim, de toute manière : l'odeur rance de détergent avait envahi son bureau.

Quand il trouva la clé, il la regarda quelques instants, puis baissa les yeux sur le tiroir comme taché de terre dans le coin inférieur droit. Il le déverrouilla ensuite en réprimant la pensée ridicule qu'il aurait dû prévoir un témoin, peut-être Whitby.

Il y avait à l'intérieur quelque chose de mort… et quelque chose de vivant.

Une plante poussait là, y avait poussé durant tout ce temps dans l'obscurité, ses racines pourpres fixées à un nodule de terre. Comme si la directrice l'avait arrachée du sol, puis, pour une raison quelconque, déposée à l'intérieur du tiroir. Huit feuilles minces, d'un vert profond presque lumineux, sortant à intervalles irréguliers de la tige rugueuse pour former, vues de dessus, un agréable motif circulaire. Mais de profil, la plante ressemblait à une bête qui essayait de s'enfuir et recourbait par réflexe sur le rebord du tiroir deux membres enfin libérés.

Au pied de la plante, à moitié enfoui dans la motte de terre, reposait le cadavre desséché d'une petite souris brune. Control ne pouvait être certain que la plante ne s'en était pas nourrie d'une manière ou d'une autre. Il découvrit à côté un vieux téléphone portable de première génération dans un étui en cuir noir abîmé, puis, sous la plante et le téléphone, des couches sédimentaires de dossiers endommagés par l'eau. Presque comme si, bizarrement, quelqu'un était venu arroser la plante de temps en temps. En l'absence de la directrice, qui avait fait cela ? Qui faisait cela au lieu d'enlever la plante et la souris ?

Control observa quelques instants le cadavre, puis récupéra à contrecœur le téléphone – l'étui semblait un peu fondu – et, du bout d'un stylo, souleva le coin d'un ou deux dossiers. Qui ne contenaient pas de documents officiels, pour ce qu'il pouvait en dire, mais un grand nombre de notes manuscrites, de coupures de presse et autres matériaux secondaires. Il aperçut des mots qui l'inquiétèrent, laissa retomber les pages.

L'effet était étrange, comme si la directrice avait créé un tas de compost pour la plante. Un tas de compost plein d'informations extravagantes. Ou comme un ridicule projet scientifique scolaire : « système d'irrigation alimenté en énergie par souris, servant à la retransmission de données et à la maintenance de la biosphère ». Il avait vu plus étrange dans des Exposciences de lycée, même si son propre manque de perspicacité scientifique signifiait que, quand on lui avait fait miroiter des points en plus, il s'en était tenu aux bons vieux classiques tels que volcans miniatures ou culture de pommes de terre à partir d'autres pommes de terre.

Peut-être, concéda Control en fouillant encore un peu, la directrice adjointe avait-elle raison. Peut-être aurait-il mieux fait de s'installer dans un autre bureau. S'écartant du meuble, il chercha dans quoi mettre la plante, trouva un pot derrière une pile de livres. Peut-être la directrice l'avait-elle cherché aussi.

Saisissant quelques feuilles au hasard dans les papiers empilés ici et là sur sa table de travail – tant pis si le secret de la Zone X figurait dessus –, Control détacha la souris du tas de terre et la jeta à la poubelle. Puis il mit la plante dans le pot qu'il posa au bord du meuble, le plus loin possible.

Et maintenant ? Il avait débarrassé la pièce des mouchards et des souris. À part la tâche herculéenne consistant à mettre de l'ordre dans les piles et les examiner, il ne lui restait plus d'autre tâche que la seconde porte, celle qui était fermée et ne menait nulle part.

Il s'en approcha après s'être réconforté avec une gorgée de café amer. Il lui fallut plusieurs minutes pour dégager les livres et autres détritus qui en barraient l'accès.

Bon. Le dernier mystère allait être éclairci. Il hésita un instant, irrité par la pensée qu'il lui faudrait faire à la Voix le compte rendu de toutes ces petites bizarreries.

Il ouvrit la porte.

Regarda pendant plusieurs minutes.

Puis la referma.

006 : Anomalies typographiques

Même salle d'interrogatoire. Même chaises usées. Même lumière incertaine. Même Oiseau Fantôme. Ou peut-être pas. Ses yeux ou son expression gardaient la trace d'une lueur ou d'un reflet, il n'arrivait pas à savoir, mais cela ne lui rappelait rien. Quelque chose qu'il n'avait pas remarqué la fois précédente. La biologiste semblait à la fois plus floue et plus nette qu'avant. « Si quelqu'un a l'air d'avoir changé d'une fois sur l'autre, assure-toi que le changement n'est pas plutôt en toi. » Un conseil que sa mère lui avait donné un jour, comme si elle avait ouvert au hasard un recueil de devises pour espions.

Control posa négligemment le pot sur la table à sa gauche, plaça le dossier de la biologiste entre eux en guise de carotte toujours présente. Haussa-t-elle très légèrement un sourcil à la vue du récipient ? Il ne pouvait en être certain. Mais elle ne dit rien, alors qu'une personne normale aurait sans doute manifesté de la curiosité. Sur un coup de tête, Control avait ressorti la souris de la poubelle pour la déposer dans le pot avec la plante. Un endroit déprimant où elle avait presque l'air d'un déchet.

Control s'assit. Il gratifia la femme d'un faible sourire, mais toujours aucune réaction. Il avait déjà décidé de ne pas reprendre là où ils en étaient restés, avec la noyade, même si cela l'obligeait à réfréner son propre et soudain besoin de se montrer direct. Les mots qu'il avait trouvés griffonnés sur le mur derrière la porte ne cessaient de lui onduler désagréablement dans la tête : *Là où gît le fruit étrangleur venu de la main du pécheur je ferai apparaître les semences des morts…* Une plante. Une souris morte. Une sorte de divagation sans queue ni tête. Ou de farce, de plaisanterie. Ou une preuve permanente d'une spirale descendante, un saut de la falaise dans un océan plein de monstres. Peut-être qu'à la fin, avant de s'arranger pour partir avec la douzième expédition, la directrice s'était-elle entraînée à une espèce de forme perverse de Scrabble.

La directrice adjointe ne pouvait pas non plus être entièrement innocente de cette dégénérescence. C'était une raison supplémentaire pour Control de se réjouir qu'elle ne les observe pas derrière la glace sans tain. Empruntant un truc appris à ses dépens d'un collègue dans son poste précédent, il avait annoncé à Grace que l'interrogatoire se déroulerait à telle heure dans l'après-midi. Il était ensuite allé dans l'aile où on retenait les membres des expéditions, avait discuté avec le garde et fait conduire la biologiste dans la salle de débriefing.

Control attaqua, cette fois sans préambule, et sans prêter attention aux taches d'eau du plafond, qui ressemblaient par exemple à une oreille et à un énorme œil subaquatique en train de les regarder.

« Il y a une anomalie topographique dans la Zone X, pas très loin du camp de base. Est-ce que vous-même ou d'autres membres de votre expédition avez trouvé cette anomalie topographique ? Si oui, êtes-vous entrées à l'intérieur ? » En fait, la plupart de ceux qui étaient tombés dessus en parlaient comme d'une tour, d'un tunnel ou même d'une fosse, mais il s'en tint à « anomalie topographique » dans l'espoir qu'elle lui donne elle-même un nom plus spécifique.

« Je ne me souviens pas. »

Qu'elle ne cesse d'employer ces mots commençait à agacer Control, ou peut-être étaient-ce ceux sur le mur qui l'agaçaient, la constance de l'attitude de la biologiste ne faisant qu'exacerber cette irritation.

« Vous en êtes sûre ? » Évidemment qu'elle en était sûre.

« Je crois que je me souviendrais d'avoir oublié ça. »

Désormais, quand Control croisait son regard, elle avait toujours le coin des lèvres un peu relevé, avec dans les yeux une lumière très différente de celle de leur entrevue précédente. Pour des raisons qui lui échappaient, cela le frustrait. Ce n'était plus la même personne. Pas vrai ?

« Nous ne sommes pas là pour plaisanter. » Il venait de décider de tester de quelle manière elle réagirait, s'il semblait un peu énervé. Sauf qu'il était vraiment énervé.

« Je ne me souviens pas. Qu'est-ce que vous voulez que je vous dise d'autre ? » Chaque mot prononcé comme si Control était un peu lent et ne l'avait pas comprise du premier coup.

Une vision de son canapé dans son nouveau domicile, de Chorry lové sur ses genoux, de musique flottant autour d'eux, d'un livre dans sa main. Un endroit plus agréable que cette salle de débriefing.

« Que vous vous souvenez. Que vous ne nous dites pas tout. » Il insistait. Certaines personnes voulaient faire plaisir à leurs interrogateurs. D'autres s'en fichaient ou optaient pour l'obstruction. La pensée lui était venue, après le premier entretien et les transcriptions des trois autres s'étant tenues avant son arrivée, que la biologiste pouvait flotter d'un de ces extrêmes à l'autre, ne pas savoir ce qu'elle voulait ou être en proie à un grave conflit intérieur. Comment pouvait-il la convaincre ? Une souris en pot ne l'avait pas émue. Un changement de sujet non plus.

La biologiste ne répondit pas.

« Improbable, dit-il comme si elle avait nié de nouveau. Tant d'autres expéditions ont découvert cette anomalie topographique. » Cette appellation était à coucher dehors.

« Malgré tout, dit-elle, je ne me souviens pas d'une tour. »

Une tour. Pas un tunnel, une fosse, une grotte ou un trou dans le sol.

« Pourquoi l'appelez-vous une tour ? » bondit-il. Avec trop d'impatience, s'aperçut-il un instant plus tard.

Un sourire naquit sur le visage d'Oiseau Fantôme, accompagné d'une espèce d'affection distante. Pour lui ? À cause d'une pensée provoquée par ses mots ?

« Saviez-vous, répondit-elle, que l'escargot marin phorus joignait les coquilles vides d'autres escargots à la sienne ? Du coup, il est très maladroit. Il titube et se déplace difficilement à cause de ces coquilles vides. Elles le camouflent, mais on n'a rien sans rien. »

L'inépuisable source d'hilarité secrète derrière cette réponse fut douloureuse pour Control.

Peut-être aussi avait-il voulu qu'elle partage son mépris pour l'expression *anomalie topographique*. Celle-ci était apparue durant son briefing initial avec Grace et d'autres membres du personnel. Quand un expert de « l'anomalie topographique » avait parlé encore et encore des non-aspects de celle-ci, dressant au fond une vue d'ensemble de ce qu'ils ne savaient pas, Control avait senti monter une chaleur. Et tout un monologue monter avec. Lui rappelant papy Jack, capable de se mettre dans une rage folle quand il le voulait, surtout face aux stupidités du monde. Son papy se serait levé en disant quelque chose comme : « Anomalie topologique ? Anomalie topologique ? Vous voulez dire *sorcellerie*, non ? Fin de la civilisation ? Vous voulez dire une espèce de truc à faire froid dans le dos dont nous ne savons rien, absolument que dalle, en plus de tout ce que nous ne savons pas ? » Rien qu'une ombre sur une photo floue, un cauchemar ondulant exprimé par les notes de quelques témoins non fiables... et peut-être rendus encore moins fiables par l'hypnose, malgré les dénégations de Central. Un fil en spirale égaré pouvant ou non être fait de tout autre chose... et n'étant pas même d'une excentricité aussi compréhensible qu'un escargot squatteur titubant comme un ivrogne. Aucun espoir de savoir ce que c'était, ou même simplement de le faire exploser en mille morceaux, parce que c'est ce que font les grands singes intelligents. Rien qu'un truc dans le sol, mentionné d'un ton aussi neutre et aussi désinvolte qu'une *plaque d'égout*, un *robinet* ou un *couteau à steak*. *Anomalie topographique*.

Mais il avait dit l'essentiel de tout cela mardi aux étagères de son bureau... au fantôme de la directrice dont il était en train de trier les notes à une allure d'escargot. À Grace et aux autres, il avait demandé, d'une voix calme : « Y a-t-il autre chose que vous puissiez me dire à ce sujet ? » Mais il n'y avait rien d'autre.

Et la biologiste ne semblait pas pouvoir en dire davantage.

Control la regarda quelques instants, sinistre prérogative de l'interrogateur, en général destinée à intimider. Mais Oiseau Fantôme soutint son regard de ses yeux verts et perçants jusqu'à ce qu'il se détourne. Qu'elle ne soit plus la même que lors de leur précédent entretien continuait à l'exaspérer. Qu'est-ce qui avait changé durant les dernières vingt-quatre heures ? Elle avait conservé les mêmes habitudes et la surveillance n'avait révélé aucune différence dans son état mental. On l'avait autorisée à appeler ses parents, communication qu'on aurait surveillée de près, mais elle n'avait rien à leur dire. L'ennui d'être cloîtrée sans rien d'autre qu'un lecteur dvd et une sélection censurée de films et de romans ne pouvait fournir une explication satisfaisante. Ce qu'elle mangeait provenait de la cafétéria, aussi Control pouvait-il compatir avec elle sur ce point, mais cela n'expliquait toujours rien.

« Peut-être que cela vous rafraîchira la mémoire. » Ou vous empêchera de mentir. Il se mit à lire des résumés de récits faits par les expéditions précédentes.

« Une fosse qui s'enfonce à l'infini dans le sol. On n'a jamais réussi à atteindre le fond. On n'a jamais réussi à arrêter de tomber. »

« Une tour qui s'est enfoncée dans la terre et mettait très mal à l'aise. Aucun de nous ne voulait aller à l'intérieur, mais on y est allés. Certains d'entre nous. Certains d'entre nous sont revenus. »

« Il n'y avait pas d'entrée. Rien qu'un cercle de roche palpitante. Rien qu'une impression de grande profondeur. »

De cette expédition-là, seuls deux membres étaient revenus, mais ils avaient rapporté les journaux de leurs collègues. Qui étaient remplis de dessins d'une tour, d'un tunnel, d'une fosse, d'une série de marches. Quand ce n'était pas de dessins de choses plus banales. Il n'y avait pas deux journaux identiques.

Control ne continua pas longtemps. Il avait commencé ses lectures choisies en ayant conscience qu'elles pourraient contaminer les bords de l'amnésie de la biologiste… si toutefois elle souffrait bien d'amnésie… et ce sentiment n'avait cessé de croître. Mais c'était principalement son propre malaise qui lui fit marquer une pause, puis s'arrêter. Le sentiment qu'en rendant cette tour-fosse plus réelle dans sa propre imagination, il la rendait aussi plus réelle dans les faits.

Mais Oiseau Fantôme ne s'était pas nécessairement aperçue de son minuscule instant de détresse, car elle demanda : « Pourquoi vous vous arrêtez ? »

Il ignora la question, remplaça la tour par une autre : « Qu'en est-il du phare ?

— Qu'en est-il du phare ? » Première pensée : elle m'imite. Ce qui lui rappela une humiliation au collège, avant la transformation au lycée, alors qu'il s'était investi dans le football américain et essayait de se considérer comme un espion dans un monde de sportifs. Il s'aperçut que les mots sur le mur l'avaient perturbé. Pas beaucoup, mais juste ce qu'il fallait.

« Vous vous en rappelez ?

— Oui », répondit-elle à sa grande surprise.

Il dut malgré tout lui sortir les mots de la bouche. « Vous vous souvenez de quoi ?

— D'en approcher par le chemin entre les sentiers. De regarder par la porte.

— Et vous avez vu quoi ?

— L'intérieur. »

Cela continua ainsi un moment, Control commençant à se perdre dans les réponses qu'il recevait. Passant à la chose suivante dont elle disait ne pas se souvenir, laissant la conversation prendre un rythme, un rythme qu'elle pourrait trouver agréable. Il se dit qu'il essayait de comprendre ses tics nerveux, de comprendre tout ce qui pourrait lui donner une idée de son véritable état d'esprit, de ses véritables intentions. Ce n'était pas dangereux de l'observer. Pas dangereux du tout. Il était Control, et il contrôlait la situation.

Là où gît le fruit étrangleur venu de la main du pécheur je ferai apparaître les semences des morts pour les partager avec les vers qui se rassemblent dans les ténèbres et cernent le monde du pouvoir de leurs vies tandis que depuis d'autres endroits vastes et mal éclairés des formes qui ne peuvent exister se contorsionnent par impatience des quelques-unes qui n'ont jamais vu ni été vues. Dans l'eau noire avec le soleil brillant à minuit, ces fruits arriveront à maturité et, dans l'obscurité de ce qui est doré s'ouvriront pour révéler la révélation de la douceur fatale dans la terre. Les ombres de l'abîme sont comme les pétales d'une monstrueuse fleur qui éclora à l'intérieur du crâne et développera l'esprit au-delà de ce que tout homme peut supporter… Et cela continuait encore et encore, donnant à Control l'impression que, si la directrice n'avait pas manqué de place, n'avait pas ajouté une carte de la Zone X, elle n'aurait pas manqué de mots non plus.

Il avait d'abord cru que le mur derrière la porte était recouvert d'un croquis noir. Mais non, quelqu'un l'avait masqué par une série de phrases bizarres écrites à l'aide d'un stylo extrêmement épais. Certains mots étaient soulignés en rouge, d'autres encadrés de vert. Leur densité fit reculer d'un pas Control, qui resta ensuite sur place, les sourcils froncés.

Théorie initiale, abandonnée car ridicule : les mots étaient l'ode psychotique de la directrice à la plante dans son tiroir. Control fut alors attiré par les légères similitudes que présentait la cadence des mots avec certaines des milices antigouvernementales les plus religieuses qu'il avait surveillées au cours de sa carrière. Il pensa ensuite déceler dans le ton un léger murmure de ces aliénés tatillons, malgré leur apparence de paresseux, qui collaient aux murs du sous-sol de leur mère des coupures de journaux ou des sorties imprimante de documents trouvés sur Internet. Créant – bâton de colle après bâton de colle et punaise après punaise – leurs propres univers à usage unique. Mais de tels pamphlets, de telles philosophies paraissaient rarement aussi mélancoliques ou aussi à la fois concrets et éthérés que ces phrases.

Ce qui avait brûlé de l'éclat le plus vif dans l'esprit de Control quand il examinait le mur n'était ni la confusion ni la peur, mais l'irritation qu'il avait apportée dans cet entretien avec la biologiste. Une émotion qui se manifestait comme de la surprise : de l'eau glacée lâchée sans méfiance dans un verre vide.

Des détails insignifiants pouvaient conduire à l'échec, une brèche minime en ouvrant une autre. Elles s'agrandissaient ensuite et vous vous retrouviez bientôt en chute libre. Ça pouvait être n'importe quoi. Oublier un après-midi de saisir ses notes prises sur le terrain. Trop s'approcher d'un sujet sous surveillance. Parcourir un dossier qu'on aurait dû étudier très attentivement.

Control n'avait pas été briefé sur les mots qui recouvraient le mur de la directrice, et il n'avait rien vu à leur sujet dans tous les dossiers qu'il avait si méticuleusement lus et relus. C'était la première indication d'une lacune dans son processus.

Quand Control estima que la biologiste se sentait vraiment à son aise, contente d'elle et peut-être même très intelligente, il lança : « Vous dites que votre dernier souvenir de la Zone X était d'être en train de vous noyer dans le lac. De quoi vous vous rappelez précisément ? »

Elle était censée blêmir, se replier sur elle-même et lui adresser un petit sourire triste qui l'attristerait aussi, comme s'il l'avait déçue pour une raison ou pour une autre. Comme s'il s'en sortait très bien jusqu'à présent et venait de merder. Elle protesterait alors : « Ce n'était pas dans le lac, c'était dans l'océan » et la suite sortirait toute seule.

Sauf que rien ne se passa comme prévu. Il n'eut droit à aucun sourire, mais elle mit tout hors de sa portée, alla jusqu'à le regarder désormais à bonne distance depuis un endroit en hauteur dans le lointain – un phare, peut-être.

« Je me suis embrouillée, hier, déclara-t-elle. Ce n'était pas dans la Zone X. C'était un souvenir de quand j'avais cinq ans et que j'ai failli me noyer dans une fontaine publique. Je me suis cogné la tête. On m'a fait des points de suture. Je ne sais pas pourquoi, mais c'est ça qui m'est revenu à l'esprit, par bribes, quand vous m'avez posé cette question. »

Il eut presque envie d'applaudir. Il eut presque envie de se lever, d'applaudir et de lui remettre son dossier.

La veille au soir, dans sa chambre, s'ennuyant à mourir du manque de stimulus, elle avait anticipé cette question. Non seulement Oiseau Fantôme l'avait anticipée, mais elle avait décidé de la transformer en œuf pondu par Control. Révèle un détail pas trop personnel pour protéger quelque chose de plus important. L'incident de la fontaine figurait en détail dans son dossier, puisqu'elle avait dû aller se faire recoudre à l'hôpital. Cela confirmerait peut-être à Control qu'elle gardait quelques souvenirs de son enfance, mais rien de plus.

Il lui vint à l'idée qu'il n'avait pas droit aux souvenirs de la biologiste. Peut-être personne n'y avait-il droit. Mais il s'arracha à cette pensée, comme un astronaute qui, d'une poussée, s'écarte d'une capsule spatiale. Dieu savait où il aboutirait.

« Je ne vous crois pas, dit-il d'une voix impassible.

— Je m'en fiche. » Elle se laissa aller contre son dossier. « Quand est-ce que je sors d'ici ?

— Oh, vous savez comment ça se passe… il faut que vous vous sacrifiez pour l'équipe. » Il usait de clichés pour éluder la question, essayait d'avoir l'air ignorant ou idiot. Moins par stratégie que pour se punir de ne pas avoir sorti son meilleur jeu. « Vous avez signé l'accord, vous saviez que le débriefing pourrait prendre du temps. » Vous saviez aussi que vous pourriez revenir avec le cancer, ou ne pas revenir du tout.

« Je n'ai pas d'ordinateur, dit-elle. Je n'ai aucun des livres que j'ai demandés. On me garde dans une cellule avec une minuscule fenêtre tout en haut du mur. Elle ne montre que le ciel. Avec de la chance, je vois un faucon passer de temps en temps.

— C'est une chambre, pas une cellule. » C'étaient les deux.

« Je ne peux pas partir, donc c'est une cellule. Donnez-moi les livres, au moins. »

Mais il ne pouvait pas lui accorder les livres sur l'amnésie qu'elle voulait. Pas tant qu'il n'en saurait pas davantage sur la nature de la perte de mémoire dont elle souffrait. Elle avait aussi demandé toutes sortes de textes sur le mimétisme et le camouflage… tôt ou tard, il faudrait que Control l'interroge sur ce point.

« Ça a une signification pour vous ? » demanda-t-il pour détourner son attention en poussant la plante-souris en pot vers elle sur la table.

Elle se redressa sur sa chaise et se pencha vers lui, ce qui lui donna une allure non seulement plus grande, mais plus imposante.

« Une plante et une souris morte ? C'est le signe que vous devriez me donner mes putains de bouquins et un ordinateur. » Peut-être n'était-ce pas son amusement qui la rendait différente, ce jour-là. Peut-être était-ce son insouciance.

« Je ne peux pas.

— Dans ce cas, vous savez ce que vous pouvez faire de votre plante et de votre souris.

— Très bien. »

Le rire méprisant de la biologiste le suivit jusque dans le couloir. Elle avait un joli rire, même quand elle s'en servait comme arme contre lui.

007 : Superstition

Vingt minutes plus tard, Control avait trouvé le moyen de fourrer Whitby, Grace et la linguiste du personnel, Jessica Hsyu, dans un espace exigu face à la portion de mur recouverte des mots bizarres écrits par la directrice. Il ne s'était pas donné la peine de déplacer les livres ni grand-chose d'autre. Il voulait ces trois personnes dans une immédiate et inconfortable proximité… Fraternisons dans cette cabine téléphonique, avec nos genoux collés les uns aux autres. Des petits bruits de tissu, des respirations, des crissements de chaussures, des odeurs inattendues, tout serait amplifié. Il considérait cela comme une occasion de tisser des liens. Peut-être.

Seule la directrice adjointe avait eu une chaise de taille normale. Ainsi pouvait-elle s'accrocher à l'illusion qu'elle restait maîtresse à bord… ou plutôt Control espérait-il pouvoir prévenir tout reproche ultérieur de mesquinerie de sa part. Il avait déjà ignoré son ostentatoire « je me réjouis que cette réunion soit correctement indiquée sur l'agenda », signe qu'elle savait déjà qu'il avait avancé son interrogatoire de la biologiste. Elle avait fait attendre Control en plaisantant avec il ne savait qui dans le couloir, ce qu'il prit pour de microreprésailles.

Ils se serraient autour de la plus petite table de réunion du monde, un tabouret sur lequel Control avait installé le pot avec la plante et la souris. Chaque chose à sa place et à son heure, même s'ils ne discuteraient pas du téléphone portable de la directrice… Grace l'avait déjà confisqué.

« Qu'est-ce que ceci, dit-il en désignant le mur de mots, dans mon bureau ? » Il n'était pas tout à fait disposé à reconnaître ce qui restait inexprimé mais continuait à irradier de Grace tel un champ de force : ce bureau restait celui de l'ancienne directrice.

« Ceci » incluait non seulement les mots, mais les traits verts, rouges et noirs en dessous qui formaient une carte grossière de la Zone X, avec les points de repère habituels : le phare, l'anomalie topographique, le camp de base… ainsi que, plus haut sur la côte, l'île. Quelques mots isolés avaient été griffonnés au stylo à bille sur les côtés, incompréhensibles, et il y avait deux marques assez intimidantes environ quinze centimètres au-dessus de la tête de Control, avec des dates séparées de trois ans. L'une rouge, l'autre verte. Et avec les initiales de la directrice inscrites à côté. La directrice avait-elle *contrôlé sa taille* ? De toutes les choses sur le mur, celle-ci semblait la plus étrange de toutes.

« Je croyais que vous aviez lu tous les dossiers », répliqua Grace.

Ceux-ci ne mentionnaient nulle part un texte étrange sur une surface équivalente à celle d'une porte, mais Control ne releva pas. Il savait qu'il était improbable qu'il ait découvert quelque chose dont ils n'avaient pas entendu parler.

« Faites comme si.

— C'est la directrice qui a écrit tout ça, expliqua Grace. Ce sont des mots qu'on a trouvés sur les murs du tunnel. »

Control prit un moment pour assimiler cette information.

« Mais pourquoi vous les avez laissés là ? » Pendant un moment intense, les mots et l'odeur de miel pourri se mêlèrent pour lui donner la nausée.

« En commémoration, se hâta de dire Whitby comme pour fournir une excuse à la directrice adjointe. Les enlever aurait ressemblé à un trop grand manque de respect. » Control avait remarqué les étranges coups d'œil de Whitby à la souris.

« Pas en commémoration, vu que la directrice n'est pas morte, corrigea Grace. Je ne crois pas qu'elle le soit. » Elle le dit d'un ton doux mais assuré, faisant ainsi taire Whitby et Hsyu, comme si elle avait partagé une opinion gênante pour eux. Control ayant soigneusement réglé le thermostat, ils suaient et se tortillaient un peu, de toute façon.

« Qu'est-ce qu'ils veulent dire ? » demanda Control pour aider ce moment à passer. Derrière l'obstructionnisme de Grace, il voyait croître en elle une espèce de douleur qu'il n'avait aucune envie d'exploiter.

« C'est pour ça qu'on a fait venir la linguiste », répondit charitablement Whitby alors même que la présence de Hsyu avait manifestement surpris la directrice adjointe. Mais Hsyu avait d'autant plus d'influence que le Rempart Sud rapetissait : ils pourraient bientôt se retrouver dans une situation où chaque service n'employait qu'une seule personne, qui rendait compte de ses propres fautes, s'accordait elle-même primes et augmentations de salaire, fêtait son propre anniversaire avec des gâteaux aux carottes faits spécialement en forme de Rempart Sud.

Hsyu, une petite femme mince aux longs cheveux noirs, prit la parole. « Tout d'abord, nous sommes sûrs à 99,9 % que l'auteur de ce texte est le gardien du phare, Saul Evans. » Elle parlait avec une légère inflexion montante qui teintait d'optimisme même la plus banale ou la plus sérieuse des affirmations.

« Saul Evans…

— C'est lui, là-haut, dit Whitby en montrant le mur d'images sous cadre. Au milieu de cette photo noir et blanc. » Celle prise devant le phare. C'était donc Saul. Control le savait déjà, quelque part au fond de son crâne.

« Parce que vous avez trouvé ce texte imprimé ailleurs ? » demanda-t-il à Hsyu. Il n'avait eu le temps de jeter qu'un coup d'œil superficiel au dossier sur Evans, trop occupé à se familiariser avec le personnel du Rempart Sud et avec la situation générale dans la Zone X.

« Parce que c'est la même syntaxe et le même choix de mots que dans quelques-uns de ses sermons que nous avons sur bande audio.

— Des sermons ? Un gardien de phare ?

— Il était pasteur, avant. Il a quitté très soudainement et sans raison connue sa paroisse dans le Nord, puis il est descendu dans le Sud prendre le poste de gardien de phare. Il l'occupait depuis cinq ans quand la frontière s'est formée.

— Vous pensez qu'en descendant, il a apporté ce qui a créé la Zone X ? hasarda Control, mais personne ne le suivit dans l'arrière-pays.

— On a vérifié. » Pour la première fois, un brin de condescendance s'était introduit dans la manière dont Whitby s'adressait à lui.

« Et ces mots ont été découverts à l'intérieur de l'anomalie topographique ?

— Oui, répondit Hsyu. Reconstitué à partir des rapports de plusieurs expéditions, mais on n'a jamais récupéré d'échantillon exploitable du matériau dont sont faits les mots.

— Du matériau vivant », dit Control. Cela lui revenait, en partie. Les mots ne figuraient pas dans le résumé, mais il avait vu des comptes rendus de mots écrits en tissu vivant sur les murs de la tour. « Pourquoi ces mots ne sont-ils pas dans les dossiers ? »

La linguiste à nouveau, cette fois non sans réticence : « À vrai dire, nous n'aimons pas les reproduire. Il n'est donc pas impossible qu'ils y soient, enfouis quelque part sous les autres informations, par exemple dans un résumé dans le dossier du gardien de phare. »

Grace semblait n'avoir rien à ajouter, mais Whitby intervint : « On n'aime pas reproduire les mots, parce qu'on ne sait toujours pas exactement ce qui a provoqué la création de la Zone X... ni pourquoi elle a été créée. »

Ils les avaient malgré tout laissés derrière la porte qui ne conduisait nulle part. Control avait du mal à voir une logique là-dedans.

« C'est de la superstition, protesta Hsyu. De la superstition pure et simple. Vous ne devriez pas dire ça. » Control savait qu'elle avait des parents très traditionnels, originaires d'une culture dans laquelle les esprits se manifestaient et les mots avaient une autre portée. Hsyu ne partageait pas ces croyances... elle les réfutait avec véhémence, pratiquant une espèce de christianisme permissif, non dépourvu lui-même d'éléments inexplicables et de fantasmagorie. Control était malgré tout d'accord avec elle, même si cette aversion risquait éventuellement de contaminer l'analyse qu'elle faisait de la situation.

Elle aurait continué par une critique en règle de la superstition, si Grace ne l'avait interrompue.

« Ce n'est pas de la superstition. »

Ils pivotèrent tous vers elle sur leurs tabourets.

« C'en est, admit-elle. Mais qui est peut-être vraie. »

Comment une superstition pouvait-elle être vraie ? Control y réfléchit plus tard, en commençant à s'intéresser à son déplacement jusqu'à la frontière tout en parcourant un dossier que Whitby lui avait sorti, simplement intitulé « Théories ». Peut-être « superstition » était ce qui se glissait dans les interstices, les fissures, quand on travaillait dans un endroit où le moral baissait et où les ressources s'épuisaient. Peut-être la superstition était-elle ce qui se produisait quand votre directrice disparaissait en service commandé et que votre directrice adjointe n'en avait pas encore fait son deuil. Peut-être était-ce à ce moment-là qu'on se raccrochait aux sorts et aux rituels, le cerveau reptilien disant au reste de votre personne : « Je prends le relais. Tu as eu ta chance. » Ce n'était même pas déraisonnable, d'ailleurs. Hors du Rempart Sud, combien d'incantations abstraites et invisibles régissaient-elles le monde ?

Mais tout le monde ne croyait pas aux mêmes versions. La linguiste continuait à croire à la superstition de la logique, par exemple, peut-être parce qu'elle ne travaillait là que depuis deux ans. À en croire les statistiques, son burn out se produirait dans les dix-huit prochains mois : pour une raison ou pour une autre, la Zone X faisait beaucoup souffrir les linguistes, presque autant que les ecclésiastiques, dont il n'y avait à ce moment-là aucun représentant au Rempart Sud.

Aussi peut-être quelques mois seulement la séparaient-ils d'une conversion au système de croyances de la directrice adjointe, ou de Whitby, peu importait en quoi il consistait. Parce que Control savait que croire à un processus scientifique ne vous conduisait pas plus loin. Les ziggourats de l'illogisme érigés par le terroriste intérieur moyen en achetant l'engrais ou en fabriquant un détonateur fonctionnaient sur leur propre élan et énergie vacillants. Quand ces tours s'écrasaient au sol, elles continuaient à exister intactes dans l'esprit du terroriste et, pour d'autres raisons, dans celui de tout un chacun.

Hsyu s'était toutefois montrée inflexible, pour des motifs qui ne mirent pas Control davantage à l'aise avec la Zone X.

Imaginez, lui avait-elle dit ensuite, que la langue n'est qu'une partie d'une méthode de communication. Imaginez qu'elle ne soit même pas la partie importante, mais plutôt la canalisation, l'autoroute. Le conduit, rien d'autre. *L'infrastructure*, comme Control le dirait plus tard à la Voix.

Le véritable cœur du message, la signification, serait transmise par les mélanges de matière vivante qui composaient les mots, comme si « l'encre » elle-même constituait le message.

« Et si un message est à moitié physique, si une espèce de codage est à moitié physique, alors des mots sur un mur ne signifient pas grand-chose, en fait, selon moi. Je pourrais les analyser pendant des années – au passage, c'est ce qu'a fait la directrice, si je comprends bien – sans que ça m'aide à comprendre quoi que ce soit. Le type de conduit aide à déterminer la vitesse à laquelle le message arrive, donne peut-être aussi un peu de contexte, mais ça s'arrête là. Ensuite, » – et Control comprit que Hsyu s'était glissée dans la routine d'une présentation qu'elle connaissait par cœur pour l'avoir souvent faite par le passé, en l'accompagnant peut-être d'un document PowerPoint – « si quelqu'un ou quelque chose essaye de vous fourrer des informations dans le crâne en se servant de mots que vous comprenez, mais avec une signification qui vous échappe, ce n'est même pas que cette bande passante n'est pas de celles que vous pouvez recevoir, c'est bien pire. Comme si le message était un couteau et qu'il créait sa signification en coupant dans la chair, tandis que votre tête est le récepteur et qu'on vous enfonce encore et encore la pointe de ce couteau dans l'oreille… »

Elle n'eut pas besoin d'en dire davantage pour que Control pense aux graves ennuis rencontrés par les expéditions avant qu'on interdise les noms et les moyens de communication modernes. Et si le sort de la première expédition en particulier avait été scellé par une espèce d'*interférence* qu'ils avaient apportée avec eux et qui les avait rendus tout simplement incapables d'écouter, de percevoir ?

Il revint au gardien du phare. « Nous pensons donc que Saul Evans a écrit tout ça il y a longtemps, pas vrai ? C'est impossible que ce soit lui qui les écrive en ce moment, alors. Il serait trop vieux.

— Nous n'en savons rien. Nous n'en savons tout bonnement rien. »

Cette réponse inutile provenait de Whitby, que les trois autres regardèrent comme des animaux surpris en pleine nuit au milieu de la chaussée par une automobile arrivant plein gaz.

008 : La terreur

Environ une heure plus tard, ce fut celle d'aller visiter la frontière. Grace lui indiqua que Cheney l'y emmènerait. « Il y tient, allez savoir pourquoi. » Et visiblement, elle-même n'y tenait pas. Il parcourut de nouveau le couloir jusqu'aux énormes doubles portes, guidé par Whitby comme s'il n'avait aucune mémoire… et fut accueilli derrière celles-ci par un Cheney de belle humeur, son blouson de cuir marron semblant moins être omniprésent et collé à son corps qu'en faire partie : la carapace d'un coléoptère. Whitby se fondit dans l'arrière-plan et, avant qu'il disparaisse par les portes, ils l'entendirent se remplir d'un coup les poumons comme pour plonger dans un lac.

« Je me suis dit que j'allais venir vous épargner les terribles gants », s'exclama Cheney en serrant la main de Control. Ce dernier se demanda si cette affabilité cachait quelque ruse ou si ses interactions avec Grace le rendaient paranoïaque.

« Pourquoi les garder là ? demanda-t-il au physicien qui le conduisait par un "raccourci" alambiqué vers le parking extérieur en passant par la sécurité.

— Problème de budget, j'en ai peur. Comme toujours, ici. Trop chers à enlever. Ensuite, ça a tourné à la blague. Ou plutôt, on en a fait une blague.

— Une blague ? » Il en avait eu son content pour la journée.

Devant l'entrée, Whitby les attendait miraculeusement au volant d'une jeep militaire découverte, moteur au ralenti. Il ressemblait à une vedette de film muet, le personnage destiné à tomber à tout bout de champ sur les fesses, impression que ne fit que renfoncer le geste de pantomime par lequel il leur dit de monter à bord. Control roula des yeux à l'intention de Whitby, qui lui répondit d'un clin d'œil. Avait-il fait partie du club de théâtre à l'université ? Était-ce un comédien contrarié ?

« Oui, une blague », continua Cheney avec amabilité tandis qu'ils prenaient place à l'arrière. Whitby ou Dieu sait qui avait manifestement déposé un énorme carton d'archives sur le siège passager pour que personne ne puisse s'asseoir dessus. « Comme si tout ce qui était étrange et avait besoin d'être analysé nous arrivait de l'intérieur du bâtiment et non de la Zone X. Vous avez déjà *rencontré* ces gens ? On est une bande de cinglés. » Un sourire de grenouille-taureau… une autre plaisanterie. « Whitby… prends la route touristique. »

Mais Control n'écoutait pas vraiment : il fronçait le nez, se rendant compte avec contrariété que l'odeur de miel pourri les avait suivis dans la jeep.

Pendant un bon moment, Whitby garda le silence et Cheney dit des choses que Control savait déjà, jouant le guide sans paraître se rendre compte qu'il répétait parfois ce qu'il avait dit pas plus tard que la veille durant le briefing sur les lapins. Aussi Control s'intéressa-t-il surtout au paysage. La « route touristique » les conduisit par l'itinéraire habituel qu'il avait repéré sur les cartes : les virages, les barrages, les tranchées comme des vestiges d'une guerre d'autrefois. Là où c'était possible, marécage et forêt avaient été conservés comme protections ou barrières naturelles. Mais on voyait apparaître de temps en temps d'étranges endroits dégarnis par l'assèchement du marécage ou l'abattage de la forêt, parfois équipés de postes de garde ou de casernes, mais souvent simplement transformés en prairies d'herbe jaunissante. Control sentait son cou le picoter, signe, pensa-t-il, de la présence de tireurs d'élite ou d'observateurs distants. Peut-être cela aidait-il à débusquer les intrus pour les drones. La plupart des soldats devant lesquels ils passèrent portaient une tenue de camouflage, si bien qu'il était difficile d'en évaluer le nombre. Mais il savait que tous ceux qu'ils avaient vus en dehors du dernier poste de contrôle pensaient se trouver à l'orée d'un territoire rendu dangereux par une contamination environnementale.

« En coopération avec » le Rempart Sud, l'armée avait été chargée de trouver de nouveaux points d'entrée dans la Zone X, et elle cherchait avec acharnement – ou peut-être avec un ennui croissant – si des ouvertures se formaient dans ses limites. Elle vérifiait encore de temps en temps comment la frontière réagissait aux projectiles. Control savait aussi que des armes nucléaires étaient braquées sur la Zone X dans les silos les plus proches et que des satellites militaires montaient la garde dans le ciel.

Mais le travail de l'armée consistait surtout à empêcher les gens d'approcher sans contredire la version officielle d'une zone de catastrophe écologique. Annexer le terrain qui contenait la Zone X et une superficie équivalente autour, sous forme d'une extension naturelle de la base militaire installée plus haut sur la côte, y avait contribué. Tout comme les prétendus « champs de tir à balles réelles » dispersés dans la région. Le rôle de l'armée avait probablement gagné en importance au fur et à mesure qu'on réduisait les effectifs du Rempart Sud. Ainsi, tout le personnel médical et tous les ingénieurs se trouvaient désormais sous autorité militaire. Si des toilettes ne fonctionnaient plus au Rempart Sud, le plombier qui les réparait venait de la base militaire.

Whitby propulsait la jeep d'un côté à l'autre d'un passage accidenté de la route, ce qui rapprochait dangereusement Cheney de Control. En y regardant de plus près, Cheney ressemblait à un ancien culturiste, comme si sa forme physique de cette époque-là s'était dégradée, à l'instar de toute condition humaine – pour se reconstituer ensuite dans l'épaississement de sa taille –, en laissant toutefois un torse encore solide qui tendait la chemise blanche et dépassait du blouson marron d'une manière triomphale, presque au point d'abriter l'abdomen. Il était aussi, d'après son dossier, « un scientifique de premier plan amateur de bière », le genre d'esprit que Control avait déjà rencontré. Un esprit qu'il fallait engourdir pour le ralentir ou l'éloigner de la possibilité du désespoir. L'opposition bière/scientifique représentait une espèce de schisme entre la banalité du discours et l'originalité de la pensée. Une bataille toujours en cours.

Pourquoi un cerveau puissant comme Cheney ferait-il le pitre auprès de Control ? Eh bien, peut-être était-ce un pitre, hors de son domaine, mais Control n'était pas vraiment non plus la première personne qu'on invitait à un cocktail.

Quand ils eurent laissé derrière eux la distraction des principaux postes de contrôle pour entamer les dix-huit kilomètres de gravier – la route semblait demander toute l'attention de Whitby, qui ne parla donc pas davantage –, Control demanda : « Les expéditions passent aussi par là pour aller à la frontière ? »

Plus leur voyage se prolongeait, plus son image mentale du cheminement des expéditions sur cette même route, chacun de ses membres silencieux seul dans la vaste étendue de ses pensées, était perturbée par tous les arrêts théâtraux et abrupts à l'un des nombreux postes de contrôle. La destruction du réconfort.

« Bien sûr, répondit Cheney. Mais dans un bus spécial qui n'a pas besoin de s'arrêter. »

Un bus spécial. Pas de contrôles. Pas de limousine pour les expéditions, pas sur une telle route. Ses membres avaient-ils le droit de choisir leur ultime repas ? Leur dernier soir ressemblait-il le plus souvent à une rêverie d'ivrogne ou à une sombre méditation ? Depuis combien de temps ne les avait-on pas autorisés à revoir parents et amis ? Avaient-ils un entretien avec un ecclésiastique ? Les dossiers n'en disaient rien : Central s'abattait sur le Rempart Sud comme un über-parasite à multiples membres pour coordonner cette partie-là.

Avec tout leur barda, ou sans rien qui les encombre ? « Ils ont déjà leurs sacs à dos et leur équipement ? » demanda-t-il. Il visualisait la biologiste dans ce bus spécial sans contrôles, en train de tripoter son paquetage ou assise en silence, l'ayant posé à côté d'elle sur la banquette. Nerveuse ou calme ? Quel qu'ait été son état d'esprit, Control ne pensait pas qu'elle avait dit un mot aux autres membres de l'expédition.

« Non… on leur remet tout ça à l'installation frontalière. Mais ils savent déjà ce qu'il y a dans leurs sacs : la même chose qu'à l'entraînement. Juste avec moins de cailloux. » Là encore, le regard qui signifiait que Control était censé rire, mais, toujours prévenant, Cheney gloussa une nouvelle fois à sa place.

Et donc : en approchant de la frontière. Oiseau Fantôme était-elle euphorique, indifférente ? Cela le frustrait de mieux sentir ce qu'elle n'était pas plutôt que ce qu'elle était.

« On disait pour blaguer… » Cheney fut interrompu par un nid-de-poule mal négocié par Whitby. « On disait pour rire qu'on ferait mieux de les envoyer dans la Zone X avec un boulier et un silex. Peut-être un ou deux élastiques. »

En regardant de quelle manière Control réagissait à son manque de sérieux, Cheney dut sentir quelque chose de désapprobateur ou de dangereux, car il ajouta : « De l'humour noir, vous savez. Comme aux urgences. » Sauf que lui ne courait aucun danger. Il restait analyser ce que les autres rapportaient. Ceux qui revenaient. Tout un dépôt rempli d'échantillons en grande partie inutiles pour lesquels des vies et des carrières avaient été sacrifiées, car presque aucun des survivants n'avait ensuite mené une existence heureuse et productive. Oiseau Fantôme se rappelait-elle de Cheney et, dans ce cas, quelle impression lui avait-il faite ?

L'ondulation infinie des troncs marron et squameux. L'odeur d'aiguilles de pin mélangée à celle âcre de décomposition et aux gaz d'échappement de la jeep. Le ciel gris-bleu au-dessus d'eux entre les cimes des arbres. La nuque oscillante de Whitby. Invisible et trop visible en même temps. Le message chiffré qui devenait net, puis flou, semblait à la fois proche et lointain.

*

« Terreur », avait dit Whitby ce matin-là durant la réunion en regardant fixement la plante et la souris. « *Terreur.* » Mais bizarrement, sans articuler distinctement et sur le ton de qui communique une information, non de qui réagit ou exprime une émotion.

Terreur provoquée par quoi ? Pourquoi le dire avec un tel enthousiasme apparent ?

Mais la linguiste avait alors pris si longtemps la parole, que Control n'avait pu y revenir sur le moment.

« Un nom transmet toute une série d'associations connexes », avait dit Hsyu en lançant une partie plus primordiale de son PowerPoint, créé à une autre époque et peut-être au départ taillé sur mesure pour un public composé de la mégafaune figée dont Control gardait un si vif souvenir depuis le muséum. « Un ensemble d'idées, de faits et ainsi de suite qui y sont associés. Et ces associations n'existent pas seulement dans l'esprit de la personne nommée – où elles forment son identité –, mais aussi dans ceux des autres membres de l'expédition, si bien que tout ce qui a accès à eux dans la Zone X a accès à ces associations.

Même s'il s'agit d'un processus dont nous ne savons rien et qui est de nature purement spéculative. Tandis que "biologiste"… c'est une fonction, un sous-ensemble de l'identité complète. » Pas si on faisait bien son travail, comme Oiseau Fantôme, si à l'origine on s'assimilait totalement et complètement à lui. « Si vous pouvez être votre fonction, alors la théorie est que ces associations rétrécissent ou se referment, ce qui ferme les voies d'accès à la personnalité. Peut-être. »

Sauf que Control savait que l'absence de nom servait aussi à ôter la personnalité dans le but moins avouable de distiller la loyauté, d'accroître l'efficacité du conditionnement et de l'hypnose. Ce qui, à son tour, contribuait à atténuer ou retarder les effets de la Zone X… du moins selon l'explication fournie par les dossiers lus par Control et avancée dans une note par James Lowry, l'unique survivant de la première expédition, resté ensuite au Rempart Sud malgré les dégâts subis et les années qu'il avait mises à se rétablir.

Soudain saisie d'une pensée dont elle choisit de ne pas leur faire part, Hsyu changea elle-même subitement de direction, comme Grace dans le labyrinthe de couloirs. « On ne cesse de dire que "c'est" – et par le pronom "ce", je désigne l'origine de ces processus, qui pourrait s'être servie des mots de Saul Evans – que "c'est" comme cette chose-ci ou cette chose-là. Sauf que non… c'est seulement lui-même. Quoi que ce soit. Nos esprits traitant les informations presque uniquement par analogie et par catégorisation, nous sommes souvent mis en échec face à quelque chose qui ne correspond à aucune catégorie et ne rentre pas dans le domaine de nos analogies. » Control imagina le PowerPoint arriver à son terme, la série de bordures marbrées cédant la place à un écran blanc avec les mots *Des questions ?*

Il comprenait toutefois ce qu'elle voulait dire. Cela faisait écho, d'une autre manière, à des choses dites par la biologiste durant leur entrevue. Il se souvenait encore d'avoir appris à l'université, dans un cours d'initiation à l'astronomie, que les premiers astronomes à considérer les points lumineux comme des étoiles distinctes et non des composantes d'une tapisserie céleste tournant autour de la terre avaient dû violemment sortir leur imagination – et par conséquent leurs analogies et métaphores – des sentiers battus qui passaient depuis des siècles et des siècles dans tous les esprits.

Qui, au Rempart Sud, avait le genre d'esprit nécessaire pour voir quelque chose de neuf ? À ce point, sans doute pas Cheney. Son intelligence nomade n'avait rien découvert de nouveau depuis un certain temps, ce dont il n'était sans doute pas véritablement responsable. Mais Control revint à une pensée : l'empressement de Cheney à continuer à se cogner la tête contre le mur – alors même qu'il ne publierait jamais le moindre article scientifique sur tout cela – était, d'une très curieuse façon, une des meilleures raisons de supposer que la directrice avait fait son travail avec compétence.

De la mousse grise accrochée aux arbres. Un faucon qui tournait en rond au-dessus d'un pré dans un ciel de plus en plus sombre. Une chaleur et une humidité qui s'efforçaient de contrecarrer l'effet du déplacement d'air autour d'eux.

*

Le Rempart Sud avait qualifié de douzième la dernière expédition, mais Control, ayant compté les cercles, savait qu'il s'agissait en réalité de la trente-huitième itération, dont six « onzièmes » expéditions. L'hagiographie était claire : après la véritable cinquième expédition, le Rempart Sud s'était coincé comme un cd mal enfoncé dans son lecteur, avec presque les mêmes répétitions. L'expédition 5 était devenue X.5.A, qu'avaient suivie la X.5.B, la X.5.C et ainsi de suite jusqu'à la X.5.G. Chaque numéro s'était conformé par la suite à un ensemble particulier de métriques, une nouvelle lettre indiquant de nouvelles variations dans l'équation. La série des onzièmes avait ainsi été exclusivement composée d'hommes tandis que les douzièmes, si elles continuaient avec la X.12.B et ensuite, continueraient à ne comporter que des femmes. Control se demanda si sa mère connaissait l'existence d'un parallèle quelconque dans les opérations clandestines, si sur le sujet du genre, des études secrètes montraient quelque chose qui lui échappait quand il considérait la non-pertinence de cette métrique particulière. Et si quelqu'un ne s'identifiait pas comme de sexe masculin ou féminin ?

Son examen des archives ce matin-là ne lui permettait toujours pas de dire si les itérations avaient commencé du fait d'une erreur d'écriture et été codifiées ensuite comme processus (ce qu'il jugeait peu probable), ou avaient été initiées par une décision consciente de la directrice, promulguée à la dérobée sous le radar d'un procès-verbal de réunion. Cela avait tout simplement surgi comme si c'était là depuis toujours. Un besoin d'agir comme s'ils n'avaient pas fait autant de chemin sans résultats ou réponses concrets. Ou le besoin de décrire pour chaque ensemble d'expéditions un arc narratif ne révélant pas à quel point il devenait rapidement vain.

C'est aussi au cours de ces cinquièmes expéditions que le Rempart Sud avait commencé à mentir aux participants. On ne disait à personne qu'il s'agissait de la 7.F, de la 8.G ou de la 9.B et Control se demanda comment tout le monde avait pu s'en tenir à ce mensonge, si la vérité avait pu miner le moral plutôt que le soutenir, introduire dans le Rempart Sud une sorte de fatalisme cynique. Cela avait dû être étrange de continuer à préparer la « cinquième » expédition, de continuer encore et encore à faire rouler le rocher jusqu'au sommet de cette colline.

Lundi – et cela ne lui paraissait pas remonter à deux jours mais à un mois –, quand il avait interrogé Grace sur la transition de X.11.K à X.12.A, durant le briefing d'accueil, elle s'était contentée de répondre en haussant les épaules : « Comme son mari s'était montré négligent, la biologiste savait qu'il faisait partie de la onzième expédition. Du coup, on est passés à la douzième. » Était-ce la seule raison ?

« Beaucoup de compromis ont été faits pour la biologiste, remarqua-t-il.

— Ordres de la directrice, que j'approuve », répondit Grace. Ce qui marqua la fin de ce volet de l'enquête, Grace ne voulant plus admettre qu'il puisse avoir existé le moindre différend entre la directrice et elle.

Et, comme souvent, un gros mensonge avait ouvert la voie à une série de petits, sous prétexte de « changer les métriques », de modifier l'expérience. Si bien que moins ils avaient de retours, plus la directrice trafiquait la composition des expéditions, bidouillait les informations qu'elle leur fournissait, et qui peut dire que cela n'avait servi à rien ? Arrivé à un certain degré de désespoir, on trouvait peut-être que le train arrivait plus vite que les autres, et on se servait de ce qu'on trouvait caché sous les sièges, qu'il s'agisse d'une arme ou seulement d'un trombone tordu.

*

Si vous faisiez coin-coin comme un scientifique et vous dandiniez comme un scientifique, vous deveniez vite, pour les non-scientifiques, le sujet du débat et absolument pas une personne. Certains scientifiques vivaient dans ce rôle, s'en emparaient presque, transformés en thèses ou manuels sur pattes. On ne pouvait toutefois en dire autant de Cheney, même s'il laissait de temps en temps échapper un peu de jargon, comme « intrications quantiques ».

À un certain point de leur voyage vers la frontière, Control se mit à recueillir les cheneyismes. La plupart lui arrivaient sans qu'il les sollicite : il s'aperçut qu'une fois lancé, Cheney détestait le silence qu'il comblait par un étrange mélange de syntaxe érudite et relâchée. Il suffisait à Control, avec l'aide innocente de Whitby, de ne pas réagir à une plaisanterie ou à un commentaire pour que Cheney occupe l'espace avec ses propres mots. Mon Dieu, que le voyage était long.

« Ouais, il y a pas mal de facilitation des conneries des uns et des autres. C'est à peu près tout ce qu'on a. »

« On ne comprend même pas comment fonctionne chacun des organismes de notre planète. On ne les a pas encore tous identifiés. Et s'il nous manquait simplement le langage pour ça ? »

« Sommes-nous obsolètes ? Je ne crois pas, non, je ne crois pas. Mais ne demandez pas leur opinion aux militaires sur ce point. Quand un cercle regarde un carré, il voit un cercle mal fait. »

« En tant que physicien, comment réagissez-vous face à quelque chose qui se fiche de ce que vous faites et sur lequel vos actions n'ont aucun effet ? C'est là que vous vous mettez à penser à l'énergie noire et que vous perdez un peu la boule. »

« Ouais, c'est un truc auquel vous pensez : comment savoir si quelque chose sort de l'ordinaire quand vous n'êtes pas sûr que vos instruments enregistreraient les évolutions ? Lasers, détecteurs d'ondes gravitationnelles, rayons X. Rien d'utile là-dedans. J'ai une pelle, un seau, quelques élastiques et du gros scotch isolant, vous savez ? »

« Il n'y presque aucun scientifique à Central non plus. J'ai pas raison ? »

« J'imagine que c'est assez bizarre. De vivre quasiment à côté. J'imagine que je pourrais dire ça. Mais ensuite vous rentrez chez vous et vous êtes chez vous. »

« Vous vous y connaissez un peu en physique ? Non, bien sûr. Comment pourriez-vous ? »

« Les trous noirs et les vagues ont des structures très semblables, vous savez ? Très, très semblables, en fin de compte. Qui l'aurait cru ? »

« Je veux dire, on aurait pu s'attendre à ce que la Zone X coopère au moins un peu, non ? J'ai basé ma réputation sur une coopération suffisante pour nous permettre d'obtenir au moins quelques relevés précis, du genre signature thermique anormale. »

Plus tard, il précisa cette affirmation : « On est tombés d'accord, maintenant, le peu d'entre nous qu'il reste, pour dire qu'on peut seulement analyser un objet s'il s'est autorisé à l'être, s'il est d'accord pour l'être. Même s'il le fait simplement par l'intermédiaire d'une réponse quelconque, une réaction. »

Les deux dernières déclarations, au moment d'un choc de coudes, Cheney les avait faites d'un ton un peu plaintif parce qu'en fin de compte il avait joué sa réputation sur la Zone X, en ce sens que le Rempart Sud était devenue sa carrière. La gloire du début, celle d'avoir été sélectionné, puis la constriction, comme si un grand serpent appelé Zone X l'étouffait, et aussi ce qu'il savait forcément au plus profond de lui, voire lui allait et venait dans la tête. Que le Rempart Sud avait bel et bien détruit sa carrière, et peut-être même son mariage.

« Que pensez-vous de toute cette désinformation fournie aux expéditions ? » lui demanda Control, ne serait-ce que pour endiguer le flot de cheneyismes. Il savait que le physicien avait joué un rôle dans le contenu de cette désinformation.

L'autre fronça les sourcils, comme si la question revenait à critiquer la couleur d'une voiture impliquée dans un terrible accident. Control était-il un rabat-joie, pour vouloir moucher le dynamisme de Cheney, son irrépressible et particulière forme de jovialité aux joues flasques ? Mais, de manière générale, la jovialité agaçait Control. Elle avait toujours été un prétexte, dès les vestiaires de l'équipe de football américain au lycée… le genre de plaisanteries enjouées qui dissimulaient de plus ou moins grands méfaits.

« Ce n'était pas, n'est pas vraiment de la désinformation », répondit le scientifique avant de se taire un moment pour chercher ses mots. Peut-être pensait-il que Control le mettait à l'épreuve. Testait sa loyauté, son attitude ou sa rigueur morale. Mais les mots lui vinrent rapidement : « Ça ressemble davantage à la création d'une histoire, d'un récit qui les guiderait dans les détroits. À une ancre. »

Comme un phare qui détournait leur attention des anomalies topographiques, un phare qui par sa fonction même semblait source de sécurité. Peut-être Cheney se racontait-il cette histoire sur le conte, ou ce conte sur l'histoire, mais Control ne pensait pas que la directrice avait vu la chose de cette manière, ni même une biologiste aux souvenirs incomplets.

« Mon Dieu, que le trajet est long », dit Cheney dans le silence.

009 : Preuve

Ils avaient fini par parler de la souris dans la pièce, et de la plante, durant leur réunion consacrée au mur derrière la porte de Control.

« Et cette souris, cette plante ? avait-il demandé pour voir leurs réactions. C'est aussi en commémoration ? »

Plante et souris se trouvaient toujours à l'intérieur du pot, ne leur avaient toujours pas sauté à la gorge, même si Hsyu surveillait le récipient de près depuis le début de la réunion. Contrairement à Whitby qui ne lui accordait pas le moindre regard, avec l'air d'un chat prêt à bondir dans la direction opposée s'il en émanait le moindre signe de danger imminent.

« Non, pas vraiment, reconnut Grace après un silence. La directrice essayait de la tuer.

— Pardon ?

— La plante ne voulait pas mourir. » Elle le dit avec mépris, comme si transgresser l'ordre naturel des choses n'était pas un miracle mais une insulte.

La directrice adjointe fit se lancer Whitby dans un effrayant résumé des tentatives de destruction : coups de couteau, brûlures minutieuses, privation de terre et d'eau, introduction de parasites, absence de soins, émission de vibrations haineuses, insultes et sévices, entre autres nombreuses choses. Whitby en reconstitua certaines avec une énergie exagérément frénétique.

Des morceaux en avaient été expédiés en urgence à Central, et peut-être des scientifiques s'efforçaient-ils encore de découvrir les secrets de ce végétal. Mais Central n'avait fourni aucune information en retour, et rien de ce qu'avait pu tenter la directrice ne pouvait tuer la plante, pas même l'enfermer dans un tiroir verrouillé. Sauf que quelqu'un avait eu pitié de cette plante et l'avait arrosée, en ajoutant peut-être même un cadavre de souris en guise de nourriture. Control considéra Whitby et Grace d'un air soupçonneux.L'idée que l'un d'eux avait fait preuve de miséricorde ne pouvait que les rendre un peu plus aimables à ses yeux.

Hsyu était alors sortie de son silence : « Elle l'a pris dans les salles d'échantillons, je crois. Au départ, ça vient de la Zone X. Une plante très répandue, mais je ne suis pas botaniste. »

Ce qui ne manqua pas de les conduire aux salles d'échantillons.

Sauf que Hsyu, en tant que linguiste, n'avait pas l'habilitation nécessaire.

*

À quelques kilomètres de la frontière, le paysage changea et la route se fit plus étroite et plus glissante, obligeant Whitby à ralentir à une quinzaine de kilomètres-heure. Les pins noirs et les étendues marécageuses cédèrent la place à une espèce de forêt pluviale subtropicale. Alors que la jeep franchissait une multitude de ruisseaux par toute une série de ponts en bois, Control vit les boucles en point d'interrogation de jeunes fougères et une densité surprenante de délicats éphémères aux ailes noires. Il s'élevait une odeur non plus humide et écœurante, mais, d'une certaine manière, aussi interrogatrice que les fougères : un soupçon de fraîcheur dû à une voûte de branches d'arbres plus épaisse. Ils avançaient, s'aperçut-il, le long d'un énorme aven, le genre d'« anomalie topographique » qui provoquait l'apparition d'un habitat complètement différent. Personne ne savait pourquoi, mais les adolescents aimaient traîner dans les champs d'avens de la région et il arrivait à Control et à ses amis, une fois sortis de Hedley avec leurs packs de six mal acquis, d'y aller retrouver des filles. Les avens dont il gardait le souvenir étaient alors jonchés de détritus tels que canettes brisées et emballages de préservatifs. Le genre d'endroit que les services de police locaux gardaient à l'œil, tant les bagarres y étaient fréquentes le week-end.

Plus surprenant encore, on y voyait des lapins blancs en train de traverser lestement les bords des mares d'eau stagnante et les espaces humides parsemés de feuilles marron où la terre se putréfiait rapidement et où se dressaient de primitifs champignons à chapeau rouge.

Ce qui fit interrompre à Control un des monologues saccadés de Cheney. « Ces animaux sont bien ce que je pense ? »

Visiblement soulagé qu'il ait parlé, Cheney répondit : « Ce sont en effet les descendants de l'expérience. De ceux qui se sont enfuis. Ils se reproduisent… eh bien, comme des lapins. On a essayé de les éradiquer, mais ça consommait trop de ressources, alors maintenant, on laisse faire. »

Control suivit l'évolution d'une brute blanche, plus grosse que ses congénères, qui cherchait à se mettre en hauteur en enchaînant bonds et sauts. Ce lapin ou cette lapine se déplaçait comme d'un air de défi. Ou peut-être Control projetait-il cela sur l'animal, tout comme il projetait sur la plupart des autres lapins une immobilité et une vigilance particulières.

Whitby intervint contre toute attente : « Les lapins ont trois paupières et ne peuvent pas vomir. » Un instant surpris que le naturaliste ait ouvert la bouche, Control accorda à la phrase davantage de signification qu'elle n'en méritait.

« Vous savez, c'est un bon rappel qu'il faut rester humble, dit Cheney comme un rouleau compresseur grondant et déterminé à écraser Whitby. Qu'il faut savoir faire preuve d'humilité. Une expérience d'humilité. Quelque chose dans le genre.

— Et si certains étaient revenus ?

— Pardon ? »

Control répéta sa question, même s'il pensait que Cheney l'avait parfaitement entendue.

« Vous voulez dire de derrière la frontière… ils l'ont traversée et ils sont revenus ? Eh bien, ce serait grave. Ce serait un manque de rigueur. Parce que nous savons qu'ils se sont répandus assez loin. Ceux avec suffisamment de jugeote pour survivre. Et il se trouve que certains sont sortis de la zone de confinement et ont été capturés par des personnes à l'esprit entreprenant qui les ont revendus à des animaleries.

— Il se peut qu'une partie de la progéniture de votre expérience d'il y a quinze ans habite chez des gens, c'est bien ça ? Comme animaux domestiques ? » Control était stupéfait.

« Je ne le formulerais pas tout à fait de cette manière, mais en substance, oui, concéda Cheney.

— Remarquable, fut le seul commentaire de Control, atterré.

— Pas vraiment, répliqua Cheney en opposant une légère mais ferme résistance. Le monde est ainsi. Du moins, celui des espèces invasives. Je peux vous vendre un python venu de l'effroyable péninsule qui a les mêmes motivations. »

Whitby, quelques instants plus tard, fit sa plus longue tirade de tout le voyage : « Les quelques blanc et brun sont issus de l'accouplement des lapins blancs avec ceux qui vivent dans les marais. On les appelle Spécialité de la Frontière et les soldats les descendent pour les manger. Mais pas les tout blancs, ce que je ne trouve pas logique. Pourquoi en abattre certains ? »

Pourquoi ne pas *tous* les abattre ? Pourquoi en *manger* ?

*

Cinquante mille échantillons croupissaient dans les longues salles constituant le premier étage de l'aile gauche du U, quand on arrivait par le parking. Ils y étaient allés avant le déjeuner, sans Hsyu. Chacun dut enfiler une tenue de protection biologique blanche aux gants noirs, si bien que Control portait une version de ceux qui l'avaient tant perturbé au sous-sol dans la division sciences. Ce fut sa vengeance, de plonger ses mains à l'intérieur pour en faire ses marionnettes, même si leur contact caoutchouteux ne lui plaisait pas.

L'atmosphère rappelait l'intérieur d'une cathédrale et, comme si la division sciences avait constitué une sorte de répétition pour cet événement, on y accédait par une même série de sas. On aurait dû entendre une musique céleste, éthérée, et la manière dont tombait la lumière créait des ronds lumineux dans lesquels Control voyait la poussière flotter, et certains murs de soutien ou arcades imprégnaient les pièces d'un sentiment de sacré, encore renforcé par les hauts plafonds. « C'est mon endroit préféré dans le Rempart Sud. » Whitby rayonnait sous son casque transparent. « Il y a une impression de calme, de sécurité. »

Se sentait-il en danger dans les autres parties du bâtiment ? Control faillit lui poser la question, mais il craignait de casser l'ambiance. Il aurait aimé avoir sa musique néoclassique dans ses écouteurs pour vivre pleinement ces instants, mais les notes retentissaient malgré tout dans son esprit, comme une étrange nostalgie.

Whitby, Grace et lui avancèrent dans leurs combinaisons spatiales terrestres, tels des dieux distants foulant un terrain choisi par volonté divine. Bien qu'encombrantes, leurs combinaisons en tissu léger ne semblaient pas toucher la peau et Control avait l'impression de flotter, comme si la gravité n'avait pas le même effet à cet endroit-là. Une vague odeur de sueur et de bonbon à la menthe flottait à l'intérieur, mais il s'efforça de ne pas la sentir.

Les rangées d'échantillons s'étiraient et se multipliaient, effet accru par les miroirs couvrant les murs de séparation entre les salles. Toutes sortes de plantes, des fragments d'écorce, des libellules, des cadavres lyophilisés de renard et de rat musqué, des excréments de coyote, une section d'un vieux tonneau. De la mousse, du lichen, des fongus. Des rayons de roue et des grenouilles arboricoles qui le regardaient sans le voir de leurs yeux vitreux. Il s'était attendu, étrangement, à un laboratoire de Frankenstein avec des veaux à deux têtes dans du formol et un horrible valet bossu qui traînait la jambe devant eux en fournissant quantité d'explications dans une incompréhensible bouillabaisse de bonnes intentions et de syntaxe confuse. Mais il y avait uniquement Whitby, et Grace, qui ne semblaient pas, dans cette cathédrale, disposés à expliquer quoi que ce soit.

Les analyses effectuées par les scientifiques du Rempart Sud sur les échantillons les plus récents, prélevés et rapportés six ans plus tôt par l'expédition X.11.D, ne montraient pas dans la Zone X de trace de toxicité d'origine humaine. Pas la moindre trace. Aucun métal lourd. Aucune pollution industrielle ou agricole. Aucun plastique. C'était impossible.

Control jeta un coup d'œil derrière la porte que venait de lui ouvrir la directrice adjointe. « Ah, vous êtes là », dit-elle, ce qu'il trouva stupide. Mais il était en effet là, dans la longue et large salle principale, avec un plafond encore plus élevé et encore davantage de piliers, face à des rangées d'étagères qui semblaient se succéder sans fin.

« L'air est pur, ici, dit Whitby. Rien que le taux d'oxygène pourrait vous faire planer. »

Aucun des échantillons n'avait jamais présenté d'irrégularités : tout était normal, que ce soit au niveau de la structure cellulaire, des bactéries, des niveaux de rayonnement ou du reste. Mais Control avait aussi lu dans les rapports quelques commentaires étranges signés par un petit nombre de chercheurs invités ayant passé les contrôles de sécurité pour venir examiner les échantillons, même si on ne leur avait rien révélé du contexte. Ils disaient en substance que les échantillons changeaient quand on cessait de les regarder au microscope, mais quand on remettait les yeux à l'oculaire, ce qu'on avait observé avait repris une apparence normale. « Vous êtes là. » Pour Control, le vaste éparpillement d'objets auquel il avait jeté un coup d'œil donnait surtout l'impression d'un cabinet de curiosités : des carapaces de coléoptères séchées, des étoiles de mer cassantes et autres objets en bocaux, bouteilles, vases à bec et boîtes de diverses tailles.

« Quelqu'un a-t-il déjà essayé de manger l'un ou l'autre de ces échantillons ? » demanda-t-il à Grace. Il était à peu près certain que, s'ils avaient tout simplement avalé la plante éternelle, celle-ci ne serait pas revenue.

« Chhh », fit-elle, tout comme s'ils se trouvaient à l'intérieur d'une église et qu'il avait parlé trop fort, ou que son téléphone portable avait sonné. Mais il remarqua le regard interrogateur de Whitby, tête inclinée dans son casque. Est-ce que *Whitby* avait goûté les échantillons ? Malgré sa terreur ?

Il se rappela parallèlement que Hsyu et autres non-biologistes n'avaient jamais vu la cathédrale à échantillons. Il se demanda ce qu'ils auraient pu lire dans les striations du pelage d'un rat de marécages mort ou dans les yeux de verre vides et le bec crochu d'un faucon des marais. Quels marmonnements et énonciations pourraient exprimer verbalement tout ce qu'on découvrait d'inattendu dans une vue en coupe d'une mousse d'arbre ou de l'écorce d'un cyprès. Les motifs à repérer dans les brindilles et les feuilles.

C'était une pensée trop absurde pour qu'on la mette en mots, quand on était aussi nouveau que Control. Et peut-être même quand, par chance ou malchance, on était ancien à ce poste.

Oui, il était là.

Quand la directrice adjointe referma la porte et qu'ils passèrent dans la section suivante de la cathédrale, Control dut se mordre le pouce pour retenir un gloussement. Il venait de se représenter les échantillons se mettant à danser derrière cette porte, libérés des terribles limitations du regard humain. « Notre imagination banale et meurtrière », comme l'avait formulé la biologiste l'une des rares fois où elle s'était laissée aller avec la directrice avant la douzième expédition.

Plus tard, dans le couloir avec Whitby, un peu éreinté par ce qu'il venait de vivre. « C'était la pièce que vous vouliez me montrer ?

— Non », répondit le naturaliste sans développer.

Whitby s'était-il senti insulté par le précédent refus de Control ? Quoi qu'il en soit, il avait de toute évidence retiré sa proposition.

*

Des villes entraperçues désormais couvertes de kudzu et autres plantes rampantes, se décomposant dans la mousse ; un minigolf à la thématique pirate, laissé depuis longtemps à l'abandon. Ses greens recouverts de feuilles et de boue. Le demi-pont de navires de corsaire sortant à des angles impossibles comme de mers végétales agitées, les mâts cassés à angle droit et disparaissant dans la pénombre tandis que la pluie commençait à tomber. Une station-service juste à côté, le toit enfoncé par les chutes des arbres et la dalle de béton si fendillée par des racines noueuses qu'elle s'était fracturée en morceaux gorgés d'eau à la texture pareille à celle de brownies noirs et humides. Derrière les arbres, les formes irrégulières et mal définies de maisons et de bâtiments à un étage, preuve que les lieux avaient été habités avant l'évacuation. Si près de la frontière, les perturbations étaient aussi minimes que possible, si bien que ces endroits abandonnés ne pouvaient qu'être détériorés par des décennies d'un processus naturel comme la pluie et la décomposition.

La phase finale du voyage à la frontière vit Whitby descendre virage après virage au point que Control fut persuadé qu'ils passaient en dessous du niveau de la mer. Ils remontèrent ensuite un peu jusqu'à une petite crête sur laquelle étaient installés des baraquements verdâtres, un bâtiment en brique d'apparence plus officielle servant de centre d'information et de commandement à l'armée, et l'avant-poste local du Rempart Sud.

D'après un labyrinthique diagramme hiérarchique qui évoquait des gros serpents en pleine orgie sexuelle, le Rempart Sud se trouvait à cet endroit-là sous juridiction militaire, ce qui expliquait pourquoi ses installations, fermées entre deux expéditions, ressemblaient un peu à une rangée de grandes tentes en citron meringué. Autrement dit, elles ressemblaient à un certain nombre des églises fréquentées par Control dans son adolescence, en général à cause des filles avec qui il sortait. La calcification des revivalistes et des évangélistes prenait souvent cette forme, comme quelque chose de temporaire ayant durci et accédé à la permanence. Ils trouvèrent donc à leur arrivée soit une série de tentes blanches permafrost, soit la houle blanche d'énormes vagues à jamais figées. Spectacle aussi déplacé et surprenant que si ces installations avaient eu l'air d'un troupeau fossilisé d'énormes MoonPies, ces biscuits à la guimauve qu'il adorait enfant.

Le Q.G. militaire se trouvait dans une partie en dôme des baraquements situés après le dernier poste de contrôle, mais il ne semblait y avoir personne, à part quelques simples soldats, les pieds plantés dans le bain de boue brassée servant officieusement de parking. Ils traînaient sans égard pour la pluie fine qui leur tombait sur les épaules, discutant d'un air ennuyé mais avec animation en tirant sur des cigarettes bout filtre qui dégageaient une odeur de cerise. « Comme tu veux. » « Va te faire foutre. » Ils avaient l'air d'hommes n'ayant aucune idée de ce qu'ils gardaient, ou bien le savaient, mais essayaient de l'oublier.

L'officier commandant à la frontière, Samantha Higgins – qui occupait une pièce à peine plus grande et tout aussi déprimante qu'un placard à balais – était introuvable quand ils allèrent la voir. Son aide de camp – son « hideux con », comme aurait plaisanté le père de Control – leur transmit les excuses de sa supérieure, qui avait dû « s'absenter » et ne pouvait « les recevoir en personne ». Presque comme si Control était un paquet urgent à remettre contre signature.

C'était tout aussi bien. Il y avait eu des frictions entre les deux entités, une fois la dernière onzième expédition réapparue chez elle : des procédures avaient été changées, les bandes vidéo de sécurité très soigneusement examinées à maintes reprises. Ils avaient revérifié qu'il n'y avait pas d'autres points de sortie sur la frontière, à la recherche de traces thermiques, de variations dans le flux d'air ou de quoi que ce soit. Sans rien trouver.

Aussi Control considérait-il l'appellation « commandant à la frontière » comme inutile ou trompeuse et l'absence de Higgins ne le gênait-il guère, même si Cheney semblait la prendre comme un affront personnel : « Je lui ai dit que c'était important. Elle le savait que c'était important. »

Tandis que Whitby profitait de l'occasion pour caresser une fougère, révélant une sensibilité à la texture jusqu'ici passée inaperçue.

*

Control s'était senti idiot en demandant à Whitby ce qu'il voulait dire par « terreur », mais il ne pouvait pas non plus laisser passer. Surtout après avoir lu le document de théories que lui avait remis Whitby dans la matinée et dont il voulait aussi discuter. Dans un tel contexte, Control pensait aux théories comme à des « causes de mort lente ». Cause de mort lente : extraterrestres. Cause de mort lente : univers parallèle. Cause de mort lente : force inconnue et malveillante qui voyage dans le temps. Cause de mort lente : invasion par une terre d'une autre réalité. Ou une technologie complètement divergente, ou la biosphère fantôme, ou la symbiose, l'iconographie, l'étymologie. Mort de ci et de ça. Mort par indifférence et inférence. Sa préférée : « Organisme terrestre vivant à la surface et inconnu auparavant. » Il s'était caché où, toutes ces années ? Dans un lac ? Une ferme ? Les machines à sous d'un casino ?

Mais il reconnut son rire contenu pour un début d'hystérie, et son cynisme pour ce qu'il était : un mécanisme de défense lui évitant d'avoir à penser à tout ça.

La mort par sourcils levés, aussi : une bonne dose de « votre théorie est ridicule, sans fondement, inutile » exprimés ou sous-entendus. La résurrection de certains fantômes des vieilles rivalités interservices, qui se manifestaient d'étrange manière dans les phrases. Il se demanda dans quelle mesure il y avait eu fraternisation au fil des ans… si la grimace écrite par laquelle un archéologue réagissait à une affirmation en apparence raisonnable d'un spécialiste de l'environnement représentait un avis impartial ou signifiait qu'il assistait à une fin de partie, l'ultime conséquence d'une affaire vieille de vingt ans.

Aussi, avant le voyage à la frontière, renonçant à sa pause-déjeuner, Control avait-il fait venir Whitby pour qu'il lui explique la « terreur » et qu'ils discutent des théories. Mais, en fin de compte, ils parlèrent à peine des théories.

Attentif et à l'écoute, Whitby s'était installé du bout des fesses sur la chaise placée en face de l'énorme bureau de Control. Il vibrait presque comme un diapason. Ce qui rendit Control réticent à poser sa question. « Pourquoi avez-vous parlé de "terreur", avant ? demanda-t-il malgré tout. Vous l'avez même répété. »

Whitby eut d'abord une expression d'incompréhension totale, puis s'illumina au point de sembler léviter un instant. L'air aussi concentré qu'un oiseau-mouche occupé à une pollinisation, il répondit : « Pas *terreur*. Absolument pas. *Terroir*. » Et cette fois, il insista bien sur la prononciation, si bien que Control entendit la différence.

« Et qu'est-ce que c'est ?

— Le terroir est un terme d'œnologie », expliqua Whitby avec tant d'enthousiasme que Control se demanda s'il ne travaillait pas le soir comme sommelier dans un restaurant huppé de Hedley, le long du fleuve.

Mais, bizarrement, cet entrain soudain gagna aussi Control. Il y avait tant de choses obscures et tant de routine au Rempart Sud que voir Whitby excité par une idée lui remonta le moral.

« Qu'est-ce qu'il signifie ? demanda-t-il, même s'il n'était pas trop sûr qu'il faisait bien d'encourager Whitby.

— Qu'est-ce qu'il ne signifie pas ? Il désigne les caractéristiques spécifiques d'un endroit : sa géographie, sa géologie et son climat qui, conjointement avec les prédispositions génétiques de la vigne elle-même, peuvent créer un cru surprenant, profond et original. »

Control était à présent troublé et amusé à la fois. « Ça a un rapport avec notre travail ?

— De bien des façons, oui. » L'enthousiasme de Whitby redoublait plutôt. « La traduction littérale du mot est "esprit du lieu", et il recouvre la somme de tous les effets d'un environnement localisé, dans la mesure où ils influent sur la qualité d'un produit particulier. Le vin, par exemple, d'accord, mais… si on appliquait ces critères à nos réflexions sur la Zone X ? »

Sur le point d'être contaminé par l'excitation de Whitby, Control répondit : « Vous voulez dire qu'en plus de l'ensemble des autres éléments, vous étudieriez tout ce qui concerne l'histoire, naturelle comme humaine, de ce tronçon de côte ? Et que vous pourriez peut-être – peut-être – trouver une réponse dans cette convergence ? » Comparées à la notion de terroir, les théories qu'on avait exposées à Control semblaient grossières et tapageuses.

« Exactement. Toute l'idée du terroir, c'est que deux endroits différents ne se valent pas. Qu'un vin ne peut jamais être exactement comme un autre, parce que deux combinaisons d'éléments ne peuvent pas être exactement les mêmes. Qu'on ne peut pas trouver certains cépages à certains endroits. Mais il faut comprendre une région en profondeur pour parvenir à des conclusions.

— Et ce n'est pas déjà fait ? »

Whitby haussa les épaules. « En partie. En partie. Mais pas en considérant l'ensemble, à mon avis. J'ai l'impression qu'on insiste trop sur le phare, la tour et le camp de base – ces éléments distincts qui, pourrait-on dire, saillent du paysage – alors qu'on ne prête globalement aucune attention au paysage lui-même. Tout comme à l'idée selon laquelle la Zone X n'aurait jamais pu se former ailleurs… même s'il s'agit là d'une théorie très spéculative qui se base peut-être surtout sur mes observations personnelles. »

Control hocha la tête, incapable à présent de se débarrasser d'un solide scepticisme. Le terroir serait-il vraiment plus utile qu'une autre approche ? Si quelque chose bien au-delà du vécu des humains avait décidé de se lancer dans une entreprise sans intention de les laisser la reconnaître ou la comprendre, alors le terroir ne serait qu'une espèce d'autopsie, d'aveu des limitations des systèmes humains. On ne pouvait cartographier l'intégralité d'un processus – ou, disons, une tête de pont ou une invasion – qu'après coup, et toujours sans savoir le *qui* et le *pourquoi*. Il se retint de dire à Whitby : « Une vigne est plus simple que la Zone X. »

« Je peux vous transmettre quelques-unes de mes constatations personnelles, dit Whitby. Je peux vous montrer le début des choses.

— Formidable. » Control hocha la tête avec une jovialité exagérée et fut soulagé que Whitby interprète ce simple mot comme le signe que la conversation était terminée et sorte rapidement. Il le fut moins que celui-ci semble prendre ce même mot au pied de la lettre.

Les théories du grand tout pouvaient se retourner contre vous… comme par exemple l'obsession de Central à établir l'existence de liens entre des milices d'extrême droite qui n'en avaient aucun. Il se souvint que son père avait inventé des histoires dans lesquelles telle sculpture de bric et de broc installée dans son jardin faisait des commentaires sur telle autre, chacune d'elles étant partie intégrante d'un récit plus vaste. Toutes avaient occupé le même espace, sortaient de la main du même créateur, mais n'avaient jamais été conçues pour communiquer entre elles. Ni n'avaient été faites pour moisir et rouiller à l'arrière de sa maison. Mais au moins, de cette manière, son père pouvait-il justifier qu'elles restent là ensemble, exposées au soleil brûlant et à la pluie, même sous des bâches de protection.

La frontière s'était formée au petit matin d'un jour, d'une date que personne d'extérieur au Rempart Sud ne se rappelait ou ne fêtait. Cet événement inexplicable avait à lui seul fait un nombre de morts estimé à mille cinq cents. Comment prenait-on en compte les fantômes dans un terroir ? Approfondissaient-ils l'arôme, ou rendaient-ils les choses sèches, crayeuses, incompatibles ? Control sentait dans sa bouche un goût amer.

*

Si le terroir signifiait une convergence, alors l'entrée dans la Zone X par la frontière était la convergence ultime. Et aussi le secret ultime, en ce sens que personne ne disposait du moindre enregistrement visuel de ce point d'entrée. À moins de se rendre sur place pour le regarder, on ne pouvait y être confronté. Cela n'aidait pas non plus de l'observer au milieu d'un violent orage, avec les chaussures qui se remplissaient de boue et un seul parapluie pour trois.

Trempés et frigorifiés, ils se tenaient presque au bout d'un chemin sinueux qui, des baraquements, allait franchir la crête surplombant le gigantesque aven pour continuer sur du terrain stable. Ils regardaient le côté droit d'un grand et solide cadre en bois rouge construit pour matérialiser l'emplacement, la largeur et la hauteur de l'entrée. Le chemin longeait une ligne sans cesse repeinte indiquant qu'on arrivait à cinq mètres de la frontière. Dépasser cette ligne de trois mètres activerait les lasers d'un système de sécurité caché qui vous transformeraient en viande cuite. Pour le reste, les militaires avaient laissé aussi peu de traces que possible : personne ne savait ce qui pourrait modifier le terroir. La toxicité locale était presque au même niveau qu'à l'intérieur de la Zone X, autrement dit nulle, néant, *nada*.

Quant à la terreur, en ce qui concernait Control, elle se trouvait intensifiée par les deltas d'éclairs fendant le ciel et le tonnerre qui évoquait un géant déchirant avec humeur des arbres en deux. Ils avaient pourtant persévéré, Cheney tenant au-dessus de leurs têtes le parapluie à rayures bleues et blanches, le bras tendu au maximum vers le ciel, Control et Whitby tout près de lui essayant de marcher à l'unisson sur l'étroit chemin sans trébucher. Mais tout cela ne servait à rien dans cette pluie oblique.

« L'entrée n'est pas visible latéralement, indiqua Cheney d'une voix forte, le front constellé de terre et de morceaux de feuilles. Mais vous la verrez bientôt. Le chemin fait une courbe pour arriver droit dessus.

— Elle n'émet pas de lumière ? » D'une gifle, Control se débarrassa d'une bête rouge à six pattes qui lui montait sur la jambe.

— Si, mais on ne la voit pas de côté. De côté, on dirait qu'il n'y a rien du tout.

— Elle fait six mètres de haut et trois mètres cinquante de large, ajouta Whitby.

— Ou, comme je dis, soixante lapins de haut et trente-cinq de large », plaisanta Cheney.

D'humeur soudain généreuse, Control rit à cette boutade-là, en s'imaginant faire ainsi rougir Cheney de joie, même si les deux hommes auraient eu des difficultés à se reconnaître dans cette mixture et ce bourbier.

L'endroit ressemblait à un autel, même sous le déluge. Surtout parce que ce déluge s'interrompait d'un coup à la frontière alors que le paysage se poursuivait sans interruption. Sans trop savoir pourquoi, Control s'était attendu à l'équivalent du décrochage quand une double page d'un de ces ouvrages qu'on appelle « beaux livres » n'est pas parfaitement alignée. Mais ils avaient simplement l'air d'avancer péniblement dans un énorme terrarium ou une énorme serre qu'un verre invisible séparait du jour ensoleillé.

Ils allèrent jusqu'au bout du chemin au milieu d'une profusion de végétation luxuriante et d'un paysage peuplé à un point inquiétant d'oiseaux et d'insectes, avec des biches visibles à mi-distance dans les rideaux de pluie. Durant leur réunion, Hsyu avait dit quelque chose sur les hypothèses terminologiques qu'on avançait, et il avait répondu, dans un silence assourdissant : « Comme baptiser "frontière" une chose, vous voulez dire ? » Pour revenir à l'anonymisation des membres des expéditions : et si l'accrétion de la personnalité et d'autres détails autour de la simple fonction faisait apparaître un autre tableau ?

Quelques minutes à traîner des pieds dans la boue, puis ils prirent le virage pour s'arrêter face à la construction en bois.

Control ne s'était pas attendu à trouver de la beauté à cet endroit, mais beauté il y avait.

Derrière la construction en bois rouge, Control voyait un espace plus ou moins rectangulaire et au sommet voûté dans lequel tourbillonnait une scintillante et inquisitrice lumière blanche qui pétillait, tremblotait, semblait en permanence sur le point d'être soufflée, mais restait allumée... Elle donnait une impression de spirale, comme si elle ne cessait de tourner sur elle-même. En clignant rapidement des yeux, on croyait presque voir huit ou dix rayons en rotation rapide, mais ce n'était qu'une illusion.

Cette lumière ne ressemblait à rien de ce qu'il avait vu dans sa vie. Elle n'était ni dure ni douce. Elle n'était pas mièvre comme celle des fées dans les mauvais films. Ce n'était pas celle sombre des bonimenteurs, des magiciens, ou de quiconque essayant de définir la lumière par l'utilisation d'ombres. Elle n'avait pas la clarté révélatrice de celle dans la cathédrale de stockage, mais n'était pas trouble, brouillée ou tout autre qualificatif qui lui vint à l'esprit sur le moment. Il s'imagina en train de la décrire à son père, alors que c'était en réalité son père qui aurait pu lui dépeindre la qualité de cette lumière.

« Même si ça a l'air haut et large, il faut se glisser avec son sac à dos en restant le plus au milieu possible et en évitant au maximum d'approcher des côtés. » Cheney confirmait ainsi ce que Control avait déjà lu dans les résumés. Comme des chats avec du papier collant sur le dos qui avancent furtivement le ventre tout près du sol. « Peu importe comment vous vous sentez habituellement dans un espace fermé ou à l'air libre, vous vous sentirez bizarre là-dedans : vous aurez l'impression à la fois de traverser un champ ouvert et d'avancer dans un précipice étroit sans garde-fou où vous risquez à tout instant de tomber. Vous existez donc dans un espace confiné et sans limites à la fois. C'est une des raisons pour lesquelles nous plaçons les membres des expéditions sous hypnose. »

Sans parler – et Cheney n'en parla pas – que chaque chef d'expédition devait subir cela sans les avantages de l'hypnose, et que certains d'entre eux avaient eu d'étranges visions durant la traversée. « J'avais l'impression d'être dans un de ces aquariums où on a de l'eau au-dessus de la tête, mais trouble, si bien que je ne peux pas vraiment dire ce qui nageait dedans. Ou plutôt ce sont les créatures qui étaient troubles, pas l'eau. » « J'ai vu des constellations et tout était à la fois très près et très loin. » « Il y avait une grande plaine comme celle de mon enfance, et elle n'arrêtait pas de grandir, si bien que j'ai fini par être obligé de regarder par terre, j'avais l'impression que quelque chose m'emplissait de plus en plus et allait me faire exploser. » Rien n'empêchait que tout cela se soit produit dans l'esprit des sujets.

La longueur du passage ne correspondait pas non plus à l'épaisseur de la frontière invisible. Certains des comptes rendus des expéditions qui étaient revenues faisaient état d'un trajet sinueux, d'autres d'une ligne droite. Le fait est que cela variait et qu'on ne pouvait estimer le temps nécessaire pour passer dans la Zone X, sinon pour dire que la « norme » allait grosso modo de trois à dix heures. Aussi une des premières peurs de Central avait-elle été que le point d'entrée disparaisse complètement, même si tout le monde n'était pas de cet avis. Dans les fichiers traitant de la frontière, Control avait déniché une phrase de James Lowry sur ce sujet : « … la porte, quand je l'ai vue, donnait l'impression qu'elle avait toujours été et serait toujours là, Zone X ou pas. »

La directrice avait apparemment pensé que la frontière avançait, mais rien ne venait à l'appui de cette thèse. Une note en faveur de cette dernière, dans les fichiers arrivés de beaucoup plus haut dans la chaîne de commandement, avait supposé que la directrice pourrait s'efforcer d'attirer attention et financements sur une « agence à l'agonie ». Maintenant qu'il avait vu l'entrée, Control se demandait comment quiconque pourrait savoir en quoi consistait une « avancée ».

« Ne la regardez pas trop longtemps en face, le prévint Whitby. Ça a tendance à vous attirer.

— Je vais essayer. » Mais il était trop tard : sa seule consolation étant que, s'il se mettait en marche vers l'entrée, Whitby ou Cheney l'empêcheraient de l'atteindre. Eux ou les lasers.

La lumière tourbillonnante déjouait ses tentatives d'invoquer la biologiste. Il ne pouvait pas la faire venir près de lui, suivre les trois autres membres de la douzième expédition dans cette lumière. À ce moment précis, celui où elle était arrivée exactement à cet endroit, elle devait déjà être sous influence hypnotique. La linguiste avait déjà quitté l'expédition. Il n'y avait plus qu'elles quatre, avec leurs sacs à dos, sur le point de traverser cette lumière impossible. Seule la directrice avait alors une vision claire de la situation. Si Control parcourait les notes manuscrites de celle-ci, s'il mettait au jour les couches sédimentaires pour atteindre le moi profond de cette femme… pourrait-il revenir là et reconstruire ses pensées et ses sentiments à l'instant où elle allait traverser ?

« Comment les membres de la dernière onzième et de la douzième sont-ils sortis de la Zone X sans se faire repérer ? demanda-t-il à Cheney.

— Il doit y avoir un autre point de sortie que nous n'avons jamais trouvé. » L'objet, observé, ne coopérait toujours pas avec Control. Une vision de son père dans la cuisine alors que lui-même avait quatorze ans, son père qui fourrait des framboises pourries au fond d'un verre sur lequel il posait ensuite un cône en papier, obtenant un piège pour les mouches des fruits entrées dans la maison.

« Pourquoi est-ce qu'on voit le couloir ? demanda Control

— Je ne suis pas sûr de comprendre votre question, répondit Cheney.

— S'il est visible, ça veut dire qu'on est censés le voir. » Possible. Qui pouvait le dire ? Le moindre commentaire au pied levé de Control s'accompagnait, du moins le pensait-il, d'un écho intégré, comme si les observations banales faites antérieurement par les visiteurs et nouveaux employés flottaient encore dans l'air, désireuses de fusionner avec une observation identique et y parvenant bien trop souvent.

Cheney creusa les joues un instant avant d'admettre à contrecœur : « C'est une théorie. C'en est bel et bien une, d'accord. Je ne peux pas dire le contraire. »

Pensée stupéfiante : qu'est-ce qui pouvait bien sortir dans le monde par un couloir de six mètres de haut et de trois et demi de large ?

Ils restèrent longtemps là, le temps s'écoulant d'eux sans qu'ils veuillent s'en rendre compte, ni se soucier de la pluie. Whitby se tenait un peu à l'écart, se laissant tremper, méprisant le parapluie. Derrière eux, dans le tonnerre, l'agressif écoulement de l'eau des ruisseaux qui regagnait en gargouillant l'aven derrière la crête. Devant eux, la clarté d'une journée d'été sans le moindre nuage.

Tandis que Control tâchait de dompter du regard cette lumière dansante, cette lumière pétillante.

010 : Quatrième brèche

« Le terroir » s'infiltra une nouvelle fois dans ses pensées en fin de journée quand, alors qu'il séchait en ayant dans la tête un kaléidoscope d'images du voyage à la frontière, Control reçut la transcription de son entretien du matin avec la biologiste. Il venait à contrecœur de jeter une nouvelle fois la souris dans la poubelle et de rapatrier la plante dans la cathédrale de stockage. Cela avait nécessité un effort de volonté de sa part, comme pour refermer la porte sur l'étrange sermon inscrit sur son mur. Il détestait verser dans la superstition, mais le doute subsistait… il pouvait avoir fait une erreur, la directrice pouvait avoir laissé la souris et la plante dans son tiroir pour une raison bien précise, comme une espèce d'étrange protection contre… contre quoi ?

Il n'en savait toujours rien tandis qu'il cherchait sur Internet l'escargot auquel Oiseau Fantôme avait fait allusion, découvrant ainsi qu'elle citait presque mot pour mot un vieux livre d'un obscur « pasteur-naturaliste » amateur. Elle avait dû tomber dessus à l'université, avec ce que cela pouvait évoquer aussi comme souvenirs. Il ne croyait pas que ce soit significatif, hormis que la biologiste l'avait explicitement comparé à un escargot maladroit.

Il feuilleta ensuite la transcription, qu'il trouva réconfortante. À un moment, en essayant de lui soutirer des informations, Control avait cessé de l'interroger sur le phare et sur la tour pour s'intéresser à l'endroit où on avait retrouvé et embarqué la biologiste.

Q : *Qu'est-ce que vous aviez laissé dans le terrain vague ?*

Et si, raisonna-t-il à son bureau – en faisant toujours comme s'il n'y avait aucune page avec des taches d'eau dans le tiroir à côté de lui –, le terrain vague était un terroir lié à celui que constitue la Zone X ? Et si la confluence d'une personne et d'un endroit ne signifiait pas seulement un retour chez soi ? Fallait-il qu'il ordonne des fouilles historiques complètes du terrain vague ? Et les deux autres, l'anthropologue et la géomètre ? Empêtré dans les arcanes du Rempart Sud, il n'aurait pas le temps de se renseigner à leur sujet avant plusieurs jours. Il ne put s'empêcher de se sentir reconnaissant envers Grace de lui avoir facilité le travail en les faisant partir.

Entre-temps, la biologiste répondait à la question inscrite sur la page.

R : *Laissé ? C'est-à-dire ? Du genre collier avec crucifix ? Confession ?*

Q : *Non.*

R : *Et si vous me disiez ce que j'ai laissé là-bas, selon vous ?*

Q : *Vos bonnes manières ?*

Elle avait alors lâché un petit rire, quoique moqueur, et poussé un long soupir fatigué qui sembla lui vider les poumons.

R : *Je vous ai dit qu'il ne s'y était rien passé. Je me suis réveillée comme d'un rêve sans fin. Et je me suis fait embarquer.*

Q : *Il vous arrive de rêver ? En ce moment, je veux dire.*

R : *À quoi ça servirait ?*

Q : *C'est-à-dire ?*

R : *Je rêverais juste de ne plus être ici.*
Q : *Vous voulez que je vous parle de mes rêves ?*

Il ne savait pas pourquoi il lui avait posé cette question. Il ne savait pas ce qu'il lui raconterait. Lui parlerait-il de la chute interminable dans la baie, dans les mâchoires des monstres marins ?

Il fut surpris qu'elle réponde :

R : *De quoi vous rêvez, John ? Dites-moi.*

C'était la première fois qu'elle l'appelait par son nom, et il s'efforça de détester l'espèce d'étincelle que cela avait suscitée en lui. *John.* Elle avait relevé ses pieds sur la chaise afin de serrer ses genoux dans ses bras en le regardant d'un air presque espiègle.

Il faut parfois adapter sa stratégie, donner pour recevoir. Il lui raconta donc son rêve, même si cela l'embarrassait, même s'il espérait que Grace ne le voie pas dans l'enregistrement officiel et ne trouve pas un moyen de s'en servir contre lui. Mais il pensait qu'Oiseau Fantôme se serait aperçue qu'il mentait, qu'il inventait un rêve ; il pensait que, pendant qu'il s'efforçait d'interpréter les indices qu'elle laissait échapper, elle ne cessait quant à elle d'essayer de le déchiffrer *lui*. Même en posant des questions, il faisait une hémorragie de données. Il eut soudain l'image d'informations lui sortant de la tempe en une brume pixellisée rouge sang. Voilà mes parents. Voilà mon ex. Mon père était sculpteur. Ma mère est une espionne.

Mais elle aussi s'était laissée aller, un instant, durant leur conversation.

R : *Je me suis réveillée dans le terrain vague en pensant que j'étais morte. Ou peut-être au purgatoire, même si je ne crois pas qu'il y ait une vie après la mort. Mais c'était tranquille et si* vide… *j'ai attendu là, j'avais peur de partir, peur qu'il puisse y avoir une raison quelconque à ma présence à cet endroit. Sans être sûre de vouloir savoir quoi que ce soit d'autre. Après, la police est venue me chercher, et ensuite le Rempart Sud. Mais je continue à croire que je n'étais pas vraiment en vie.*

Et si la biologiste n'avait décidé que ce matin-là qu'elle était vivante et non morte ? Cela pourrait expliquer son changement d'humeur.

Une fois sa lecture terminée, il sentait presque le regard d'Oiseau Fantôme peser encore sur lui, et elle ne voulait pas baisser les yeux, elle soutenait son regard, ou bien il la laissait le soutenir. Pour Dieu savait quelle raison.

Un silence s'était emparé de Control, de Whitby et de Cheney alors qu'ils revenaient de la frontière, peut-être écrasés par le contraste entre soleil/chaleur et pluie/froid. Il semblait toutefois pour Control être le silence complice de l'expérience partagée, comme si lui-même avait été admis sans qu'on lui demande son avis dans un club très fermé. Il se méfiait de cette impression, espace dans lequel se glissaient des ombres qui ne devraient pas s'y glisser, où les gens acceptaient des choses avec lesquelles ils n'étaient en réalité pas d'accord, croyant qu'elles n'avaient qu'un seul dessein. Une fois, dans un espace de ce genre, un collègue agent l'avait appelé « mon pote » et avait estimé de but en blanc qu'il « ne ressemblait pas aux Latinos. »

Un kilomètre et demi avant qu'ils arrivent au Rempart Sud, Cheney dit avec trop de désinvolture : « Vous savez, il y a un bruit qui court, sur la précédente directrice et la frontière.

— Ah oui ? » Voilà, ça venait. C'était là. C'était ainsi que le bien-être vous poussait à aller trop loin ou, pour certains, à faire quelques révélations sur ce qui devait rester caché.

« Il paraît qu'un jour elle a traversé la frontière toute seule », précisa Cheney, les yeux dans le vague. Penché sur le volant, Whitby lui-même semblait vouloir prendre ses distances avec cette déclaration. « Simple rumeur, ajouta Cheney. Je ne sais absolument pas si elle est vraie. »

Mais Control s'en fichait, malgré l'hypocrisie de cette dernière phrase. La vérité n'inquiétait manifestement pas Cheney, ou peut-être savait-il déjà cette rumeur exacte et voulait-il mettre Control sur la bonne piste.

« Cette rumeur dit-elle aussi quand ça se serait produit ? demanda-t-il.

— Avant la dernière onzième expédition. »

Une partie de Control voulut aller en parler à la directrice adjointe pour voir ce qu'elle savait. Une autre décréta que c'était prématuré. Il rumina donc cette information en se demandant pourquoi Cheney la lui avait fournie, surtout devant Whitby. Cela signifiait-il que Whitby avait le cran, malgré les apparences, de taire même ce que Grace voulait qu'il partage ?

« Avez-vous déjà franchi la frontière, Cheney ? »

Un pouffement explosif. « Non. Vous êtes dingue ? Non ! »

En fin de journée, sur le parking, Control s'assit au volant de sa voiture, mit les clés dans le contact et s'accorda quelques instants de décompression. La pluie avait poursuivi son chemin en laissant dans son sillage des flaques huileuses ainsi qu'une espèce d'éclat verdoyant sur l'herbe et les arbres. Il ne restait que la voiture électrique violette de Whitby, en travers de deux emplacements, comme si elle s'était échouée là.

Il était temps d'appeler la Voix pour faire son rapport. Mieux valait en finir tout de suite, plutôt que de laisser ce travail empoisonner sa soirée.

Le téléphone sonna, sonna.

La Voix finit par répondre par un « Oui… quoi ? » comme si Control appelait à un mauvais moment.

Il avait prévu de poser une question sur le voyage clandestin de la directrice derrière la frontière, mais, déstabilisé par le ton de la Voix, il commença avec la plante et la souris : « J'ai trouvé un truc bizarre dans un tiroir de la directrice… »

Control cligna une fois, deux fois, trois fois des yeux. Pendant leur conversation, il avait remarqué une chose. Une chose des plus insignifiantes, mais qui le déconcertait malgré tout. Il y avait un moustique écrasé sur l'intérieur du pare-brise, et Control n'avait aucune idée de la manière dont il s'était retrouvé à cet endroit. Il savait qu'il n'y était pas ce matin-là et n'avait de toute façon aucun souvenir d'en avoir écrasé un. Pensée paranoïaque : négligence de quelqu'un fouillant sa voiture… ou peut-être quelqu'un voulait-il lui faire savoir qu'il était surveillé ?

Son attention partagée, Control prit conscience d'hésitations dans sa conversation avec la Voix. Presque comme des trous d'air poussant et soulevant l'avion, tandis que le passager à l'intérieur, c'est-à-dire lui-même, restait attaché sur son siège à s'inquiéter. Ou comme s'il regardait un programme télévisé amputé de cinq secondes toutes les quelques minutes par un petit problème de transmission sur le câble. La conversation reprit pourtant là où elle s'était arrêtée.

La Voix disait, d'un ton plus bourru que d'habitude : « Je vous obtiendrai davantage de renseignements… et ne vous inquiétez pas, je continue à travailler sur le problème de cette fichue directrice adjointe. Rappelez-moi demain. »

Une image ridicule s'insinua dans le crâne de Control : la directrice adjointe arrivait sur le parking pendant qu'il était à la frontière, forçait la serrure, fouillait dans sa boîte à gants, écrasait avec sadisme le moustique.

« Je ne sais pas si c'est une bonne idée, à ce stade, concernant Grace, dit Control. Il vaudrait peut-être mieux… »

Mais la Voix avait déjà raccroché, laissant Control se demander comment le jour avait pu tomber aussi vite.

Il regarda l'entremêlement géométrique de sang et de membres délicats. Il ne pouvait en détacher les yeux. Il avait prévu de dire autre chose à la Voix, mais ce moustique le lui avait fait oublier et il faudrait à présent attendre le lendemain.

Était-il possible qu'il *ait* écrasé cet insecte par réflexe et ne s'en souvienne pas ? Il trouvait l'hypothèse peu probable. Mais bon, juste au cas où il ne l'aurait pas fait, il laisserait cette fichue bestiole là, avec sa tache de sang. Histoire éventuellement d'envoyer un message. Un jour ou l'autre.

011 : Sixième brèche

Chez lui, Chorry attendait sur le perron. Control le laissa entrer, lui servit de la nourriture pour chat qu'il avait achetée au magasin en même temps qu'un sandwich au poulet, mangea dans la cuisine malgré la puanteur de saumon gras montant de la gamelle de Chorry. Il regarda l'animal mâcher, mais avait la tête ailleurs : il pensait à ce qu'il considérait comme ses échecs de la journée. Il avait l'impression que presque toutes ses passes avaient été trop longues pour ses receveurs et que l'entraîneur de son équipe du lycée lui criait dessus. Le mur derrière la porte l'avait déstabilisé. Le mur et les réunions lui avaient pris trop de temps. Même aller à la frontière n'avait rien remis d'aplomb, mais simplement stabilisé la situation le temps d'ouvrir de nouveaux axes de recherche. L'idée que la directrice s'était rendue derrière la frontière avant la dernière onzième expédition était revenue le tourmenter. Cheney, durant leur déplacement : « Je n'ai jamais eu l'impression que la directrice ait vraiment été du même avis que nous, vous savez ? Elle ne dévoilait rien de ses pensées, ou elle avait d'autres conseillers, en plus de Grace. Ou alors je ne sais pas très bien juger les gens. Ce qui est possible, j'imagine. »

En voulant prendre dans son cartable les notes de son voyage à la frontière, Control fut stupéfait d'y trouver trois téléphones portables au lieu de deux – celui aux lignes pures dont il se servait avec la Voix, le normal et un troisième, plus volumineux. Sourcils froncés, il sortit les trois appareils. Le dernier était le vieux modèle hors service qu'il avait découvert dans le tiroir de la directrice. Il le regarda longuement. Comment s'était-il retrouvé dans son cartable ? Y avait-il été mis par Grace ? On aurait dit une espèce de vieux coléoptère noir, les rides et minuscules cratères de l'étui en cuir ressemblant un peu à une carapace. Grace n'aurait pas pu faire ça. Elle avait dû le laisser dans le bureau de Control, après tout, et il l'avait emporté par inadvertance. Mais alors, pourquoi ne s'en était-il pas rendu compte sur le parking, après sa discussion avec la Voix ?

Il le posa sur le comptoir de la cuisine et lui jeta un ou deux coups d'œil méfiants avant d'aller s'installer dans le salon. À côté de quoi passait-il ?

Après quelques séries de pompes sans ardeur, il alluma la télévision. Il ne tarda pas à être bombardé par un mélange de téléréalité, de nouvelles d'un nouveau massacre dans une école, d'un reportage sur une autre décharge dans l'océan, et de journaliste qui commentait en hurlant les premières minutes d'un match d'arts martiaux mixtes. Il hésita entre une émission culinaire et un film policier, ses deux styles préférés, parce qu'ils ne lui demandaient aucun effort de réflexion. Il finit par opter pour le policier, tandis que le chat ronronnait sur ses genoux avec un bruit de moteur.

Les yeux sur l'écran, il se souvint d'un cours magistral en sciences de l'environnement auquel il avait assisté en deuxième année de fac. En substance, le professeur avait affirmé que les institutions, ministères y compris, étaient les incarnations concrètes non seulement d'idées et d'opinions, mais aussi d'attitudes et d'émotions. Comme la haine ou la compassion, des affirmations du genre « il faut que les immigrés apprennent l'anglais pour être de vrais citoyens » ou « les malades mentaux méritent tous notre respect ». Que dans le fonctionnement de, par exemple, une agence gouvernementale, on pouvait, si on s'en donnait la peine, découvrir non seulement la pensée abstraite sous-jacente, mais les émotions concrètes. Le Rempart Sud avait été créé pour enquêter sur la Zone X (et empêcher qu'elle s'étende), et pourtant, malgré tous les signes et symboles de cette mission – tous les fichiers, les discussions, les résumés et les analyses –, il existait aussi à l'intérieur de cette agence une autre émotion ou attitude. Cela frustra Control de ne pas pouvoir tout à fait mettre le doigt dessus, comme s'il lui manquait pour cela un sens ou une sensibilité supplémentaire. Grace l'avait pourtant bien dit, qu'une fois trop à son aise dans le Rempart Sud, trop bien à l'abri dans son étreinte, Control serait trop conditionné pour la percevoir.

Cette nuit-là, il ne rêva pas. Il se souvint s'être réveillé bien avant l'aube, parce que quelque chose de petite taille rampait par à-coups sur le toit, mais ces mouvements ne tardèrent pas à cesser. Ils n'avaient pas suffi à réveiller le chat.

012 : Ordre de tri

Le lendemain matin, de retour au travail, Control découvrit que son bureau était moins bien éclairé que la veille, un tube fluorescent ayant grillé. Sa chaise et sa table de travail en particulier se retrouvaient dans un endroit assez sombre. Il prit une lampe sur la bibliothèque, l'installa sur une étagère qui dépassait sur la gauche de sa table. Pour mieux voir que Whitby avait mis sa menace à exécution en laissant sur sa table un document épais et à l'air assez usé intitulé « Terroir et Zone X : une approche complète. » La rouille de l'énorme trombone mordant sur la page de titre, le jaunissement du papier tapé à la machine, les notes manuscrites de diverses couleurs ou peut-être les images cornées fixées au ruban adhésif ne lui donnèrent pas envie de descendre dans ce terrier-là. Le document devrait attendre son tour, ce qui pouvait à ce stade signifier la semaine suivante, voire le mois suivant. Control avait un autre face-à-face avec la biologiste, ainsi qu'une réunion avec Grace sur ses recommandations pour l'agence, puis, le vendredi, un rendez-vous afin de visualiser les vidéos de la première expédition. Entre autres affaires pressantes dont il devait s'occuper… par exemple une légère modernisation du décor. Control ouvrit la porte donnant sur les mots au mur. Il prit quelques photographies. Puis, à l'aide d'un pot de peinture et d'un pinceau réquisitionnés au service maintenance, il repeignit l'intégralité du mur en blanc, recouvrant chaque mot, chaque détail de la carte. Grace et les autres devraient se débrouiller sans commémoration, car lui-même ne pouvait vivre avec la pression de ces mots en train de vibrer derrière la porte. Ni avec les mesures de hauteur, s'il s'agissait bien de cela. Deux couches, trois, jusqu'à ce qu'il ne subsiste qu'une ombre, même si les marques de hauteur, écrites avec un stylo différent, restaient visibles. Si c'en était bien, la directrice avait grandi de six millimètres entre deux mesures, à moins qu'elle ait porté des talons hauts la seconde fois.

Une fois ces travaux terminés, Control installa deux des sculptures de son père, prélevées chez lui sur l'échiquier, pour remplacer les talismans absents de la plante et de la souris. Un minuscule coq rouge et une chèvre bleu lune, composants d'une série simplement appelée *Mi Familia*. Le coq portait le nom d'un de ses oncles, la chèvre celui d'une de ses tantes. Son père avait des clichés de jeunesse le montrant en train de jouer dans le jardin avec ses amis et cousins au milieu de poules et de chèvres, jardin qui s'étirait jusqu'à sortir du cadre le long d'une clôture en bois. Mais Control ne se souvenait que des poules paternelles – généreusement appelées poules de tradition ou d'héritage, baptisées et jamais tuées – des « poules hommage », comme disait Control pour taquiner son père.

Il s'était mis aux échecs pour que son père y joue avec lui durant ses chimiothérapies et y réfléchisse ou y repense en l'absence de son fils. Leur affliction commune avant le cancer avait été le billard, pour lequel ni l'un ni l'autre n'était doué, malgré le plaisir qu'ils y prenaient. Mais son père s'étant davantage détérioré physiquement que mentalement, ce n'était plus une possibilité. Les livres comme remède à l'ennui de la télé ? Non, puisque le marque-page venait de commencer à séparer deux océans de mots non lus. Mais en rappelant à qui c'était le tour, les échecs laissaient une trace de leur propre passé, même à la fin quand son papa n'avait plus toute sa tête.

Control avait forcé les sculptures paternelles à se transformer en pièces d'échecs ; hétéroclites, celles-ci correspondaient mal à leur fonction et avaient connu deux réinterprétations : d'abord de personnes à animaux, puis à pièces d'échec. Mais il avait progressé à ce jeu, son intérêt accru par la transformation de l'abstraction en quelque chose de réel, ce qui donnait des résultats qui, même si tous deux les trouvaient comiques, semblaient davantage significatifs. Le mouvement « *abuela* au fou » les avait fait glousser l'un et l'autre. « Cousin Humberto à La Sobrina Mercedez. »

Ces sculptures allaient à présent l'aider. Control posa le coq sur le coin gauche de sa table de travail et la chèvre sur la droite, le premier dos vers lui et la seconde tournée dans sa direction. Il avait collé sur l'un comme sur l'autre une nanocaméra quasiment invisible qui transmettrait sans fil ses images à son téléphone et à son ordinateur portable. Il voulait au moins sécuriser son bureau, en faire un bastion, en enlever tout l'inconnu et ne substituer que ce qui pourrait le réconforter. Qui savait ce qu'il pourrait découvrir ?

Il fut alors libre d'examiner les notes de la directrice.

*

Le préambule à la lecture de ces notes tint beaucoup du nettoyage de printemps rituel. Il sortit toutes les chaises dans le couloir, ne gardant que la sienne, et entreprit de faire des piles au milieu de la pièce. Il essaya de ne pas voir les taches ambiguës qu'il découvrit sur la moquette. Du café ? Du sang ? De la sauce ? Du vomi de chat ? De toute évidence, ni le concierge ni aucun de ses comparses n'avaient plus depuis longtemps le droit d'entrer dans le bureau de la directrice. Il eut une vision de Grace ordonnant qu'on laisse le bureau en l'état, comme dans les séries policières où les parents d'un enfant assassiné ne laissent pas le moindre grain de poussière pénétrer le domaine sacré qu'est devenue la chambre de la victime. Grace avait gardé la pièce verrouillée à double tour jusqu'à l'arrivée de Control, s'était cramponnée au double de la clé, et malgré tout, il ne pensait pas qu'elle apparaîtrait sur sa vidéo de surveillance.

Il s'assit donc sur un tabouret, son ordinateur portable passant des morceaux de son compositeur néoclassique préféré, et laissa la musique emplir la pièce pour transformer le chaos en une espèce d'ordre. Sans sauter la moindre étape, papy, même s'il fallait sauter pour atteindre l'étape. Il avait déjà reçu ce matin-là des dossiers de Grace – transmis par un assistant administratif afin que Control et elle n'aient pas à se parler. Ces dossiers détaillaient tous les rapports et notes officiels de la directrice… dans lesquels il devrait vérifier le moindre griffonnage et fragment. Un « inventaire », comme il voyait cela. Il avait envisagé de demander à Whitby de faire un tri, mais, d'une note à l'autre, le niveau d'habilitation passait de secret à top secret, puis à c'est-quoi-ce-putain-de-secret, telle une espèce de bourse volatile traitant de contrats à terme.

Grace avait donné à cette liste un titre trop fonctionnel : FICHIERS DE LA DIRECTRICE : DMP DES RAPPORTS ET NOTES D'IMPORTANCE PRIMAIRE OU SECONDAIRE. DMP pour Data Management Program, le système propriétaire de visualisation financé et implémenté par le Rempart Sud dans les années 1990. Control aurait choisi quelque chose de plus lapidaire que Grace, par exemple : DOCUMENTS DE LA DIRECTRICE. Ou, plus dramatique : CONTES D'UNE AGENCE OUBLIÉE, ou bien LE DOSSIER ZONE X.

Les piles devaient être organisées par sujet, afin de correspondre plus ou moins au DMP de Grace : frontière, phare, tour, île, camp de base, histoire naturelle, histoire non naturelle, histoire générale, à déterminer. Control décida de faire aussi une pile « sans rapport », même si ce qui lui semblerait sans rapport serait peut-être une pierre de Rosette pour quelqu'un d'autre… du moins si une telle pierre, ou sa version gravier, existait dans tous les décombres.

C'était pour lui un endroit agréable, une tâche agréable, aussi familière que faire pénitence en période de honte et de rétrogradation, et dans laquelle il pouvait se perdre sans presque davantage réfléchir qu'en lavant la vaisselle après le dîner ou en faisant son lit le matin… et en sortir rafraîchi, d'une certaine manière.

Mais à la différence cruciale que ces piles donnaient un peu l'impression qu'il avait rapporté des saletés de dehors sous ses semelles. La directrice précédente le transformait en une nouvelle sorte d'agriculteur urbain, qui faisait des tas de compost avec des documents secrets originaires du monde extérieur dont ils arrivaient porteurs d'une trame riche. Chênes et magnolias avaient fourni une partie de la matière première sous forme de feuilles, auxquelles la directrice avait ajouté des serviettes de tables, des reçus et même parfois du papier toilette, créant ainsi un épais paillis.

Plusieurs reçus marquants provenaient du modeste café-restaurant où Control prenait son petit-déjeuner et d'une épicerie de quartier où l'ancienne directrice s'était à différentes reprises fournie en dernier recours. Ils dénotaient des achats faits en passant plutôt qu'au cours d'une visite planifiée. Un jour un rouleau d'essuie-tout et de la viande séchée, un autre du jus de fruit et des céréales, un troisième des hot-dogs, une bouteille de lait écrémé, des ciseaux à ongles et une carte de vœux. Les serviettes de table, reçus et brochures publicitaires d'un restaurant de grillades de Bleakersville, la ville où habitait la directrice, sortaient du lot et donnèrent envie à Control de travers de porc. Bleakersville n'était qu'à une quinzaine de minutes du Rempart Sud, juste à côté de l'autoroute pour Hedley. D'après Grace, on avait ôté de la demeure tous les objets concernant le Rempart Sud et listé ceux-ci dans une partie spéciale MAISON DE LA DIRECTRICE du fichier DMP.

À peu près une heure plus tard, une idée le paniqua : et si les surfaces apparemment choisies au hasard sur lesquelles la directrice avait pris des notes avaient une signification ? Et si les mots ne constituaient pas l'intégralité du message, tout comme le laïus de déséquilibré du gardien du phare ne constituait pas toute l'histoire ? La cathédrale de stockage lui vint à l'esprit et, même si cela semblait improbable, il se demanda non sans paranoïa si une des feuilles provenait de la Zone X, avant de repousser cette pensée comme contreproductive et dépourvue de preuve concrète.

Non, la vaste collection de textures de la directrice révélait « seulement » qu'elle s'était absorbée dans son travail, comme si elle avait absolument tenu à consigner aussitôt ses observations, n'avait voulu ni oublier, ni avoir un rédacteur interne interrompre sa quête de compréhension. Ni laisser à un hacker la possibilité de voir les rouages de son esprit, résumés ou non dans un fichier DMP.

Il eut donc à trier non seulement des piles de « documents » de première main, mais aussi un récit désordonné de la vie de la directrice et de ses pérégrinations dans le monde extérieur au Rempart Sud. Informations utiles, parce qu'il n'avait trouvé que des rogatons dans le dossier officiel – soit parce que Grace y avait touché, soit parce que la directrice elle-même avait réussi à ce qu'il se réduise comme une peau de chagrin. Fille unique, elle avait grandi avec son père dans le Midwest, étudié la psychologie dans une université publique et travaillé pendant environ cinq ans comme consultante. Elle avait ensuite postulé au Rempart Sud par l'intermédiaire de Central, où on l'avait soumise à un programme éreintant conçu pour la forcer à faire encore et encore ses preuves… et compenser ainsi la banalité de ses antécédents professionnels. Une affectation au Rempart Sud devait sembler plus attractive, à l'époque… et c'était là que les rogatons s'étaient transformés en masse bouillonnante de notes dans le bureau de la directrice. Control avait lancé une demande d'informations complémentaires dans la gueule labyrinthique et laconique de Central, qui s'était refermée dessus. Un jour, peut-être, elle lui cracherait un fichier.

Il n'avait donc plus qu'à essayer de se faire une véritable vision du terroir de la directrice – ses motivations, sa base de connaissances – avec l'ensemble de ce dans quoi il fouillait et en créant mentalement une toute nouvelle couche de catégories différentes, non DMP. Elle était abonnée à un guide de télévision par câble ainsi qu'à un assortiment de magazines culturels et artistiques, à en juger non seulement par les pages déchirées, mais aussi par les formulaires de réabonnement. Il lui était arrivé de devoir 72,12 dollars au dentiste pour un détartrage non couvert par son assurance santé et peu lui importait que ça se sache. Elle fréquentait souvent un bowling hors de la ville. Une tante lui envoyait des cartes d'anniversaire, mais soit l'ancienne directrice n'accordait aucune valeur sentimentale aux cartes, soit elle n'était pas vraiment proche de cette parente. Elle aimait les côtes de porc et le gruau de maïs aux crevettes. Elle appréciait de dîner seule, mais un reçu du restaurant de grillades indiquait deux repas. De la compagnie ? Peut-être, comme lui, commandait-elle de la nourriture à emporter pour avoir de quoi manger le lendemain.

On ne trouvait pas grand-chose sur la frontière, dans les notes de la directrice, mais cette spirale blanche, cet énorme espace ne quitta pas tout à fait Control. Il y avait un étrange synchronisme, tandis qu'il s'activait, entre la spirale et le flash de sa mère dans le ciel, le littéral et le métaphorique associés sur une si vaste étendue de temps et de contexte que seules les pensées pouvaient combler l'écart.

Les couches sédimentaires qui avaient existé sous la plante et la souris s'avérèrent les plus difficiles à trier. Certaines pages étaient fines et cassantes ; les bouts de papier et les collages inégaux de feuilles mortes avaient tendance à coller entre eux, tout en étant infiltrés et plaqués plus étroitement encore les uns aux autres par les restes de racines translucides qu'effleuraient les lignes pourpres laissées par la plante. Quand Control entreprit méticuleusement de séparer ces pages, il s'éleva une forte et âcre odeur de moisi restée jusque-là en sommeil. Il essaya de ne pas la comparer à la puanteur de chaussettes sales.

Les couches ne firent que confirmer le goût de la directrice à la fois pour la nature et pour les petits déjeuners froids. En détachant une preuve d'achat découpée sur une boîte de céréales au son et restée collée à une feuille de chêne tachée de bleu par des mots ayant tellement bavé qu'ils ressemblaient à des taches d'encre à peu près illisibles, il prit conscience que le carton n'avait jusqu'à présent jamais été dissocié de son fragile conjoint. « Exam transcript de X.10.C, surtt anthro sur palier phr », était-il écrit sur le carton. « Recommander de ne plus utiliser de cartons noirs comme conditionnement », était-il écrit sur la feuille de chêne. Il plaça celle-ci sur la pile « à déterminer », comme « valeur à déterminer ».

D'autres fragments fascinants apparurent aussi, certains saillant des piles de livres, d'autres glissés approximativement entre les pages, sans ressembler à des signets : on aurait plutôt dit qu'ils avaient irrité la directrice au point de lui faire punir les mots mêmes qu'elle avait écrits. C'est dans un simple manuel de biologie de niveau collège à l'air assez usé pour avoir appartenu à la directrice que Control trouva, sur du vrai papier, bizarrement sortie d'une imprimante matricielle alors qu'elle datait seulement de dix-huit mois, une note sur la douzième expédition.

Dans cette note, qui n'avait pas été ajoutée au dossier DMP de Grace, la directrice parlait de la géomètre comme de « quelqu'un au solide sens des réalités, bon et tonifiant faire-valoir des autres ». La linguiste abandonnée dans la zone de préparation à la frontière était « utile mais pas indispensable, peut-être dangereuse pour l'équipe, personnalité compatissante mais étroite d'esprit qui pourrait détourner l'attention ». Compatissante envers qui ? Détourner l'attention de quoi ? Et ce détournement était-il souhaitable ou… ? L'anthropologue était désignée par son prénom, ce qui désorienta Control, jusqu'à ce que, soudain, il le reconnaisse. « Hildi en fera partie, elle comprendra. » Il fixa quelques instants le papier. Partie de quoi ? Comprendra quoi ?

Malgré un manque frustrant de contexte, les notes donnaient l'impression que la directrice faisait le casting d'une pièce de théâtre ou d'un film. Des indications pour les acteurs. Des équipes en manque de cohésion, mais la directrice semblait moins concernée par le moral et la dynamique de groupe que par… une autre qualité.

Le commentaire sur la biologiste était le plus complet et fit vibrer en Control d'autres questions.

> Pas une très bonne biologiste. Au sens traditionnel. Davantage d'empathie pour les environnements que pour les gens. Oublie les raisons pour lesquelles elle est partie, qui paye son salaire. Mais s'intègre de manière extraordinaire. Connaîtra mieux la Zone X que moi à peu près dès qu'elle y mettra le pied. De l'expérience avec des cadres

similaires. Autosuffisante. Sans fardeau. Lien via son mari. Que serait-elle dans la Zone X ? Un signal ? Un flamboiement ? Ou invisible ? Exploiter.

Une autre note, trouvée à proximité dans le deuxième tome d'une série de trois minces brochures sur la xénobiologie, lui revint en tête : « bio : expo à contamination AT ? » Exposition de la biologiste à la contamination de l'anomalie topographique, d'après lui… ce n'était pas difficile à deviner. Mais sans date, il ne pouvait même pas être certain que cela concernait la même expédition. De même, quand « Ne pas en parler à L » et « Comme prévu, L a refusé » avaient-ils été écrits sur deux bouts de papier distincts, et « L » désignait-il Lowry ou, de manière plus ésotérique et moins probable, « Le gardien du phare[1] » ?

Il se laissa le temps d'assimiler tout cela, il savait qu'il fallait être patient. Il y avait beaucoup de notes, beaucoup de pages dans le dossier DMP de Grace, sans rien pour le moment sur une précédente traversée de la frontière par la directrice. Mais Control commençait déjà à sentir les courants sous-jacents, découvrait à présent dans la théorie du terroir exposée par Whitby quelque chose qui pourrait mieux s'appliquer au Rempart Sud qu'à la Zone X, peut-être conçu par un seul esprit. L'idée qu'une pensée dysfonctionnelle pourrait prendre racine dans un vide, l'individu anonyme et spectral, inconnaissable parce que, surtout au début, il ou elle n'avait aucune interaction avec autrui. Parce

1. *Lighthouse keeper* en v.o.

que de plus en plus, à l'époque moderne d'Internet, on tombait sur des instances isolées d'un virus ou ver mental : des cerveaux qui s'étaient lavés eux-mêmes, qui baignaient dans des idéologies toutes faites venues d'en haut, des idéologies qui pouvaient rester des années dissimulées ou endormies, d'un silence de mort jusqu'à ce qu'elles frappent. Désormais, il pouvait se produire et se produisait à peu près n'importe quoi. Le gouvernement ne pouvait pas enquêter sur le moindre achat d'engrais ou de feu d'artifice par un agriculteur… ne pouvait contrôler lui-même tous les cerveaux déviants dans ses propres rangs.

En triant les morceaux de papiers, l'idée lui était venue que, si on gérait un organisme créé pour comprendre et combattre une force qui représentait une insurrection, et si on croyait la frontière en train d'avancer, au moins d'une certaine manière, il n'était alors pas impossible qu'on s'écarte des protocoles officiels. Que si on faisait de la situation une évaluation avec laquelle supérieurs et collègues n'étaient pas d'accord, on pouvait imaginer un autre plan et commencer à le mettre en place tout seul. Que, méfiant et prudent, on pouvait alors et seulement alors s'assurer l'aide d'autres personnes qui vous croyaient, ou du moins ne vous étaient pas hostiles, afin de le mettre en application. En informant ou non ces personnes des détails. Éventuellement, on commençait à élaborer ce plan au dos des factures de ses restaurants préférés pendant qu'on regardait la télé ou qu'on lisait un magazine.

Quand vint le moment d'aller à son rendez-vous avec Grace, Control releva la tête et s'aperçut qu'il s'était entouré de piles de papiers et de dossiers. Derrière lesquelles le seuil encombré de chaises et d'une petite table pliante fut si difficile à franchir qu'il se demanda si, inconsciemment, il n'avait pas essayé d'empêcher quelque chose d'entrer.

013 : Recommandations

Control avait voulu s'imposer sur le territoire de Grace, lui montrer qu'il s'y sentait à l'aise, sauf qu'il la trouva au beau milieu d'une conversation ridiculement enjouée avec son assistante administrative. Il attendit en relisant les renseignements de base, ceux-ci étant, pour il ne savait quelle raison, les seuls qu'on lui avait fournis. Grace Stevenson. *Homo sapiens*. Sexe féminin. Famille originaire des Antilles. Elle était de la troisième génération à vivre dans ce pays et avait trois sœurs plus jeunes. Ses parents avaient travaillé dur pour leur permettre de faire des études et Grace avait terminé major de sa promotion, avec une double compétence en sciences politiques et en histoire, avant de suivre une formation à Central. Blessée à la jambe – aucun détail sur le type de blessure – au cours d'une opération spéciale, elle avait échoué sur les rives du Rempart Sud. Non, ça ne collait pas. La directrice avait-elle tiré son nom d'un chapeau ? Cheney l'avait plus ou moins laissé entendre durant leur sortie à la frontière.

Mais elle avait dû nourrir de plus amples ambitions à un moment ou à un autre, alors pourquoi rester ? Uniquement pour la directrice ? Dès ses débuts au Rempart Sud, Grace Stevenson s'était plus ou moins retrouvée sur la touche, avait peut-être même glissé lentement dans la stagnation… abîme dont les profondeurs personnelles devaient être son interminable et délicat divorce, huit ans plus tôt, qui avait coïncidé presque au mois près avec la cérémonie de remise de diplôme de ses jumeaux. Un an plus tard, elle avait informé Central de sa liaison avec une native du Panama, afin que les services de sécurité puissent réexaminer sa propre situation et conclure qu'elle ne présentait aucun risque, ce qu'ils firent. Un désordre planifié, donc, mais traumatisant malgré tout. Ses fils, désormais médecins, étaient immortalisés sur son bureau par une photo prise pendant un match de football. Une autre photographie montrait Grace bras dessus, bras dessous avec la directrice. Cette dernière était une femme imposante, d'une constitution qui ne permettait pas de dire s'il s'agissait de gras ou de muscle. Elles se trouvaient à un pique-nique du Rempart Sud, on voyait un barbecue sur la gauche et, à l'arrière-plan, des gens en chemises à fleurs. Pour une raison ou pour une autre, Control trouvait absurde qu'il puisse y avoir des sorties entre employés de l'agence. Les deux photos lui étaient déjà connues.

Après son divorce, la directrice adjointe avait vu son destin lié encore davantage à celui de la directrice, qu'elle avait dû remplacer à plusieurs reprises, s'il lisait bien entre les lignes. L'histoire prenait fin au moment où la directrice disparaissait et où Grace obtenait le prix de consolation : rester adjointe à perpétuité.

Ah oui, et résultat de tout cela comme du reste : une vive hostilité de Grace Stevenson envers Control. Émotion qu'il comprenait, mais seulement dans une certaine mesure, ce qui était sans doute un défaut chez lui. « L'empathie est toujours perdante », aimait à dire son père, parfois usé par le racisme quotidien. Si on était obligé d'y penser, c'était qu'on s'y prenait mal.

L'assistante enfin partie, Control put s'asseoir en face de Grace qui tenait à bout de bras la première liste de recommandations de Control, non que celles-ci sentent mauvais ou contiennent quoi que ce soit de choquant, mais parce qu'elle refusait de porter des verres progressifs.

Prendrait-elle ces recommandations comme un défi ? Il l'espérait, même si elles étaient délibérément prématurées. Même si ce n'était certainement pas de bon augure qu'un magnétophone miniature bourdonne devant lui, réaction de Grace à sa présence dans son espace. Mais il s'était exercé ce matin-là devant le miroir, simplement pour voir à quel point au juste il maîtrisait le langage corporel.

En vérité, la plupart de ses recommandations administratives et managériales convenaient à n'importe quelle organisation laissée quelques années à la dérive... ou pour être généreux : sans trop de gouvernail. Le reste consistait en coups de couteau donnés à l'aveuglette, mais tout aussi susceptibles de trancher du lard que de couper les moyens à quelqu'un. Il voulait que le flux d'informations aille dans de multiples directions afin que, par exemple, Hsyu la linguiste ait accès à des renseignements classés secrets par d'autres services. Il voulait aussi autoriser les heures supplémentaires longtemps interdites et le travail de nuit, puisqu'il fallait de toute manière laisser l'électricité dans le bâtiment vingt-quatre heures sur vingt-quatre. Il avait remarqué que la majorité du personnel partait tôt.

D'autres points étaient inutiles, mais avec un peu de chance Grace perdrait du temps et de l'énergie à s'y opposer.

« Vous n'avez pas traîné », finit-elle par dire en lançant dans sa direction les pages reliées par un trombone, qui glissèrent sur le bureau et lui tombèrent sur les genoux avant qu'il puisse les rattraper.

« J'ai fait mes devoirs », répondit Control. Quoi que cela puisse signifier.

« Un écolier consciencieux. Un élève modèle.

— Exact pour la première partie », convint plus ou moins Control sans vraiment savoir s'il aimait la manière dont elle l'avait dit.

Grace ne se donna pas la peine de réagir, ne serait-ce que par un sourire hypocrite. « J'irai droit au but. Quelqu'un s'est immiscé dans mon accès à Central, cette semaine… en demandant des renseignements, en fouinant. Mais la personne qui vous rend ce service manque complètement de tact… à moins que la faction derrière tout ça ait trop peu d'influence.

— Je ne sais pas de quoi vous parlez. » Malgré ses efforts, Control ne put empêcher son langage corporel de trahir sa surprise, son visage s'affaissant comme le reste de sa personne.

Une faction. S'il avait fantasmé sur la possibilité que la Voix fasse partie des opérations clandestines, il ne lui était pas venu à l'idée que sa mère pouvait se trouver à la tête d'une faction, ce qui le conduisit automatiquement à l'idée de véritables opérations clandestines… et d'une opposition. Cela le déstabilisa, un peu, que Central puisse être aussi divisé. À quel niveau d'éléphantesque et de rhinocérosicrutien étaient au juste parvenus les efforts de la Voix pour répondre à la demande de Control ? Et dans quel but Grace se servait-elle de ses contacts quand elle ne les retournait pas contre lui ?

L'air dégoûté de son interlocutrice lui apprit ce qu'elle pensait de sa réponse. « Dans ce cas, John Rodriguez, je n'ai rien à dire sur vos recommandations, sinon que je vais entreprendre de les appliquer avec une lenteur exaspérante. Vous devriez commencer à voir le résultat – “acheter un nouveau détergent pour sols”, par exemple – le trimestre prochain. Peut-être. Pas sûr. »

Il se représenta une nouvelle fois Grace escamotant la biologiste, et de nombreuses tentatives de destruction mutuelle, jusqu'à quelque part là-haut dans les nuages, au sommet de deux grands escalators dégoulinant de sang, leurs batailles se poursuivant dans les années à venir.

Il reconnut avec humeur sa défaite d'un hochement de tête plein de raideur qui ne faisait pas partie du langage corporel dont il avait espéré se servir.

Mais elle n'en avait pas fini. Ses yeux luisirent tandis qu'elle sortait d'un tiroir une boîte à bijoux en nacre.

« Vous savez ce que c'est ? lui demanda-t-elle.

— Une boîte à bijoux ? » répondit-il, confus, désormais complètement perdu.

« C'est un coffret rempli d'accusations », expliqua Grace en le lui tendant comme une offrande. Avec cette boîte à bijoux, je te méprise.

« Qu'est-ce qu'un coffret d'accusations ? » Même s'il ne voulait pas le savoir.

La gueule de velours béa dans un tintement, expédiant sur le sous-main de Grace une poignée de micros qu'il ne reconnut que trop bien. Ils roulèrent et glissèrent en direction de Control et, si la plupart s'arrêtèrent avant d'atteindre le rebord, deux ou trois rejoignirent la liasse sur ses genoux. L'odeur de miel pourri s'était de nouveau intensifiée.

« Un coffret d'accusations, c'est *ça*. »

Tentant un retour, conscient de la faiblesse de celui-ci : « Je n'en vois là qu'une seule, portée à de multiples reprises.

— Je ne l'ai pas encore vidé.

— Vous aimeriez le faire maintenant ? »

Elle secoua la tête. « Pas tout de suite. Mais je le ferai, si vous continuez à vous mêler de mes affaires avec Central. Et vous pouvez emporter vos espions. »

Fallait-il qu'il mente ? Cela irait à l'inverse du but recherché en envoyant le message.

« Pourquoi est-ce que je vous espionnerais ? » Avec un regard qu'il savait battre en brèche son innocence, alors même que l'indignation enflait en lui avec autant d'ardeur que s'il était bel et bien innocent. Parce que, d'une certaine manière, il pensait l'être : action provoquait réaction. Perdre quelques membres d'expédition vous faisait gagner quelques mouchards. Peut-être même en reconnaissait-elle certains.

Mais Grace n'en démordit pas : « Vous l'avez fait. Vous avez aussi fouillé dans mes dossiers et regardé dans tous mes tiroirs.

— Absolument pas. » Cette fois, sa colère était soutenue par quelque chose de réel. Il n'avait pas fouillé le bureau de Grace, n'avait fait qu'y poser des mouchards, mais plus il pensait à cet acte plus cela le troublait, à présent. Ça ne lui ressemblait pas, n'avait pas servi à grand-chose, s'était avéré contreproductif.

Grace poursuivit sans s'impatienter : « Recommencez et je porte plainte. J'ai déjà changé la combinaison de ma porte. Si vous avez besoin de savoir quelque chose, vous avez juste à me le demander. »

Facile à dire, mais Control ne la pensait pas sincère, aussi la testa-t-il : « Avez-vous mis le téléphone portable de la directrice dans mon cartable ? » Il ne put se résoudre à lui poser l'encore plus ridicule question « avez-vous écrasé un moustique dans ma voiture ? » ni lui demander quoi que ce soit sur la directrice et la frontière.

« Enfin, pourquoi je ferais ça ? » demanda-t-elle, comme s'il l'avait fait lui-même, mais elle avait l'air grave et perplexe. « De quoi vous parlez ?

— Gardez les mouchards en souvenir », dit-il. Vendez-les aux touristes dans la boutique d'antiquités du Rempart Sud.

« Non, vraiment… de quoi vous parlez ? »

Au lieu de répondre, Control se leva pour battre en retraite dans le couloir, sans trop savoir s'il entendait un rire dans son dos ou une espèce d'écho déformé arrivant par le conduit d'aération au-dessus de sa tête.

014 : Héroïques héros de la révolution

Plus tard, se plongeant dans les notes, s'en mettant plein les yeux et les oreilles pour oublier Grace – si ce n'était pas lui qui avait fouillé son bureau, alors qui ? –, il reçut un coup de téléphone de l'aile des expéditions et une voix nerveuse d'homme lui annonça que la biologiste « ne se sent pas bien du tout… elle dit qu'elle ne peut pas aller à l'entretien aujourd'hui ». Lorsque Control demanda ce qui n'allait pas, l'homme répondit : « Elle se plaint de crampes et de fièvre. D'après le médecin, elle a un rhume. » Un rhume ? Ce n'était rien.

« Parti sur les chapeaux de roues. » Les notes et ces tête-à-tête faisaient toujours solidement partie de son domaine. Ne voulant pas reporter leur entrevue, Control irait trouver la biologiste. Avec un peu de chance, il ne tomberait pas sur Grace. Whitby aurait pu lui être utile. Mais, malgré tous les efforts, Control n'avait pas réussi à joindre le scientifique.

Au moment où il annonçait qu'il passerait à midi, Control s'avisa qu'il pourrait s'agir d'un stratagème – non seulement elle ne jouait bien entendu pas le jeu, mais peut-être qu'en y allant, Control perdait un avantage ou confirmait qu'elle avait du pouvoir sur lui. Mais il avait la tête pleine de bribes de notes, de l'énigme que posait un éventuel passage clandestin de la frontière par la directrice, de l'écho mortel de l'intérieur rembourré de boîtes à bijoux. Il voulait se vider la tête, ou la remplir d'autre chose pendant quelque temps.

Il sortit de son bureau, longea le couloir. Passa dans le hall où, parmi les quelques employés présents, figuraient pour changer trois ou quatre blouses blanches. Étaient-elles là pour lui ? « D'ennui ? » murmura l'homme qu'il croisait, un type pâle et décharné qu'il lui semblait vaguement connaître, à la Noire qui l'accompagnait. « Hâte qu'on s'y mette, fut la réponse. Tu trouves vraiment que c'est mieux, ici, toi, non ? » Devait-il davantage suivre les règles ? Peut-être. Il ne pouvait nier que la biologiste lui trottait dans la tête : il ressentait une légère pression qui rétrécissait le chemin conduisant à l'aile des expéditions, abaissait le plafond, refermait sur lui la langue perpétuellement avide de la moquette verte et rêche. Ils commençaient à exister dans un espace transitionnel entre l'interrogation et la conversation, chose à laquelle il n'arrivait pas tout à fait à trouver de nom.

Chaque fois que la biologiste prenait la parole, le monde de Control changeait, ce qui d'une certaine manière éveillait ses soupçons, lui causait une distraction qui le contrariait. Mais il ne s'agissait pas de flirt, non, ni même de lien affectif ordinaire. Il savait avec une certitude absolue que cela ne deviendrait *pas* une fixation ou une obsession particulière pour lui, qu'il n'entrerait pas dans une spirale descendante s'ils continuaient à discuter, à partager le même espace. Cela n'avait pas sa place dans ses plans, ne correspondait pas à son profil.

L'aile des expéditions disposait de quatre couches de sécurité visibles, la salle de débriefing dont ils se servaient en général se situant en lisière de la couche extérieure – juste après le franchissement d'une zone de décontamination où on recherchait sur votre personne tout ce qui allait des bactéries au fantôme du clou rouillé que vous vous étiez enfoncé dans le pied sur une plage de rochers quand vous aviez dix ans. Vu qu'à son arrivée, la biologiste venait de passer plusieurs heures dans un terrain vague pullulant de mauvaises herbes, de métal rouillé, de béton fissuré et de crottes de chien, ces précautions semblaient superflues. Ils les prirent malgré tout, calmes et austères dans leur efficacité. Une fois ce contrôle franchi, tout était d'un blanc presque aveuglant qui contrastait avec les textures cuivre et bleu canard délavées des salles donnant sur le couloir. Trois portes verrouillées supplémentaires séparaient le reste du Rempart Sud des « suites », nom qu'on donnait aux aires de rétention. Une texture et une couleur qui avaient pu sembler futuristes par le passé, mais donnaient à présent une impression rétrofuturiste avec le mobilier noir et blanc d'un modernisme abstrait.

Dans le vestibule minimaliste et les salles de détente servant de préambule aux suites, on trouvait aussi une importante quantité de photographies et portraits sans lien avec la réalité. Les premières avaient été choisies avec soin pour suggérer des retours de missions couronnées de succès, avec force sourires et accolades, alors qu'elles montraient en réalité des préparatifs, souvent d'expéditions ayant connu un échec désastreux, ou bien des acteurs posant en studio. Pour Control, les portraits, dont une longue procession allant jusqu'aux suites, étaient pires. Ils montraient chacun des vingt-cinq membres « revenus » de la première expédition, les pionniers triomphants ayant découvert la « nature immaculée » qui les avait en fait tous tués, à part Lowry. C'était la réalité autre que quiconque se retrouvant en contact avec des membres d'expédition se devait de soutenir. C'était la fiction fournie avec ses propres histoires de courage et d'endurance inventées ou adaptées pour susciter ces mêmes qualités au sein de l'expédition en cours. Comme les glorieux héros de la révolution d'une dictature socialiste.

Qu'est-ce que cela voulait dire ? Rien. La biologiste avait-elle cru à tout cela ? Peut-être. L'histoire voulait être crue, suppliait qu'on la croie : une histoire de bonne vieille fierté on-est-des-battants nationale. Retroussez vos manches, mettez-vous à l'œuvre et, si vous travaillez dur, vous reviendrez en vie et pas en zombie détraqué qui a le regard distant et un cancer à la place d'une personnalité et d'une mémoire à court terme intacte.

Il trouva Oiseau Fantôme dans sa chambre, sur sa couchette – ou, aurait peut-être dit un autre que lui, sur son lit. L'atmosphère évoquait à la fois une caserne blanchie à la chaux, une colonie de vacances et un hôtel au bord de la faillite. Les mêmes murs pâles – mais avec des graffitis, comme dans une cellule de prison. Le plafond haut était percé d'une lucarne et le mur latéral d'une étroite fenêtre, trop en hauteur pour permettre à la biologiste de regarder à l'extérieur. La couchette était intégrée au mur du fond, en face d'un téléviseur connecté à un lecteur dvd qui ne permettaient de voir que les films et les deux ou trois chaînes autorisés. Rien de trop réaliste. Rien qui pourrait combler l'amnésie. Il s'agissait pour l'essentiel de vieux films mélodramatiques, fantastiques ou de science-fiction. Les documentaires et informations télévisées figuraient parmi les interdits. Les émissions sur les animaux pouvaient être autorisées ou non.

« Je me suis dit que j'allais vous rendre visite, cette fois, puisque vous ne vous sentez pas bien », lança

Control, un masque chirurgical sur la bouche. Le garde de service lui avait indiqué qu'elle était d'accord pour le voir.

« Vous vous êtes dit que vous alliez profiter que la maladie m'ait privée de forces », répliqua-t-elle, les yeux injectés de sang et cernés d'ombre, les traits tirés. Elle portait toujours la même tenue bizarre évoquant à la fois un concierge et un militaire, ce jour-là avec des chaussettes rouges. Même malade, elle semblait solide. Elle doit faire des pompes et des tractions à rythme soutenu, fut tout ce à quoi put penser Control.

« Non », dit-il en retournant une chaise en plastique ovoïde afin de s'asseoir en s'appuyant au dossier, les jambes maladroitement écartées, sans penser tout de suite au spectacle qu'il devait offrir ainsi. Les vraies chaises étaient-elles interdites, tout comme on ne trouvait dans les aéroports que des couteaux en plastique ? « Non, je m'inquiétais. Je ne voulais pas vous traîner jusqu'à la salle de débriefing. » Il se demanda si les médicaments qu'elle prenait pour soigner sa maladie lui brouillaient les idées, s'il ne ferait pas mieux de revenir plus tard. Ou de ne pas revenir du tout. Il venait de prendre douloureusement conscience du déséquilibre de leurs forces, dans cet environnement.

« Bien sûr. Les escargots phorus sont connus pour leur politesse.

— Si vous étiez allée plus loin dans la lecture de votre texte de biologie, vous auriez découvert que c'est vrai. »

Cela lui valut un petit rire, mais elle lui tourna aussi le dos sur son lit-couchette en serrant contre elle un oreiller d'appoint jaune. Il se retrouva face à son dos en V, le tissu tendu sur la peau, les petits cheveux sur la peau douce de sa nuque rendus visibles avec une précision quasi microscopique.

« Nous pouvons aller dans la partie commune, si vous préférez.

— Non, il faut que vous me voyiez dans mon environnement pas naturel.

— Ça a l'air pas mal, dit-il avant de regretter ses paroles.

— Généralement, les déplacements quotidiens de l'Oiseau Fantôme se font sur une zone de vingt-cinq à cinquante kilomètres carrés et non dans un espace exigu de, disons, quarante pas. »

Il grimaça, reconnut la validité de l'argument d'un hochement de tête et changea de sujet. « Je me disais qu'aujourd'hui, nous pourrions peut-être parler de votre mari et de la directrice.

— Nous ne parlerons pas de mon mari. Et la direction, c'est *vous*.

— Pardon, je voulais dire : de la psychologue. Erreur de ma part. » En se maudissant et en se pardonnant à la fois.

Elle pivota suffisamment pour le regarder, le sourcil levé, l'œil droit caché par l'oreiller, puis se remit à contempler le mur. « Erreur ?

— Je voulais dire : la psychologue.

— Non, je crois que vous vouliez dire : la directrice.

— La psychologue », s'obstina-t-il. Peut-être avec trop d'irritation. Quelque chose l'inquiétait dans la décontraction de leur dialogue. Il n'aurait pas dû approcher des appartements privés de la biologiste.

« Si vous le dites. » Puis, comme jouant sur son malaise, elle se retourna de nouveau, sur le côté, lui faisant face, l'oreiller toujours serré contre elle. Elle leva les yeux vers lui en disant avec une espèce d'effronterie léthargique : « Et si on échangeait des informations ?

— Qu'est-ce que vous voulez dire ? » Il savait exactement ce qu'elle voulait dire.

« On répond chacun son tour à une question de l'autre. »

Il garda le silence, pesant menaces et contreparties. Il pourrait lui mentir. Il pourrait lui mentir toute la journée sans jamais qu'elle s'en rende compte.

« D'accord.

— Très bien. C'est moi qui commence. Êtes-vous ou avez-vous été marié ?

— Ni l'un ni l'autre.

— Zéro aux deux. Vous êtes gay ?

— C'est une autre question. Mais : non.

— D'accord. À vous.

— Qu'est-ce qui s'est passé dans le phare ?

— Trop général. Soyez plus spécifique.

— Quand vous êtes entrée dans le phare, est-ce que vous êtes montée tout en haut ? Qu'avez-vous trouvé ? »

Elle se redressa, dos au mur. « Ça fait deux questions. Pourquoi vous me regardez de cette manière ?

— Je vous regarde d'une manière très normale. » Il venait juste de remarquer ses seins, ce qu'il n'avait pas fait lors de leurs précédents entretiens, et s'efforçait à présent de les oublier.

« Mais ça fait deux questions. » Il avait donné la bonne réponse, apparemment.

« Oui, en effet.

— À laquelle voulez-vous que je réponde ?

— Qu'est-ce que vous avez trouvé ?

— Qui dit que je m'en souviens ?

— Vous venez de le faire. Alors dites-moi.

— Des journaux. Des tas de journaux. Du sang séché sur les marches. Une photo du gardien du phare.

— Une photo ?

— Oui.

— Vous pouvez la décrire ?

— Deux hommes d'âge moyen, devant le phare, une fillette sur le côté. Le gardien du phare au milieu. Vous connaissez son nom ?

— Saul Evans », répondit-il sans réfléchir. Mais il ne voyait pas le mal, réfléchissait déjà à la signification que pouvait avoir le fait qu'une photographie accrochée dans le bureau de la directrice existe aussi dans le phare. « C'est votre question. »

Il vit sa déception : elle fronça les sourcils, épaules affaissées. Il comprit sans mal que ce nom de « Saul Evans » ne lui rappelait rien.

« Qu'est-ce que vous pouvez me dire d'autre sur cette photo ?

— Elle était sous cadre, accrochée au mur du palier intermédiaire, avec le visage du gardien encerclé.

— Encerclé ? » Par qui, et pourquoi ?

« C'est une autre question.

— Oui.

— Maintenant, dites-moi quels sont vos violons d'Ingres.

— Hein ? Pourquoi ? » La question semblait pour le monde extérieur, non pour le Rempart Sud.

« Vous faites quoi quand vous n'êtes pas ici ? »

Control réfléchit. « Je nourris mon chat. »

Elle rit, ou plutôt eut un gloussement qui se termina par une brève quinte de toux. « Ce n'est pas un violon d'Ingres.

— Plutôt une vocation, admit-il. Mais sinon… je fais du jogging. J'aime la musique classique. Il m'arrive de jouer aux échecs. Ou de regarder la télé. Je lis… des romans.

— Rien de bien original.

— Je n'ai jamais prétendu être unique. Qu'est-ce que vous vous souvenez d'autre de l'expédition ? »

Elle plissa des yeux, les sourcils faisant pression sur le reste de son visage comme pour stimuler sa mémoire. « La question est vaste, monsieur le directeur. Très vaste.

— Vous pouvez y répondre de la manière que vous voulez.

— Oh, merci.

— Je veux juste dire que…

— Je sais ce que vous voulez dire, l'interrompit-elle. Je le sais presque toujours.

— Alors répondez à la question.

— C'est un jeu auquel on n'est pas obligés de jouer, expliqua-t-elle. Qu'on peut arrêter quand on veut. Et peut-être que je veux arrêter maintenant. » De nouveau cette insouciance, ou était-ce autre chose ? Elle soupira, croisa les bras. « Il s'est passé du vilain, au sommet du phare. J'ai vu quelque chose de vilain. Mais je ne sais pas trop quoi. Une flamme verte. Une chaussure. Ce n'est pas clair, comme dans un kaléidoscope. Ça va et ça vient. J'ai l'impression de recevoir les souvenirs de quelqu'un d'autre. Du fond d'un puits. Dans un rêve.

— Les souvenirs de quelqu'un d'autre ?
— C'est mon tour. Votre mère fait quoi ?
— C'est classifié.
— Ça ne m'étonne pas », dit-elle en le jaugeant du regard.

Il mit fin peu après à leur entretien. En quoi consistait la véritable empathie, de toute manière, sinon parfois à se détourner de quelqu'un pour le laisser seul ? Fatiguée et dans sa chambre, elle était devenue non pas moins vive d'esprit, mais plutôt presque trop détendue.

Elle le troublait. Il ne cessait de lui découvrir de nouvelles facettes, des facettes qu'on ne trouvait pas chez la biologiste des dossiers et transcriptions. Il avait la sensation qu'il venait de parler à quelqu'un de plus jeune, quelqu'un de plus désinvolte mais également de plus vulnérable, s'il avait choisi d'en profiter. Peut-être était-ce bel et bien parce qu'il avait envahi son territoire alors qu'elle était malade… ou peut-être, pour Dieu savait quelle raison, essayait-elle personnalité après personnalité. Une partie de lui-même regrettait la disparition de l'Oiseau Fantôme plus agressif.

En retraversant les couches de sécurité, en longeant les faux portraits et photographies, il se rappela qu'elle avait au moins admis conserver quelques souvenirs intacts de l'expédition. C'était un progrès, en quelque sorte. Même si Control continuait à avoir l'impression que ce progrès se produisait trop lentement, s'il avait parfois l'impression que tout se produisait trop lentement, que lui-même ne comprenait pas assez vite.

Un jour, le portrait de la biologiste serait sur le mur. Quand le sujet était encore en vie, devait-il poser pour la réalisation de son portrait, ou bien créait-on celui-ci à partir de clichés existants ? Aurait-elle à raconter une histoire inventée sur ce qu'elle avait vécu dans la Zone X, sans avoir jamais un souvenir complet de qui s'était réellement passé ?

015 : Septième brèche

On trouvait aussi des photographies, parmi les couches sédimentaires du bureau de la directrice. Beaucoup représentaient le phare sous un angle ou un autre, quelques-unes provenant de diverses expéditions, mais aussi des reproductions de vieux daguerréotypes datant de juste après la construction du phare, avec des gravures et des cartes. Il y en avait également de l'anomalie topographique, quoique en moins grand nombre. Dont un deuxième tirage d'un des clichés accrochés au mur en face de Control… presque certainement celui qu'avait vu la biologiste. Celui en noir et blanc du dernier gardien du phare, Saul Evans, avec un de ses assistants à sa gauche et, sur la droite, grimpant penchée sur des rochers à l'arrière-plan, une fille au visage à moitié dissimulé par la capuche de son manteau. Était-elle brune, châtain ou blonde ? Les rares mèches visibles ne permettaient pas de le savoir. Elle portait une chemise de travail en flanelle et un jean. La photo semblait avoir été prise en hiver, avec dans le fond un peu d'herbe passée, des vagues visibles derrière du sable et une crête rocheuse à l'apparence glaciale. Une gamine des environs ? Pour elle comme pour tant d'autres, peut-être ne sauraient-ils jamais de qui il s'agissait. Ce n'était certainement pas sur la côte oubliée qu'il fallait vivre quand on tenait à figurer sur les registres du recensement.

Le gardien du phare avait une cinquantaine d'années, mais comme Control savait qu'on ne vous laissait pas exercer ce métier après cinquante ans, il devait en avoir un peu moins. Le visage buriné et, comme on pouvait s'y attendre, barbu. Une casquette de capitaine de la marine marchande sur la tête, même s'il n'avait jamais été dans quelque marine que ce soit. Control ne pouvait pas deviner grand-chose de ce qu'il voyait de Saul Evans. L'homme ressemblait à un cliché ambulant, comme si, durant des années, il n'avait pas ménagé ses efforts pour ressembler tout d'abord à un excentrique prédicateur laïc aux sermons évoquant les feux de l'enfer, ensuite à l'image qu'on se fait d'un gardien de phare. C'était un moyen de devenir invisible, comme Control l'avait appris de ses quelques missions sur le terrain. Devenir un cliché pour n'être vu par personne. Pensée paranoïaque : Quel meilleur camouflage ? Mais un camouflage destiné à quoi ?

La photographie avait été prise une ou deux semaines avant l'Événement à l'origine de la Zone X par un membre de la Brigade Science & Spiritisme, porté disparu depuis la formation de la frontière. C'était la seule qu'ils avaient de Saul Evans, avec quelques autres prises vingt ans plus tôt, bien avant qu'il ne vienne sur la côte.

La fin d'après-midi arriva sans que Control ait le sentiment d'avoir vraiment progressé – uniquement celui de s'être accordé un peu de répit dans sa gestion du

Rempart Sud –, même s'il fut malgré tout interrompu (une nouvelle fois) par le bruit d'un contact entre sa barricade de chaises reconstituée et une apparition. Il reconnut Cheney avidement penché au-dessus des chaises branlantes pour arriver à passer la tête dans la pièce.

« … Bonjour, Cheney.

— Bonjour… Control. »

L'homme avait beau arriver comme un intrus, il semblait déconcerté, peut-être à cause de sa position instable. Ou peut-être comme s'il avait envisagé de ne trouver personne dans la pièce, les chaises annonçant un changement dans la hiérarchie ?

« Oui ? » lança Control qui ne voulait pas l'inviter à entrer.

Le X sur le visage de Cheney se crispa, ses composantes échouant à se libérer pour former soit des parallèles, soit une seule ligne. « Ah, euh, en fait je me demandais juste si vous vous aviez creusé la piste de, vous savez, du *voyage* de la directrice. » Ces derniers mots prononcés à voix basse et avec un petit coup d'œil dans le couloir. Cheney avait-il lui aussi une faction ? Ce serait agaçant. Mais nul doute qu'il en avait une : il était le seul véritable espoir des scientifiques nerveux qui restaient tapis au sous-sol en attendant qu'on réduise leur effectif, que l'invisible main géante de Central les cueille l'un après l'autre dans leurs bureaux et leurs box pour les jeter dans une fosse fumante d'indifférence et de chômage.

« Puisque je vous tiens, Cheney, j'ai une question pour vous : l'avant-dernière onzième expédition a-t-elle quoi que ce soit qui sorte de l'ordinaire ? »

Encore une chose que Control détestait avec ces itérations : elles étaient pénibles à prononcer et encore plus à mémoriser. « C'était la X.11.H, il me semble ? »

Stabilisé par un rudimentaire réarrangement des chaises, Cheney devint visible de pied en cap sur le seuil, avec son blouson de moto et le reste. « X.11.J. Je ne crois pas. Vous avez les dossiers. »

Justement. Control disposait d'un rapport assez superficiel, indiquant entre autres informations que la directrice avait mené les entretiens de sortie… qui étaient étonnamment vagues dans leur message que-du-bonheur-on-n'a-eu-aucun-problème. « Eh bien, cette expédition était la dernière avant le *voyage spécial* de la directrice. Je pensais que vous pourriez avoir deux ou trois éclaircissements à m'apporter là-dessus. »

Cheney secoua la tête, l'air de grandement regretter son intrusion, désormais. « Non, pas vraiment. Rien ne me vient à l'esprit. » Le bureau de la directrice le mettait-il soudain mal à l'aise ? Son regard ne semblait pas arriver à se poser sur quoi que ce soit, passant du mur en face de lui au plafond, puis, une fraction de seconde durant, comme le contact d'une aile de papillon, effleurant les monticules d'indices non professionnels autour de Control. Cheney les considérait-il comme des tas d'or que Control allait voler, ou des piles de sandwichs à la merde qu'on l'obligeait à manger ?

« Alors j'ai une question sur Lowry », dit Control en repensant aux notes signées d'un « L. » ambigu qu'il avait trouvées et à la vidéo qu'il allait malheureusement bientôt regarder. « Ils s'entendaient bien, la directrice et lui ? »

Cheney sembla tout aussi embarrassé par cette question-là, mais plus enclin à y répondre. « Comment les gens s'entendent-ils, en fait, quand on y pense ? Lowry ne m'appréciait pas, personnellement, mais nous nous entendions bien sur le plan professionnel. Il comprenait le rôle qu'on joue. Il comprenait l'importance d'avoir du bon matériel. » Cela voulait sans doute dire que Lowry avait approuvé toutes les demandes d'achat présentées par Cheney.

« Mais entre la directrice et lui ? » demanda Control de nouveau.

« Franchement ? Lowry l'admirait à sa façon, il a essayé de la prendre sous son aile, mais elle ne s'est pas laissé faire. Elle n'était pas du genre influençable. Et à mon avis, elle trouvait qu'on accordait trop de mérite à Lowry rien que parce qu'il avait survécu.

— C'était un héros, non ? » Un glorieux héros de la révolution dont on décorait les murs, qu'on avait fait coller à l'image créée par un objectif de caméra et des documents trafiqués. Réadapté après les moments terribles qu'il avait vécus. Rendu productif. Propulsé à Central quelque temps après.

« Oui, bien sûr, répondit Cheney. Évidemment. Mais, bon, on le surestimait peut-être. Il buvait. Il aimait jouer au petit chef. Je me souviens qu'une fois, la directrice l'a assez cruellement comparé à un prisonnier de guerre qui croit avoir beaucoup appris, parce qu'il a beaucoup souffert. Bref, il y avait des frictions. Mais ils collaboraient malgré tout. Ils ont bien travaillé ensemble. Respect dans l'opposition. » Un sourire fugace, comme pour dire : « On est tous dans le même bateau, ici. »

« Intéressant. » Mais pas tant que cela. Une autre découverte tactique : des indices de luttes intestines au sein du Rempart Sud, une rupture de l'harmonie organisationnelle, parce que les gens n'étaient pas des robots et qu'on ne pouvait les faire se comporter comme tels. Encore que ?

« Puisque vous le dites, se limita à répliquer Cheney.

— Autre chose ? » Control posa la question avec un regard lourd de sous-entendus et un sourire figé, défiant ainsi Cheney de l'interroger à nouveau sur ses recherches au sujet du voyage de la directrice.

« Je ne crois pas, non, répondit Cheney, manifestement soulagé. Non, je ne vois rien d'autre. » Il prit congé à son habituelle manière alambiquée, tout en reculant, en butant sur les chaises avant de disparaître dans le couloir.

Control ne se livra ensuite qu'à du tri de base, jusqu'à ce qu'il ait recensé tous les morceaux de papier et mis en sécurité chacune des piles dans un carton d'archive pour catégorisation ultérieure. Il avait relevé de multiples références à la Brigade Science & Spiritualité, mais n'avait trouvé que trois brèves mentions de Saul Evans pour aller avec la photo. Comme si les intérêts de la directrice l'avaient conduite dans une autre direction.

Il avait toutefois découvert et mis de côté une feuille sur laquelle la directrice avait écrit à la main des mots et phrases apparemment sans queue ni tête. Il finit par comprendre, en consultant le fichier DMP de Grace, qu'il s'agissait d'ordres hypnotiques utilisés dans la douzième expédition. *Ça*, c'était intéressant. Il faillit appeler Cheney pour l'interroger sur ce point, mais quelque chose lui fit reposer le combiné avant d'établir la communication.

À 18 h 15, Control ressentit le besoin urgent de sortir se dégourdir les jambes dans le couloir. Tout paraissait calme, et même le bruit distant d'une radio ressemblait à une berceuse informe. S'aventurant plus loin, il traversait l'extrémité de la cafétéria désormais déserte, quand il entendit des bruits dans un cagibi du couloir qui menait à la division sciences. Presque tout le monde était parti et lui-même pensait en faire autant sous peu, mais ces bruits le perturbèrent. Qui était là-dedans ? L'insaisissable concierge, espéra-t-il. Il fallait remplacer cet horrible détergent. Dont Control était convaincu de la nocivité.

Aussi saisit-il la poignée, prit-il un petit choc électrique en la tournant, et tira-t-il de toutes ses forces.

La porte s'ouvrit d'un coup, le faisant reculer.

Un être pâle se tenait accroupi devant des étagères de fournitures, dans l'éclairage cru d'une unique ampoule qui se balançait assez bas.

Une douleur insupportable bien que béatifique déformait ses traits.

Whitby.

La respiration oppressée, le naturaliste leva les yeux vers Control. Le masque de souffrance s'estompait, laissant apparaître une expression mêlant ruse et prudence.

Whitby venait manifestement de subir un traumatisme. Whitby venait manifestement d'apprendre le décès d'un membre de sa famille ou d'un ami proche. Même si c'était Control qui avait eu un choc.

« Je reviendrai plus tard », dit bêtement ce dernier, comme s'ils avaient prévu de se rencontrer dans le cagibi.

Whitby se releva d'un bond à la manière d'une mygale et Control tressaillit en reculant, convaincu qu'il l'attaquait. Mais l'autre le tira à l'intérieur du cagibi et referma la porte derrière eux. Il avait une poigne surprenante, pour quelqu'un d'aussi menu.

« Non, non, je vous en prie, entrez », disait-il à Control comme s'il n'avait pas réussi à parler au moment où il faisait entrer son patron et que ses paroles n'étaient plus synchronisées avec le mouvement de ses lèvres.

« Vraiment, je peux revenir plus tard », répondit Control, toujours secoué, en préservant à la fois l'illusion qu'il ne venait pas de voir le naturaliste dans la plus grande détresse... et celle qu'ils se trouvaient dans le bureau de celui-ci et non dans un cagibi.

Whitby le dévisagea dans la lumière morne, les deux hommes nez à nez dans cet endroit exigu au plafond rendu invisible par l'obscurité, car l'ampoule, pendue bas et munie d'un abat-jour, n'éclairait qu'au-dessous d'elle. De chaque côté, des étagères accueillaient plusieurs rangées de détergent au zeste de citron ainsi que des piles de soupe en conserve, des têtes de balai à franges, des sacs-poubelle et quelques horloges numériques recouvertes d'une épaisse couche de poussière. Une grande échelle chromée montait dans les ténèbres.

Whitby *continuait* à composer son visage, comme Control s'en aperçut : il lui fallait pour cela s'obliger à sourire, à gommer toute trace de peur.

« Je profitais juste d'un peu de calme et de paix, dit-il. Ce n'est pas toujours facile à trouver.

— Vous aviez l'air de craquer, à vrai dire. » Control ne savait pas trop s'il voulait continuer à faire semblant.

« Ça va ? » Poser la question le gênait moins maintenant qu'il était clair que Whitby n'allait pas faire une crise psychotique. Mais cela le dérangeait que Whitby ait eu si peu de difficultés à le piéger dans ce cagibi.

« Non, pas du tout », indiqua l'autre avec un sourire enfin bien en place. Control espéra qu'il ne s'agissait pas d'une réponse à sa question, mais d'une réaction à sa remarque précédente. « Que puis-je pour vous ? »

Control entra dans le jeu de Whitby, ne serait-ce que parce qu'il avait remarqué que le verrou intérieur de la porte avait été mis hors service à l'aide d'un instrument contondant. Whitby avait donc cherché un peu de solitude, mais en étant terrorisé par la possibilité de rester bloqué dans le cagibi. Le Rempart Sud comptait dans son personnel un psychiatre que les employés pouvaient consulter gratuitement. Control ne se souvenait pas avoir vu dans le dossier de Whitby la moindre indication qu'il ait profité de cette possibilité.

Control mit un peu plus de temps qu'il ne semblait naturel, mais trouva une raison. Quelque chose qui suivrait son cours en lui permettant de partir sans laisser une mauvaise impression. Ni froisser la dignité de Whitby. Peut-être.

« Pas grand-chose, à vrai dire. Je voulais discuter de certaines théories sur la Zone X. »

L'autre hocha la tête. « Oui, la question des univers parallèles, par exemple », fit-il comme s'ils reprenaient le fil d'une conversation antérieure, une conversation dont Control ne gardait aucun souvenir.

« Donc peut-être que ce qui est derrière la Zone X vient de l'un d'eux, avança Control sans y croire et sans remettre en question cette focalisation.

— Possible, mais je pensais plutôt à la manière dont chaque décision que nous prenons crée un nouvel univers, si bien qu'il en existe une infinité d'autres.

— Intéressant. » S'il laissait Whitby mener la danse, avec un peu de chance, elle finirait plus vite.

« Et dans certains, expliqua le scientifique, nous avons résolu le mystère, tandis que dans d'autres, il n'y a jamais eu de mystère et *jamais* de Zone X. » Cela dit avec davantage d'intensité. « Ce qu'on peut trouver rassurant. Et peut-être même *satisfaisant.* » Ses traits se délitèrent quand il ajouta : « Sauf que… certains de ces univers dans lesquels nous avons résolu le mystère ne sont peut-être séparés du nôtre que par la plus fine des membranes, la plus insignifiante des variations. C'est quelque chose auquel je ne cesse de penser. Quel est le détail trivial qui nous échappe, ou quelles sont nos actions qui nous détournent de la réponse. »

Control n'apprécia pas que Whitby s'adresse à lui sur le ton de la confession, car cela donnait le sentiment que ses révélations servaient à cacher autre chose, tout comme quand la biologiste avait expliqué sa sensation de noyade. D'autant plus avec ces univers de perception parallèles qui s'ouvraient au fur et à mesure de ce que disait Whitby, car Control en retirait l'impression que celui-ci parlait de *brèches*, ces mêmes brèches qui chaque jour occupaient tant son esprit. Que Whitby parle de brèches le mettait en colère comme si celui-ci empiétait sur son territoire, comme s'il faisait des réflexions sur le passé de Control, même s'il n'y avait aucune logique là-dedans.

« C'est peut-être votre présence, Whitby », dit-il. Une plaisanterie, mais cruelle, destinée à le repousser, à mettre fin à la conversation. « Si vous n'étiez pas là, peut-être qu'on aurait déjà résolu le mystère. »

Whitby fit une mine affreuse, pris en étau entre la conscience que Control plaisantait et la certitude que cela ne changeait rien. Le tout communiqué de telle manière que Control se rendit compte que cette idée n'avait rien d'original et était même déjà venue plusieurs fois à l'esprit du scientifique. Enchaîner avec « ce n'est pas ce que je voulais dire » aurait par trop manqué de sincérité, aussi une version de Control partit-elle tout simplement, s'enfuit-elle à toutes jambes dans le couloir, consciente que cette solution d'extraction n'était pas très orthodoxe, mais incapable de s'arrêter. Elle courut sur la moquette verte tandis qu'il restait là à s'excuser/rire de la situation/changer de sujet/feindre de recevoir un coup de fil… ou, comme il le fit vraiment, ne pipait mot en laissant s'installer un silence embarrassé.

Par représailles, encore que Control ne le comprit pas sur le moment, Whitby demanda : « Vous avez vu la vidéo, n'est-ce pas ? Celle de la première expédition ?

— Pas encore. » Comme s'il admettait être puceau. Cette vidéo était au programme du lendemain.

Un frisson muet avait parcouru Whitby tandis qu'il posait sa question, une espèce de tentative spasmodique pour rejeter ou écarter… quelque chose, mais Control laisserait à une autre et future version de lui-même le soin de demander pourquoi.

Existait-il vraiment une réalité dans laquelle le scientifique avait résolu le mystère et était en train de le lui dire ? Ou une autre dans laquelle Control l'étranglait juste parce que c'était Whitby ? Peut-être, dans certaines de ces réalités, le rencontrait-il à cet instant-là dans une grotte après un holocauste nucléaire, ou dans un magasin en train d'acheter de la crème glacée pour sa femme enceinte, ou, pour aller plus loin, peut-être dans certains scénarios s'étaient-ils rencontrés beaucoup plus tôt… Whitby l'enseignant barbant venu assurer un remplacement d'une semaine en classe d'anglais durant la première année de lycée de Control. Peut-être commençait-il à présent à comprendre pourquoi Whitby n'avait pas davantage progressé, pourquoi ses recherches étaient perpétuellement interrompues par des tâches sans intérêt à effectuer pour ses collègues. Il ne cessait de vouloir accorder à Whitby le bénéfice d'un traumatisme localisé qui expliquerait ses actions, de se demander s'il avait traversé suffisamment de couches pour arriver au centre de Whitby, ou s'il n'y avait pas de centre à atteindre et si les couches ne définissaient pas l'homme.

« C'est cette pièce-*là* que vous vouliez me montrer ? demanda-t-il pour changer de sujet.

— Non. D'où vous vient cette idée ? » Les yeux caves du naturaliste et sa soudaine expression de perplexité orchestrée le firent ressembler à une chouette émaciée.

Control parvint à s'extirper de cette situation environ une minute plus tard.

Mais il ne réussit pas à se sortir de la tête l'image du visage à l'agonie de Whitby. Il n'avait toujours pas la moindre idée de la raison pour laquelle celui-ci s'était caché dans un cagibi.

La Voix l'appela quelques minutes plus tard, alors que Control essayait désespérément de rentrer chez lui.

Il était prêt, malgré Whitby. Ou peut-être à cause de Whitby. Il s'assura que la porte du bureau était fermée à clé. Il sortit un morceau de papier sur lequel il avait jeté quelques notes. Il mit ensuite prudemment la Voix sur haut-parleur, à mi-volume : pour l'avoir déjà testé, il savait qu'à ce niveau-là, il n'y aurait pas le moindre écho, pas la moindre impression que quelque chose sortait de l'ordinaire.

Il dit bonjour.

Une conversation suivit.

Ils parlèrent quelque temps. Puis elle dit « Bien » pendant que Control continuait, à intervalles irréguliers, à jeter un coup d'œil à son papier. « Vous avez juste à stabiliser et à faire votre travail. Et la paralysie n'est pas une option pertinente. Vous dormirez bien, ce soir. »

Stabiliser. Paralysie. Pertinente. En raccrochant, Control s'aperçut, non sans inquiétude, qu'il avait bel et bien l'impression d'avoir été stabilisé. Que la rencontre avec Whitby ressemblait désormais à une anicroche, un mauvais moment sans conséquence quand on le plaçait dans le contexte global de sa mission.

016 : Terroirs

Le lendemain matin, la caissière du café-restaurant, une femme replète et grisonnante lui demanda de derrière le comptoir : « Vous êtes un de ces types qui travaillent dans l'agence gouvernementale sur la base militaire ? »

Sur ses gardes, encore mal réveillé et mal remis de sa gueule de bois, il répondit : « Pourquoi cette question ?

— Oh, expliqua-t-elle gentiment, c'est juste qu'ils se ressemblent tous. »

Elle voulait qu'il lui demande « en quoi ils se ressemblent ? » mais il se contenta de sourire mystérieusement avant de passer sa commande. Il ne voulait pas savoir en quoi il ressemblait aux autres, de quel club secret il était devenu membre sans s'en rendre compte. Avait-elle quelque part une liste à cocher de caractéristiques communes ?

De retour dans sa voiture, Control remarqua qu'une moisissure blanche recouvrait déjà le moustique mort et la goutte de sang séché sur son pare-brise. Comme cela offusquait son sens de l'ordre et de la propreté, il essuya le tout avec une serviette en papier. À qui aurait-il pu montrer cette preuve de falsification, de toute manière ?

Le premier point qui figurait à son agenda était le très attendu visionnage de la vidéo tournée par la première expédition. Ces fragments existaient dans une pièce dédiée située dans une partie du bâtiment proche de celle où logeaient les membres des expéditions. Cette salle était petite, avec une imposante console blanche en U, comme le bâtiment du Rempart Sud, qui saillait davantage en haut qu'en bas du mur du fond. Dans celle-ci – tête gris terne au fond d'un strict capuchon cubiste –, un poste de télévision donnait accès à la vidéo en question et seulement à cette vidéo. Il s'agissait d'un vieux modèle de téléviseur qui datait de l'époque de la première expédition, avec un arrière-train volumineux encastré dans une alcôve du mur. Les lombaires de Control se rappelaient encore du mal qu'il avait eu, durant ses études, à apporter un appareil d'un poids aussi disgracieux dans sa chambre universitaire.

Un pupitre bas en marbre noir aux reflets de formica se dressait devant la télévision, muni de boutons et de manettes à l'ancienne pour agir sur le contenu vidéo… un peu comme dans ces vieilles expositions muséographiques ou ces machines de voyance dans les fêtes foraines. Une phalange de quatre chaises de cuir noir était rangée sous ce pupitre. Les tirer ne laissait plus guère de place dans la pièce, même si le plafond montait à plus de six mètres. Cela aurait dû apaiser son début de claustrophobie, mais ne fit qu'adjoindre à celui-ci un léger vertige provoqué par l'inclinaison de la console. Les orifices des conduits d'aération au-dessus de lui, remarqua-t-il, étaient très poussiéreux. Une nette odeur de tableau de bord automobile le disputait à des effluves de moisissure et de rouille.

Le nom de vingt-quatre des vingt-cinq membres de la première expédition avait été gravé sur de grands panneaux dorés fixés aux murs de gauche et de droite.

Si Grace niait que le mur de texte écrit par le gardien du phare serve à honorer la mémoire de la précédente directrice, elle ne pouvait pas nier aussi que cette pièce-là était un monument commémoratif à cette expédition, ni qu'elle-même en faisait office de gardienne et de conservatrice. Pour regarder cette vidéo, il fallait une habilitation de sécurité si élevée que seuls trois membres du personnel actuel du Rempart Sud en bénéficiaient : l'ancienne directrice, Grace et Cheney.

Tous les autres pouvaient voir des clichés ou lire des transcriptions, et uniquement dans des conditions strictement contrôlées.

Grace lui servait donc d'agent de liaison parce qu'elle était la seule à pouvoir le faire et, alors qu'ayant tiré une chaise elle se lançait sans un mot dans une ésotérique succession de préparatifs, Control s'aperçut qu'elle avait changé. Elle préparait la séquence non avec malveillance, comme il aurait pu s'y attendre, mais avec une dévotion affectueuse et une lenteur délibérée qu'on rencontrait davantage dans les cimetières que dans les salles de visionnage. On aurait dit qu'ils se trouvaient en zone neutre ou avaient signé un cessez-le-feu à l'insu de Control.

La vidéo lui montrerait des morts devenus de triste légende dans le Rempart Sud, et il voyait que Grace prenait sa tâche au sérieux. Sans doute aussi parce que la directrice en avait fait autant… et la directrice avait connu ces gens-là, même si son prédécesseur à elle les avait envoyés à la mort. Après un an de préparation. Munis de tout le meilleur équipement high-tech que le Rempart Sud pouvait fabriquer ou se procurer, ce qui avait signé leur perte.

Control se rendit compte que son cœur battait tout à coup plus vite, qu'il avait la bouche sèche et les paumes moites. Comme s'il allait passer un examen très important, un examen qui pouvait changer sa vie.

« Le fonctionnement est assez évident, finit par lâcher Grace. La vidéo est réglée au début et se déroule chronologiquement, mais il y a des trous. Vous pouvez passer d'une séquence à l'autre. Vous pouvez en sauter… comme vous voulez. Si vous n'avez pas fini dans une heure, je reviendrai et votre séance sera terminée. » Ils avaient récupéré plus de cent cinquante fragments, pour la plupart d'une durée allant de dix secondes à deux minutes. Certains rapportés par Lowry, d'autres par la quatrième expédition. Il n'était pas recommandé de regarder ces images plus d'une heure d'affilée. Peu de gens les avaient regardées aussi longtemps.

« Et j'attendrai dehors. Si vous finissez en avance, frappez à la porte. »

Control hocha la tête. Cela voulait-il dire qu'il serait enfermé ? Apparemment.

Grace céda son siège. Control prit sa place et fut surpris qu'avant de sortir la directrice adjointe pose la main sur son épaule, en mettant peut-être un peu plus de poids que nécessaire dans son geste. Puis la porte se referma avec un déclic venu de l'extérieur et il se retrouva seul dans une chambre forte en marbre dont des noms de spectres décoraient les murs.

Control avait demandé à voir cette vidéo, mais il n'était plus trop sûr de vouloir continuer.

Les premières séquences ne montraient rien que de très normal : installation du camp, apparition sporadique et saccadée du phare au loin. Les formes sombres des arbres et des tentes à l'arrière-plan. Le ciel bleu défila sur l'écran quand quelqu'un baissa le caméscope en oubliant de couper l'enregistrement. Des rires, des plaisanteries, mais, comme un devin ou un voyageur temporel, Control se méfiait déjà. S'agissait-il là de choses normales et attendues, d'une banale camaraderie entre êtres humains, ou des présages de communications secrètes, sous-cutanées et puissantes ? Ne voulant être ni perturbé ni contaminé par les analyses ou opinions d'autrui, Control n'avait pas lu la totalité des dossiers. Il s'aperçut toutefois aussitôt qu'il était malgré tout trop cuirassé par ce qu'il savait qui allait se passer, et trop cynique sur ses précautions pour ne pas se trouver ridicule. S'il ne faisait pas attention, tout serait amplifié, mal interprété, jusqu'à ce que chaque image semble porteuse de menace. Il garda à l'esprit la note d'un autre analyste indiquant qu'aucune autre expédition n'avait affronté ce qu'il allait voir. Du moins, parmi celles qui étaient revenues.

Suivirent quelques segments du journal vidéo de la chef d'expédition tournées au crépuscule – sa silhouette se découpait sur le feu de camp –, qui n'apprirent rien à Control qu'il ne sache déjà. Puis vinrent sept passages de quatre ou cinq secondes chacun qui ne montraient qu'un barbouillage d'ombres : des prises de vue nocturnes sans contraste. Control n'arrêtait pas de plisser les yeux en espérant voir se préciser une forme, une image. Mais en fin de compte, il n'eut que la prophétie autoréalisatrice des grains de poussière noire flottant aux coins de son champ de vision comme de minuscules parasites en orbite.

Un jour passa, avec l'expédition se propageant par vagues à partir du camp de base, avec Control essayant de ne s'attacher à aucun des membres. De ne pas se laisser influencer par le charme de leurs plaisanteries fréquentes. Ni par leur gravité et leur compétence flagrantes : ils figuraient parmi les meilleurs esprits sur lesquels le Rempart Sud avait pu mettre la main. Les nuages s'étiraient d'un bout à l'autre du ciel. Un moment qui donnait à réfléchir quand ils tombèrent sur les restes submergés d'une file de jeeps et camionnettes abandonnées, leurs chauffeurs, piégés à l'intérieur de la frontière, restant introuvables. Le matériel était déjà recouvert de terreau et de plantes grimpantes. Quand arriverait la quatrième expédition, Control le savait, il n'en resterait plus trace. La Zone X l'aurait réquisitionné pour son propre usage, privilège du vainqueur. Mais il n'y avait pas de restes humains susceptibles d'inquiéter la première expédition, même si Control vit quelques visages s'assombrir. Au même moment, on s'apercevait aussi, en tendant l'oreille, que les talkies-walkies fournis aux membres de l'expédition commençaient à mal fonctionner : les « Répondez » et « Vous êtes là ? » suivis de parasites se faisaient de plus en plus fréquents.

Un autre soir, l'aube d'une nouvelle journée, et Control eut l'impression d'évoluer dans un clip rapide, se sentit presque capable de se détendre dans le récipient clos formé par chaque instant inoffensif, d'y vivre dans une bienheureuse ignorance du reste. Même à présent que la perturbation s'était propagée, au point que la communication par talkie-walkie n'était plus que répliques manquées et méprises. Écoutants comme écoutés avaient commencé à se faire coloniser par une force extérieure, mais ne s'en étaient pas encore rendu compte. Du moins n'avaient-ils exprimé aucune inquiétude face caméra. Control choisit de ne pas revenir en arrière sur ces séquences. Elles lui glaçaient la nuque, lui donnaient vaguement la nausée, accroissaient le sentiment déstabilisant de vertige et de claustrophobie.

Enfin, Control ne put plus se faire d'illusions. Le moment était venu de la fameuse séquence de vingt secondes, tournée par Lowry, d'après le dossier, Lowry qui avait été à la fois l'anthropologue et l'expert militaire de l'équipe. Crépuscule du deuxième jour, avec un brin de coucher de soleil. La tour sombre et terne du phare à mi-distance. Dans leur innocence, les membres de l'expédition n'avaient vu aucun mal à se séparer et le groupe de Lowry avait décidé de bivouaquer sur le chemin, dans les ruines d'une série de maisons abandonnées à peu près à mi-chemin du phare. Elles étaient à peine assez nombreuses pour avoir formé un village, dont le nom n'apparaissait pas sur les cartes, mais qui avait été le principal foyer de peuplement des environs.

Un bruissement que Control associait aux unioles maritimes et au vent du large, mais léger. Les murs écroulés jetaient des ombres plus épaisses sur fond de ciel et il voyait tout juste la large ligne du sentier en pierre qui passait entre eux. La main de Lowry tremblait un peu sur la caméra. Au premier plan, une femme, la chef d'expédition, criait : « Faites-la arrêter ! » La lumière de la caméra formait des ombres épaisses autour de ses yeux et de sa bouche, donnant l'impression d'un masque. De l'autre côté, derrière une grossière table de pique-nique qui semblait avoir brûlé, une femme, la chef d'expédition, criait : « Faites-la arrêter ! Qu'elle arrête, qu'elle arrête ! » La caméra eut un à-coup et pivota avant de se stabiliser, a priori toujours tenue par Lowry. Celui-ci commença à hyperventiler et Control s'aperçut alors que le bruissement qu'il avait entendu était en réalité une espèce de respiration chuintante parcourue d'un léger crépitement.

Et pas du tout le vent. Il entendait à peine aussi, hors champ, des voix âpres et pressantes, mais sans arriver à comprendre ce qu'elles disaient. La femme à gauche sur l'écran cessa de crier et regarda dans l'objectif. Celle à droite cessa elle aussi de crier et regarda dans l'objectif. Le masque sur le visage de l'une comme de l'autre émettait la même peur, la même supplication, la même confusion en direction de Control, à tant de kilomètres et d'années de là. Il ne voyait aucune différence entre les deux, dans cette lumière glauque.

Puis, se redressant d'un coup alors qu'il savait à quoi s'attendre, Control se rendit compte que ce n'était pas le crépuscule qui avait privé de toute couleur le décor à l'arrière-plan. On aurait plutôt dit que quelque chose s'était intercalé sur le paysage, quelque chose de si incroyablement grand que ses limites dépassaient largement le champ de la caméra. Dans la dernière seconde de la bande, avec les deux femmes toujours figées, le regard dans l'objectif, l'arrière-plan sembla se déplacer, se déplacer sans cesse… vint alors une séquence qui glaça davantage encore Control. Lowry était devant la caméra, cette fois ; il flânait sur la plage et la personne qui le filmait riait. Rien sur la chef d'expédition. On n'en trouverait pas davantage trace dans les séquences suivantes, Control le savait. Pas d'explication de Lowry. On aurait dit qu'elle avait été effacée de leur mémoire, ou que tous avaient subi cette nuit-là une espèce d'énorme traumatisme inimaginable dont la caméra n'avait rien capté.

Mais la dissolution se poursuivait, même s'ils semblaient heureux et détendus. Car Lowry disait des mots sans queue ni tête et la femme derrière la caméra lui répondait comme si elle comprenait, et avec une prononciation encore intacte.

*

Le carnage le suivit depuis la salle de visionnage, quand il finit par en sortir, Grace l'escortant pour son retour dans la lumière, ou dans un autre genre de lumière. Le carnage le suivrait peut-être encore un certain temps. Il n'en était pas sûr, il avait du mal à mettre des mots sur les choses, ne répondit que par un marmonnement et un signe de tête à Grace quand elle lui demanda si ça allait, quand elle le prit par le bras comme pour le soutenir. Il savait pourtant que sa compassion n'était pas gratuite, qu'il pourrait avoir à la payer plus tard. Aussi se dégagea-t-il, tint-il à l'abandonner là pour effectuer dans la solitude le reste du retour.

Il avait encore toute la journée devant lui. Il fallait qu'il se remette. Il devait aller à son rendez-vous avec la biologiste, puis à des réunions sur l'état d'avancement des projets, puis… il avait oublié ce qu'il avait ensuite. Faux pas, perte d'équilibre, genou à terre, conscience d'être dans la cafétéria sur la familière moquette verte avec son motif de flèches pointées depuis la cour. En plein dans la lumière se déversant par les larges fenêtres très ressemblantes à celles des cathédrales. Il y avait du soleil, Control voyait déjà le gris menaçant au milieu des nuages blancs, signe d'averses supplémentaires dans l'après-midi.

Dans l'eau noire avec le soleil brillant à minuit, ces fruits arriveront à maturité et dans l'obscurité de ce qui est doré s'ouvriront pour révéler la révélation de la douceur fatale dans la terre.

Un phare. Une tour. Une île. Un gardien de phare. Une frontière avec une énorme porte scintillante. Une directrice qui avait peut-être franchi sans autorisation cette frontière, cette porte. Un moustique écrasé sur son pare-brise. Le visage angoissé de Whitby. La lumière tourbillonnante de la frontière. Le téléphone de la directrice dans son cartable. Des vidéos démoniaques dans un catafalque commémoratif. Les détails commençaient à le submerger. Les détails commençaient à l'engloutir. Aucune chance pour l'instant de les laisser reposer ou de savoir lesquels étaient significatifs ou sans intérêt. Il était « parti sur les chapeaux de roue » comme l'avait voulu sa mère, et cela ne le conduisait pas bien loin. Il courait le risque que les nouvelles informations l'emportent sur son travail préparatoire, les connaissances avec lesquelles il était arrivé. Il avait consommé tant de dossiers mémorisés, de tactiques éprouvées. Et il allait bientôt devoir se plonger pour de bon dans les notes de la directrice, ce qui, il n'en doutait pas, mettrait au jour d'autres mystères.

Le hurlement s'était poursuivi encore et encore, vers la fin. La caméra ne semblait pas être tenue par quelqu'un d'humain. Réveillez-vous, avait-il supplié les membres de la première expédition pendant qu'il regardait la vidéo. Réveillez-vous et comprenez ce qui vous arrive. Mais ils n'en firent rien. Ils ne pouvaient pas. Ils étaient à des kilomètres de là et son avertissement arrivait avec trente ans de retard.

Control s'appuya sur la moquette, voyant à cette distance que les flèches vertes étaient constituées de fils de tissu recourbés et entremêlés presque comme de la mousse. Il sentit combien elle était rêche, râpée par le passage des ans. Était-ce la moquette d'origine, posée trente ans plus tôt ? Dans ce cas, les principaux protagonistes de ces vidéos, de ces dossiers, l'avaient tous foulée, étaient tous passés des centaines et centaines de fois dessus. Peut-être même Lowry, le caméscope à la main, en train de plaisanter avant leur expédition. Elle était aussi usée que le Rempart Sud, tandis que l'agence suivait les sillons fixés pour elle sur ce manège de fête foraine appelé Zone X.

Et puis les gens le regardaient, en allant et venant dans la cafétéria. Il fallait qu'il se relève.

Depuis d'autres endroits vastes et mal éclairés des formes qui ne peuvent exister se contorsionnent.

De genou à terre, Control passa à la salle d'interrogatoire avec la biologiste… après un bref interlude dans son bureau. Il avait eu besoin d'une certaine forme de soulagement, de purification. Il avait cherché les informations dont il disposait sur Rock Bay, la mission la plus longue de la biologiste avant son recrutement pour la douzième expédition. D'après les notes et croquis de terrain qu'elle avait laissés, il pouvait dire qu'elle aimait cet endroit plus que tout. Une riche forêt pluviale septentrionale avec un écosystème verdoyant. Elle avait loué un cottage là-bas, et Control disposait de photographies non seulement des creux d'eau de mer – appelés « bâches » – qu'elle avait étudiées, mais aussi de son domicile… Central se montrait toujours très minutieux. L'espèce de lit de camp, la cuisine confortable et le poêle noir dans le coin qui servait aussi pour le feu, son long tuyau montant s'enfoncer dans une cheminée. Par certains côtés, cette nature sauvage l'attirait, le calmait, mais le cottage en faisait tout autant, qui lui évoquait la simplicité d'un foyer familial.

Une fois assis en face d'Oiseau Fantôme, Control posa entre eux une bouteille d'eau et le dossier de la biologiste. Un gambit qui l'ennuyait, mais néanmoins… Sa mère avait toujours dit que la répétition d'un rituel rendait d'autant plus spectaculaire la désignation de l'objet traité comme s'il était invisible. Un jour prochain, peut-être montrerait-il le dossier en faisant une proposition.

Les tubes fluorescents émettaient une lumière tremblotante, quelque chose commençant à régresser en eux. Control se fichait de savoir si Grace les observait ou non derrière la glace sans tain. Oiseau Fantôme avait très mauvaise mine, ce jour-là, l'air non pas malade, mais d'avoir pleuré, ce qui était l'impression qu'il pensait donner lui-même. Elle avait des cernes sombres autour des yeux et se tenait un peu avachie. Il ne restait plus rien de son insouciance et de son amusement, à moins qu'ils se soient dissimulés.

Control ne savait pas par où commencer, parce qu'il ne voulait pas commencer du tout. Ce dont il voulait discuter, c'était de la vidéo, sauf qu'il ne pouvait pas. Les mots rôderaient, se formeraient dans sa tête, mais ne seraient jamais prononcés, piégés entre son besoin et sa volonté. Il ne pouvait pas en parler à un autre être humain, jamais. S'il laissait échapper quoi que ce soit, s'il contaminait l'esprit de quelqu'un d'autre, il ne se le pardonnerait pas. Une petite amie qui avait à peu près cerné sa profession lui avait demandé un jour : « Pourquoi tu le fais ? » – en voulant dire par là : pourquoi travailler dans un but secret comme celui-là, qu'on ne peut pas partager, dont on ne peut pas parler ? Il avait donné sa réponse habituelle, d'un air pompeux, histoire de faire un peu d'autodérision. De masquer sa gravité. « Pour savoir. Pour passer par-delà le voile. » Pour traverser la frontière. En prononçant ces mots, Control avait compris qu'il lui disait par la même occasion qu'il n'aurait aucun problème à la laisser là, seule, de l'autre côté.

« De quoi aimeriez-vous discuter ? » demanda-t-il à Oiseau Fantôme, non par manque de questions, mais par volonté de lui laisser l'initiative.

« De rien. » La réponse, apathique, sortit de ses lèvres comme soufflée et à peine articulée.

« Il doit bien y avoir quelque chose. » Implorant. Faites qu'il y ait quelque chose, histoire de me chasser ce carnage de la tête.

« Je ne suis pas la biologiste. »

Cela tira Control de son introversion, l'obligea à réfléchir à ce qu'elle voulait dire.

« Vous n'êtes pas la biologiste, répéta-t-il.

— Vous voulez la biologiste. Ce n'est pas moi. Allez lui parler à elle, pas à moi. »

Était-ce une sorte de crise d'identité ou une simple métaphore ?

Quoi qu'il en soit, il s'aperçut que cette rencontre était une erreur.

« On peut réessayer cet après-midi, dit-il.

— Réessayer quoi ? répliqua-t-elle d'un ton sec. Vous croyez que c'est une *thérapie* ? Une thérapie pour qui ? »

Il allait répondre quand elle expédia d'un geste violent son dossier et sa bouteille d'eau par terre pour lui prendre la main gauche entre les siennes, une lueur de défi et de peur dans les yeux. « Qu'est-ce que vous me voulez ? demanda-t-elle sans le lâcher. Qu'est-ce que vous voulez *vraiment* ? »

De sa main libre, Control fit signe aux gardes qui se précipitaient dans la pièce de ne pas intervenir. Il les vit du coin de l'œil se retirer avec une soudaineté étrange, comme s'ils avaient été aspirés derrière le seuil par une espèce de monstrueuse chose invisible.

« Rien », dit-il pour voir sa réaction. Elle avait la paume moite et tiède, ce qui n'était pas très agréable : il se passait vraiment quelque chose sous sa peau. Est-ce que sa fièvre avait empiré ?

« Je ne vais pas vous aider à établir ma propre pathologie, cracha-t-elle avant de respirer avec bruit et de crier : Je ne suis pas la biologiste ! »

Il se dégagea, recula, se leva et la regarda retomber sur son siège. Elle baissa les yeux sur la table, fuyant son regard. Il n'aima pas du tout la voir dans une telle détresse, détesta encore davantage avoir l'impression d'en être la cause.

« Qui que vous soyez, nous reprendrons plus tard, décida-t-il.

— Pour m'amadouer », marmonna-t-elle, les bras croisés.

Le temps qu'il gagne la porte en ramassant sa bouteille d'eau et ses papiers éparpillés, quelque chose avait de nouveau changé en elle.

Sa voix tremblait sous le coup d'une nouvelle émotion. « Quand je suis partie, il y avait un couple de tantales dans l'étang de retenue derrière le bâtiment. Ils y sont toujours ? »

Control mit un moment à comprendre qu'elle parlait de son départ avec l'expédition. Et un autre à comprendre qu'elle était presque en train de s'excuser.

« Je ne sais pas. Je vais me renseigner. »

Que lui était-il arrivé là-bas ? Que lui était-il arrivé à lui dans cette pièce ?

Le dernier fragment de vidéo constituait une catégorie à lui tout seul : « Non attribué. » Tout le monde était mort, à ce moment-là, à part Lowry, blessé, déjà revenu à mi-chemin de la frontière.

Pourtant, pendant au moins vingt secondes, la caméra volait au-dessus des roseaux luisants, des lacs d'un bleu profond, d'un fragment blanc et irrégulier d'océan, volait en direction du phare.

Elle plongeait et remontait, tombait et jaillissait à nouveau vers le ciel.

Avec ce qui ressemblait à un enthousiasme terrifiant. À une joie dévorante.

017 : Perspective

Des étapes avaient commencé à disparaître. Des étapes avaient commencé à se décaler. Control alla déjeuner au sortir d'une réunion dont il eut aussitôt le plus grand mal à se souvenir. Il était là pour résoudre un problème, d'une certaine manière, mais il avait l'impression que c'était le problème qui commençait à le résoudre, lui.

Control avait parlé un moment, il s'en souvenait, de sa volonté d'en apprendre davantage sur le phare et ses liens avec l'anomalie topographique. Après quoi Hsyu avait abordé le sujet des structures récurrentes dans le sermon du gardien du phare, exposé au fil duquel l'unique membre du service Accessoires, un certain Darcy, homme âgé et voûté à la voix de papier aluminium gondolé, apporta des commentaires sur « le rôle crucial, actuel et à venir, de la division de l'exactitude historique ».

Des arbres qui encadraient le feu de camp, les membres de l'expédition rassemblés autour de celui-ci. Quelque chose de si énorme qu'on n'en voyait pas la silhouette rampait ou se traînait à l'arrière-plan, faufilé avec indécence entre les arbres et les flammes. Cela ne plaisait pas à Control de penser à ce qui pouvait être aussi énorme et en même temps aussi agile pour se faufiler ainsi, d'envisager une muraille fluide de chair rubanée.

Peut-être aurait-il pu continuer à hocher la tête et à poser des questions, mais il trouvait de plus en plus répugnante la façon dont l'assistante de Hsyu, Amy-quelque-chose, se mordait la lèvre. Lentement. Méthodiquement. Sans réfléchir. Tout en prenant des notes ou en murmurant un renseignement à l'oreille de Hsyu. Le blanc cassé de sa canine supérieure gauche et de ses incisives apparaissait, la gencive rose découverte par le recul de sa lèvre supérieure, puis, avec une précision quasi rythmique, Amy-quelque-chose mordillait et pinçait, pinçait et mordillait la moitié gauche de sa lèvre inférieure, dont la couleur finissait par devenir plus prononcée que celle de son rouge à lèvres.

Sur l'écran, quelque chose s'était momentanément *introduit* ou *intercalé* à l'arrière-plan, tandis qu'au milieu un barbu s'accroupissait… non pas Lowry, mais un nommé O'Connell. Control avait d'abord cru qu'il marmonnait, s'exprimait dans une langue que lui-même ne comprenait pas. Et alors qu'il essayait de trouver une logique, de saisir, Control avait failli appeler Grace sans attendre pour lui parler de sa découverte. Mais il vit au bout de quelques images que l'homme se mordait en réalité la lèvre, et qu'il la mordait ainsi jusqu'au sang, tout en continuant à regarder résolument dans l'objectif, parce que, Control en prit peu à peu conscience, c'était le seul endroit qu'il pouvait regarder sans danger. O'Connell parlait en se mâchonnant la lèvre, mais les mots n'avaient rien d'exceptionnel, maintenant que Control avait lu le mur. C'était le plus primal et le plus banal des messages qu'on puisse imaginer.

À suivre, un repas sans surprise dans la cafétéria. Un repas stabilisateur, s'était-il dit, mais à force de le répéter, *repas* devenait un mot sans signification qui devenait *repeint* qui devenait un *lapin* blanc bondissant qui devenait la biologiste à la table déprimante qui devenait une expédition rassemblée autour d'un feu de camp, sans savoir ce qu'elle allait subir.

Control suivit une version de Whitby qui l'inquiétait et dont il se méfiait, tandis que celle-ci se frayait un chemin entre les tables avec Cheney et Hsyu, Grace fermant la marche. Whitby n'avait pas participé à la réunion, mais Grace, le voyant s'engouffrer dans un couloir latéral alors qu'ils redescendaient, l'avait embringué dans leur repas. Ensuite, chacun s'en était tout simplement remis à Whitby, s'agissant de son habitat naturel. Whitby ne pouvait apprécier la cafétéria pour la nourriture. Plutôt pour son côté ouvert, de plein air, pour sa vue dégagée. Peut-être simplement parce qu'on pouvait fuir dans n'importe quelle direction.

Le naturaliste les conduisit à une table ronde en faux bois entourée de sièges bas en plastique… le tout à l'étroit dans le recoin le plus éloigné de la cour, près d'un escalier conduisant à l'espace quasiment désert appelé deuxième niveau qu'ils venaient de quitter, en fait un simple palier donnant accès à quelques salles de réunion. Control comprit que Whitby avait choisi cette table-là afin de pouvoir glisser son corps frêle dans le demi-cercle le plus proche du mur… improbable hors-la-loi armé méfiant qui tenait à rester dos à l'escalier, le regard embrassant la cafétéria jusqu'à la cour et au vert flou d'un marécage qui se dissolvait en bulles de condensation humides sur les vitres.

Control s'assit face à Grace, quant à elle flanquée de Whitby à gauche et de Hsyu à droite. Cheney se laissa tomber sur le siège à côté de Control, en face de Whitby. À voir la manière dont Grace semblait accaparer l'espace, Control se mit à avoir le sentiment que tout le monde n'était pas là par hasard ou de son plein gré. Le X renfrogné du visage de Cheney se pencha vers lui. « Allez vous chercher à manger, je monte la garde, dit-il avec sollicitude. J'irai après.

— Prenez-moi juste une poire ou une pomme avec un peu d'eau, comme ça c'est moi qui reste », répondit Control. Il avait un début de nausée.

Cheney hocha la tête, donna une tape sur la table avant d'en ôter ses mains épaisses et partit avec les autres pendant que Control observait la grande photo encadrée au mur. Vieille et poussiéreuse, elle montrait le noyau de l'équipe du Rempart Sud d'avant. Control reconnut quelques visages grâce à ses différents briefings et se concentra sur Lowry, revenu de Central pour une visite et la mine toujours défaite. Whitby était là aussi, le sourire aux lèvres, non loin du centre. La photo laissait entendre qu'à un moment, il avait été curieux, rapide et optimiste… peut-être même malicieusement proactif. La directrice portée disparue n'était qu'une ombre imposante sur le bord gauche. Elle semblait bien décidée à ne pas sourire ni froncer les sourcils.

À l'époque, embauchée assez récemment, elle apprenait son métier auprès du psychologue résident. Grace arriverait environ cinq ans plus tard. Cela n'avait dû être facile ni pour l'une ni pour l'autre de monter dans la hiérarchie et de conserver le pouvoir. Il leur avait fallu ténacité et persévérance. Peut-être en trop grande quantité. Mais au moins n'avaient-elles pas dû assister aux manifestations les plus folles des premiers jours, dont l'hypnose restait le seul vestige. Les cryptozoologistes, une quasi-séance de spiritisme, le recours à des médiums à qui on donnait les faits bruts et demandait de fournir… quoi ? Des informations ? Rien d'informatif ne pouvait être extrait de leurs divinations.

Les autres revinrent du buffet, Cheney porteur d'une poire sur une assiette et de l'eau demandée. Control se fit la réflexion que, si une catastrophe se produisait avant la fin de la journée et que les légistes tâchaient ensuite de reconstituer les événements en analysant le contenu de leurs estomacs, Cheney ressemblerait à un oiseau difficile, Whitby à un cochon, Hsyu à une obsédée par sa santé et Grace à une simple grignoteuse. Cette dernière se laissa aller contre son dossier en fusillant Control du regard, ses deux paquets de biscuits salés et son café disposés devant elle, comme si elle comptait s'en servir comme preuves contre lui. Il se prépara à l'affrontement en buvant une gorgée d'eau pour essayer de s'éclaircir les idées.

« Les réunions d'avancement, c'est tous les mardis ou un sur deux ? » demanda-t-il uniquement pour vérifier la température de l'eau et faire la conversation. Il réfréna le réflexe de profiter de la question pour entreprendre une discrète exploration du moral du service.

Mais Grace ne voulait pas faire la conversation.

« Vous voulez que je vous raconte une histoire », dit-elle, et ce n'était pas une question. Elle semblait avoir pris une décision.

« Bien sûr, répondit Control. Pourquoi pas. » Tandis que Cheney s'agitait près de lui, que Whitby et Hsyu semblaient à la fois s'écraser et rapetisser, fuyant le regard de Grace comme s'il repoussait le leur par magnétisme.

Grace posa les yeux sur lui, ce qui lui fit perdre toute envie de mordre dans sa poire. « C'est l'histoire d'un agent affecté au terrorisme intérieur », précisa-t-elle. C'était reparti.

« Très intéressant, répondit-il. J'ai travaillé quelque temps sur le terrorisme intérieur. »

Elle poursuivit comme s'il n'avait pas dit un mot. « Elle raconte une mission foirée, la troisième de cet agent une fois sorti de formation. Pas sa première ni sa deuxième, la troisième, si bien qu'il n'a pas vraiment d'excuse. Qu'est-ce qu'il devait faire ? Surveiller et rendre compte des activités d'une milice séparatiste de la côte nord-ouest… milice basée dans les montagnes, mais qui descendait dans deux grandes villes portuaires recruter de nouveaux membres. » Central croyait alors que les cellules radicales de cette milice avaient la volonté et les ressources nécessaires pour perturber la navigation, faire sauter un bâtiment et bien d'autres choses encore. « Aucune conviction ou vision politique cohérente. Rien que des hommes blancs et ignorants, en gros, l'âge de faire des études mais n'en faisant pas. Quelques-unes des femmes étaient radicalisées, les autres, comme d'habitude, ne savaient rien des agissements de leurs ignorants de mecs. Aucun d'eux n'était aussi bête que l'agent. »

Control ne bougeait plus d'un millimètre. Il commençait à avoir l'impression que son visage se fendillait. Il avait de plus en plus chaud, une flamme allant peu à peu le picoter dans tout le corps. Grace essayait-elle de le démolir, pierre par pierre ? Devant les rares personnes du Rempart Sud avec lesquelles il avait déjà établi un début de relation ?

Cheney s'était mis à lâcher des espèces de soufflements pour exprimer qu'il n'approuvait pas la tournure que prenait la situation. Whitby donnait l'impression qu'un inconnu s'approchait de lui en s'efforçant de lui communiquer les détails d'une conversation intéressante, mais se trouvait encore beaucoup trop loin pour qu'on l'entende… et donc, vraiment désolé, pas de sa faute.

« Ça me rappelle quelque chose », dit Control, car c'était la vérité, il savait même ce qu'elle allait dire ensuite.

« L'agent infiltre le groupe, ou les franges du groupe, continua Grace. Il fait connaissance avec quelques amis des personnages-clés. »

Les sourcils froncés, Hsyu se leva sans quitter des yeux quelque chose d'intéressant sur la moquette et, son plateau dans les mains, parvint à prendre congé d'une manière enjouée bien qu'abrupte avant de s'éloigner.

« Ce n'est pas fair-play, Grace, vous le savez, dit Cheney à voix basse en se penchant en avant, comme si ses mots ne pouvaient ainsi arriver qu'à elle. C'est un guet-apens. » Mais Control trouvait cela fair-play, quant à lui. Incontestablement fair-play. Après tout, ils ne s'étaient pas mis d'accord au départ sur les règles du jeu.

« L'agent commence à suivre les amis, ce qui le conduit un jour dans un bar. Le bar où la copine du commandant en second aime prendre un verre. Elle est sur la liste : il a mémorisé sa photographie. Mais au lieu de se limiter à observer et faire son rapport, cet agent très, très malin ignore ses ordres et commence à discuter avec elle, là, dans ce bar…

— Vous voulez que je raconte le reste de l'histoire ? » l'interrompit Control. Parce qu'il pouvait. Il pouvait la raconter – voulait la raconter, mourait d'envie de la raconter – et se sentait paradoxalement reconnaissant envers Grace, parce que c'était un problème tellement humain, tellement banal et humain à côté de tout le reste.

« Grace… », implora Cheney.

Mais elle les fit taire l'un et l'autre d'un geste, puis se tourna vers Whitby qui ne put faire autrement que la regarder. « Non seulement il bavarde avec cette femme, Whitby… » – Whitby aussi étonné par la complicité de son propre nom que si elle lui avait mis le bras sur les épaules – « … mais il la séduit, en se disant qu'il le fait pour la bonne cause. Parce que c'est quelqu'un d'arrogant. Parce qu'on lui a trop laissé la bride sur le cou. » Mère avait catégorisé ça comme rumeur, ainsi qu'elle l'avait fait pour beaucoup de choses, mais dans ce cas précis, elle avait eu raison.

« On avait à la fois des fourchettes et des cuillères, avant, dans la cafétéria, dit Whitby d'un ton triste. Maintenant, on n'a que des cuillères-fourchettes. » Il se tourna vers la gauche, puis vers la droite, à la recherche d'autres couverts ou d'une possibilité de fuite rapide.

« La prochaine fois que vous racontez cette histoire, vous devriez éviter de parler de séduction, vu qu'il n'y en a pas eu », dit Control, une spirale de cendres dans la tête et un vague bourdonnement dans les oreilles. « Vous pourriez aussi ajouter que l'agent n'avait pas reçu d'ordres précis de sa hiérarchie.

— Vous entendez ce qu'il dit. Vous entendez. » Le murmure de Cheney, aussi discret qu'un rot d'âne.

Grace continua à s'adresser directement à Whitby, qui pivotait à présent vers Cheney avec l'air de lui demander ce qu'il devait faire, Cheney qui ne pouvait ou ne voulait pas l'aider. Buvons le calice jusqu'à la lie. Laissons s'écouler le venin. C'était une guerre de tranchées. Cela ne cesserait jamais.

« Et donc l'agent couche avec la copine » – au moins n'y avait-il aucune trace de triomphe dans sa voix – « même s'il sait que c'est dangereux, que les membres de la milice pourraient finir par s'en apercevoir. Son supérieur ne sait pas ce qu'il fait. Pour le moment. Et un jour…

— Un jour », l'interrompit Control, parce que, si elle tenait à raconter cette histoire, il fallait qu'elle en raconte correctement la fin, bordel de merde. « Un jour, il va dans ce bar – c'est seulement la troisième fois – et se fait repérer par les caméras de surveillance installées pendant la nuit par le copain de la fille. » Control n'avait pas parlé à cette fille, la deuxième fois qu'il était venu. La troisième et dernière fois, oui. Comme il le regrettait. Il ne se rappelait même plus ce qu'il lui avait dit, ni ce qu'elle lui avait dit.

« Exact, dit Grace, le visage soudain un instant alourdi par une expression de confusion. Exact. »

C'était une vieille cicatrice, à présent, pour Control, même si elle ressemblait à une blessure récente pour tous les charognards qui essayaient d'y plonger le bec ou le museau, d'arracher un morceau de viande avariée. À force, raconter l'histoire le transformait en un acteur rejouant de manière dramatique un incident qui lui était arrivé longtemps auparavant. Chaque fois qu'il devait le faire, le monologue gagnait en fluidité, les détails se faisaient moins complexes et allaient mieux ensemble, les mots étaient comme des pièces de puzzle qu'il se fourrait dans la bouche et vomissait dans l'ordre idéal pour former une image. La représentation lui déplaisait chaque fois davantage. Mais il n'avait pas d'autre choix, sinon subir le chantage d'une partie de son passé désormais révolu depuis plus de dix-sept ans et cinq mois. Même si cela le suivait de poste en poste, parce que son supérieur de l'époque avait décidé que Control méritait à jamais une sanction plus lourde que celle subie au point d'impact.

Dans les versions les pires, comme celle que Grace avait commencé à raconter, Control avait couché avec la copine, Rachel McCarthy, et irrémédiablement compromis des opérations. Mais la vérité était déjà bien assez moche. Il était sorti d'une université privée comme le protégé de sa mère : d'excellentes notes, une espèce d'arrogance inconsidérée, et une fin de formation à Central couronnée de bons résultats. Il avait parfaitement réussi ses deux premières missions sur le terrain, en pistant de braves gars sur les plaines et les collines du centre du pays – pick-up, tabac à chiquer et places de villages isolés, déjeuner sur le pouce de gombo grillé tout en observant des types avec une casquette de base-ball vissée sur le crâne charger des cartons suspects à l'arrière de camionnettes.

« J'ai fait une terrible erreur. J'y repense tous les jours. Elle me guide à présent dans mon travail. Elle m'aide à rester humble et concentré. » Mais il n'y pensait pas chaque jour. On n'y pense pas chaque jour, sans quoi elle vous consume. Elle restait simplement là, anonyme, chose sombre et triste qui ne pesait que de temps en temps. Quand le souvenir devenait trop vague, trop abstrait, il se transformait en une vieille blessure de la coiffe des rotateurs : une douleur si fine et pourtant si aiguë qu'il pouvait en suivre le parcours sur toute son omoplate, puis dans son dos.

« Et donc », dit-il, Whitby commençant à être écrasé par leur attention conjointe et Cheney ayant disparu par la grâce d'une subtile évasion concoctée au nez et à la barbe de Control. « Donc, le copain avait une vidéo d'un inconnu qui parle à sa nana, ce qui aurait sans doute suffi pour qu'elle se prenne une raclée. Mais il a fait suivre cet inconnu par un de ses camarades jusque dans un café à vingt minutes en voiture. L'agent ne s'est aperçu de rien – il avait oublié de prendre ses précautions sur ce point, tant il était content de lui et confiant en ses capacités. » Et parce qu'il faisait partie d'une dynastie. Parce qu'il en savait tant. « Et devinez à qui l'agent est en train de parler ? À son supérieur. Sauf que les membres de cette milice ont eu une prise de bec avec lui quelques années plus tôt, c'est d'ailleurs pour ça qu'on m'avait envoyé sur le terrain à sa place. Si bien qu'ils savent maintenant que le type qui a parlé à la copine échange ses impressions avec un agent connu du gouvernement. »

Il s'écarta alors du script, le temps de rappeler à Grace ce qu'il avait subi le matin-même. « C'était comme si je flottais au-dessus de tout, au-dessus de tout le monde, en regardant le sol, en glissant dans les airs. En pouvant faire tout ce que je voulais. » Il vit qu'elle comprenait à quoi il faisait référence, mais pas la culpabilité.

« Ils savent à présent que quelqu'un dans leur milice a été en contact avec le gouvernement… et par-dessus le marché, le copain, comme on l'a vu, est du genre possessif et jaloux qui veut tout régenter. Ça le met dans une rage folle de voir l'agent revenir le lendemain, même s'il ne fait guère que saluer McCarthy d'un signe de tête… allez savoir, ils pourraient avoir une méthode de communication secrète. C'est déjà assez que cet agent soit revenu. Le copain se met dans la tête que sa copine est dans le coup, qu'elle les espionne peut-être. Si bien qu'ils font quoi, à votre avis ? »

Whitby en profita pour répondre à une autre question : il se glissa hors de table et longea à toute vitesse le mur courbe, mit le cap sur la division sciences sans même jeter un au revoir.

En laissant Control seul avec Grace.

« Vous devinez ce qu'ils font ? » demanda Control à Grace en lâchant sur la directrice adjointe tout le poids de sa colère et de son dégoût de soi, sans se soucier que tout le monde les regarde.

Pour réanimer les émotions d'un script mort, il s'était mis à penser à des choses comme *anomalies topographiques* et *vidéo de la première expédition* ou *conditionnement hypnotique*… inversant à l'extrême le rituel l'obligeant à garder en tête des mots du genre *goitre horrible* et *devoirs de maths* pour ne pas éjaculer trop vite en baisant.

« Vous allez deviner, bordel ? » cracha-t-il dans une espèce de mégachuchotement, ne voulant se confesser à personne dans le public, mais à la biologiste.

« Ils tuent Rachel McCarthy, dit-elle.

— Exactement ! » cria Control, conscient que même ceux qui servaient à manger tout au fond de la cafétéria l'entendaient, le regardaient. Peut-être restait-il quinze personnes, la plupart s'efforçant de faire comme s'il ne se passait rien qui sorte de l'ordinaire.

« Ils tuent Rachel McCarthy, dit Control. Mais moi, quand ils partent à ma recherche, je suis déjà en sécurité chez moi. Après… quoi ? Deux ou trois conversations ? C'est une banale opération de surveillance, de mon point de vue. On me fait venir pour débriefing pendant que d'autres agents, plus expérimentés, prennent ma suite. Sauf qu'à ce moment-là, les membres de la milice ont déjà passé McCarthy à tabac et l'ont conduite, quasi inconsciente, en haut d'une carrière abandonnée. Et ils veulent qu'elle dise la vérité, qu'elle dise simplement la vérité sur le type du bar. Elle ne peut pas, vu qu'elle est innocente, elle ne sait pas que je travaille pour le gouvernement. Sauf que c'est la mauvaise réponse… plus aucune réponse ne peut être la bonne, maintenant. » Sera toujours mauvaise. Et à peu près au moment où lui-même est tout excité d'avoir contribué à résoudre l'affaire, où un juge signe des mandats, le copain tire une balle dans la tête de McCarthy et laisse tomber son cadavre dans les quelques centimètres d'eau tout en bas. La police locale le retrouvera trois jours plus tard.

N'importe qui d'autre aurait peut-être été fini, même s'il était trop inexpérimenté pour le savoir. Il n'apprit que des années après que sa mère l'avait sauvé, pour le meilleur ou pour le pire. Elle avait contacté les personnes lui devant un service. Tiré des ficelles. Graissé des pattes. Tous les clichés habituels qui masquaient les petits arrangements. Parce que – lui dit-elle quand elle finit par le reconnaître, quand cela n'avait plus aucune espèce d'importance – elle croyait en lui et le savait capable de bien davantage.

Control avait été suspendu un an, avait suivi une thérapie qui ne pouvait rien réparer, subi un programme de recyclage jetant un grand filet afin d'attraper une minuscule erreur qui ne cessait malgré tout de s'échapper encore et encore dans son esprit. On lui avait ensuite donné un travail de bureau dans l'administration, où il avait à nouveau progressé vers le sommet de l'échelle jusqu'à la haute non-fonction de « réparateur », en comprenant bien qu'on ne l'enverrait plus jamais sur le terrain.

De sorte qu'un jour, on puisse l'appeler pour gérer une obscure et étrange agence. De sorte que ce qu'il n'avait pu se résoudre à avouer à l'une ou l'autre de ses copines, il puisse le crier bien fort dans une cafétéria, en face d'une femme qui, selon toute apparence, le détestait.

Le petit oiseau noir qu'il avait vu voleter devant les grandes fenêtres de la cafétéria était toujours là, mais il battait des ailes d'une manière qui, désormais, évoquait plutôt une chauve-souris. Les nuages de pluie s'amoncelaient de nouveau.

Grace était toujours assise en face de lui, protégée d'en haut par des cohortes venues du passé. Control était toujours là aussi, Grace listant à présent ses péchés plus véniels, un à un, dans un ordre arbitraire, même s'il n'y avait plus que lui pour les entendre. Elle avait lu son dossier et déterré d'autres choses encore. En les débitant, elle lui en raconta davantage sur lui – sur sa mère, son père, litanie d'un défilé ou d'une procession chancelante qui, curieusement, cessa à mi-chemin de le faire souffrir. Control fut en effet envahi à ce moment-là d'une espèce de soulagement transi. Elle lui racontait quelque chose, d'accord. Elle voyait clair en lui, elle voyait tout, ses compétences et ses faiblesses, ses brèves relations et sa vie de nomade, le cancer de son père et son ambivalence vis-à-vis de sa mère. L'aisance avec laquelle il avait laissé sa mère transformer son travail en sa famille, sa religion. Et tout le reste, tout, d'un ton qui se débrouillait joliment pour exprimer le respect réticent et l'exaspération compatissante que lui inspirait son refus de battre en retraite.

« N'avez-vous jamais fait d'erreur ? » demanda-t-il, mais elle ne réagit pas.

Elle lui fit plutôt offrande d'un mobile : « Cette fois, votre contact a essayé de me couper de Central. Définitivement. » La Voix continuait à aider Control à la manière d'un taureau échappé.

« Je n'ai rien demandé de tel. » Bon, et s'il l'avait fait, il ne le voulait plus.

« Vous êtes revenu dans mon bureau.

— Pas du tout. » Mais il ne pouvait pas en être certain.

« Si je veux garder les choses en l'état, c'est pour la *directrice*, pas pour moi.

— La directrice est morte. Elle ne reviendra pas. »

Elle détourna les yeux, regarda par les fenêtres la cour et le marécage à l'arrière-plan. Un regard farouche qui excluait Control.

Peut-être la directrice volait-elle en toute liberté au-dessus de la Zone X, ou bien, de ses ongles brisés à la racine, grattait-elle la terre et les roseaux pour tenter d'échapper à... à on ne savait quoi. Mais elle n'était pas là.

« Pensez à quel point ça pourrait être pire, Grace, s'ils me remplaçaient par quelqu'un d'autre. Parce qu'ils ne vous nommeront jamais directrice. » Vérité contre vérité.

« Vous savez que je vous ai rendu service, à l'instant ? demanda-t-elle en changeant de sujet.

— Service ? Bien sûr, oui. »

Mais il le savait. Le désagréable et peu flatteur, elle l'avait à présent déchargé inutilement, munitions gaspillées, coup de feu tiré en l'air. Elle avait laissé échapper le reste dans une boîte à bijoux de condamnations, et en ne gardant rien en réserve, lui avait dit qu'elle ne s'en servirait pas à l'avenir.

« Vous nous ressemblez beaucoup, dit-elle. Vous êtes quelqu'un qui s'est beaucoup trompé, qui s'efforce de faire mieux, d'être meilleur. »

Sous-entendu : *Vous ne pouvez pas résoudre ce qui n'a pas été résolu en trente ans. Je ne vous laisserai pas damer le pion à la directrice*. Et qu'y avait-il là-dedans comme volonté d'égarement ? De quoi voulait-elle l'écarter ou vers quoi cherchait-elle à le pousser ?

Control se contenta de hocher la tête, non parce qu'il était d'accord ou pas, mais d'épuisement. Il s'excusa, alla s'enfermer dans les toilettes de la cafétéria où il vomit son petit-déjeuner. Il se demanda s'il couvait quelque chose ou si son corps rejetait, aussi brutalement que possible, tout ce qu'il y avait dans le Rempart Sud.

018 : Rétablissement

Cheney revint rôder devant les toilettes… inquiet, chuchotant : « Ça va aller, mon vieux ? » comme s'ils étaient devenus les meilleurs amis du monde. Mais il finit par partir, et le téléphone portable de Control sonna juste au moment où il s'installait sur la lunette des cabinets. Il le sortit de sa poche. La Voix. Sans doute n'y avait-il pas meilleur endroit pour prendre cet appel. Après avoir claqué la porte des toilettes, la porcelaine froide soulageait. Les minuscules carreaux bleu polaire du sol aussi. Et même la légère odeur d'urine. Chacune de ces choses et toutes à la fois.

Pourquoi n'y avait-il pas de miroirs dans les toilettes messieurs ?

« La prochaine fois, décrochez, quand je vous appelle », prévint la Voix en sous-entendant qu'elle n'avait pas que ça à faire, à l'instant même où Control remarquait le clignotement indiquant un message en attente.

« J'étais en réunion. » Je regardais une vidéo. Je discutais avec la biologiste. Je me faisais botter le cul par la directrice adjointe à cause de vous.

« Vos affaires sont-elles en ordre ? demanda-t-elle. Sont-elles en ordre ? »

Deux mille lapins blancs guidés vers une porte invisible. Une plante qui ne voulait pas mourir. Une séquence vidéo impossible. Davantage de théories que de poissons dans l'océan. Ses affaires étaient-elles en ordre ? Étrange formulation que celle de la Voix, comme s'ils utilisaient un code dont Control n'avait pas la clé. Paradoxalement, cela le sécurisa malgré tout.

« Vous êtes là ? demanda-t-elle brusquement.

— Oui. Oui, mes affaires sont en ordre.

— Qu'est-ce que vous avez pour moi, alors ? »

Control fit un bref résumé.

La Voix réfléchit quelques instants, puis demanda : « Donc vous avez une réponse, maintenant ?

— Une réponse à quoi ?

— Au mystère de la Zone X. » La Voix eut un rire qui sonna bizarrement comme une casserole. Euh euh, euh. Euh.

C'en était trop. « Arrêtez d'essayer d'empêcher Grace de communiquer avec ses contacts à Central, ça ne sert à rien et ça me complique la tâche », dit Control. En se souvenant du soin avec lequel elle avait préparé les vidéos de la première expédition, trop lessivé par le repas pour y réfléchir déjà. L'écœurement qu'inspirait à Control les tactiques extrêmes et manifestement inadaptées de la Voix allait de pair avec la soudaine conviction, certes peu rationnelle, que la responsabilité de sa présence en plein Rempart Sud incombait d'une manière ou d'une autre à la Voix. Si celle-ci était en réalité sa mère, alors il aurait vu juste sur ce point.

« Écoutez, John, grogna-t-elle. Je ne prends pas mes ordres de vous. C'est vous qui les prenez de moi, ne l'oubliez pas. » Avertissement qui se voulait lancé avec conviction, mais trouvait le moyen d'en manquer.

« Arrêtez, répéta Control. Vos tentatives me nuisent… Grace sait ce que vous cherchez à faire. Arrêtez, voilà tout.

— Une fois encore, je ne prends pas mes ordres de vous, Control. Ne me dites pas ce que je dois faire. Vous m'avez demandé d'arranger ça, j'essaye de l'arranger. » Un effet larsen obligea Control à éloigner le téléphone de son oreille.

« Vous savez, dit-il, j'ai vu la vidéo de la première expédition, ce matin. Ça m'a décontenancé. » En guise de vagues excuses. Papy lui avait appris ça : change de sujet tout en donnant l'impression de répondre au grief de ton interlocuteur. On lui avait assez souvent fait le coup par le passé.

Mais, pour une raison ou pour une autre, cela énerva la Voix. « Bordel, vous pensez que c'est une raison pour ne pas faire votre putain de boulot ? Bougez-vous le cul pour me fournir un vrai rapport, la prochaine fois... ça me donnera peut-être un peu plus envie de faire ce que vous demandez. Compris, tête de con ? »

Les injures étaient prononcées avec une certaine et étrange hésitation, comme si elle lisait un script où ne figuraient que les mots *bordel*, *putain*, *cul* et *tête de con*. Mais Control comprit. La Voix était une conne. Il avait déjà eu des chefs de ce genre. À moins que la vraie Voix soit en congés et que son remplaçant ait improvisé. Mégalodon furieux. Mégalodon pas content. Mégalodon piquer une crise.

Il céda donc et produisit des bruits apaisants. Puis il mit au point et raconta l'histoire inventée de son « progrès », récit structuré et aligné non comme ce qu'il était, un on-ne-savait-trop-quoi plaintif et hésitant, mais à la manière d'un « voyage » analytique et nuancé qu'on ne pouvait qu'interpréter comme doté d'un début et d'un milieu conduisant à une fin satisfaisante.

« Assez ! » dit la Voix à un moment.

Plus tard : « C'est mieux », dit la Voix. Control ne savait pas trop s'il y avait moins de dureté dans ce ton bousculé qui évoquait le frottement de deux râpes à fromage. « Pour l'instant, continuez à récolter des données et à interroger la biologiste, mais accentuez la pression sur elle. » Il avait déjà essayé, avec de piètres résultats. Découvrir des renseignements utiles était souvent une entreprise de longue haleine, qui consistait à guetter les quelques secondes où cessaient de ne se dire que des choses sans importance.

Après un autre silence, elle reprit : « J'ai l'information que vous demandiez.

— Laquelle ? » Plante, souris ou… ?

« Je suis en mesure de confirmer que la directrice a franchi la frontière. »

Control se redressa d'un coup sur la lunette. Quelqu'un cognait timidement à la porte. Ce quelqu'un attendrait.

« Quand ? Juste avant la dernière onzième expédition ?

— Oui. En toute irrégularité et sans que personne en soit informé ou lui donne l'autorisation.

— Et elle s'en est tirée.

— Qu'est-ce que vous voulez dire ?

— Elle n'a pas été virée. »

Un silence, puis : « Elle aurait bel et bien dû être licenciée. Mais non, elle a été mise à l'épreuve. La directrice adjointe l'a remplacée pendant six mois. » Un ton impatient, comme si cela n'avait aucune importance.

Qu'était-il censé faire de cette information ? C'était sans doute une question pour sa mère. Car quelqu'un de plus haut placé dans la hiérarchie avait forcément su que la directrice allait franchir la frontière, puis quelqu'un l'avait protégée à son retour.

« Vous savez combien de temps elle est restée absente ? Y a-t-il un rapport sur ce qu'elle a trouvé ?

— Trois semaines. Pas de rapport. »

Trois semaines !

« Elle a sûrement été débriefée. Ça a dû être consigné quelque part. »

Un silence beaucoup plus long. La Voix conférait-elle avec une ou plusieurs autres ?

Elle finit par concéder : « Il y a un compte rendu de débriefing. Je peux vous transmettre une copie.

— Vous saviez que la directrice pensait que la frontière avançait ?

— J'ai connaissance de cette théorie. Mais elle ne vous concerne pas. »

Comment pouvait-elle ne pas le concerner ? Comment quelqu'un qui le traitait de tête de con pouvait-il ensuite se servir d'une formulation comme « ne vous concerne pas » ? La Voix était mauvaise comédienne, décida Control, ou avait un mauvais script, ou le faisait exprès.

À la fin de leur conversation, gratuitement, il raconta une blague. « Qu'est-ce qui est marron et poisseux ?

— Je la connais, celle-là, répondit la Voix. Un caramel mou.

— Une crotte. »

Clic.

*

« John, regarde donc s'il n'y a pas des pièces de monnaie dans les sièges. » Control, de retour dans son bureau, exténué et piégé par le retour soudain de souvenirs. Un collègue, à son poste précédent, venant le voir après un exposé pour lui dire d'un ton accusateur : « Tu m'as contredit. » Non, je n'ai *pas été d'accord* avec toi. Une femme à l'université, une brune au grand visage et aux magnifiques yeux marron qui lui avait brisé le cœur, il était tombé amoureux d'elle en cours de mathématiques fondamentales, mais quand il lui avait offert un poème, elle avait demandé : « O.K., mais tu sais danser ? » Non, j'écris de la poésie. Je vais devenir une sorte d'espion. L'un de ses professeurs en sciences politiques à l'université leur avait fait écrire de la poésie pour « stimuler leur imagination ». Mais, la plupart du temps, il avait étudié, fréquenté le stand de tir et fait de la musculation, allant aux soirées pour s'exercer à une vie de brèves liaisons.

« John, regarde donc s'il n'y a pas des pièces de monnaie dans les sièges », dit papy Jack. Âgé de douze ans, Control était parti dans le nord rendre visite à sa mère, un des rares voyages sans aller à la cabane ou à la pêche. Ils cherchaient encore le bon équilibre : le divorce n'était toujours pas prononcé.

Un samedi ou un dimanche après-midi, par un froid de canard, Jack était arrivé dans ce qu'il appelait une « voiture musclée ». Qu'il avait sortie d'hibernation, parce qu'il manigançait secrètement d'emmener Control à un défilé de lingerie dans un grand magasin des environs. Control n'avait qu'une vague idée de ce dont il parlait, mais ça avait l'air embarrassant. Et surtout, il n'avait pas envie d'y aller, parce que la fille du voisin avait le même âge que lui et qu'il avait le béguin pour elle depuis l'été. Mais refuser quelque chose à papy n'était pas facile. Surtout quand celui-ci ne l'avait jamais emmené nulle part sans sa mère.

Control avait donc cherché s'il n'y avait pas de la monnaie dans les sièges, pendant que papy lançait le moteur de la grosse cylindrée d'un bleu vif, qu'il avait laissée deux heures immobile dans le froid pour parler à Jackie à l'intérieur. Mais Control pensait aussi que papy se familiarisait à nouveau avec les mystères de ses rouages. Le chauffage soufflait et Control suait dans son manteau. Il explora avec empressement les sièges en se demandant si son grand-père n'y avait pas délibérément laissé quelques pièces. Avec de l'argent, il pourrait offrir une glace à la petite voisine. Il était toujours en mode estival.

Pas de pièces, rien que des peluches, des trombones, un ou deux morceaux de papier, mais aussi une chose froide, lisse et poisseuse, de la forme d'un cerveau minuscule, dont le contact le fit reculer : un vieux chewing-gum. Déçu, il cessa de fouiller la banquette arrière au profit de la caverne sombre sous le siège passager. Il tendit maladroitement le bras pour pouvoir explorer celle-ci en inclinant le poignet dans tous les sens, toucha quelque chose de volumineux mais de mou fixé là au ruban adhésif. Non, ce n'était pas mou… seulement enveloppé dans du tissu. En insistant un peu, il parvint à détacher l'objet qui, d'un poids peu commode, tomba par terre avec un bruit sourd. Une légère odeur d'huile et de métal s'en dégagea. Control le ramassa, le sortit du tissu et se laissa aller contre le dossier, une froideur rêche au creux des paumes… et s'aperçut que son papy l'observait fixement.

« Qu'est-ce que tu as là ? demanda le vieux. Où t'as trouvé ça ? » Questions que Control trouva idiotes, puis, plus tard, hypocrites. L'expression d'avidité sur le visage de papy Jack quand il s'était retourné pour le regarder, une main encore sur le volant.

« Un pistolet », répondit Control, même si papy le voyait bien. Par la suite, Control se souvint surtout de la noirceur de l'arme, de la noirceur de sa forme et de l'immobilité qui semblait en découler.

« Un Colt .45, à ce qu'on dirait. C'est lourd, hein ? »

Control hocha la tête, il avait un peu peur, désormais. Il suait à cause de la chaleur. Il avait déjà trouvé le pistolet, mais l'expression de son papy était celle d'une personne qui attend que vous déballiez et brandissiez le cadeau qu'elle vient de vous faire… et lui-même était trop jeune pour sentir le danger. Mais il avait déjà pris la mauvaise décision : il n'aurait jamais dû monter dans cette voiture.

Quel genre de psychopathe donne un flingue, même déchargé, à un enfant ? Voilà ce à quoi Control pensait à présent. Peut-être le genre de déséquilibré que sortir de sa retraite dans une cabane perdue pour travailler à nouveau à Central dans le rôle de la Voix ou pour gérer son petit-fils n'ennuierait pas.

*

Le milieu de l'après-midi. *Essaye. Essaye encore.*

Control et la biologiste s'appuyaient l'un et l'autre sur la robuste clôture en bois qui les séparait de l'étang de retenue. Le bâtiment du Rempart Sud se trouvait dans leur dos, au bout d'un chemin en gravier qui traversait la pelouse comme une tumultueuse rivière noire. Ils étaient seuls… avec les trois membres de la sécurité qui l'avaient amenée là. Et qui s'étaient déployés à une dizaine de mètres en se plaçant de manière à empêcher toute fuite.

« Ils croient que je vais m'enfuir ? lui demanda Oiseau Fantôme.

— Non », répondit Control. Si elle le faisait, c'est à eux qu'il le reprocherait.

L'étang de retenue était long et plus ou moins rectangulaire. À l'intérieur de la clôture, sur l'autre rive, une remise pourrissait, côté marécage. Près de celle-ci se dressait un pin malingre plus ou moins étranglé par des guirlandes électriques rouillées. Le marécage regorgeait de lenticules, d'hortensias et de nénuphars. Des libellules ne cessaient d'aller et venir au-dessus de l'eau grise, parfois noire. Les grenouilles annonçaient la pluie avec tant de tapage qu'on n'entendait pas les criquets, mais de la bordure herbeuse ainsi que des buissons à l'autre bout de l'étang leur parvenaient le jacassement et le remue-ménage des roitelets et des fauvettes.

Un grand héron silencieux et solennel occupait en solitaire le milieu de l'étang. Les nuages continuaient à épaissir et dans la lumière faiblissante, les plumes de l'oiseau semblaient perdre de leur éclat.

« Est-ce que je dois vous remercier pour ça ? » demanda Oiseau Fantôme. Ils s'appuyaient à la clôture. Elle avait le bras gauche trop près du bras droit de Control, aussi prit-il un peu de distance.

« Ne remerciez personne pour ce que vous devriez déjà avoir. » Réponse qui fit pivoter la tête de la biologiste d'un quart de tour dans sa direction, donnant ainsi à voir un sourcil levé au-dessus d'un œil songeur et d'une bouche réservée. C'était une phrase qu'il tenait de son grand-père paternel, à l'époque où celui-ci était colporteur de pinces à linge. « Je n'ai pas fait disparaître les tantales, ajouta-t-il parce que sa phrase précédente lui avait échappé.

— Leurs nids se font piller surtout par les ratons laveurs, dit-elle. Vous saviez qu'ils sont apparus avant la dernière période glaciaire ? Plus au sud, ils perchent en colonies, mais comme leur espèce est menacée, ici dans la région, ils sont plus solitaires. »

Control avait fait des recherches pour savoir si les tantales auraient déjà dû être revenus, s'ils allaient revenir. Ces bêtes avaient leurs habitudes.

« Je ne peux vous accorder que trente à quarante minutes », dit-il. Amener la biologiste à cet endroit lui paraissait désormais d'une terrible indulgence, peut-être même plus ou moins dangereux, même s'il ne savait pas pour qui. Mais il savait aussi qu'il n'aurait pas pu laisser les choses dans l'état où elles étaient après leur entrevue ce matin-là.

« Je déteste quand ils fauchent pour essayer d'enlever les lenticules », dit-elle sans tenir compte de son indication.

Il ne savait pas trop quoi répondre à ça. Ce n'était qu'un étang de retenue comme il y en avait des milliers. Pas un habitat, au départ. Mais bon, après tout, ils l'avaient retrouvée dans un terrain vague.

« Regardez… il y a encore des têtards », dit-elle en tendant la main et avec quelque chose comme de la satisfaction sur le visage. Il commençait à comprendre que la garder à l'intérieur avait été cruel. Peut-être ne verrait-elle pas leur conversation sous le seul angle de l'interrogatoire, désormais.

« C'est pas mal, ici », dit-il, juste pour parler, mais c'était en effet pas mal. Sortir du bâtiment lui paraissait encore plus agréable qu'il ne s'y était attendu. Il avait prévu d'interroger la biologiste, mais en avait été dissuadé par la forte odeur de pluie et la manière dont se formaient au loin dans le ciel des rideaux noirs d'averses qui approchaient à toute vitesse.

« Questionnez-la sur la directrice, avait ordonné la Voix. Demandez-lui si elle a entendu la directrice dire qu'elle avait déjà traversé la frontière. » Repousse ça. Tu es un hologramme. Tu es une construction. Je vais jeter des appâts dans l'eau jusqu'à ce que tu sois trop assoiffé de sang pour nager correctement.

Du bout du pied, Oiseau Fantôme poussa doucement un gros coléoptère noir. L'insecte ne cessait de passer frénétiquement d'un côté à l'autre de la clôture. « Vous savez pourquoi ils font ça ?

— Non, pas du tout. » Durant ces quatre jours, il s'était rendu compte qu'il ignorait beaucoup de choses.

« Ils viennent de pulvériser de l'insecticide. Je reconnais l'odeur. Et on voit un tout petit peu de mousse sur sa carapace. Le produit les désoriente tout en les tuant, il les empêche de respirer. Ils se mettent en quelque sorte à paniquer. Ils cherchent de toutes leurs forces un moyen de fuir ce qui est déjà en eux. À la fin, ils se calment, mais uniquement parce qu'ils n'ont plus assez d'oxygène pour bouger. »

Elle attendit que le coléoptère arrive à un endroit plat et l'écrasa d'un geste rapide et brutal sous sa chaussure. Il y eut un craquement. Control détourna le regard. En pardonnant à une amie qui l'avait contrarié, son père avait dit un jour qu'elle n'entendait pas le même genre de musique.

« Questionnez-la sur le terrain vague », avait dit la Voix.

« À votre avis, pourquoi vous vous êtes retrouvée dans le terrain vague ? » demanda Control, avant tout pour calmer le public. N'importe lequel des trois gardes pouvait rendre compte à Grace.

« Je me suis retrouvée ici, au Rempart Sud. » Un peu de circonspection s'était glissée dans sa voix.

« Il signifie quoi, pour vous, cet endroit-là ? » La même chose qu'ici, ou davantage ?

« Je ne crois pas que c'était l'endroit où j'étais censée être, répondit-elle après un petit silence. Simple impression. Je me souviens de m'être réveillée sans comprendre tout de suite l'endroit où j'étais et d'avoir été déçue en le reconnaissant.

— Déçue comment ? »

Oiseau Fantôme haussa les épaules.

Des éclairs délimitèrent de fantastiques pays dans les cieux. Le tonnerre éclata comme une voix accusatrice.

Il faut lui demander si elle a laissé quelque chose dans le terrain vague. Était-ce sa question ou celle de la Voix ?

« Vous y avez laissé quelque chose ?

— Pas que je me souvienne. »

Control s'était entraîné à dire la phrase suivante. « Il va bientôt falloir que vous soyez sincère sur ce dont vous vous souvenez ou pas. Ils vous emmèneront loin d'ici, si je n'obtiens pas de résultats. Et si ça arrive, je n'aurai pas mon mot à dire sur l'endroit où ils vous enverront. Il pourrait être pire, bien pire qu'ici.

— Ne vous ai-je pas dit que je n'étais pas la biologiste ? » répondit-elle avec douceur, mais un peu de virulence.

Demande-lui ce qu'elle est vraiment.

Il ne put réprimer une grimace, même s'il pensait vraiment ce qu'il lui avait dit : elle ne lui devait rien pour l'avoir emmenée à l'étang.

« J'essaye d'être sincère. Je ne suis pas elle… et il y a quelque chose en moi que je ne comprends pas. J'ai une espèce de… luminosité… en moi. »

Rien dans les derniers rapports médicaux, sinon une température élevée.

« C'est ce qu'on appelle la vie », dit-il.

Cela ne la fit pas rire. « Je ne crois pas », répondit-elle toutefois tranquillement.

Si elle avait une « luminosité » en elle, il y avait en lui-même une obscurité similaire. La pluie approchait. Une violente brise chassait l'humidité. Des rides se répandaient sur l'étang et la resserre sifflait dans le vent qui butait contre elle. Le petit sapin de Noël s'agitait comme un fouet.

« Vous êtes tout seul ici, pas vrai, John ? »

Il n'eut pas à répondre parce qu'il se mit à pleuvoir, fort. Il voulut courir se réfugier à l'intérieur pour éviter de se faire tremper, mais Oiseau Fantôme refusa. Elle tint à rentrer à pas lents, réfléchis, à laisser l'eau piquer son visage, dégouliner dans son cou, tremper ses vêtements.

Le héron ne bougea pas d'un pouce, concentré sur une proie sous la surface.

OBSESSIONS

019

Dans ses rêves, à présent, le ciel est d'un bleu profond, avec juste un filet de lumière. Il est dans l'eau et regarde la grande falaise au-dessus de lui. Il voit au sommet la silhouette de quelqu'un baissant les yeux sur lui… voit cette personne se pencher dangereusement par-dessus le rebord pour l'observer – elle s'incline bien davantage qu'il n'est humainement possible, mais continue malgré tout à un angle toujours plus prononcé, et les cailloux qu'elle fait tomber viennent cribler l'eau autour de lui qui attend là, au pied de la falaise, nageant immense et inconnaissable parmi les autres monstres. Guettant dans l'obscurité la chute qui ne fera aucun bruit, ne provoquera ni ride ni éclaboussure.

020 : Deuxième rétablissement

Dimanche. Un pic à glace enfoncé dans un cerveau déjà imprégné du halo d'une légère mais tenace migraine qui irradie d'une petite sphère lancinante à proximité de sa nuque. Une sorte de bouclier antisatellite frémissant qui protège de quoi que ce soit de plus hostile susceptible de tomber dans son orbite décroissante.

Une tasse de café. Un comptoir en formica jonché de miettes, avec vue sur la rue crasseuse derrière la vitrine propre. Un tabouret en bois bancal aussi branlant que les mains qui tentent de le stabiliser. Le vague souvenir d'un désinfectant bon marché qui émane du sol et lui serre la gorge. Une femme répétait des commandes dans son dos, tandis qu'il essayait de s'étaler au maximum sur le comptoir pour qu'aucun des clients dans la file d'attente ne puisse se joindre à lui. À voir le portemanteau sur sa gauche, certaines personnes étaient arrivées en hiver sans jamais repartir.

La Voix, un battement de tambour peu sonore mais obstiné, plusieurs siècles auparavant : « Vos affaires sont-elles en ordre ? Sont-elles en ordre ? Merci de me dire si vos affaires sont en ordre. »

Ses affaires étaient-elles en ordre ?

Control ne s'était pas changé ou douché depuis deux jours. Il sentait sa puanteur puissante comme le musc d'un animal capturé par des trappeurs. La sueur lui sortait de nouveau par les pores de son front, venant supplier le soleil toujours plus chaud qui entrait par la vitrine, les ventilateurs à l'intérieur du café-restaurant ne soufflant pas assez fort. La pluie avait commencé à tomber sur Hedley la veille durant l'après-midi et persisté jusqu'au milieu de la nuit, laissant de grandes flaques pleines de minuscules choses marron semblables à des crevettes qui, au fur et à mesure que l'eau s'évaporait, racornissaient, puis mouraient dans une agonie couleur rouille.

Control s'était arrêté dans ce café, au bout d'Empire Street, à son intersection avec l'extrémité de Main Street. Durant son adolescence, c'était un bar rétro qui ne servait que des boissons gazeuses, et il en avait la nostalgie. Il s'y installait derrière la vitrine climatisée avec deux ou trois copains, heureux d'avoir des glaces et de la *root beer* pour se raconter des tas de bêtises sur les filles et le sport. C'était chouette, à l'époque, une espèce de refuge. Mais petit à petit, les très guindées tendances bohèmes du quartier dit « ferroviaire » avaient été supplantées par les arnaqueurs, escrocs, drogués et S.D.F. n'ayant pas d'autre endroit où aller.

En attendant le coup de téléphone qu'il savait venir, Control disséqua le terroir quotidien qui se déroulait dans la rue, devant le caviste discount. Deux skateurs, d'une minceur si surnaturelle qu'ils lui faisaient penser à des lévriers souffrant de malnutrition, occupaient l'autre côté du carrefour en t-shirt et jean déchiré, les pieds nus dans des baskets vieilles de cinq ans. L'un d'eux tenait un cabot marron au bout d'une laisse en chanvre prévue pour un chien beaucoup plus gros. N'avait-il pas vu deux skateurs mardi soir pendant son jogging ? Comme il faisait noir à ce moment-là, Control ne pouvait pas jurer que c'étaient les mêmes. Mais c'était possible.

Il observait les deux jeunes depuis quelques minutes par la vitrine, quand les rejoignit une femme qu'il était sûr de n'avoir jamais vue. De grande taille, la chevelure courte et teintée en roux surmontée d'une casquette bleue de style militaire, vêtue d'une veste bleue à manches longues, revers et épaulettes à franges dorées, sous laquelle le débardeur blanc découvrait le ventre. Le pantalon habillé bleu au galon d'un doré plus discret descendait à mi-mollet ; les pieds nus et sales se terminaient par les points rouge vif du vernis à ongles. Cela rappela à Control ce qu'une star du rock pouvait porter à la fin des années 1980. Ou, étrange pensée qui lui vint sans raison, c'était une ancienne officier de la Brigade S&S, portée disparue, oubliée, mémoire flinguée, condamnée à finir la partie loin de tout endroit propice à la science ou à la superstition.

Le teint rouge, rougeaud, elle parlait aux skateurs avec animation et un peu trop de mouvements brusques, montrant le bout de la rue avant d'aller aborder le moindre passant pour lui débiter avec force gestes expressifs un récit compliqué de misère ou lui expliquer la logique sous-jacente à un besoin. Ou peut-être suggérait-elle même davantage. Les deux premiers passants l'ignorèrent et elle s'en désintéressa aussitôt, ce qui lui valut les quolibets des skateurs, aussi cria-t-elle sur le troisième, comme s'il s'était montré impoli. Poussé à l'action par un tel comportement, un gros Noir en imperméable gris fait de sacs en plastique et trop chaud même pour les hivers de Hedley jaillit comme sur ressort de derrière une grande benne à ordures placée au bout de la devanture du caviste. Il sermonna le piéton qui avait fui la rousse : Control entendit ses grossièretés de derrière la vitrine. Le gros retomba ensuite derrière la poubelle, s'évaporant aussi vite qu'il était apparu.

Peut-être la femme portait-elle une perruque. Peut-être le type en imperméable n'avait-il rien à voir avec leur petite comédie. Il pouvait aussi avoir tout oublié de la manière de surveiller quelqu'un.

Dédaignant l'affront, la rousse gagna le coin de la rue où, à l'ombre du mur latéral du caviste, elle se tourna vers la circulation sur Empire Street. Un des skateurs la rejoignit en lui offrant une cigarette et tous deux continuèrent à discuter avec animation, appuyés à la brique. Le second skateur sortit alors de chez le caviste avec une boîte de pâtée pour chien ouverte – Control était passé à côté de quelque chose de très important concernant ce magasin –, sur laquelle il tapa bruyamment avec un morceau de ferraille pour faire tomber le contenu directement sur le trottoir, juste devant la boutique, en un tas cylindrique qui penchait vers la gauche. Il écrasa cet amas avec la boîte vide, qu'il jeta ensuite pour une raison ou pour une autre sur le gros Noir dont Control ne voyait que la moitié du corps derrière la benne à ordures. Geste qui ne provoqua pas davantage de réaction que le chien ne sembla enthousiasmé par sa pitance.

Alors qu'ils avaient accosté quelques clients sortant du café et même traversé la rue pour s'approcher de la vitrine, ils ne semblaient pas s'apercevoir de la présence de Control. Il se demanda du coup s'il s'était transformé en spectre ou s'ils suivaient un rituel auquel une seule personne était censée assister. Tout cela aurait dans ce cas une signification plus profonde, même si Control savait que cette idée pouvait être fausse, fausse et dangereuse. Central employait rarement des amateurs, même si la chose n'était pas impossible. Plus rien ne semblait impossible. « Avez-vous au coin de l'œil un truc que vous n'arrivez pas à enlever ? » Encore une chose que lui avait dite la Voix, et qu'il avait prise pour un sarcasme indirect.

Si la scène à laquelle il assistait était innocente, pouvait-il disparaître en elle, passer d'un côté à l'autre du miroir ? Ou fomentaient-ils quelque chose même en achetant de la nourriture pour chien, en mendiant de quoi acheter à boire ? Subtilités qui lui échappaient peut-être.

*

Samedi matin à la première heure, Control avait appelé la Voix de chez lui. Il avait installé d'un côté de son bureau un mégaphone électronique relié à un compte-minutes et réglé ce dernier. Il avait posé sur sa droite un stylo et un papier orange fluo sur lequel il avait noté les points à ne pas oublier. Il but un petit verre de whisky. Il abattit ses deux poings sur le bureau, une, deux, trois fois. Il prit une grande respiration, puis composa le numéro et mit la Voix sur haut-parleur.

Des chuintements et craquements avant que la Voix commence. Sans doute dans le cabinet de travail au rez-de-chaussée de son manoir. Ou au sous-sol d'un asile de nuit. Ou dans une grange, infiltrée parmi les poules.

« Vos affaires sont-elles en ordre ? » demanda-t-elle. Avec un léger manque de vivacité, comme si on avait arraché le mégalodon à son sommeil dans les eaux glacées. Control trouva son ton insultant, ce qui le refroidit encore davantage et le débarrassa progressivement de sa nervosité au profit d'une espèce de dégoût mêlé d'opiniâtreté.

Une grande respiration. Puis, prévenant tout ce que pourrait dire la Voix, Control se mit à crier une série de grossièretés de la pire espèce, se déformant la gorge jusqu'à la douleur. Après un silence surpris, la Voix cria : « Assez ! » avant de marmonner longuement quelque chose de tremblant et d'ondulant. Control perdit le fil. Le mégaphone se déclencha. Control se ressaisit, lut les mots écrits sur le papier orange. Cocha la première ligne. Se lança dans une nouvelle série de grossièretés. « Assez ! » De nouveau, tenace, obstinée, elle marmonna quelque chose, d'humide, de bref et de fusant, cette fois-ci. Control flotta, flotta et oublia. Le mégaphone se déclencha. Control vit les mots sur le papier orange. Cocha la seconde ligne. Grossièretés. Marmonnements. Flottement. Hurlement du mégaphone. Control vit les mots sur le papier orange. Cocher. Recommencer. Rincer. Recommencer. Cinquième fois. Sixième. À la septième, le script changea. Il renvoya doucement à la Voix tous les mots glottaux, humides et doux qu'il avait trouvés dans l'aide-mémoire de la directrice. Il entendit le hoquet mouillé et le petit cri indiquant un coup au but, puis un inconfortable déluge de mots se déversa sur lui, mais faible, décousu, inintelligible.

Cela avait laissé une cicatrice. Il doutait que son incantation ait eu l'effet maximal, mais le but était que la Voix sache et passe un très mauvais moment.

Le mégaphone se déclencha. Control vit les mots sur le papier orange. Il avait fini. La Voix était finie. Ils allaient devoir trouver un autre officier traitant, un peu moins manipulateur, celui-là.

« J'ai une blague pour vous, annonça Control. Quelle différence y a-t-il entre un magicien et un espion ? » Puis il raccrocha.

Vendredi soir, après un jogging vigoureux, il avait revu les enregistrements des conversations de la veille et de l'avant-veille entre la Voix et lui. Il avait des soupçons, la manière dont il semblait perdre et retrouver le fil durant ces conversations ne lui inspirait pas confiance, ni celle dont la Voix s'était insinuée dans ses pensées. Chorizo sur les genoux, regardant sur le téléviseur la vidéo enregistrée par son téléphone, Control avait vu la Voix donner des ordres hypnotiques, s'était vu se déconcentrer, la tête flottant un peu sur les épaules, les paupières battantes, pendant que, sans jamais se départir de son déguisement métallique et guttural, elle lui transmettait ordres et suggestions. Elle lui dit de ne pas se faire de souci pour Whitby, de mettre de côté son inquiétude, de la minimiser, parce que « Whitby n'a jamais eu la moindre importance ». Mais elle fit par la suite machine arrière en manifestant de l'intérêt pour la découverte par Control de l'étrange cagibi de Whitby. Avait-il été amené à trouver cette cachette par un renseignement subliminal ? Une référence à Grace, associée à l'ordre de retourner dans son bureau, puis des hésitations sur le mode « trop risqué » quand la Voix apprit l'existence des nouvelles serrures. Beaucoup d'exaspération au sujet des notes de la directrice et du temps nécessaire pour les trier. Que la cause principale en soit l'absence de méthode de la directrice amena Control à se demander si ce n'était pas justement là le but de ce chaos. Est-ce que la Voix n'aurait pas même *ordonné* à Control de se faire appeler « Control » à l'agence ? Résister à la folie de pensées de ce genre.

La Voix, tandis que Control se morfondait sous hypnose, était d'une précision et d'un tranchant moins présents le reste du temps, elle se montra aussi d'une espèce de méchanceté désinvolte en disant à Control vouloir que leur prochain échange téléphonique se termine par une blague, une « à chute ». Pour autant qu'il pouvait le dire, il lui avait aussi servi de magnétophone vivant. Elle avait extrait de lui le verbatim de certaines discussions, ce qui expliquait pourquoi il était rentré si tard chez lui mercredi soir malgré la brièveté apparente de leur conversation.

Il faisait partie d'une expédition envoyée dans le Rempart Sud et, tout comme à celles envoyées dans la Zone X, on ne lui avait pas dit la vérité. Les informations lui parvenaient bel et bien avec un bégaiement supplémentaire comme il en avait eu l'impression. Qu'avait-il fait d'autre dont il n'aurait peut-être jamais conscience ?

Il avait donc écrit sur le papier orange fluo de manière à ce qu'on ne puisse pas le rater :

CONTROL, LA VOIX TE TIENT SOUS SUGGESTION HYPNOTIQUE

— Coche cette ligne et hurle des grossièretés. Passe à la ligne suivante.

— Coche cette ligne et hurle des grossièretés. Passe à la ligne suivante.

Rincer, répéter, sorti de là par le mégaphone, attiré de nouveau dedans. Jusqu'à ce qu'enfin il arrive à la dernière ligne : « Coche cette ligne et répète ces phrases » – toutes celles qu'il avait trouvées dans le tiroir de la directrice. Crie-les, en fait.

Je trouve cette découverte palpitante, pas vous ?... La possibilité d'une variation significative... La paralysie n'est pas une analyse pertinente... Consolidation d'autorité... Il n'y a pas de récompense au risque... Qui flottait encore et encore, qui ne ressemblait à rien d'humain, mais à quelque chose de libre en train de flotter...

Surcharger le système comme en avaient été incapables les scientifiques aux lapins blancs. Pousser la Voix à une espèce d'effondrement.

Il avait été trahi, ne cesserait plus un instant de regarder par-dessus son épaule. Vit la biologiste près de l'étang de retenue, en train de regarder la resserre avec lui. La reconduisant à l'intérieur du Rempart Sud, qui les engloutissait. Sa mère qui le tenait par la main sur le chemin du cottage d'été. Papy qui les attendait, un sourire énigmatique faisant de son visage un mystère.

*

Le remède pour ses découvertes, pour ne pas les avoir dans ses pensées, avait été une sorte d'auto-anéantissement, tandis que du samedi après-midi, il se traînait avec intrépidité au dimanche matin dans le modeste mais rondelet bas-ventre de Hedley... qui, pour ce qu'il pouvait en dire, avait oublié l'existence du Rempart Sud. Il se souvenait d'une salle de billard… le bruit des boules qui s'entrechoquaient, les *clac* et *toc*, le réconfort des poches feutrées, l'odeur de craie et de cigarettes. Frapper la boule blanche avec la 8 pour plaisanter, et l'empreinte en craie d'une main sur les fesses d'un jean de femme… ou, comme il y pensa plus tard, même si c'était elle qui l'avait placée à cet endroit, une main trop loin. Il s'était retiré peu après, moins intéressé qu'il l'aurait cru par la banalité d'un granuleux soleil matinal vu par les fenêtres d'un motel bon marché, avec l'empreinte d'un corps sur les draps et un préservatif usagé dans la poubelle. Ces visions étaient destinées à d'autres, du moins à ce moment-là… parce que cela semblait tout simplement demander trop de travail. Il serait encore au même endroit. Il serait encore en train d'écouter Lowry sur les vidéos. Il serait encore en train de voir, rien de moins qu'au ralenti, Grace lui proposer le contenu de sa boîte à récriminations. Son esprit serait encore en train de vrombir en se contractant et en se dilatant, aux prises avec la Zone X.

Il avait descendu trois verres de mauvais whisky dans un endroit tellement misérable qu'il n'avait pas de nom. Il avait bu une gorgée d'un alcool de contrebande local dans une fête non loin de la jetée sur laquelle, une éternité auparavant, il avait regardé l'autre côté du fleuve. Il n'avait cessé de se répéter que l'hypnose n'était rien, pas grand-chose, n'avait pas d'importance. Aucune importance. Trop d'importance. Pas assez. Il songea appeler sa mère. Ne put pas. Voulut appeler son père. Impossible.

Il entra déjà ivre dans un autre bar, se retrouva face à un fantôme. Il lui avait déjà semblé en entrapercevoir depuis le début de la soirée… dans une moue qui réveillait un souvenir, un battement de paupière, la manière dont quelqu'un laissait sa main s'attarder sur une table. Ces chaussures. Cette robe. Mais quand on croisait un vrai fantôme – la chose au grand complet –, cela faisait un choc… à vous couper le souffle. Cela ne vous le coupait pas vraiment, votre souffle était entier, toujours en vous, mais bloqué, inutile. Prise de pouls rien que pour marmonner de sinistres prédictions. Si bien qu'en réintégrant le présent, vous commenciez par douter de qui vous étiez, parce que le Fantôme Au Grand Complet piégeait Control quelque part entre la personne qu'il avait été et celle qu'il était devenu. Pourtant ce n'était qu'un spectre. Qu'une femme qu'il avait connue au lycée. Intensément. Pour la première fois. Assez proche pour donner à Control l'impression qu'il manquait de respect à la biologiste, que la superposition du fantôme perturbait son impression d'Oiseau Fantôme. Même si c'était ridicule. Et tout cela l'emmenait de plus en plus loin du Rempart Sud.

En essayant d'échapper aux vestiges de cela, à un autre endroit du carrousel de ses aventures – complètement pété et avec la tête qui lui tournait –, il s'était retrouvé, alors qu'il pivotait sur un tabouret dans un bar à motards, à côté de la directrice adjointe. L'établissement était encore bruyant et turbulent, à deux heures du matin. Et empestait l'urine au point qu'on aurait cru que des chats avaient marqué leur territoire. Control adressa à la directrice adjointe un sourire de lanterne accompagné d'un énergique hochement de tête. Qui lui valurent un regard neutre et déconcerté.

« Le dossier est vide. Il n'y a rien sur elle. » Sur qui ? De qui parlait-il ? « Si vous pouviez me mettre dans votre enfer particulier, ce serait de travailler au bon vieux R.S. de toute manière… et à perpétuité, non ? »

Il s'aperçut au beau milieu de sa phrase que ce ne pouvait pas vraiment être Grace et que les mots ne lui sortaient peut-être même pas de la bouche.

Elle le déconcerta en fixant sur lui un regard débordant de sincérité.

« Vous n'êtes pas obligée de ressembler à ça », dit-il. Cette fois, il avait dû le dire.

« À quoi ? demanda-t-elle, la tête un peu détournée. À comme quand il y a un mec complètement schlass dans mon bar ? Va au diable. »

Suggestion qui faillit faire sursauter Control sur son tabouret alors qu'il essayait de rassembler ses esprits comme des pièces d'échecs sur un échiquier. Un poids sur sa poitrine, dans l'obscurité et la lumière. Il s'était cru plus malin. Il avait cru qu'elle s'était embourbée dans d'anciennes façons de penser. Mais il s'avéra que les nouvelles manières de penser n'étaient pas plus utiles. Il était temps de prendre un autre verre, ailleurs. Une sorte d'oubli. Puis regroupement.

Control croisa le regard plein de doutes de la femme alors qu'il partait avec un vague sourire aux lèvres. Il progressait. Elle s'éloigna de lui, repoussée par un courant d'air créé par l'ouverture de la porte du bar et par le regard critique des lampadaires.

*

Control se frotta le visage, sentit avec déplaisir qu'il ne s'était pas rasé. Il s'efforça de chasser le flou de son esprit, l'amertume de sa langue, la douleur de ses articulations. Il était persuadé qu'à un moment, la Voix lui avait dit : « Avez-vous un truc au coin de l'œil que vous n'arrivez pas à enlever ? Je peux vous aider à le faire. » Facile, si c'était vous qui l'y aviez mis.

La femme en uniforme était sans doute une droguée et à coup sûr une S.D.F. ou une squatteuse. On se servait d'amateurs dans une opération de surveillance quand la cible était « de la famille », quand on voulait utiliser au mieux le paysage naturel – le terroir naturel – ou quand votre faction était soit fauchée, soit incompétente. Il se dit qu'elle ne l'avait pas remarqué, parce qu'elle avait été payée pour faire comme si elle ne le remarquait pas.

De toute évidence, le skateur au chien s'était approprié le coin, qu'il partageait avec le gros ivrogne. Quelque chose chez ces deux-là semblait plus naturel, peut-être parce qu'une partie du spectacle – balancer de la pâtée pour chien sur le trottoir – pouvait difficilement sembler vouloir éviter d'attirer l'attention. Le second skateur était parti et revenu à plusieurs reprises, mais Control ne l'avait vu passer ni argent ni drogue aux deux autres. Peut-être renonçait-il à de tels luxes ce jour-là, ou faisait-il le guet pour une arnaque de plus grande envergure, à moins qu'il serve d'observateur à mère, partie intégrante de la scène, mais sans être de la partie. Ou peut-être ne se passait-il rien de spécial, sinon trois personnes qui se connaissaient et s'entraidaient, trois personnes qui se trouvaient avoir la poisse.

Rester aussi longtemps au même endroit avait pour avantage qu'on commençait, tout en observant, à sentir qu'on était observé, aussi Control ne fut-il pas surpris quand le téléphone portable sonna. C'était l'appel qu'il attendait.

« J'ai cru comprendre que tu te comportais mal.

— Bonjour à toi aussi, mère.

— Tu te sens bien ? Tu m'as l'air mal fichu.

— Ça va. Je suis en pleine possession de mes facultés.

— On se demande pourquoi tu donnes l'impression d'avoir perdu la tête, alors. » Cela dit du ton brusque et professionnel dont elle se servait pour masquer ses émotions. L'impression qu'elle jouait avec lui le même rôle qu'avec n'importe lequel des agents qu'elle gérait.

« J'ai déjà jeté le téléphone, mère. Inutile d'envisager de réintégrer la Voix. » Si elle avait appelé la veille, il serait en train de lui crier dessus, à présent.

« On peut toujours t'en procurer un autre.

— Petite question, m'man. » Elle détestait *m'man* ou *maman*, tolérait tout juste *mère*, aurait préféré le sévère Severance, même si Control était son seul et unique enfant. Pour ce qu'il en savait. « Si tu devais envoyer quelqu'un en expédition dans un endroit dangereux – le Rempart Sud, disons –, comment te débrouillerais-tu pour qu'il reste calme et ne fasse pas fausse route ? De quoi tu te servirais ?

— Des outils habituels, John, promis. Mais je ne suis pas sûre d'aimer que tu le prennes sur ce ton.

— Des outils habituels ? Comme l'hypnose, peut-être, renforcée par un conditionnement préalable à

Central. » Il s'obligeait à ne pas élever la voix, malgré l'envie qu'il en avait. Il aimait ce café. Il ne voulait pas qu'on lui demande de partir.

Un silence. « Ça a pu entrer en jeu, oui, mais avec des règles et des garde-fous très stricts… et uniquement dans l'intérêt irréfutable du sujet.

— Le sujet aurait peut-être préféré avoir eu le choix. Il aurait peut-être préféré ne pas avoir été téléguidé. » Il pourrait préférer savoir que ses espoirs, désirs et envies étaient tous bel et bien *ses* espoirs, désirs et envies.

« Le sujet n'avait pas forcément les informations ou le recul nécessaires pour qu'on l'implique dans cette décision. Il avait peut-être besoin d'une inoculation, d'un vaccin.

— Contre quoi ?

— Contre bien des choses. Même si nous t'évacuerions et enverrions une équipe au premier signe qu'il se passe quelque chose de grave.

— Du genre ? Qu'est-ce que tu considères comme grave ?

— Peu importe. »

D'une opacité exaspérante, comme toujours. Décidant pour lui, comme toujours. Il canalisait à présent l'irritation de son père tout autant que la sienne, les spectres de tant de disputes à la table du dîner ou au salon. Il décida de poursuivre la conversation dans la rue, finalement, marcha jusqu'à l'entrée de la ruelle juste sur la gauche du café. Il n'y avait pas beaucoup de passants… sans doute la plupart des gens étaient-ils encore soit à l'église, soit en train de se procurer de la drogue.

« Jack disait que, si on ne donnait pas à un agent toutes les informations dont il a besoin, autant se couper la jambe, lança-t-il. Ton opération est foutue.

— Mais pas la tienne, John, dit-elle avec force. Tu es toujours là. Tu es toujours en contact avec nous. Avec moi. Nous ne bougeons pas d'ici.

— Très bien, sauf qu'à mon avis, "nous" ne désigne pas Central. Je pense que tu parles d'une faction à l'intérieur de Central, et d'une faction qui manque d'efficacité. Ta Voix a tout gâché en essayant de mettre la directrice adjointe à l'écart. Donne-lui encore une semaine et je me retrouverai assistant administratif de Grace. » À moins que le but ait été de faire perdre beaucoup de temps à celle-ci, de détourner son attention ?

« Il n'y a pas de factions, juste Central. La Voix subit un stress énorme, John. Encore plus maintenant. Comme nous tous.

— Du diable s'il n'y a pas de factions. » Il était Jack, à présent, difficile à faire changer de sujet. « Du diable s'il n'y en a pas. » « Du diable que tu dis ça. »

« Tu ne me croiras pas, John, mais je t'ai rendu service en te faisant nommer au Rempart Sud. »

Tout le monde avait oublié la définition de *service*. D'abord Whitby, puis Grace, et maintenant sa mère. Il n'avait pas suffisamment confiance en lui pour répondre, aussi ne répondit-il pas.

« Beaucoup de gens auraient tué pour avoir ce poste », ajouta-t-elle.

Il n'avait pas non plus de réponse à cela. Depuis le début de leur conversation téléphonique, la femme avait disparu, si bien qu'il n'y avait plus personne devant chez le caviste. À l'époque, c'était un grand magasin. Bien avant la fondation de Hedley, des indigènes avaient vécu là, le long du fleuve – c'est son père qui le lui avait dit –, installation dont il restait des traces sous la façade de l'établissement.

Sous celui-ci, il y avait également un labyrinthe de calcaire enserrant la nappe aquifère, des grottes étroites, des écrevisses albinos aveugles et des poissons d'eau douce luminescents. Entourés des restes pulvérisés de nombreux animaux, réduits à du terreau, écrasés par le poids des fondations des bâtiments. Serait-ce ce que la biologiste comprendrait de la rue ? – que verrait-elle ? Peut-être verrait-elle, aussi, un futur possible pour cet espace, le commerce d'alcool croulant sous l'assaut des intempéries et des plantes grimpantes, se mettant à ressembler aux petites collines moussues près de la Zone X. Une perte qui ne lui laisserait aucun regret. Ou peut-être quelques-uns ?

« Tu es là, John ? »

Où pourrait-il être sinon ?

Control soupçonnait depuis longtemps sa mère d'avoir pris sous son aile un autre protégé – cela semblait presque inévitable. Quelqu'un de façonné, de formé, puis de déployé pour corriger les erreurs du genre que commettait Control. Il y repensait chaque fois qu'il se sentait particulièrement peu sûr de lui ou vulnérable, ou parfois juste parce que cela pouvait être un exercice mental utile. Il s'efforçait à présent de visualiser le protégé parfaitement préparé en train d'arriver pour lui prendre le Rempart Sud. Qu'aurait fait cette personne de différent ? Que ferait-elle *maintenant* ?

Sa mère continuait à parler, allant de l'avant avec ce qui ressemblait à un mensonge.

« Mais j'appelais surtout pour avoir des nouvelles, pour voir si tu pensais faire des progrès. » Pour essayer de le sortir du silence avec une excuse. Légère insistance sur le mot *progrès*.

« Tu sais exactement comment ça se passe. » Sa mère savait tout, jusqu'au moment où il avait fait dérailler la Voix, car celle-ci lui avait tout raconté.

« Exact, mais je n'ai pas entendu ton point de vue.

— Mon point de vue ? Il est qu'on m'a lâché dans une fosse à serpents avec les yeux bandés et les mains attachées dans le dos.

— Tu ne crois pas que tu exagères un peu ? dit l'éclair lumineux.

— C'est moins exagéré que ce que vous m'avez fait à Central. Il me manque des heures, peut-être même une journée.

— On ne t'a pas fait grand-chose, répondit-elle du ton doucereux qu'elle prenait quand le sujet l'ennuyait. Pas grand-chose. On t'a préparé, on a raffermi ta résolution, rien de plus. On t'a fait voir certaines choses plus nettement et d'autres moins nettement.

— Comme en introduisant de faux souvenirs ou…

— Non, le coupa-t-elle. Ce genre de choses ferait de toi un modèle si coûteux que personne ici n'aurait les *moyens* pour toi. Ou pour t'envoyer au Rempart Sud. »

Parce que tout le monde tuerait pour avoir ce poste.

« Tu es en train de me mentir ?

— Mieux vaut pas, pour toi, dit-elle avec une irruption de verve, parce que tu n'as que moi, pour le moment… et cela, de ta propre initiative. De toute façon, tu n'en sauras jamais vraiment rien. Tu as toujours été du genre à ôter les couches l'une après l'autre, même quand il n'en restait plus aucune. Alors crois sur parole ta pauvre et misérable mère.

— Je te vois, mère. Je vois ton reflet dans la vitrine. Tu es en train de m'observer de juste à côté, pas vrai ? Ce n'est pas quelqu'un que tu as envoyé. Tu es en ville, toi aussi.

— Oui, John. D'où cet espèce d'écho métallique. D'où l'impression que ce que je dis tombe dans l'oreille d'un sourd : c'est parce que tu l'entends deux fois. Je m'interromps moi-même, apparemment. »

Une espèce d'ondulation le parcourut. Il se sentit allongé et étiré, la gorge sèche. « Je peux te faire confiance ? » demanda-t-il, fatigué par la dispute.

Sans doute avait-il laissé transparaître une espèce d'ouverture et de sincérité qui la toucha, parce qu'elle abandonna son ton distant : « Bien sûr, John. Tu ne peux pas avoir confiance dans la *manière* dont j'y arriverai, mais il faut que tu sois sûr que je sais où je vais. Je le sais toujours. »

Ce qui n'aida Control en rien. « Tu veux que je te fasse confiance ? Alors dis-moi, mère… Qui était la Voix ? » Si elle ne le lui disait pas, l'envie de disparaître dans le bas-ventre de Hedley, de se fondre sans retour dans ce paysage, risquait de réapparaître. Et de s'avérer irrésistible.

Elle hésita, ce qui effraya Control. Cette hésitation semblait véritable, ne rien avoir de simulé.

Puis. « Lowry. Promis juré, je dis la vérité. La Voix, c'était Lowry. »

Elle n'était pas du tout à trente ans de là. Elle lui murmurait à l'oreille.

« Le fils de pute. »

Banni et malgré tout de retour par l'intermédiaire des vidéos qui tourneraient à jamais en boucle dans sa tête. Le hanteraient.

Lowry.

*

« John, regarde donc s'il n'y a pas des pièces de monnaie dans les sièges. » Papy Jack l'observait tenir le pistolet à la main.

Quelques coups secs sur la vitre. C'était sa mère, buste incliné pour regarder à l'intérieur. Malgré la buée, Control s'aperçut du moment où elle découvrit le pistolet sur ses genoux. La portière s'ouvrit violemment. L'arme disparut soudain et Jack, de l'autre côté, se retrouva tout à coup assis sur le trottoir devant la voiture aux pieds de mère. Pour mieux voir qu'à travers le pare-brise, Control prit le risque d'entrouvrir la fenêtre arrière gauche et de se pencher en avant. Mère s'adressait doucement à papy, les bras croisés, le regard à l'horizontale, comme s'ils se parlaient les yeux dans les yeux. Control ne voyait pas où était passé le pistolet.

Il émanait de sa mère un sentiment de menace qu'il n'avait encore jamais vu sous une forme aussi concentrée. Elle parlait à voix basse et la majeure partie de ses paroles échappait à Control, mais le ton et le débit rapide évoquaient un couteau de boucher parfaitement affuté en train de trancher sans difficulté de la viande crue. Son papy réagit d'un hochement de tête bizarre donnant plutôt l'impression qu'une force invisible le repoussait ou que Mère le bousculait.

Elle décroisa les bras en baissant les yeux sur papy et Control entendit : « Pas comme ça ! Pas comme ça. Tu ne peux pas l'y forcer. » Pour une raison ou pour une autre, il se demanda si elle parlait du pistolet ou du plan secret de papy pour l'emmener à un défilé de lingerie.

Mère vint le chercher et papy partit lentement en voiture. Le soulagement envahit Control quand ils rentrèrent dans la maison. Il n'était pas obligé d'aller au défilé de lingerie. Peut-être aurait-il plus tard l'occasion d'aller chez le voisin.

Mère n'évoqua qu'une fois l'incident, quand ils furent à l'intérieur. Ils ôtèrent leurs manteaux et passèrent au salon. Elle sortit un paquet de cigarettes, en alluma une. Avec sa volumineuse chevelure ondulée, ses traits graciles, son chemisier blanc, son écharpe rouge, son pimpant pantalon noir et ses talons hauts, elle ressemblait à un mannequin de mode en train de fumer. Un mannequin agité. Voilà qu'il découvrait autre chose sur elle, outre le fait qu'elle pouvait se battre avec acharnement pour lui : elle fumait.

Le problème était qu'elle s'en était pris à lui, comme si c'était lui le responsable : « Mais bon Dieu, qu'est-ce qui t'a pris, John ? Quelle idée t'est passée par la tête ? »

Sauf qu'il ne lui était rien passé par la tête. Il avait vu son grand-père cligner de l'œil en mentionnant le défilé, avait apprécié que cet homme parfois sévère et même désapprobateur se confie à lui, lui fasse suffisamment confiance pour cacher un secret à sa mère.

« Ne touche pas aux armes, John, dit-elle en marchant de long en large. Et ne fais pas toutes les idioties que ton grand-père te dit de faire. » Il décida plus tard d'obéir au deuxième commandement, mais d'ignorer le premier, pensant qu'elle n'avait pas parlé sérieusement. Il était allé jusqu'à surnommer ses divers pistolets « Papy » ou « Pépé ». Il se servait d'armes, mais sans les aimer ou compter sur elles. Elles avaient l'odeur de leur point de vue.

Control ne raconta jamais l'incident à son père, de peur que celui-ci s'en serve contre sa mère. Et mit un certain temps à comprendre que le but de tout le voyage avait en réalité été ce pistolet, ou sa découverte. Que, peut-être, il s'était transformé en une sorte de test.

Quand sa mère eut raccroché, il retourna dans le café et il lui vint subrepticement l'idée que sa colère dans cette histoire d'arme avait elle-même pu être une mise en scène, un terroir, Jack et Jackie complices, acteurs dans une scène déjà destinée, à son jeune âge, à l'influencer ou à corriger sa trajectoire. À entamer une sorte d'endoctrinement dans l'empire familial.

Il ne savait pas trop s'il savait encore faire la différence entre ce qu'il était censé découvrir et ce qu'il avait déniché par lui-même. Une tour pouvait se transformer en fosse. L'interrogatoire d'une biologiste pouvait se transformer en piège. Un membre d'une expédition pouvait même revenir trente ans plus tard sous forme d'une voix lui murmurant d'étranges choses à l'oreille.

*

Quand il rentra chez lui dimanche soir, Control vérifia l'enregistrement de la conversation avec sa mère et ressentit un soulagement immense en n'y trouvant aucun blanc, aucune preuve que sa mère le trompait aussi.

Il croyait que la confusion régnait à Central et que lui-même était manipulé par une faction, sous contrôle hypnotique. À présent, le plafond s'écroulait bel et bien sur le sous-sol clandestin et le mégalodon se sentait nerveux dans son aquarium fendu. Grace avait fait couler le sang de la Voix. De Lowry. Et Control avait enchaîné avec un coup de poing.

« Lowry était le seul à connaître suffisamment le Rempart Sud et la Zone X pour servir à quelque chose », lui avait indiqué sa mère, mais la peur transparaissait aussi dans ses paroles et elle continua un bon moment à parler de Lowry, donnant à Control l'impression qu'un personnage historique était sorti en chair et en os de son portrait pour se présenter. Un personnage historique déprimé, excentrique, réhabilité, affirmant ne pas se souvenir de grand-chose qui ne soit déjà sur bande vidéo. Quelqu'un qui s'était débrouillé pour obtenir une promotion, et devait celle-ci à un nœud gordien de pitié et de remords, ou à une autre raison sans lien avec ses compétences.

« Lowry est un connard. » Pour qu'elle arrête de parler de lui. Avoir survécu, avoir été étiqueté « héros » n'empêchait pas d'être aussi un connard. Elle devait avoir été désespérée, au pied du mur. Se dressant derrière cela, des murmures dont il se souvenait à présent et qui pouvaient provenir de la direction de Lowry : murmures parlant d'installations fantômes, de choses liées à l'hypnose et au conditionnement, mais encore plus horribles.

« Je savais qu'il pouvait y avoir des choses que tu lui dirais à lui et pas à moi. Nous savions qu'il valait mieux que tu ne saches pas… certaines des choses que nous avions besoin que tu fasses. »

La colère l'avait disputé à la satisfaction de les avoir débusqués, de voir qu'au moins une variable avait disparu. Un besoin d'en savoir davantage mis en balance avec le sentiment de se sentir déjà submergé. Tout en essayant d'ignorer une nouvelle et dérangeante pensée : il y avait des limites au pouvoir de sa mère.

« Est-ce que tu me caches quelque chose ?

— Non, répondit-elle. Non. La mission reste la même. Concentre-toi sur la biologiste et la directrice disparue. Plonge-toi dans ses notes. Stabilise le Rempart Sud. Découvre ce qui s'est passé que nous ne savons pas. »

Cela avait-il été sa mission ? Cet objectif fragmenté ? Peut-être la mission de la Voix, et désormais la sienne, supposa-t-il. Il choisit de croire au mensonge selon lequel elle lui avait tout dit, pensa que le pire était peut-être passé. Il s'était débarrassé de ses chaînes. Il avait encaissé tous les coups que Grace pouvait lui asséner. Il avait vu les vidéos.

Control alla dans la cuisine se servir un whisky, le seul de la journée, et l'engloutit cul sec, pensée magique derrière l'idée que cela l'aiderait à dormir. En reposant le verre vide sur le comptoir, il remarqua le téléphone portable de la directrice à côté du fixe. Dans son étui, il continuait à ressembler à un gros coléoptère noir.

Pris d'un pressentiment, il se rappela aussi les pas précipités sur le toit plus tôt dans la semaine. Il saisit un torchon, ramassa le téléphone, ouvrit la porte de derrière avec Chorry sur ses talons, et jeta l'appareil loin dans la pénombre du jardin. La chose heurta un arbre, valdingua dans l'obscurité des herbes hautes à la limite de la propriété. Va te faire foutre, téléphone. Ne reviens pas. L'appareil pouvait aller retrouver dans l'après-vie des téléphones celui de la Voix/Lowry. Control préfèrerait se sentir paranoïaque ou idiot, plutôt que de se mettre en danger. Et quand Chorry-Chorrykins refusa de suivre l'objet, tint à rester à l'intérieur, Control eut l'impression qu'il lui donnait raison. Choix judicieux.

021 : Répétition

Arrivé le lundi matin, Control n'alla pas directement au Rempart Sud. Il passa d'abord au domicile de la directrice – il récupéra l'itinéraire sur Internet, mit son pistolet dans son étui et emprunta l'autoroute. Il avait prévu d'y aller une fois les notes dans son bureau classées par catégories, simplement pour s'assurer que l'équipe de nettoyage dépêchée par Grace avait travaillé avec autant de soin qu'elle l'affirmait. La confirmation que la Voix/ Lowry, et par extension sa mère, l'avaient manipulé demeurait un sentiment morose, un bourdonnement à l'arrière-plan. Quant aux réponses, Lowry ne l'avait pas avancé sur ce point, ne lui avait fourni aucun véritable moyen de pression – il avait été manipulé par quelqu'un d'intouchable et d'éthéré.

Lowry, se déguisant en Voix, hantait à distance le Rempart Sud. Control essayait à présent de les fusionner en une seule personne, un seul objectif.

Il eut aussi envie, une fois sur la route, de ne pas retourner du tout au Rempart Sud – et de ne pas passer non plus chez la directrice –, de se dévier sur une route de campagne pour aller chez son père, quatre-vingts kilomètres à l'ouest.

Mais il résista à cette envie. De nouveaux propriétaires et plus la moindre sculpture dans le jardin. Une fois son père décédé, elles étaient parties dans de bonnes maisons avec ses tantes et ses oncles, ses nièces et ses neveux, même s'il avait eu l'impression qu'on démontait pièce par pièce le décor de son enfance. Aucune consolation à attendre donc de l'endroit. Aucune histoire véritable. Il avait encore un peu de famille dans la région, mais le lien entre elle et lui passait par son père et il n'en avait plus vu la majeure partie depuis l'adolescence.

Bleakersville comptait environ vingt mille habitants… juste assez pour qu'on y trouve quelques bons restaurants, un petit centre d'art et les trois rues du secteur historique. La directrice vivait dans un quartier où on voyait peu de visages blancs. Il y avait beaucoup de pins, chênes et magnolias qui, alourdis de mousse, surplombaient la chaussée encombrée de nids-de-poule et parfois de branches détrempées, victimes des tempêtes. Des maisons solides en cèdre ou en ciment, certaines avec quelques briques, en général marron et bleu ou gris, une ou deux automobiles garées devant sur l'allée de gravier ou d'aiguilles de pin. Il passa devant des terrains de basket communaux. Quelques gamins noirs ou latinos arrêtèrent de faire du vélo pour le suivre des yeux jusqu'à ce qu'il soit passé. L'école était terminée depuis deux semaines.

La maison de la directrice occupait l'extrémité d'une rue appelée Standiford, au sommet d'une colline. Optant pour la prudence, Control se gara dans la rue d'en dessous, puis monta par le jardin, désormais jungle d'azalées non taillées et d'énormes glycines, certaines enserrant les pins. Deux timides tas de compost languissaient derrière des cercles de grillage fixé à l'aide de poteaux. La majeure partie de la pelouse avait fini par jaunir et périr, dévoilant des racines d'arbres.

Trois demi-cercles en ciment tenaient lieu de terrasse, recouverts de feuilles mortes et de ce qui semblait être des graines pour oiseaux moisies, à côté d'un plat à tarte plein à ras bord d'eau sale. Derrière, des portes-fenêtres blanches, tachées de moisissure verte, par lesquelles il allait entrer. Problème : il allait devoir crocheter la serrure, puisqu'il n'avait déposé aucune demande de visite officielle. Sauf qu'il voulait la crocheter, s'aperçut-il. Il ne voulait pas avoir de clé. Il s'était mis à l'œuvre avec les outils qu'il avait apportés quand il commença à pleuvoir. De grosses gouttes s'écrasèrent avec bruit sur les feuilles de magnolia tombées durant l'hiver.

Il sentit qu'on l'observait – un vague mouvement perçu du coin de l'œil, peut-être – juste au moment où il arrivait à déverrouiller la porte. Il se redressa en pivotant vers la gauche.

Dans le jardin d'à côté, à distance du grillage, une petite Noire de peut-être neuf ou dix ans avec des nattes africaines garnies de perles le regardait timidement.

Elle portait une robe à motif tournesols et des sandales blanches en plastique fermées par des velcros.

Control lui sourit et la salua de la main. Dans un autre univers, Control fuyait, abandonnant sa mission, mais pas dans celui-là.

La fillette ne lui rendit pas son salut, mais ne se sauva pas non plus.

Prenant cela pour un signe, il entra.

Même si personne n'était venu depuis plusieurs mois, il y avait dans l'air une sorte de mouvement tourbillonnaire que Control voulut attribuer à un ventilateur qu'il ne voyait pas, ou à une climatisation qui venait de s'éteindre. Sauf que Grace avait fait couper l'électricité jusqu'au retour de la directrice, « pour lui faire économiser de l'argent ». La pluie tombait à présent assez fort pour épaissir les ombres, aussi alluma-t-il sa torche électrique. Personne ne s'en rendrait compte – il se trouvait trop loin des fenêtres et il y avait un grand rideau sombre devant les portes en verre. De toute manière, la plupart des gens étaient au travail.

Vu dans le tunnel du faisceau lumineux, le petit salon ne tarda pas à révéler ses secrets : un canapé, trois chaises longues, une cheminée. Et plus loin, ce qui avait l'air d'une bibliothèque, derrière une paroi de séparation et des portes battantes éraflées style saloon. La cuisine s'ouvrait à gauche, suivie d'un vestibule ; un imposant réfrigérateur décoré de photos aimantées et de vieux calendriers montait la garde dans le coin. À droite du salon, une porte conduisait au garage, et sans doute ensuite à la chambre principale. La superficie totale était d'environ 160 m^2.

Pourquoi la directrice avait-elle habité là ? Elle avait les moyens de trouver un bien meilleur logement : Grace et Cheney vivaient tous deux à Hedley dans des quartiers de classe moyenne supérieure. Peut-être avait-elle des dettes dont il ignorait tout. Il lui fallait de meilleurs renseignements. Le manque d'informations sur la directrice semblait d'une manière ou d'une autre lié à son voyage clandestin derrière la frontière, à sa capacité à conserver aussi longtemps son poste.

Personne n'avait habité là depuis plus d'un an. Personne d'autre que Central n'était venu. Personne n'était là pour le moment. Malgré tout, le vide mettait Control mal à l'aise. Sa respiration était superficielle, son rythme cardiaque élevé. Peut-être était-ce seulement parce qu'il dépendait de la torche électrique et qu'elle réduisait de façon dérangeante tout ce qui n'était pas sous son regard lumineux à un tissu d'ombres. Peut-être une partie de Control se rendait-elle compte que cela faisait des années qu'il n'avait rien connu d'aussi proche d'une mission sur le terrain.

Un verre d'eau à moitié vide était posé à côté de l'évier, reflétant la lumière de Control comme un cercle de feu. Quelques assiettes occupaient le fond de l'évier, accompagnées de fourchettes et de couteaux. La directrice avait laissé ce désordre le jour où elle était montée en voiture pour aller au Rempart Sud conduire la douzième expédition. On n'avait apparemment pas chargé l'équipe de Central de nettoyer derrière la directrice… ni derrière elle-même. Elle avait laissé sur la moquette du salon des empreintes de chaussures, de la terre et des feuilles mortes. On aurait dit un diorama dans un musée consacré à l'histoire secrète du Rempart Sud.

Grace avait peut-être fait venir là des gens de Central pour retrouver tout ce qui était classé, mais en ce qui concernait les possessions de la directrice, ils n'avaient pas eu la main lourde. Rien n'avait *l'air* dérangé, même si Control savait qu'ils étaient repartis avec cinq ou six cartons de documents. L'endroit semblait seulement en désordre, sans aucun doute comme ils l'avaient trouvé, si on pouvait se baser sur le bureau duquel lui-même avait hérité. Des tableaux et des reproductions couvraient les murs au-dessus de quelques tours à CD pleines, d'un téléviseur à écran plat poussiéreux et d'une chaîne hi-fi d'apparence bon marché sur laquelle avaient été empilées des dizaines de disques anciens et rares. Rien parmi les tableaux et photographies ne semblait de nature personnelle.

Un élégant canapé bleu et or était adossé à la paroi séparant le salon de la bibliothèque, une pile de magazines occupant un coussin. L'antique table basse en bois de rose avait apparemment été réquisitionnée comme deuxième bureau : elle était entièrement recouverte de livres et de magazines… tout comme la table de cuisine magnifiquement rénovée sur la gauche. La directrice avait-elle effectué la plus grande partie de son travail dans ces pièces ? Elles étaient plus confortables qu'il ne s'y attendait, avec un bon mobilier, et il n'arrivait pas tout à fait à mettre le doigt sur la raison pour laquelle cela le dérangeait. Ce mobilier était-il fourni avec la maison ou s'agissait-il d'un héritage ? La directrice avait-elle des liens avec Bleakersville ? Une théorie commençait à se former dans le crâne de Control, comme une composition musicale que de vagues souvenirs lui permettraient de fredonner, mais pas tout à fait encore de nommer ou de jouer.

Il emprunta le couloir de la cuisine, tomba sur autre chose qui lui sembla bizarre sans raison particulière. Toutes les portes avaient été fermées. Il dut les ouvrir l'une après l'autre, comme s'il franchissait une série de sas. Chaque fois, même s'il ne ressentait aucun picotement de menace, il se prépara à bondir en arrière. Il découvrit un bureau, une pièce avec des armoires de rangement, un vélo d'exercice et des haltères, et enfin une chambre d'amis située en face de toilettes. Il y avait beaucoup de portes, pour une aussi petite maison, comme si la directrice ou Central avaient essayé d'empêcher quelque chose de sortir, ou presque comme s'il passait d'un compartiment à l'autre dans le cerveau de la directrice. Individuellement ou collectivement, toutes ces pensées l'effrayaient, et après la troisième porte, il lâcha un « et puis zut » et se mit ouvrir chacune la main posée sur Papy dans son étui.

Il revint dans la bibliothèque, regarda par une des fenêtres de devant. Il vit une pelouse trop haute et jonchée de branches, une boîte à lettres verte endommagée au bout d'une allée en ciment, et rien de suspect. Comme quelqu'un rôdant à bord d'une berline noire aux vitres teintées, par exemple.

Il retraversa le salon, emprunta l'autre couloir, passa devant la porte du garage et pénétra à gauche dans la chambre principale.

Il crut d'abord qu'une inondation y avait fait s'échouer chacun des meubles sur les murs les plus proches. Des chaises étaient empilées sur la commode et l'armoire. Le lit était venu reposer contre la commode. Six ou sept paires de chaussures – cela allait des talons hauts aux baskets – avaient été rejetées comme du bois flotté sur le matelas. Les couvertures étaient remontées, mais sans soin. De l'autre côté de la pièce, dans le faisceau de la torche électrique, un miroir renvoyait des reflets frénétiques derrière la porte d'une salle d'eau.

Il dégaina Papy qu'il braqua sur tout ce sur quoi passait sa lampe. De la commode au lit, puis au mur contre lequel le lit avait été initialement installé, mur dissimulé par d'épais rideaux violets. Il les tira prudemment, découvrant des mots qu'il ne connaissait que trop bien sous une fenêtre horizontale haut placée par laquelle entrait une lumière stagnante.

Là où gît le fruit étrangleur venu de la main du pécheur je ferai apparaître les semences des morts.

Au gros feutre noir, le même texte et la même carte que, dans son bureau, il avait recouverts d'une couche de peinture. Comme si, au moment où il s'en était débarrassé, ils étaient apparus dans la chambre de la directrice. Spectacle irrationnel. Pensée irrationnelle. À présent, dans cent univers de poche, cent Control quittaient la chambre en courant pour regagner leur voiture.

Mais ces mots et cette carte étaient là depuis un bon moment. Forcément. L'équipe de Grace avait fait preuve de négligence en les laissant. De trop de négligence.

Il se tourna vers la salle d'eau. « S'il y a quelqu'un, sortez de là, lança-t-il. Je suis armé. » Son cœur battait à présent si vite et ses doigts étaient si crispés sur la torche électrique qu'il n'aurait pas parié qu'on puisse la lui arracher.

Mais personne ne sortit.

Il n'y avait personne à l'intérieur, comme il s'en assura en se forçant à respirer plus calmement. En se forçant à vérifier chaque recoin, y compris une petite penderie qui parut plus vaste quand il passa dedans. Dans la salle d'eau, il ne découvrit rien d'inhabituel – du shampoing, du savon, une ordonnance contre l'hypertension, quelques magazines. De la teinture capillaire marron et une brosse à cheveux avec quelques mèches grises prises dedans. La directrice s'était donc sentie complexée par l'arrivée de la cinquantaine. La brosse brilla quand le faisceau lumineux passa dessus, comme si elle voulait communiquer, semblable aux reçus griffonnés et aux pages déchirées dans des magazines qui lui avaient dévoilé des parties de la vie de la directrice plus significatives pour lui que sa propre existence.

Il retourna dans la chambre et éclaira de nouveau le mur. Non, ce n'était pas tout à fait la même chose. Les mots, oui, étaient exactement les mêmes. Mais il n'y avait pas de marques de hauteur. Et la carte… était différente aussi. Cette version-là montrait l'île et son phare en ruine, en plus de l'anomalie topographique et du phare sur la côte. Cette version-là montrait aussi le Rempart Sud. Une ligne avait été tracée entre le phare en ruine, celui qui fonctionnait et l'anomalie topographique. Ligne qui avait ensuite été prolongée jusqu'au Rempart Sud. Cela ressemblait beaucoup à des avant-postes sur une frontière, comme sur les vieilles cartes d'empires.

Control recula et repassa par le couloir dans le salon, se sentant glacé, se sentant au loin. Il n'arrivait pas à imaginer un scénario dans lequel Central aurait vu ces mots, cette carte, sans les faire disparaître ensuite.

Ce qui signifiait que leur création était postérieure à la fouille de la maison par Central. Ce qui signifiait… ce qui signifiait sans doute…

Il ne s'autorisa pas à aller au bout de sa pensée. Gagna la porte d'entrée pour confirmer un soupçon soudain.

Il n'eut aucune difficulté à actionner la poignée. La porte n'était pas verrouillée.

Ce qui ne voulait rien dire.

Sa principale idée, sa seule véritable idée, était pourtant de sortir de la maison, à présent. Il eut malgré tout la présence d'esprit de donner un tour de clé et de ressortir par derrière.

Pousser les portes-fenêtres, sortir dans la pluie.

Retourner à la voiture presque en courant.

Ce n'est qu'une fois garé loin de là, sur la rue principale de Bleakersville, qu'il appela sa mère, lui raconta ce qu'il avait découvert et lui demanda d'envoyer une équipe enquêter. S'il l'avait fait de chez la directrice, on l'aurait gardé beaucoup trop longtemps sur place. Durant leur conversation, Control essaya de se convaincre qu'il y avait des explications anodines à ce qu'il avait vu, il essaya presque autant que sa mère. « Ne saute pas aux conclusions, John, et *ne dis rien à Grace*, elle aurait une réaction excessive. » C'était vrai. N'importe qui du Rempart Sud aurait pu tracer cela sur le mur – Whitby étant le principal suspect en dehors de la directrice. Résistant à ce confort relatif : une vision dérangeante de la directrice en train de flâner dans les rues et les parcs, de traverser les champs, de s'enfoncer dans les forêts. De revisiter les endroits qu'elle fréquentait autrefois.

« Il y a quand même quelque chose qu'il faut que je te dise, John.

— Dis-le-moi, alors. » Lui avait-elle révélé que la Voix était Lowry afin de pouvoir dissimuler autre chose ?

« Tu te rappelles où nous avons récupéré l'anthropologue et la géomètre ?

— Un perron et l'arrière d'un cabinet médical.

— Nous avons remarqué quelques… incohérences à ces endroits-là. Les mesures sont différentes.

— Comment ? Différentes comment ?

— On n'a pas fini d'analyser les données, mais on a mis une quarantaine en place, même si ce n'est pas facile.

— Mais pas au terrain vague ? Pas à l'endroit où on a retrouvé la biologiste ?

— Non. »

022 : Gambit

Fin de matinée. Une tentative pour reprendre… le contrôle. La bonne vieille salle de débriefing dont il a cessé de voir les défauts, en attendant que sa mère lui communique le rapport sur la maison de la directrice par un coup de téléphone qu'il savait ne pouvoir survenir avant plusieurs heures.

Il avait dit à Grace qu'il allait interroger la biologiste et voulait qu'elle soit présente, cette fois-là, dans la pièce. Quelques minutes plus tard, Grace entra en robe jaune vif à fleurs, une ceinture noire à la taille – quelque chose comme ses vêtements du dimanche – sans jeter d'abord un coup d'œil depuis la porte, sans paraître croire qu'il pourrait lui lancer une grenade dessus. Control en conçut aussitôt des soupçons.

« Où est la biologiste ? » demanda-t-elle, plus ou moins avec un air de conspiratrice. Control était assis, seul.

Il répondit en poussant du pied la chaise située face à lui tout en faisant semblant d'examiner quelques papiers.

« Désolé. Vous venez de la rater. Mais elle avait des choses très intéressantes à raconter. Voulez-vous savoir ce qu'elle a dit sur vous, par exemple ? »

Quelque part, il s'était attendu à ce qu'elle s'aperçoive du piège et se relève pour partir, l'obligeant à la persuader de rester. Mais elle ne bougea pas, le jaugeant du regard.

« Avant que je vous le dise, sachez que tous les dispositifs d'enregistrement de la pièce sont éteints. Tout restera entre nous. »

Grace croisa les bras. « Ça me va. Continuez. »

Il eut l'impression de prendre un mauvais départ. Il s'était attendu à ce qu'elle vérifie, qu'elle s'assure qu'il disait la vérité. Peut-être l'avait-elle fait avant d'entrer. Pour ce genre de travail, papy Jack disait qu'il fallait « un deuxième type, toujours ». Eh bien, il n'avait ni deuxième type ni deuxième fille. Il se lança malgré tout.

« Que j'en vienne au fait. Avant la dernière onzième expédition, la directrice a secrètement traversé, seule, la frontière. Saviez-vous qu'elle allait le faire ? Et lui avez-vous apporté une aide matérielle ? Y a-t-il eu de votre part des décisions opérationnelles ? Étiez-vous, de fait, *complice* en vous arrangeant pour qu'elle revienne ? Parce que c'est ce que la directrice a raconté à la biologiste, apparemment. » Rien de tout cela ne figurait dans le rapport officiel de l'incident, joint au courrier électronique que lui avait expédié la Voix avant leur abrupte séparation par téléphone. Dans ce rapport, la directrice avait affirmé avoir agi seule.

« Intéressant. Qu'est-ce que la biologiste vous a dit d'autre ? » Aucune chaleur derrière les mots.

« Que la directrice vous avait donné comme consigne d'attendre chaque soir à la frontière à des dates très précises environ trois semaines après qu'elle a filé à l'anglaise. De l'aider à revenir. » D'après les dossiers de la sécurité, Grace était partie tôt du Rempart Sud chacun de ces jours-là, mais il n'y avait aucune trace d'elle aux postes de contrôle de la frontière.

« Tout ça, c'est du passé, dit-elle. Qu'est-ce que vous essayez de prouver, au juste ? »

Control commençait à se faire l'impression d'un joueur d'échecs qui pense avoir un excellent coup à jouer, mais dont l'adversaire est brillant, ou bluffe, ou a quelque chose d'intouchable, quatre coups plus tard.

« Vraiment ? C'est comme ça que vous réagissez ? Parce que ces deux accusations suffiraient à justifier de rajouter une note dans le rapport pour Central. Précisant que vous étiez de connivence avec la directrice pour enfreindre les règlements et protocoles de sécurité. Que vous avez fourni un soutien matériel. Elle, on l'a mise à l'épreuve. Vous aurez quoi, à votre avis, pour avoir menti ? »

Le sourire aux lèvres, Grace demanda : « Qu'est-ce que vous voulez ? »

Ce n'était pas vraiment un aveu, mais cela lui permit de continuer sans s'éloigner du script qu'il avait élaboré dans sa tête, cela étouffa les sonneries d'alarme. « Pas ce que vous vous imaginez, Grace. Je ne vous pousse pas à la démission et je ne tiens pas à communiquer cette information à Central. Je ne veux pas la peau de la directrice. Je veux simplement la comprendre. Elle a traversé la frontière. J'ai besoin de savoir précisément pourquoi et comment, et ce qu'elle a découvert de l'autre côté. Le rapport du dossier est vague. » En se demandant à présent si Grace avait écrit celui-ci, ou supervisé sa rédaction.

Ce rapport se focalisait surtout sur la punition de la directrice et sur les mesures prises pour renforcer une fois de plus la sécurité à la frontière. Il incluait une brève déclaration qui semblait sortir de la plume d'un avocat : « Même si mon intention était d'agir au mieux des intérêts du Rempart Sud et selon les nécessités de mon poste, je présente mes plus sincères excuses pour ma conduite et reconnais qu'elle a été imprudente, dangereuse et en contradiction avec la mission confiée au Rempart Sud. Si on m'autorise à revenir, je m'appliquerai à suivre les règles de bonne conduite qu'on attend de moi et de ce poste. » Ce rapport mentionnait aussi des « mesures et échantillons », que Control n'avait toutefois pas encore réussi à retrouver. Ils n'avaient pas rejoint la cathédrale de stockage, il savait au moins cela. À moins qu'ils se réduisent à une plante, une souris et un vieux téléphone portable.

« La directrice ne me disait pas tout ce à quoi elle pensait », réagit Grace avec irritation, comme si cela la dérangeait, mais avec un étrange début de sourire.

« J'ai du mal à croire que vous n'en savez pas davantage que vous me le dites. »

Comme Grace ne répondait pas, il l'aiguillonna avec : « Je ne suis pas là pour détruire ce que la directrice ou vous-même avez laissé. Je ne vous ai pas fait venir seulement à cause du témoignage de la biologiste, mais aussi parce que je pense que nous pourrions *tous les deux* avoir de l'autonomie, ici. Que nous pourrions gérer l'agence d'une manière qui ne change rien à votre situation. » Parce qu'en ce qui le concernait l'agence était foutue et lui-même était un agent secret qui s'infiltrait en territoire ennemi. Alors utilise comme monnaie d'échange tout ce à quoi tu ne tiens pas. Peut-être même qu'avant de trouver une porte de sortie il accorderait à Whitby cette mutation qu'il avait demandée par le passé. Peut-être retournerait-il à Central boire une bière avec Lowry.

« C'est très aimable de votre part, dit Grace. L'écolier propose à l'instituteur de partager le pouvoir avec lui.

— Ce n'est pas l'analogie que j'aurais choisie, plutôt…

— Tout ce qu'a fait la directrice, le coupa-t-elle, elle l'a fait parce qu'elle croyait que c'était important.

— D'accord, mais qu'est-ce qu'elle a fait ? Qu'est-ce qu'elle mijotait ?

— Mijotait ? » Grace eut un petit rire incrédule.

Il choisit ses mots avec beaucoup de soin. « Grace, je suis déjà là. Je suis déjà au beau milieu de tout ça. Vous devriez me dire ce qui se passe. » Quel était le regard qui exprimerait sans le renfort des mots qu'il avait déjà assisté à des trucs très bizarres ? « N'oubliez pas que rien ne sortira de cette pièce. »

Grace y réfléchit une seconde avec ce qui ressemblait à de l'amusement. Puis elle se mit à raconter.

« Il faut comprendre la position de la directrice, dit-elle. La première expédition avait donné le ton à l'intérieur de l'organisation. Même si, à l'arrivée de Cynthia, le directeur d'origine essayait d'y apporter des changements. » Cynthia ? Control se demanda un instant de qui il s'agissait, tant elle était depuis toujours « la directrice » pour lui. « Ici, le personnel pensait que la première expédition avait échoué, parce que le Rempart Sud ne savait pas ce qu'il faisait. Que nous en avions envoyé ses membres à la mort dans la Zone X, parce que nous ne savions pas ce que nous faisions, et que cette erreur, nous ne pourrions jamais vraiment la rattraper. » La première expédition : un sacrifice à un manque de contexte. Un chant funèbre qui n'avait été que trop tard reconnu comme tel. « Et la présence de Lowry ici à l'agence… » – lisait-elle dans ses pensées, savait-elle d'une façon ou d'une autre ? – « n'a fait qu'empirer les choses, à ce que j'ai compris. C'était un fantôme vivant, une piqûre de rappel considérée comme un héros, alors que ce n'était qu'un survivant. Ça donnait davantage de poids à ses conseils, du coup, même mauvais. La directrice n'a vraiment eu l'occasion de faire appliquer ses idées qu'une fois Lowry promu à Central, et même cette promotion posait problème. Il insistait pour augmenter le nombre d'expéditions alors que la directrice voulait les diminuer, et elle ne pouvait plus contrôler Lowry comme avant. On a donc continué à envoyer des gens, à leur faire affronter quelque chose dont on ne savait absolument rien. Ça n'allait pas trop à la directrice, mais elle suivait les ordres, bien obligée. »

Il se retrouva entraîné par le récit de Grace. « Comment a-t-elle réussi à appliquer ses idées ? Avec quels outils ?

— Elle a commencé à avoir une obsession : les métriques, le changement de contexte. Si elle pouvait avoir ses métriques, alors elle faisait contre mauvaise fortune bon cœur en laissant Lowry avoir ses expéditions, le conditionnement et l'hypnose qu'il préconisait, même si elle a fini par comprendre pourquoi il tenait à l'hypnose. »

Control ne cessait de voir Lowry dans le contexte de la caméra traversant les airs : Lowry qui rampait, la caméra qui montait en flèche, et la vérité peut-être quelque part entre les deux. Puis Lowry faisant ramper et monter en flèche Lowry.

Mais rien de tout cela ne parlait vraiment de la mission secrète de la directrice de l'autre côté de la frontière. Grace ne lui fournissait-elle ces informations que pour éviter d'aborder le sujet ? Jamais elle ne lui avait autant parlé.

« Quoi d'autre ? demanda-t-il. Qu'est-ce qu'elle a fait d'autre ? »

Grace écarta les mains comme pour accentuer ses propos et eut un sourire presque béat. « Elle s'est mise à avoir une autre obsession : la faire réagir.

— La Zone X ?

— Oui. Elle avait l'impression qu'elle pourrait ainsi la faire dévier de son cap. Même si on ne savait pas quel était son cap.

— Mais elle *avait* réagi : en tuant beaucoup de gens.

— La directrice pensait que rien de ce que nous avions fait n'avait *atteint* la chose derrière la Zone X. Que cette chose avait trop facilement supporté tout ce qu'on avait fait. Presque sans y penser. Si on peut envisager qu'il y ait eu pensée.

— Elle a donc traversé la frontière pour provoquer une réaction de la Zone X.

— Je ne confirmerai pas que j'étais informée de ses intentions, ni que je l'ai aidée en quoi que ce soit. Je vous dirai ce que je crois, qui se base sur ce qu'elle m'a raconté une fois revenue.

— Ce n'était pas la réaction qu'elle voulait, dit Control.

— Non. Non, pas du tout. Et elle se le reprochait. La directrice peut se montrer très dure, mais elle l'est encore davantage avec elle-même. Quand Central a décidé d'envoyer la dernière onzième expédition, je suis sûre que la directrice a espéré avoir changé quelque chose. Et peut-être l'a-t-elle fait. Cette fois-ci, contrairement à d'habitude, on a récupéré des énigmes bourrées de cancers.

— C'est pour ça qu'elle s'est imposée dans la douzième expédition.

— Oui.

— C'est pour ça que ses méthodes étaient devenues suspectes.

— Je ne partage pas cette opinion. Mais c'est ce que disaient les autres, oui.

— Pourquoi Central l'a-t-il laissée partir avec la douzième expédition ?

— Pour la même raison qu'il l'a réprimandée d'avoir passé la frontière toute seule.

— C'est-à-dire ? »

Grace eut un sourire de triomphe. Savait-elle quelque chose qu'il aurait dû savoir ?

« Demandez à votre mère. Elle a joué un rôle dans ces deux choses, il me semble. »

« Ils n'avaient plus confiance en elle, de toute manière, raconta ensuite Grace d'une voix laissant transparaître une certaine amertume. Qu'est-ce qu'ils en avaient à fiche qu'elle ne revienne jamais ? Peut-être même quelques-uns à Central ont-ils pensé que ça ferait un problème en moins. » Lowry, par exemple.

Mais Control en était resté à Jackie Miranda Severance, Severance pour faire plus court, papy étant toujours « Jack ». Sa mère l'avait placé au Rempart Sud, au beau milieu de tout cela. Elle-même y avait brièvement travaillé, quand il était adolescent, pour être proche de lui, avait-elle dit. À présent, en interrogeant Grace, il essayait de comparer les dates, de voir qui avait été ou non au Rempart Sud, qui en était parti à l'époque et qui n'y était pas encore arrivé. La directrice… non. Grace… non. Whitby… oui. Lowry… oui ou non ? Où sa mère était-elle allée ensuite ? Avait-elle gardé des contacts ? Oui, de toute évidence, à en croire Grace. Et qu'elle vienne soudain le voir avec une offre d'emploi voulait-il dire qu'elle avait une urgence à gérer ?

Ou bien cela faisait-il partie d'un plan plus complexe ? Démêler l'écheveau pouvait épuiser. Au moins, papy avait été plus direct. Tiens, regarde. Un flingue, là. Ça alors. Je veux que tu apprennes à te servir d'une arme. Fais en sorte que tout serve à plus d'une chose. Parfois, il faut prendre des raccourcis, après tout. Clin d'œil « tu vois ce que je veux dire ». Mais jamais sa mère ne vous faisait ce clin d'œil entendu. Pourquoi le ferait-elle ? Elle ne voulait pas être votre amie et, si elle n'arrivait pas à vous convaincre avec davantage de subtilité, elle trouvait quelqu'un qu'elle pouvait convaincre. Il ne saurait peut-être jamais en quelle quantité il avait déjà croisé d'autres résidus du passage de sa mère au Rempart Sud.

Mais il trouvait réconfortant que la directrice ait pu entrer en contact avec d'autres personnes dans l'agence et à Central. Cela la rendait moins excentrique, moins « conspiration monocellulaire », comme disait sa mère, que quelqu'un essayant sincèrement de résoudre un problème.

« Qu'est-ce qui lui est arrivé, quand elle est partie seule derrière la frontière ? insista une nouvelle fois Control.

— Elle ne me l'a jamais dit. Pour ma propre protection, d'après elle, au cas où les enquêteurs m'assignent à comparaître. » Il nota mentalement de revenir plus tard sur ce point.

« Rien du tout ?

— Pas un mot.

— Vous a-t-elle donné des instructions particulières avant de partir en congé ou à son retour ? » D'après ce que Control arrivait à lire entre les lignes des dossiers qu'il avait étudiés, règles et règlements restreignaient davantage Grace que la directrice, qui avait pu ressentir comme une légère entrave que son adjointe respecte ceux-ci. Ou peut-être était-ce le but : que Grace l'empêche d'aller trop loin. Dans ce cas, c'était presque certainement la directrice adjointe qui avait dû s'occuper des détails opérationnels.

Grace hésita et Control se demanda si cela signifiait qu'elle balançait entre lui en dire davantage et lui raconter des conneries.

« Cynthia m'a demandé de rouvrir une enquête sur la soi-disant Brigade S&S et de charger quelqu'un de faire un rapport détaillé sur le phare.

— Et qui s'est occupé des recherches ?

— Whitby. » Whitby le dingue. Normal.

« Qu'est-il arrivé à ce rapport ? » Il ne se souvenait de rien de tel dans les dossiers qu'on lui avait remis avant son arrivée au Rempart Sud.

« Cynthia l'a gardé pour elle, en demandant une copie papier et en interdisant le référencement des exemplaires électroniques… Vous prévoyez de descendre dans les mêmes terriers ?

— Vous estimez que c'est une perte de temps, c'est ça ?

— Pour nous, oui, pas forcément pour Cynthia. Moi, ça me paraissait sans importance, mais rien de ce que nous avons recueilli n'a vraiment de sens, si on ne sait pas ce que la directrice avait en tête. Et on ne le savait pas toujours.

— Y a-t-il autre chose que vous vouliez me dire ? » Il s'enhardissait, maintenant que Grace s'ouvrait enfin à lui.

Une expression compatissante, guidée ou poussée dans sa direction. « Vous fumez ?

— À l'occasion. » Le week-end dernier. Alors qu'il bannissait voix et démons.

« Sortons fumer dans la cour, alors. »

L'idée paraissait bonne. En étant parfaitement honnête avec lui-même, il la trouvait merveilleuse.

Ils reprirent la réunion en plein air, juste au bord de la cour, tout près du marécage. Le petit trajet pour sortir du bâtiment n'avait pas été sans révélation : Control avait enfin vu le concierge, un petit homme blanc ratatiné en salopette vert clair avec des lunettes énormes sur le nez et un balai à franges à la main. Il ne devait pas mesurer plus d'un mètre cinquante. Control se retint d'abandonner Grace le temps d'aller dire au concierge de changer de détergents.

Grace semblait plus détendue que dans la salle de débriefing, malgré l'humidité et l'ennuyeux chœur de voix d'insectes qui montait du sous-bois. Control, lui, transpirait déjà.

Elle tendit son paquet de cigarettes. « Prenez-en une. »

Oui, il en prendrait une, fumer lui manquait depuis ses excès du week-end. Le goût âpre et piquant de la menthol sans filtre fut comme une pointe lui traversant l'orbite pour soigner une migraine.

« Le marécage vous plaît ? » demanda-t-il.

Elle haussa les épaules. « J'aime le calme qu'il y a ici, des fois. Ça peut être paisible. » Elle lui adressa un sourire narquois. « Si je tourne le dos au bâtiment, je peux faire comme s'il n'existait pas. »

Il hocha la tête, garda le silence quelques instants, puis demanda : « Qu'est-ce que vous feriez si la directrice revenait en étant comme l'anthropologue ou la géomètre ? » Simple ajout à cette conversation à bâtons rompus. Simple gaffe, s'aperçut-il aussitôt.

Grace ne broncha pas. « Elle ne reviendra pas.

— Comment pouvez-vous en être aussi sûre ? » Il faillit alors trahir la promesse faite à sa mère en parlant des mots sur le mur au domicile de la directrice.

« Il faut que je vous raconte un truc, dit Grace en changeant de sujet. Ça va vous choquer, mais ce n'est pas voulu. »

D'une manière ou d'une autre, même s'il était trop tard, il vit venir le coup, presque comme au ralenti. Ce qui ne l'empêcha pas de le prendre en pleine face.

« Voilà ce que vous devriez savoir : Central a emmené la biologiste vendredi en fin de soirée. Elle n'était pas là de tout le week-end. Vous avez dû parler à un fantôme, alors, car je sais bien que vous ne me mentiriez pas, John. Vous ne me mentiriez pas, si ? » Elle le regardait d'un air grave, comme s'il existait un lien entre eux.

Control se demanda si la femme en veste militaire était de retour devant le magasin d'alcools. Il se demanda si le skateur était en train de vider sur le trottoir une autre boîte de pâtée pour chien, si l'homme en sacs plastiques allait surgir pour crier sur les passants. Il se demanda s'il devait aller les rejoindre. Il ressentait quelque part en lui une affection généreuse pour tous ces personnages, qu'égalait une tristesse de plus en plus grande. Une resserre à l'arrière. Des guirlandes électriques autour d'un pin. Des tantales.

Non, il n'avait pas parlé à la biologiste ce matin-là. Oui, il avait cru qu'elle se trouvait toujours au Rempart Sud, avait dépendu de ce fait. Il avait déjà prévu par le menu leur prochain entretien. Celui-ci aurait de nouveau lieu dans la salle d'interrogatoire et non à l'extérieur. Elle y serait assise, d'une humeur peut-être différente des autres fois, mais peut-être pas, attendant les questions désormais familières de Control. Mais il ne lui en poserait aucune. Il était temps de changer de paradigme, au diable les procédures.

Il aurait poussé son dossier vers elle en disant : « Voilà tout ce que nous savons sur vous. Sur votre mari. Sur vos emplois et liaisons passés. Il y a même une transcription de vos premières séances avec la psychologue. » Ce ne serait pas facile à faire pour lui : peut-être après cela la biologiste deviendrait-elle une autre personne que celle qu'il connaissait ; peut-être laisserait-il la Zone X pénétrer davantage dans le monde, d'une certaine et étrange manière. Peut-être trahirait-il sa mère.

Elle ferait une remarque comme quoi elle avait tenu plus longtemps que lui et il répondrait qu'il ne voulait plus jouer, que les jeux de Lowry l'avaient déjà fatigué. Elle répéterait ce qu'il lui avait dit dehors près de l'étang de retenue : « Ne remerciez pas les gens de vous donner ce que vous devriez déjà avoir. » « Je ne suis pas à la recherche de remerciements », répondrait-il. « Bien sûr que si, dirait-elle sans une once de reproche dans la voix. C'est dans la nature humaine. »

« Vous l'avez fait partir ? demanda-t-il à voix si basse que Grace lui demanda de répéter.

— Vous vous étiez trop attaché à elle. Vous perdiez tout recul.

— Ce n'était pas à vous de décider !

— Ce n'est pas moi qui l'ai fait partir.

— Qu'est-ce que vous voulez dire ?

— Demandez à votre superviseur, Control. Demandez à votre cabale à Central.

— Ce n'est pas ma cabale. » Cabale contre faction. Laquelle était pire ? C'était un record de non-réparation. Un record d'être uniquement envoyé à un endroit pour s'en faire exclure. Il se demanda quel genre de bain de sang devait être en train de se produire à Central.

Il tira longuement sur la cigarette, le regard posé sur l'affreux marécage, entendit au loin Grace lui demander si ça allait, s'entendit répondre : « Laissez-moi réfléchir. »

Allait-il bien ? Dans la longue liste des choses qui pouvaient légitimement ne pas le faire aller bien, celle-ci arrivait en tête. Il avait l'impression que quelque chose avait été interrompu bien trop prématurément, qu'il restait encore beaucoup à dire. Il réfréna le besoin de retourner dans le bâtiment appeler sa mère, le réprima parce que, bien entendu, elle devait déjà être au courant et ne ferait que lui répéter, amplifié, ce qu'avait dit Grace, peu importait que cela puisse être considéré comme une punition infligée à Control par Lowry : « Tu devenais trop proche d'elle en trop peu de temps. Tu es passé d'un scénario d'interrogatoire à des conversations avec elle dans sa cellule et au mâchouillage de brins d'herbe pendant que tu lui faisais visiter l'extérieur… *en seulement quatre jours*. Qu'est-ce qu'il y aurait eu ensuite, John ? Une fête d'anniversaire ? La danse de la chenille ? Sa propre suite au Hilton ? Peut-être qu'une petite voix intérieure commence à dire : "Donne-lui ses dossiers", mmm ? »

Il aurait alors menti, protesté que ce n'était ni vrai ni juste ; elle aurait alors ressorti la réplique insultante et dépassée de papy Jack selon laquelle le juste était pour « les losers et les chochottes ». Control affirmerait qu'elle l'empêchait de faire le boulot qu'elle l'avait envoyé faire et elle répliquerait en lui proposant de lui transmettre les transcriptions des interrogatoires postérieurs, qui serait « tout aussi bons ». Après quoi il pourrait dire, sans conviction, que là n'était pas le problème. Qu'il avait besoin de soutien, puis il se tairait parce qu'en parlant de soutien, il avançait en terrain dangereux, elle ne ferait rien pour l'aider et il s'embourberait. Ils ne parlaient jamais de Rachel McCarthy, mais c'était toujours là.

« Bon, il faut qu'on parle de la division des tâches, dit Grace.

— Oui, il faut. » Parce qu'ils savaient tous deux qu'elle avait désormais pris le dessus.

Mais l'esprit de Control était ailleurs pendant tout le temps que Grace passa à massacrer ses troupes, puis pendant qu'elle quittait la cour. Grace dirigerait désormais presque tout, John Rodriguez renonçant à la majeure partie de ses responsabilités pour ne garder qu'un rôle de représentation dans les réunions d'avancement les plus importantes. Il resoumettrait ses recommandations par l'intermédiaire de Grace, en laissant de côté celles qui ne servaient à rien, et elle déciderait lesquelles appliquer ou non. Ils se coordonneraient pour que leurs heures de travail concordent aussi peu que possible. Grace l'aiderait à comprendre les notes de la directrice, ce qui serait la principale responsabilité de Control jusqu'à ce qu'il s'habitue à cette nouvelle organisation, même si Grace refusait de reconnaître que la directrice pouvait être morte ou avoir complètement déraillé et être tombée d'une falaise en fonçant dans les sous-bois durant ses derniers jours au Rempart Sud. Même si elle reconnaissait que cette association plante-souris était absurde, et ne pouvait que reconnaître a posteriori qu'il avait déjà recouvert de peinture le mur derrière la porte dans le bureau de la directrice.

Rien dans cette débâcle – cette retraite sans avant- ni arrière-garde, simple groupe d'hommes désespérés qui, de leurs épées d'un autre âge, donnaient des coups dans la boue et la vase d'un marécage tandis que les cosaques les attendaient sur la plaine – n'allait de toute manière complètement à l'encontre de ce que Control désirait vraiment, mais il n'avait pas envisagé que cela se passerait ainsi, que Grace dicterait les termes de sa reddition. Et rien de tout cela ne l'empêcha de regretter non le pouvoir qu'il abandonnait, mais plutôt la personne qu'il avait perdue.

*

Il resta dehors à fumer, une fois Grace partie en lui tapotant l'épaule d'un geste qui se voulait de compassion mais lui donna une impression d'échec. Même à présent qu'il la considérait comme une collègue, sinon presque une amie. Tentative de ressusciter l'idée de la biologiste, son image, sa voix.

« Qu'est-ce qu'il faudrait que je fasse, maintenant ?

— C'est moi la prisonnière », lui répondit la biologiste, tournée vers le mur sur sa couchette, « pourquoi faudrait-il que je vous dise quoi que ce soit ?

— Parce que j'essaye de vous aider.

— Vraiment ? Vous ne seriez pas plutôt en train de vous aider vous-même ? »

Il ne savait pas quoi répondre à cela.

« Une personne normale renoncerait peut-être. Ce serait on ne peut plus normal.

— Vous renonceriez, vous ?

— Non. Mais je ne suis pas normale.

— Moi non plus.

— Ce qui nous mène où ?

— Là où on a toujours été. »

Sauf que non. Il avait eu une idée, en voyant enfin le concierge. Une idée incluant une échelle et une ampoule.

023 : Effondrement

Control trouva une torche électrique, vérifia qu'elle fonctionnait. Il dépassa ensuite la cafétéria, désormais répétition agaçante, comme s'il avait traversé pendant plusieurs jours le même terminal aéroportuaire en mâchant le même chewing-gum. Arrivé devant le cagibi, il se glissa rapidement à l'intérieur après s'être assuré que le couloir était désert.

Il faisait noir. Il chercha à tâtons le cordon de l'ampoule, l'actionna. La lumière ne l'aida pas beaucoup. Dans son souvenir, la position de l'ampoule et de son abat-jour métallique, à seulement deux ou trois centimètres au-dessus de son crâne, ne permettait de voir que les étagères inférieures. Les seules que le concierge pouvait atteindre, de toute manière. Les seules qui n'étaient pas vides, comme il s'en aperçut une fois habitué à la faible luminosité.

Il avait le sentiment que Whitby mentait. Qu'il s'agissait bien de la salle spéciale que celui-ci avait proposé de lui montrer. Si Control pouvait résoudre un mystère, ce serait celui-là. Un casse-tête. Une diversion. L'ingérence magique de Lowry avait-elle hâté ou retardé ce moment ?

Le faisceau de sa torche balaya lentement le sommet des étagères, puis le plafond, à peut-être quatre mètres cinquante de hauteur. Il n'avait pas l'air terminé, ce plafond. Irrégulier et à nu, de différentes teintes, deux poutres en X en travers de planches qui donnaient l'impression d'avoir été posées autour des étagères. Celles-ci montaient, vides, jusqu'au plafond, et encore au-delà. Control apercevait l'espace où la rangée suivante d'étagères continuait, derrière le plafond. Quelques secondes d'examen supplémentaires lui permirent de remarquer un interstice quasiment invisible qui traçait un carré au bord des deux poutres. Une trappe ? Dans le plafond.

Il réfléchit. Il pouvait s'agir d'un simple accès à un conduit d'aération ou à un autre espace de rangement, mais en essayant de visualiser l'emplacement de cette pièce dans le bâtiment, il dut prendre en compte qu'elle se trouvait juste en face de l'endroit préféré de Whitby dans la cafétéria, ce qui signifiait, si les escaliers montant au deuxième niveau se situaient entre eux, qu'il pourrait y avoir un espace considérable au-dessus, inséré sous les marches.

Il chercha l'échelle, en trouva une, rétractable, dissimulée sous une bâche dans un coin. Il la dressa, heurtant au passage l'ampoule, ce qui fit voler de la poussière et anima le cagibi d'une lumière frénétique et vacillante.

Une fois au sommet de l'échelle, il ralluma sa torche électrique et, maladroitement, poussa avec l'autre main le milieu du carré presque invisible. À une telle hauteur, il devenait manifeste que le « plafond » était une plate-forme fixée autour des étagères.

La trappe céda en grinçant. Control vida ses poumons, inquiet, trouvant les barreaux de l'échelle un peu glissants. Il ouvrit complètement la trappe, qui pivota en douceur et en silence, comme si ses gonds à ressort venaient d'être graissés. Control éclaira le sol, puis les étagères qui montaient de chaque côté d'encore deux mètres cinquante. Il n'y avait personne. Il revint à l'espace central : le mur du fond, puis l'inclinaison d'un vrai plafond.

Des visages qui lui rendaient son regard, avec l'impression de formes immenses et d'une espèce d'écriture.

Control faillit lâcher sa lampe.

Il regarda de nouveau.

Sur le mur et une partie du plafond, quelqu'un avait peint une immense fantasmagorie de monstres grotesques à visage humain. Plus spécifiquement, avait barbouillé et projeté de la peinture à l'huile dans un style primitif, avec des rouges, bleus, verts, jaunes riches et profonds, pour obtenir des formes approximatives de corps. Les visages pixellisés étaient, agrandies, des photos d'identité du personnel du Rempart Sud.

Une image dominait, s'étendant jusqu'au sommet du mur, les yeux baissés depuis le plafond incliné en donnant une étrange sensation de relief. Les autres l'entouraient, telles des constellations, puis il y avait de préoccupantes phrases et locutions en une riche patine de biffures, recouvrements de peinture et autres marquages, comme si quelqu'un avait créé un compost de mots. Il y avait aussi une frontière : un anneau de flammes rouges qui se transformait aux extrémités en monstre bicéphale, avec la Zone X dans son ventre.

Control se hissa à contrecœur dans cet espace, restant penché pour répartir son poids le temps d'être sûr que la plate-forme le supporterait. Mais elle semblait solide. Il se rapprocha des étagères de gauche pour examiner les peintures devant lui.

La créature qui dominait cette fresque, cette décoration ou quelle que soit la bonne appellation, avait une forme mêlant porc géant et limace, une peau peinte pâle et mouchetée de ce qui devait être une mousse vert clair miteuse. Les larges et rapides coups de pinceau représentant les bras évoquaient des membres de porc, mais terminés par trois gros doigts. D'autres appendices étaient placés sur la taille.

La tête, au sommet d'un cou trop petit représenté en une espèce de blanc-rose vaporeux, était difforme mais figée par le visage appliqué dessus avec une colle qui luisait dans le faisceau de la lampe. Control reconnut ce visage pour l'avoir vu dans les dossiers : le psychologue de la dernière onzième expédition qui était mort d'un cancer et avait dit, d'après les transcriptions : « C'était très beau et très paisible dans la Zone X. » En souriant vaguement.

Mais son portrait au mur n'avait rien de paisible. Quelqu'un – Whitby ? Whitby – lui avait dessiné au crayon un masque d'angoisse absolue mêlée d'incompréhension, la bouche ouverte en un O perpétuel.

Disposées de chaque côté, d'autres créatures – un panthéon personnel, une signification personnelle – dotées de visages qu'il reconnut aussi. La directrice avait été représentée en sanglier massif, bourré de végétation ; la directrice adjointe en une espèce d'hermine ou de furet ; Cheney en méduse.

Il se trouva ensuite. Incomplet. Le visage tiré de la photo à l'air grave fournie récemment à la sécurité, le corps sommaire non d'un lapin blanc, mais d'un lièvre sauvage au pelage emmêlé, frisant, à moitié crayonné. Autour, Whitby avait esquissé un monstre marin gris-bleu, une espèce d'immense baleine dont s'écartaient des vagues violettes, avec un énorme œil circulaire qui lui perçait le visage et faisait de lui un cyclope. Outre les vagues, rayonnaient du corps monstrueux des rafales de mots illisibles, pattes de mouche griffonnées gribouillées. En matière de murs surprenants et dérangeants, cela surpassait de loin le bureau de la directrice. Control en eut soudain la chair de poule. Il s'aperçut alors qu'il avait plus ou moins toujours compté sur l'analyse de Whitby pour lui fournir des réponses. Mais il n'y avait là aucune réponse. Seulement la preuve que la tête du naturaliste contenait comme une couche sédimentaire de papiers reliés par une plante, une souris morte et un vieux téléphone portable.

Sur le sol en face de lui, près des étagères à main droite, une truelle, un choix de peintures, un marchepied permettant à Whitby d'atteindre le plafond. Quelques livres. Un réchaud portable. Un sac de couchage, roulé. Est-ce que Whitby *habitait* là ? À l'insu de tout le monde ? Ou peut-être que quelqu'un s'en doutait mais ne voulait pas vraiment le savoir ? Mieux valait refiler le problème au nouveau directeur. Désinformation et noyage de poisson. Il avait fallu longtemps à Whitby pour faire tout ça. Il y avait patiemment travaillé, ajoutant ou retranchant. Terroir.

Control se tenait là, dos contre les étagères, depuis seulement une soixantaine de secondes.

Il se tenait là en sentant un courant d'air. Il se tenait là sans se rendre compte que ce n'en était pas un.

Quelqu'un respirait, derrière lui.

Quelqu'un lui *respirait* dans le cou. Cela le figea, gela le cri de « Putain de merde ! » dans sa gorge.

Il se retourna avec une lenteur incroyable, aurait voulu pouvoir le faire en ayant l'air d'une statue. Découvrit avec inquiétude un grand œil pâle d'un bleu délavé qui existait sur fond d'obscurité ou de haillons sombres recouvrant plus ou moins une chair pâle, reconnut Whitby.

Whitby qui était là depuis le début, encastré dans l'étagère juste derrière Control, à hauteur d'yeux, allongé sur le flanc les genoux repliés.

Respirant doucement et par à-coups. Le regard fixe.

Comme quelque chose en train d'incuber. Là, sur l'étagère.

Control crut d'abord qu'il dormait les yeux ouverts. Un cadavre en cire. Un mannequin de couturière. Il s'aperçut ensuite que Whitby était bien éveillé et le dévisageait, le corps très légèrement tremblotant comme une pile de feuilles recouvrant Dieu savait quoi. On aurait dit quelque chose dépourvu d'os fourré dans un espace trop exigu.

Si près qu'en se penchant, Control aurait pu lui mordre ou lui embrasser le nez.

Whitby ne pipait toujours pas mot et Control, terrifié, comprit il ne savait comment que parler était dangereux. Que, s'il prononçait le moindre mot, Whitby risquait de jaillir de sa cachette, que ses petits déplacements raides de mâchoire cachaient quelque chose de plus prémédité et de plus mortel.

Leurs regards se croisèrent et ne se lâchèrent plus, rendant impossible aux deux hommes de faire comme s'ils ne s'étaient pas vus, mais Whitby continuait à se taire, comme si lui aussi voulait préserver l'illusion.

Réprimant un frisson, Control réussit à détourner lentement sa lampe de Whitby. Il grinça des dents en ignorant l'instinct qui lui intimait avec autant de force que possible de ne pas tourner le dos à Whitby. Dont il sentait la respiration sur lui.

Il y eut un léger mouvement et la main de Whitby vint se poser sur la nuque de Control. Se poser, rien d'autre, la paume ouverte sur les cheveux. Les doigts s'écartèrent comme une étoile de mer et bougèrent lentement d'avant en arrière. Deux fois. Trois. Flattant la tête de Control. La caressant doucement, timidement.

Control ne bougea pas. Se retint de bouger.

Au bout d'un moment, la main se retira, presque comme à regret. Control avança de deux pas, d'un autre. Et d'un autre encore. Whitby ne fit pas irruption de sa cachette. Whitby ne fit aucun bruit inhumain. Whitby n'essaya pas de le tirer dans les étagères.

Control atteignit la trappe sans céder au frisson, passa les jambes dans l'ouverture, trouva l'échelle sous ses pieds. Referma doucement l'abattant sans un regard en direction des étagères, même dans le noir. Ressentit un immense soulagement une fois la trappe close, dévala l'échelle. Hésita avant de prendre le temps d'ôter et de replier celle-ci. S'obligea à écouter à la porte avant de sortir en laissant sa torche électrique à l'intérieur. Passa dans le couloir si lumineux, les yeux plissés, et prit une énorme respiration qui lui fit voir des taches noires, avoir une convulsion incontrôlable de laquelle il ne voulait aucun témoin.

Une cinquantaine de pas plus loin, Control prit conscience que Whitby, lui, était monté sans échelle. Il l'imagina rampant dans les conduits d'aération. Le visage blanc. Les mains blanches. Le bras tendu.

Arrivé au parking, Control rencontra une apparition joviale qui lui lança : « On dirait que vous venez de voir un fantôme ! » Il demanda à cette apparition si elle avait entendu quoi que ce soit d'étrange dans le bâtiment au fil des ans, vu quoi que ce soit qui sorte de l'ordinaire. Il le fit sur le ton de la conversation, comme en passant, d'une manière qui, espéra-t-il, n'évoquait qu'une curiosité ou une volonté de plaisanter. Mais Cheney ne répondit pas comme il faut : « Ah, c'est les hauts plafonds, pas vrai ? Ça vous fait voir des choses qui n'y sont pas. Ça donne une autre apparence à celles qu'on voit. Un oiseau peut être une chauve-souris. Une chauve-souris, un bout de sac en plastique dans le vent. Ainsi va le monde. On voit des choses comme si elles en étaient d'autres. Des oiseaux comme des feuilles. Des chauves-souris comme des oiseaux. Des ombres faites de lumières. Des bruits sans importance mais qui semblent avoir une signification. Ça sera partout pareil. »

Un oiseau peut être une chauve-souris. Une chauve-souris, un bout de sac en plastique dans le vent. Mais était-ce vraiment possible ?

Control fut soudain – durement – frappé par le fait qu'il n'avait peut-être pas mieux cerné Cheney que Whitby… façade préparée à la hâte qui s'éloignait sur le parking, puis revenait sur ses pas pour dire à Control quelques mots supplémentaires dont il n'entendit vraiment aucun.

Ensuite, démarrage, franchissement de la barrière de sécurité, sans presque se souvenir du trajet, ni de s'être garé le long du fleuve, Control fut par bonheur libre du Rempart Sud et se retrouva à proximité de la jetée de Hedley. Il explora un temps l'itinéraire de promenade, si plongé en lui-même qu'il ne vit pas vraiment les boutiques, les gens, l'eau derrière.

Sa transe, sa bulle de non-pensée, fut crevée par le cri d'une petite fille : « Tu arrives trop tard ! » Soulagement en se rendant compte qu'elle ne s'adressait pas à lui, en voyant son père le dépasser pour la récupérer.

L'endroit où il finit par aboutir n'était guère mieux qu'un bar mal famé, mais sombre et spacieux, avec des tables de billard à l'arrière. À proximité du ponton vu lors de son jogging de mardi. Sa maison se trouvait au sommet d'une colline, mais il n'était pas encore prêt à rentrer. Il commanda un whisky sans eau, quand la barmaid ne fut plus draguée par un bon gars qui ressemblait un peu à une version vieillissante du meilleur *quarterback*, quand il était au lycée.

« Il a la langue bien pendue, mais le cou pendouille pas mal aussi », dit Control, ce qui fit rire la barmaid, même s'il avait parlé d'un ton venimeux.

« Je n'entendais pas ce qu'il disait… les fanons faisaient trop de bruit », répondit-elle.

Il gloussa, sorti un instant de ses pensées. « Tu fais quoi ce soir poupée ? J'me trompe ou tu vas le faire avec moi ? » En imitant la phrase minable avec laquelle le type avait tenté sa chance.

« Ce soir, je dors. Je tombe déjà de sommeil.

— Moi aussi. » Il gloussa de nouveau. Mais il sentit qu'elle le regarda avec curiosité, quand elle repartit laver les verres. Leur conversation n'avait pas duré plus longtemps que celles qu'il avait eues avec Rachel McCarthy, tant d'années auparavant. Et elle n'avait porté sur rien de plus substantiel.

Réglé à très bas volume, le poste de télévision montrait les dégâts provoqués par d'importantes inondations et un massacre perpétré dans une école, entre deux publicités pour un important match de basket-ball. Dans son dos, Control entendait bavarder un groupe de femmes. « Je vais te croire pour le moment… vu que je n'ai pas de meilleures théories. » « On fait quoi, maintenant ? » « Je ne suis pas prête à revenir. Pas encore. » « Tu préfères *vraiment* cet endroit-là, pas vrai ? » Il n'aurait pu dire pourquoi ce bavardage le dérangeait, mais il s'en éloigna dans le bar. Le fossé entre leur compréhension du monde et la sienne, peut-être déjà large, s'était agrandi de manière exponentielle au cours de la semaine.

Il savait que, s'il rentrait chez lui, il se mettrait à penser à Whitby le dérangé, sauf qu'il n'arrivait de toute manière pas à s'empêcher de penser à lui, sachant qu'il allait devoir prendre des mesures à son propos le lendemain. Il s'agissait juste de savoir comment gérer la situation.

Whitby était depuis si longtemps au Rempart Sud. Whitby n'avait jamais blessé quiconque durant son travail au Rempart Sud. *Travail* conduisit à réfléchir à la manière de dire « Merci pour votre travail, pour toutes ces années. Maintenant, prenez vos peintures étranges et foutez le camp. »

Cela alors qu'il avait tant d'autres choses à faire, et que sa mère n'avait toujours pas appelé pour lui parler de la maison de la directrice. Cela alors qu'il pansait la plaie laissée par la perte de la biologiste. La Voix avait dit que Whitby était insignifiant, ce dont Control se souvint avec l'impression que Lowry l'avait fait d'un ton plutôt familier, comme quand on ne prend pas au sérieux un collègue avec qui on a travaillé un certain temps.

Avant de quitter le Rempart Sud pour Hedley, il avait examiné de plus près le document de Whitby sur le terroir. Et découvert qu'étudié ainsi – sans se contenter de le parcourir –, il ne tenait plus debout. Que les titres de chapitre à l'apparence normale et les préambules citant d'autres sources dissimulaient un noyau où l'imagination se déchaînait, sans plus se soucier des mots qui avaient tenté de la canaliser, de la guider. Des monstres jetaient un coup d'œil avec une régularité qui paraissait méritée, vu la vidéo de la première expédition, mais peut-être pas méritée dans la bonne direction. Control cessa sa lecture à un endroit donné. C'était dans une partie où Whitby décrivait la frontière comme une « peau invisible », et ceux qui avaient tenté de la franchir sans passer par la porte étaient piégés à jamais dans une vaste étendue d'un *ailleurs* de centaines de kilomètres de large. Même si la démarche par laquelle Whitby en était arrivé là avait semblé, pendant un temps, réfléchie et propice à la réflexion.

Et puis il y avait Lowry. Il avait aussi interrogé Cheney à son sujet, dans le parking, et le physicien s'était renfrogné, ce qui ne lui ressemblait pas. « Lowry ? Revenir ici ? Pas pour le moment. Ni jamais, je dirais. » Pourquoi ? Un silence, comme pour guetter des parasites sur la ligne. « Eh bien, il est abîmé. Il a vu des choses qu'avec un peu de chance, aucun d'entre nous ne verra jamais. Impossible de s'en approcher, impossible d'y échapper. Il a trouvé la bonne distance pour lui, disons. » Lowry, en créant une toile d'incantations, de sorts ou d'on ne savait quoi, pouvait plutôt créer un écran de protection entre lui et la Zone X, parce qu'il ne pouvait jamais oublier non plus. Ayant besoin de voir, mais ayant trop peur pour regarder, transmettant sa peur aux autres. La distance de Whitby est beaucoup plus réduite, ses sortilèges d'une nature plus viscérale.

Par comparaison, les notes continuelles et agitées de la directrice étaient toutes très ordinaires, concrètes et placides, tout en ne devant avoir en fin de compte – il commanda un autre whisky, mélangé à de la bière pour faire descendre plus facilement son verre suivant – aucun sens, être aussi inutiles que le terroir de Whitby qui n'expliquerait jamais rien, qui équivalait à une sorte de religion, parce que, même avec tout son contexte en plus, la directrice n'avait toujours pas trouvé la réponse, pour autant qu'il pouvait en juger.

La voix rauque, il réclama un autre verre.

Tel serait probablement son destin : cataloguer les notes des autres et créer les siennes, sans cesse et sans effet. Il prendrait du ventre et épouserait une divorcée des environs. Ils élèveraient leurs enfants à Hedley, un de chaque sexe, et, le week-end, il serait totalement disponible pour sa famille, le travail un lointain souvenir derrière la frontière connue sous le nom de lundi. Ils vieilliraient à Hedley, lui employé au Rempart Sud, à y faire ses heures en comptant les années, les mois et les jours avant la retraite. Ils lui offriraient une montre en or en lui donnant quelques tapes sur l'épaule, et comme à ce moment-là tous ses joggings lui auraient bousillé les genoux, il serait assis, avec le crâne qui commence à se dégarnir.

Et il ne saurait toujours pas quoi faire de Whitby. Et la biologiste continuerait à lui manquer. Et peutêtre ne saurait-il toujours pas ce qui se passe dans la Zone X.

L'ivrogne s'approcha et le sortit de ses pensées d'une claque dans le dos. « Ta tête me dit que'que chose. J'ai l'impression que j'te connais. Comment tu t'appelles, mon pote ?

— Mort Aux Rats. »

En vérité, si l'homme qui ressemblait au *quarterback* du lycée avait réagi en devenant une chose monstrueuse et en le déchirant dans la nuit, une partie de Control n'en aurait pas été dérangée, parce que cela l'aurait rapproché de la vérité sur la Zone X et, même si la vérité était une putain de gueule, une mâchoire remplie de crocs et puant comme une grotte remplie de cadavres en putréfaction, il en serait toujours plus proche que maintenant.

00X

Quand Control sortit de chez lui mardi matin, il trouva le téléphone-scarabée de la directrice sur son paillasson. Il était revenu. En baissant les yeux dessus, la main sur la porte d'entrée à demi ouverte, Control ne put s'empêcher d'y voir un signe… mais lequel ?

Chorry bondit dehors, puis dans les buissons, pendant que Control s'accroupissait pour mieux voir. Les jours et les nuits passés dans le jardin n'avaient pas profité à l'appareil. Son aspect grotesque… on voyait des traces de dents laissées par un animal ainsi que des taches de boue et d'herbe. Il ressemblait désormais davantage à quelque chose de vivant. On aurait dit qu'il était parti explorer ou creuser dans le sol avant de revenir faire son rapport.

Dessous, par bonheur, Control découvrit un mot écrit d'une main tremblante par la propriétaire. « Le jardinier a trouvé ça hier en tondant la pelouse. Veuillez vous servir des poubelles pour vous débarrasser des téléphones dont vous n'avez plus l'usage. »

Il le jeta dans les buissons.

À la lumière du matin, durant ce trajet chaque fois plus long durant lequel il franchissait les portes et empruntait le couloir conduisant à son bureau, Control se rappela Whitby fourré dans l'étagère et les peintures dérangeantes sur le mur, souvenir qui prit une texture légèrement différente, plus pardonnable : une désintégration à long terme dont la découverte revêtait pour lui-même un caractère d'urgence, mais qui n'était pour le Rempart Sud qu'un des nombreux indices cherchant un moyen de sortir Whitby du dossier « sinistre » pour le placer dans celui « a besoin de notre aide ».

Malgré tout, une fois dans son bureau, il eut du mal à savoir que faire de Whitby… l'homme tombait-il sous sa juridiction ou sous celle de Grace ? Résisterait-elle, se défausserait-elle, dirait-elle quelque chose comme « Oh, ce Whitby-là » ? Peut-être qu'ensemble, Grace et lui monteraient dans la pièce secrète de Whitby pour rire un bon coup des grotesques qu'on y trouvait, puis les faire conjointement disparaître sous une couche de peinture blanche. Ils iraient ensuite déjeuner avec Cheney et Hsyu, jouer à des jeux de plateau et partager l'amour qu'ils portaient au water-polo. Hsyu dirait, comme si Control avait déjà été d'un avis contraire au sien : « Nous devrions tenir la signification des mots pour acquise ! » et il répondrait très haut : « Celle d'un mot comme *frontière*, vous voulez dire ? », ce à quoi elle répliquerait : « Oui, c'est exactement ce que je veux dire ! Vous voyez ? Vous comprenez ! » Suivrait un quadrille improvisé, qui se dissoudrait en un chaos de milliers de fougères d'un vert luisant et d'éphémères d'un noir étincelant traversant par rafales leur chemin.

Ou pas.

Grondant de frustration, Control mit de côté le problème Whitby pour se replonger dans les notes de la directrice, et il garda à l'esprit les renseignements de Grace sur la focalisation de celle-ci, tandis qu'il essayait de lire dans ces entrailles sèches davantage qu'elles ne pouvaient contenir. De Whitby, il ne voulait pour l'instant que distance et temps afin qu'aucune main ne se tende vers lui.

Il retourna au phare, en se basant sur ce que lui avait raconté Grace. À quoi servait un phare ? À avertir d'un danger, à guider les navires côtiers et à signaler la terre ferme. Qu'est-ce que cela signifiait pour le Rempart Sud, pour la directrice ?

Parmi les couches que contenait le tiroir verrouillé, la plus frappante concernait le phare et incluait des pages que Grace lui avait confirmé provenir d'une enquête inextricablement liée à l'histoire de l'île située au nord. Celle-ci avait eu beaucoup de noms, comme si aucun ne lui restait, jusqu'à être désormais connue au Rempart Sud sous celui d'Île X, bien que certains l'appelaient « l'Île Y », comme dans « Pourquoi[1] se fatiguer à faire des recherches là-dessus ? »

Le plus fascinant – et même retentissant – était que la lanterne du phare côtier avait au début servi dans un autre construit sur l'île X. Les voies de navigation

1. *Why* (pourquoi) et la lettre *Y* ont la même prononciation en anglais.

avaient toutefois changé et personne n'avait besoin d'un phare qui aidait les navires à négocier les hauts-fonds. Le vieux phare était tombé en ruine, mais on lui avait enlevé l'œil bien longtemps avant cela.

Comme l'avait fait remarquer Grace, la directrice s'intéressait surtout à la lanterne : une optique de premier ordre qui était non seulement un remarquable exploit technique, mais aussi une œuvre d'art. Avec plus de deux mille lentilles et prismes installés dans une charpente en cuivre. Ils reflétaient et réfractaient la lumière, fournie au départ par une flamme, puis par une ampoule, pour la projeter en direction de l'océan.

L'ensemble de l'équipement était démontable et transportable par parties. Les « caractéristiques de la lumière » pouvaient être manipulées à peu près de toutes les manières possibles. Tordue, redressée, envoyée sur les surfaces afin de se refléter dans une boucle récursive sans jamais atteindre l'extérieur. Expédiée de côté. Orientée sur l'escalier en colimaçon qui aboutissait au sommet du bâtiment. Diffusée dans l'espace intersidéral. Braquée de biais sur la trappe ouverte, sous laquelle gisaient tant de journaux de tant d'expéditions.

Une note inquiétante, dont Control ne tint pas compte parce qu'il n'y avait plus de place dans son cerveau pour les spéculations nocives, biffée et froissée au dos d'un billet pour une horreur appelée *Hamlet délivré* et jouée par une troupe de théâtre de Bleakersville : « Il existe davantage de journaux que n'en ont écrit les membres des expéditions. » Nulle part il n'avait trouvé de rapport sur le nombre de journaux, de décompte de ceux-ci.

La Brigade Science & Spiritisme, qui avait commencé ses activités le long de ce littoral dans les années 1950, était obsédée par les phares jumeaux. Et comme si la BS&S avait personnellement partagé quelque chose avec elle, la directrice s'était tout particulièrement concentrée sur le passé de la lanterne, même si le Rempart Sud en tant qu'institution avait déjà exclu celle-ci comme « preuve se rapportant à la création de la Zone X ». Le nombre de pages arrachées et de passages entourés dans un ouvrage intitulé *Phares célèbres* indiquait que, juste avant que la guerre de Sécession dissolve les États, la lanterne avait été expédiée par un fabriquant dont le nom s'était perdu. L'« histoire mystérieuse » de la lanterne incluait son enfouissement dans le sable pour la préserver d'un camp ou de l'autre, puis son expédition dans le Nord, puis son apparition dans le Sud, et enfin sa réémergence sur l'île X au large de la côte oubliée. Control trouva l'histoire moins mystérieuse que mouvementée, foisonnante, en pensant à la quantité de travail fournie pour le transport et le déplacement de cette lanterne, même en pièces détachées, d'un bout à l'autre du pays. Le nombre de kilomètres qu'elle avait parcourus avant de trouver un foyer permanent… là était l'unique véritable mystère, avec la raison pour laquelle quelqu'un avait pensé à décrire le son de la corne de brume comme celui de « deux gros taureaux accrochés par la queue ».

Cela avait pourtant captivé la directrice, du moins à ce qu'il semblait, à peu près au moment où se planifiait la douzième expédition, si Control pouvait en croire les dates figurant sur les extraits d'articles. Ce qui l'intéressait moins que le fait que la directrice n'avait cessé d'annoter, de corriger, d'ajouter des données et des fragments de comptes rendus tirés de sources qu'elle ne créditait pas – ces sources exaspérantes à ne pas figurer dans l'archive DMP de Grace et à n'être citées de près ou de loin dans aucune des notes qu'il avait examinées. Cela le frustrait. Le côté banal aussi, comme s'il ne cessait de passer en revue ce qu'elle savait déjà pour trouver quelque chose qu'elle avait l'impression d'avoir manqué. Le message de la directrice qui parvenait à Control était-il qu'il devait réactiver les anciens volets de l'enquête, ou que le Rempart Sud était à court d'idées, avait commencé à recycler continuellement, à s'auto-alimenter ?

Comme Control détestait sa propre imagination, qu'il aurait voulu voir se flétrir, brunir et se détacher de lui. Il était plus disposé à croire que quelque chose dans ces notes l'observait, le regardait en restant caché, qu'à accepter que la directrice se soit fourvoyée dans des impasses. Il n'arrivait pourtant pas à le voir : il ne voyait toujours qu'elle en train de chercher, et se demandait pourquoi elle le faisait avec autant d'énergie.

Sur une impulsion, il décrocha toutes les images encadrées du mur opposé et chercha ce qu'elles pouvaient dissimuler – il ôta les fonds, démonta tout. Mais il ne trouva rien. Il n'y avait que les roseaux, le phare, le gardien du phare et son adjoint, ainsi que la fille qui le regardait à plus de trente ans de distance.

Dans l'après-midi, il s'intéressa au fichier DMP de Grace, recoupa son contenu avec la pile de notes. Comme il s'agissait d'un programme propriétaire, il devait cliquer sur Ctrl pour passer d'une page à l'autre.

Ctrl commençait à ressembler au seul contrôle dont il disposait. Ctrl n'avait qu'un seul rôle, qu'il jouait avec stoïcisme et sans se plaindre. Il activa Ctrl avec toujours plus de force et de méchanceté, même si chaque heure passée à examiner les notes plutôt qu'à s'occuper de Whitby ressemblait à un don du ciel. Chaque heure durant laquelle Whitby ne se montrait pas, même si sa voiture restait sur le parking. Whitby voulait-il de l'aide ? Savait-il qu'il en avait besoin ? Il fallait que quelqu'un lui dise ce qu'il était devenu. Grace pouvait-elle le faire ? Et Cheney ? Non. Ils ne le lui avaient pas encore dit.

Ctrl Ctrl Ctrl. Toujours trop de pages. Ctrl ceci. Ctrl cela. Ctrl crescendos et arias. Ctrl à cliquer encore et encore pour faire passer les informations, parce que celles qu'il trouvait sur l'écran ne semblaient de toute manière conduire nulle part, tandis que le vaste désordre qui allait par vagues de sa table de travail au mur opposé contenait trop de choses.

Les murs commencèrent à se rapprocher de lui. La manipulation sans conviction de fichiers et le redressement pour la galerie des rayons de la bibliothèque avaient cédé la place à des recherches Internet supplémentaires sur les endroits où avait travaillé la biologiste avant de venir participer à la douzième expédition. Activité qui s'était avérée plus apaisante, chaque région sauvage qu'il voyait plus belle que la précédente. Mais les parallèles avec les paysages immaculés de la Zone X avaient fini par le gêner et la vue en hauteur de certaines photographies lui rappelait la dernière séquence vidéo.

Il fit une pause vers dix-sept heures, puis regagna un moment son bureau après de brèves et amicales conversations de couloir avec Hsyu et Cheney. Même si Hsyu semblait rouge et parlait un peu trop vite pour on ne savait quelle raison, avec un rapport hauteur/largeur faussé. La grosse patte de Cheney s'était posée sur l'épaule de Control pendant une ou deux inconfortables secondes tandis que l'homme disait : « Une deuxième semaine ! C'est sûrement bon signe, non ? Nous espérons que tout est à votre convenance. On est ouverts au changement. On est ouverts au changement, si vous voyez où je veux en venir, une fois que vous avez entendu ce que nous avons à dire. Et la manière dont nous le disons. » Les mots semblaient presque avoir un sens, mais, bizarrement, Cheney non plus n'était pas dans son état normal ce jour-là. Control avait connu des jours comme ça.

Si bien qu'il ne restait plus que le problème de Whitby, et non seulement Control ne l'avait pas vu de tout l'après-midi, mais il n'avait pas reçu non plus de réponses aux courriers électroniques destinés à celui-ci. Il semblait important d'en finir, de ne pas laisser le problème traîner jusqu'au mercredi. Le *comment* était devenu clair pour lui, de même que ce qui était juste ou non. Il le ferait devant Cheney dans la division sciences, sans y mêler Grace. C'était devenu sa responsabilité à lui, sa propre pagaille, et Cheney serait bien obligé d'admettre sa décision. Whitby n'aurait pas d'autre choix que d'accepter un congé et une psychothérapie ; avec un peu de chance, l'étrange petit homme ne reviendrait jamais.

Il était tard, déjà plus de dix-huit heures. Control avait perdu la notion du temps, ou le temps avait perdu la notion de Control. Le bureau était toujours dans un fouillis correspondant aux contours du cerveau de la directrice, les fichiers DMP de Grace ne les changeant d'aucune manière utile.

Il emporta le manuscrit de Whitby consacré au terroir, estimant que la lecture de certains passages pourrait convaincre Whitby du problème. Il traversa une nouvelle fois la vaste cafétéria. Dont les immenses fenêtres rassemblaient le gris du ciel qu'elles faisaient descendre sur les tables et les chaises : la pluie ne tarderait pas à revenir. Les tables étaient vides. Le petit animal noir qui était un oiseau ou une chauve-souris avait cessé de voleter pour se percher en hauteur sur une poutrelle métallique à proximité des fenêtres. « Il y a quelque chose par terre. » « Avez-vous déjà vu quoi que ce soit de la sorte ? » Fragments de conversations en passant devant la porte de la cuisine, puis une espèce de gémissement aigu mais léger. Control en resta perplexe un instant. Comprit ensuite que cela devait provenir d'une machine dont se servait le personnel de la cafétéria.

Quelque chose d'autre le tenaillait depuis beaucoup plus longtemps, comme s'il avait oublié chez lui son portefeuille ou quelque autre objet indispensable. Il sut alors pourquoi, le gémissement poussant l'explication dans sa conscience. Une absence. L'odeur de miel pourri avait disparu. Il se rendit compte qu'il ne l'avait pas sentie de toute la journée, où qu'il soit allé. Grace avait-elle au moins transmis cette recommandation-là ?

Il tourna dans le couloir menant à la division sciences, continua à marcher sous les tubes fluorescents, occupé à se répéter ce qu'il allait dire à Whitby, à anticiper ce que celui-ci pourrait ou non répondre, conscient du poids de son manuscrit démentiel.

Control tendit la main vers la grande porte à double battant. Voulut actionner la poignée, la rata, fit une nouvelle tentative.

Mais il n'y avait plus de porte à cet endroit où il y en avait toujours eu une. Rien qu'un mur.

Et ce mur était souple et respirait sous ses doigts.

Control hurlait, pensa-t-il, mais de loin sous l'océan.

APRÈS-VIE

Au cœur d'une tragédie différente, Control ne voyait rien d'autre que Rachel McCarthy, une balle dans la tête, en train de tomber interminablement au fond de la carrière. Le sentiment que rien n'était réel pendant ce temps-là. Que la salle dans laquelle on l'avait mis et l'enquêteur qu'on lui avait assigné étaient des constructions, qu'il n'avait qu'à se cramponner à cette pensée pour que l'enquêteur finisse par s'évaporer, les murs de sa cellule par s'écrouler, et lui-même par sortir dans un monde qui existait réellement. Ce n'est qu'à ce moment-là qu'il se réveillerait pour reprendre le cours de son existence, celui qu'elle avait suivi jusqu'à présent.

Même si la chaise, aux cours des longues heures d'interrogatoire, avait fini par lui laisser une marque dans la cuisse. Même s'il sentait l'odeur âcre de cigarette sur la veste de l'enquêteur, entendait le ronronnement hoquetant du magnétophone que celui-ci avait apporté pour seconder le matériel d'enregistrement vidéo de la pièce.

Même si la texture du mur rappelait une raie manta de l'aquarium : ferme et lisse, avec une rugosité dentelée mais assez souple, et derrière l'impression d'un immense quelque chose en train d'inhaler et d'exhaler. Une rupture dans le monde de l'odeur de miel pourri, qui se dissipait rapidement mais était difficile à oublier. Comme les arabesques dessinées au vinaigre balsamique sur l'assiette d'un chef cuisinier. La ligne de sang noir qui conduit à un cadavre dans une série policière.

Ses parents lui avaient lu *Tiger, Tiger, burning bright* de William Blake dans son enfance. Ils avaient collaboré avec lui à un projet de sciences sociales, sa mère s'occupant des recherches et son père du copier-coller. Ils lui avaient appris à faire du vélo. Le misérable petit sapin de Noël près de la resserre désormais à jamais lié à la première période de vacances dont il gardait le souvenir. Regarder de l'autre côté du fleuve depuis la jetée de Hedley le conduisait au lac près du cottage où il pêchait avec son papy. Le baptême des sculptures dans le jardin de son père devenait un échiquier sur la cheminée. Le mur continuait malgré tout à respirer, quoi que Control fasse. Un casque de *linebacker* lui percutant la poitrine au cours d'une mêlée longtemps auparavant, souvenir ne refaisant surface que parce qu'il avait du mal à respirer, les poumons vidés d'un coup.

Control ne se souvenait pas d'être ressorti du couloir, mais se retrouva en train de se précipiter vers la cafétéria, le manuscrit de Whitby sur le terroir serré en étau entre les doigts. Il voulait récupérer quelques autres trucs dans son bureau. Il voulait retourner dans son bureau récupérer quelques autres trucs. Son bureau. Quelques autres trucs.

Il actionnait toutes les alarmes d'incendie devant lesquelles il passait. Dans le vacarme de la sirène, il criait de partir à des gens qui n'étaient pas là. Incrédulité. Choc. Coincé dans sa tête tout comme certains l'étaient dans la division sciences.

Mais dans la cafétéria, il courait si vite qu'il glissa et tomba. Quand il se releva, il vit Grace qui tenait ouverte la porte donnant sur la cour. Quelqu'un à qui le dire. Quelqu'un à qui le dire. Il n'y avait que le mur. Que le mur.

Il cria son nom, mais elle ne se retourna pas et, en arrivant à sa hauteur, il vit qu'elle observait une personne approchant à pas lents du bout de la cour sous une pluie battante, avec en arrière-plan les rebords brûlés et la couleur terre d'ombre du marécage. Une grande silhouette sombre qui, éclairée par le soleil de fin d'après-midi, brillait dans le déluge. Il la reconnaîtrait n'importe où, maintenant. Toujours dans ses vêtements d'expédition. Si près d'un arbre noueux derrière elle qu'elle s'était d'abord confondue avec lui dans le gris de la pluie. Et elle continuait à avancer vers Grace. Et Grace, de trois quarts devant elle, souriait, le corps raidi d'impatience. Ce faux retour, cette réunion dépravée. Cette fin de tout.

Car la directrice soulevait des volutes de poussière émeraude et dans son sillage la nature du monde changeait, s'emplissant de luminosité, la pluie perdant de sa profondeur, de son obscurité. L'épaisseur des rideaux de pluie diminuant, subtilisée, disparue.

La frontière arrivait au Rempart Sud.

Sur le parking, enfonçant la clé de contact, bureau oublié, ne voulant pas regarder en arrière. Ne voulant pas regarder si une vague invisible allait s'abattre sur lui. Encore des voitures sur le parking, encore des gens à l'intérieur, mais il s'en fichait. Il partait. Il en avait terminé. Une panique de tous les diables à l'idée d'être coincé là. À jamais. Criant à la voiture de démarrer alors qu'elle avait déjà démarré.

Il se rua vers le portail – ouvert, aucun garde, pas le moindre bruit derrière lui. Rien qu'un grand silence qui étouffait la pensée. Ses mains étaient recroquevillées sur le volant comme des pinces, les ongles s'incrustant dans les paumes.

Fonçant sans se soucier de rien d'autre qu'arriver à Hedley, même s'il savait que ce n'était peut-être pas un choix du tout. Sortant son téléphone, le laissant tomber, mais ne s'arrêtant pas, le cherchant à tâtons tandis qu'il atteignait l'autoroute, empruntait dans un crissement de pneus la bretelle d'accès, soulagé de voir une circulation normale. Il réprima une dizaine d'impulsions – arrêter la voiture et s'en servir pour bloquer la sortie, baisser sa vitre pour crier des avertissements dans la pluie aux autres automobilistes. Réprima celles qui faisaient obstacle à son instinct profond et impérieux de fuite.

Deux avions de chasse passèrent en rugissant au-dessus de lui, mais il ne les vit pas.

Il changeait sans cesse de station de radio pour écouter les bulletins d'informations. Sans trop savoir ce qu'ils annonceraient, mais voulant qu'une chose soit annoncée même si elle était encore en cours, n'était toujours pas terminée. Rien. Personne. S'obstinant à essayer d'oublier la sensation du mur sur sa main, essuyant celle-ci sur les sièges, le volant, son pantalon. L'aurait plongée dans une crotte de chien pour se débarrasser de cette sensation.

Quand il s'était détourné de Grace, il avait vu Whitby installé à sa place habituelle au fond de la cafétéria, sous la photographie des jours anciens. Mais Whitby ne se faisait plus entendre que par intermittence, la communication étant brouillée. Certains mots avaient un ton et une texture qui rappelaient toujours le langage humain. D'autres rappelaient la vidéo de la première expédition. Whitby avait échoué à une épreuve essentielle, avait traversé un Rubicon et restait à présent là, la mâchoire bizarrement proéminente en tentant de prononcer des mots, seul, sans que Control puisse quoi que ce soit pour lui. Il se rendit compte à ce moment-là, ou plus tard, que Whitby n'était peut-être pas uniquement fou. Ce Whitby était devenu une brèche, une fuite, une porte donnant dans la Zone X, exprimée sous forme d'une équation déployée sur le temps… et si la directrice était à présent revenue de la Zone X, ce n'était pas à cause de ou pour Grace, mais parce que Whitby l'avait appelée à la manière d'un fanal humain. Cette version de la directrice était revenue.

Piégé par ses pensées. Celle que le Rempart Sud n'avait pas été une redoute, mais une espèce d'incubateur lent. Celle que découvrir le lieu saint de Whitby avait pu déclencher quelque chose. Celle que faire confiance à un mot comme *frontière* avait été une erreur, un piège. Un lent effilochage de termes dont on ne s'apercevait pas à temps.

Whitby avait suivi des yeux sa fuite vers l'entrée principale, et Control avait presque couru en crabe pour le garder dans son champ de vision jusqu'au tournant. Il voyait nettement les monstres de son rêve, à présent, qui l'observaient, le voyaient avec une horrible clarté. Il n'avait pas échappé à leur attention.

Appelant sa mère. Hypnotise-moi. Hypnotise-moi pour m'ôter ça de la tête. Impossible de la joindre. Laissant à tue-tête des messages pas tout à fait cohérents.

Le couloir conduisant à Hedley dans la banalité de la circulation à l'heure de pointe. Le prosaïsme de la pluie, sensation de pression derrière lui. Il essaya de contrôler sa respiration. Le moindre conseil jamais donné par sa mère avait été expulsé de son crâne.

Cela s'était-il arrêté ? La directrice s'était-elle arrêtée ? Ou cela continuait-il ?

Une tache invisible se répandait-elle à présent dans le monde ?

Évoquant déjà en pensée, alors qu'il commençait à se remettre, à fonctionner, ce qu'il aurait pu faire autrement. À regarder s'il y avait eu la moindre possibilité de changer quoi que ce soit ou si cela ne pouvait que se passer de cette manière. Dans cet univers-là. Ce jour-là.

« Je m'excuse », dit-il dans la voiture… à personne, ni à Grace, ni à Cheney, ni même à Whitby. « Je m'excuse. » Mais pour quoi ? Quel rôle avait-il joué là-dedans ?

Quand il arriva au pied de la colline sur laquelle il habitait, les bulletins radiophoniques commencèrent à refléter sa réalité en éclats et reflets lumineux. Il s'était passé quelque chose à la base militaire, peut-être lié au

« nettoyage environnemental en cours ». Il y avait eu une lueur étrange, des bruits étranges et des coups de feu. Mais personne ne savait rien. Rien de certain.

Sauf que Control connaissait désormais la chose qui lui avait échappé, se cachant dans les profondeurs des eaux pour qu'il ne la reconnaisse pas. Désormais révélée, trop tard pour servir à quoi que ce soit. Car, en voyant la voussure des épaules et l'inclinaison de la tête de la directrice – qui approchait là en chair et en os –, il s'était enfin rendu compte que la fillette à côté du gardien du phare sur la photographie était la directrice enfant. Il y avait une espèce d'affaissement ou de courbure des épaules qui, malgré la perspective différente et le passage des ans, était facilement reconnaissable, du moment qu'on le cherchait. Et maintenant qu'il le voyait, il ne pouvait plus ne plus le voir. Là, cachée au grand jour dans les photographies sur le mur de la directrice, il y en avait une d'elle, enfant, prise par la Brigade S&S, juste à côté de Saul Evans, dont les mots décoraient le mur de l'anomalie topographique en tissu vivant. Elle avait regardé chaque jour cette photo dans son bureau. Elle avait choisi de la placer là. Elle avait choisi de vivre à Bleakersville, dans une maison remplie d'objets de famille lui venant sans doute du côté de sa mère. Qui l'avait su, au Rempart Sud ? Ou bien était-ce encore un complot d'une seule personne et la directrice avait-elle dissimulé seule ce lien ?

À supposer qu'il ait raison, elle était allée au phare juste avant l'Événement. Elle était sortie avant la formation de la frontière. Elle connaissait la côte oubliée comme sa poche. Il y avait des choses qu'elle n'avait jamais eu besoin de coucher sur papier, rien qu'à cause de la personne qu'elle était et de l'endroit d'où elle venait.

Pour ce qu'en savait Control, la directrice était une des dernières personnes à avoir vu Saul Evans vivant.

Il s'arrêta devant chez lui, resta un moment au volant avec l'impression d'être déglingué, vidé, incapable d'assimiler ce qui se passait. Il suait à grosses gouttes, sa chemise trempée, son blazer perdu, oublié au Rempart Sud. Il descendit de voiture, scruta l'horizon caché derrière le fleuve. N'y avait-il pas un vague éclat lumineux ? Était-ce un écho affaibli d'explosions, ou s'imaginait-il des choses ?

Lorsqu'il se tourna vers le perron, il découvrit une femme debout sur les marches à côté du chat. Il en ressentit davantage de soulagement que de surprise.

« Bonjour, mère. »

Elle n'avait presque pas changé, mais le tailleur du grand couturier était un peu ballonné, signe que sous la veste chic rouge foncé elle portait sans doute un léger gilet pare-balles. Et elle était armée. Sa queue-de-cheval accentuait la sévérité de son visage. On lisait sur ses traits le stress d'une perplexité persistante et d'une douleur quelconque.

« Bonjour, fils », répondit-elle quand il passa près d'elle.

Control la laissa parler tandis qu'il ouvrait la porte d'entrée, puis allait dans la chambre faire ses bagages. La plupart de ses vêtements étaient encore propres et pliés dans les tiroirs. Il n'eut aucun mal à les ranger rapidement et soigneusement dans sa valise. Ajouter ses affaires de toilette prises dans la salle de bains attenante, sortir la mallette pleine d'argent, de passeports, de pistolets et de cartes de crédit. En se demandant qu'emporter du salon, pour ce qui était des affaires personnelles. Une pièce d'échecs, assurément. Il n'entendait guère ce que disait sa mère, restait concentré sur sa tâche. S'appliquait à l'accomplir à la perfection.

Grace avait attendu la directrice sans bouger et il l'avait suppliée de partir, l'avait suppliée de tourner le dos à la porte et de prendre les jambes à son cou jusqu'à un endroit à peu près sûr. Mais elle refusa de le faire, de se laisser emmener, puisa dans une réserve de force physique trop importante pour la panique de Control. Lui laissa toutefois voir le pistolet dissimulé dans son étui d'aisselle, comme si cela pouvait être d'un réconfort quelconque. « J'ai mes ordres et ils ne vous concernent pas. » Alors qu'il sortait de son orbite, se libérait de tout au Rempart Sud.

Sa mère l'arracha à ses préparatifs, referma la valise qu'il avait de toute manière trop remplie, lui attrapa la main et mit quelque chose dedans.

« Prends ça », dit-elle.

Une pilule. Une petite pilule blanche.

« C'est quoi ?

— Prends-la, c'est tout.

— Pourquoi ne pas m'hypnotiser, plutôt ? »

Elle ne répondit pas, le conduisit à une chaise dans un coin de la pièce. Il s'assit, lourd et glacé dans sa propre sueur. « On discutera une fois que tu l'auras avalée. Et que tu auras pris une douche. » D'un ton brusque, celui dont elle se servait avec lui pour couper court à toute discussion et tout débat.

« Je n'ai pas le temps de me doucher », dit-il. Les yeux fixés sur le papier peint, qui commença à se brouiller. À présent, il habiterait en plein milieu des couloirs. Sa main ne toucherait pas la moindre surface. Il se comporterait comme un fantôme conscient que le moindre contact avec qui ou quoi que ce soit le traverserait et que cette créature saurait qu'il existait dans un état de purgatoire.

Severance le gifla violemment, et il l'entendit de nouveau.

« Tu es en état de choc. Je vois bien que tu es en état de choc, fils. J'en ai eu plusieurs ces dernières heures. Mais j'ai besoin que tu te remettes à penser. J'ai besoin de toi *présent*. »

Il leva les yeux vers elle, si semblable à sa mère et si différente d'elle.

« D'accord, dit-il. D'accord. » Il avala la pilule, se leva comme il put avant de ne plus en avoir la volonté et se dirigea vers la salle de bains. Il n'y avait rien eu de reconnaissable dans le regard de la directrice. Rien du tout.

Sous la douche, il essaya de pleurer, parce qu'il n'arrivait toujours pas à oublier la sensation du mur contre sa main, malgré tous ses efforts. N'arrivait pas à oublier la diminution de la pluie, l'expression sur le visage de Whitby, l'attitude rigide de Grace ou le fait que tout cela s'était passé seulement une heure plus tôt et qu'il s'efforçait encore de tout reconstituer.

Mais quand il ressortit de la douche, se sécha, enfila t-shirt et jean, il se sentit plus calme, presque normal. La pilule avait dû commencer à faire effet, même s'il avait encore un peu les jambes en coton.

Il se servit de désinfectant pour les mains, mais la texture lui resta sur la paume comme un fantôme dont on n'arrive pas à se débarrasser.

Sa mère préparait du café dans la cuisine. Il la dépassa sans un mot et traversa le froid soudain de la climatisation pour aller ouvrir la porte d'entrée, laissant pénétrer une bouffée d'humidité et de chaleur.

La pluie avait cessé. Il voyait jusqu'au fleuve, jusqu'à l'horizon qui contenait, quelque part, le Rempart Sud. Tout était calme et immobile, mais il y avait de vagues auréoles vertes, violettes, qui n'auraient pas dû être là. Une vision de ce qu'il y avait à l'intérieur de la Zone X se déversant sur le paysage, se répandant de l'autre côté du fleuve jusqu'à Hedley.

« Tu ne verras pas grand-chose d'ici, prévint sa mère dans son dos. Les tentatives de confinement se poursuivent.

— Jusqu'où ça s'est répandu ? » Il tremblait un peu quand il referma la porte et passa dans la cuisine. Il but une gorgée du café qu'elle avait posé devant lui. Le breuvage était amer, mais lui permit de ne plus penser à sa main.

« Je ne vais pas te mentir, John. Le Rempart Sud est perdu. La nouvelle frontière va bien plus loin que le portail. Ils sont tous piégés à l'intérieur. » Cette impression de *diminution* de la pluie derrière la directrice. Grace, Whitby, allez savoir qui d'autre, désormais prisonniers d'un véritable cauchemar. « Elle pourrait s'arrêter là, et pour très longtemps.

— Tu déconnes complètement. Tu ne sais pas ce qu'elle va faire.

— Ou peut-être qu'elle va accélérer. Tu as raison… on ne peut pas savoir.

— Exactement… on ne peut pas. J'étais là, j'étais en plein dedans. Ça s'est passé sous mes yeux. » Parce que *tu m'as mis là*. Un hurlement intérieur, expression de trahison, puis une pensée le frappa en voyant l'expression fatiguée et soucieuse de sa mère. « Mais il y a autre chose, pas vrai ? Autre chose que tu ne m'as pas dit. » Comme toujours.

Elle hésita, là encore, refusant de divulguer une information classée secrète dans un pays qui n'existerait peut-être plus la semaine suivante. Puis dit d'une voix monotone : « La contamination des sites dont nous avons extrait la géomètre et l'anthropologue a échappé à la quarantaine et continué à se répandre, malgré toutes les mesures qu'on a prises.

— Bon Dieu. »

Ses sens émoussés par la pilule ne l'empêchèrent pas de vouloir être débarrassé de son cerveau qui le démangeait, de sa peau enflammée, de la chair en dessous, afin de devenir d'une manière ou d'une autre si éthéré et si libéré de la terre qu'il pourrait *dé-voir*, désavouer, nier.

« Quel genre de contamination ? » Même s'il pensait le savoir.

« Le genre qui nettoie tout. Le genre qu'on ne voit que trop tard.

— Vous ne pouvez rien faire ? »

Un rire rauque échappa à sa mère, comme si elle essayait de cracher en toussant. « Qu'est-ce que tu veux qu'on fasse, John ? Qu'on l'affronte en lançant là-bas une exploitation minière ? Qu'on pollue ces endroits en long en large et en travers ? Qu'on mette des traces de métaux lourds dans le circuit d'eau potable ? »

Il la regarda, incrédule. « Mais bordel, pourquoi tu m'as posté au Rempart Sud, si tu savais que ça pouvait arriver ?

— Je voulais que tu sois à proximité. Je voulais que tu saches, parce que ça te protège.

— Parce que ça me *protège* ? Contre la fin du monde ?

— Peut-être. Peut-être bien. Et on avait *aussi* besoin d'un œil neuf. » Elle s'appuya près de lui au comptoir de la cuisine. Il oubliait toujours à quel point elle était menue, mince. « J'avais besoin de *ton* œil neuf. Je ne pouvais pas savoir que les choses allaient changer aussi vite.

— Mais tu avais dans l'idée que ce n'était pas impossible. »

Elle ne cessait de lâcher des bribes d'informations. Était-il censé les ramasser, comme le pistolet sous le siège, rien que parce qu'elle partait en morceaux ?

« Oui, j'en avais une petite idée, John. C'est pour ça qu'on t'a envoyé. Qu'on a été plusieurs à se dire qu'il fallait faire quelque chose.

— Plusieurs, dont Lowry.

— Dont Lowry, oui. » Qui se cachait à Central, incapable d'affronter ce qui s'était passé, comme si les vidéos se répandaient dorénavant dans la réalité.

« Tu l'as laissé m'hypnotiser. Tu les as laissés me *conditionner*. » Incapable, encore à présent, de réprimer son ressentiment à cet égard. Il ne saurait peut-être jamais l'ampleur de celui-ci.

« Je suis désolée, mais c'était le deal, John, dit-elle d'un ton résolu, sans dévier de son histoire. C'était le deal. J'avais qui je voulais pour ce travail, Lowry avait une sorte de… contrôle. Et tu étais protégé, d'une certaine manière. »

Moqueur, pensant connaître la réponse : « Combien êtes-vous à Central, mère ? Dans cette faction ?

— En gros, il n'y a que nous, John – Lowry et moi –, mais Lowry a des alliés, beaucoup d'alliés », répondit-elle d'une petite voix.

Rien qu'eux. Une cabale de deux personnes contre une autre d'une seule, la directrice. Et aucune d'elles n'avait compris, apparemment. Et tout cela à présent en ruine.

« Quoi d'autre ? » Cherchant à la punir, parce qu'il ne voulait pas penser aux Zones X localisées.

Un rire amer. « On est retournés aux endroits d'où on a extrait les membres de la dernière onzième expédition, histoire de vérifier si des effets du même genre s'y produisaient. On n'a rien trouvé. Alors on pense maintenant qu'ils servaient à autre chose. À contaminer le Rempart Sud lui-même. Nous avions eu des indices. Sauf qu'on ne les avait pas interprétés correctement, on n'arrivait pas à se mettre d'accord sur ce que tout ça signifiait. Il nous fallait juste un peu plus de temps, un peu plus de données. » Des corps qui s'étaient décomposés « un peu plus vite », comme avait dit Grace, quand la directrice avait ordonné leur exhumation.

Il y avait dans cette fragmentation de sa mère l'aveu que Central était un échec avilissant. Qu'ils avaient été incapables d'envisager un scénario dans lequel la Zone X se montrait plus intelligente, plus insidieuse, plus ingénieuse.

Rien de tout cela ne pouvait effacer l'expression qu'affichait Grace sous la pluie en regardant approcher la directrice… l'allégresse, la justification, l'idée abstraite, viscéralement exprimée sur ses traits, que ce sacrifice, cette loyauté, cette diligence allaient à présent se voir récompensées.

Comme si la manifestation physique d'une collègue et amie qu'on croyait morte depuis longtemps pouvait effacer le passé récent. La directrice, suivie de ce silence contre-nature. Avait-elle les yeux fermés ou plus d'yeux du tout ? À chacun de ses pas, la poussière émeraude jaillissait d'elle dans l'air et sur le sol. Cette personne qui n'aurait pas dû être là, cette enveloppe d'une âme dont il n'avait découvert que des fragments.

Sa mère recommença, et il la laissa faire parce qu'il n'avait pas le choix, il avait besoin de temps pour s'habituer, pour s'adapter. « Imagine une situation, John, dans laquelle tu essayes de contenir quelque chose de dangereux. Mais tu as dans l'idée que la partie est perdue d'avance. Que ce que tu t'efforces de contenir se répand lentement, inexorablement. Que ce qui a l'air imperméable devient peu à peu très perméable. Que la séparation est davantage percée qu'intacte. Et que cette chose, quelle qu'elle soit, veut te détruire, mais elle n'a pas de chef avec lequel parlementer, pas le moindre but affirmé. » C'était un discours qu'il pouvait presque imaginer sortir de la bouche de la directrice.

« Tu parles du Rempart Sud, l'endroit où tu m'as envoyé. Avec les mauvais outils.

— Je parle du groupe dont j'ai fait partie et qui croyait depuis un certain temps que le Rempart Sud pourrait être compromis, mais la majorité a cru, jusqu'à aujourd'hui, que c'était non seulement faux, mais du plus grand ridicule.

— Comment tu t'es retrouvée mêlée à ça ?

— À cause de toi, John. Il y a longtemps. À cause d'un besoin de me faire affecter à proximité de là où vous viviez, ton père et toi. » Spontanément : « C'était un projet parallèle. Quelque chose à surveiller, sur quoi garder un œil. C'est devenu le plat de résistance.

— Mais pourquoi fallait-il que ce soit moi ?

— Je te l'ai dit. » Le suppliant de comprendre. « Je te connais, John. Je sais qui tu es. Je m'en serais aperçu, si tu… changeais.

— Comme la biologiste a changé. » Brûlant, désormais, qu'elle l'ait mis en danger sans rien lui dire, sans lui donner le choix. Sauf qu'il avait eu le choix : il aurait pu rester là où il était, continuer à croire qu'il vivait au-delà de la frontière quand c'était un mensonge.

« Quelque chose de ce genre.

— Ou juste changé en devenant plus cynique, désabusé, paranoïaque, en burn out.

— Arrête.

— Pourquoi j'arrêterais ?

— J'ai fait de mon mieux.

— Mouais.

— Pour t'élever, je veux dire. J'ai fait de mon mieux, en fin de compte. Mais tu es toujours en colère. Même maintenant, tu restes en colère. C'est trop. Trop. » Discutant juste à côté d'une catastrophe. Mais n'était-ce pas ce qu'on faisait quand on avait survécu ?

Il reposa son café. Il y avait dans ses épaules un nœud qui ne disparaîtrait peut-être jamais. « Je ne pense pas à ça. Ça n'a pas d'importance. Ça n'a plus d'importance.

— Ça en a maintenant plus que tout, vu que, si ça se trouve, je ne te reverrai plus jamais. » Control ne se souvenait pas avoir jamais entendu la voix de sa mère se briser.

Ce fut un choc violent et il sut que c'était vrai, et il eut l'impression fugace de tomber. C'était trop énorme, trop impossible. Comment en étaient-ils arrivés là, il n'en savait trop rien, même s'il avait été présent à toutes les étapes.

Il l'attira vers lui, contre lui, tandis qu'elle lui murmurait à l'oreille : « *J'ai relâché ma vigilance. Je croyais que la directrice était d'accord avec nous. Je croyais pouvoir gérer Lowry. Je croyais qu'on trouverait une solution. Je croyais qu'on avait davantage de temps.* » Que le problème était moins important. Qu'il y avait un moyen de le contenir. Qu'elle avait un moyen de ne pas faire souffrir Control.

Sa mère. Son officier traitant. Mais, au bout d'un moment, il dut la lâcher. Pas moyen de traverser cette séparation, de soigner tout ce qui avait besoin de l'être. Pas pour le moment.

Elle lui dit encore une chose, alors, comme en pénitence.

« John, il faut que tu saches que la biologiste s'est évadée de Central ce week-end. Elle a disparu depuis trois jours. »

Une allégresse, une montée d'euphorie égoïste et injustifiée, en partie parce qu'il l'avait chassée de ses pensées quand le cauchemar était survenu au Rempart

Sud… et maintenant sa récompense, que, d'une certaine manière, on la lui ait rendue.

*

Toutes les autres réponses à ses questions arrivèrent plus tard, longtemps après le départ de sa mère dans sa voiture à lui, une fois qu'il avait fini ses valises, abandonné à contrecœur le chat et pris l'automobile maternelle, comme elle l'avait suggéré. Il s'arrêta toutefois quelques minutes plus tard dans une rue tranquille pour voler une autre voiture, car il ne faisait pas confiance à Central. Il ne tarda pas à se retrouver hors de Hedley, au milieu de nulle part. L'absence de son père lui pesa terriblement quand il passa près de l'endroit où ils avaient vécu ensemble. Parce que son père aurait pu le réconforter, à présent. Parce qu'à présent peu importait les secrets qu'il dévoilait ou non.

À l'aéroport, environ cent cinquante kilomètres plus loin, dans une ville assez importante pour disposer de liaisons internationales, il laissa véhicule et armes au parking, puis acheta deux billets. L'un pour le Honduras, avec une escale sur la côte ouest. L'autre avec deux escales et une destination à environ trois cents kilomètres de la côte. Il acheta le second sous une fausse identité. Il se présenta à l'enregistrement pour le Honduras, puis alla siroter un whisky au bar de l'aéroport en attendant l'embarquement. Lui vinrent des visions apocalyptiques de ce qu'absorberait la Zone X, si elle avançait. Des bâtiments, des routes, des lacs, des vallées, des aéroports. Tout. Il examina les titres qui défilaient sur le téléviseur, à l'affût de nouvelles informations, en essayant de devancer Central, qui pouvait déjà être sur la piste de la biologiste, pouvait déjà avoir retrouvé sa trace. À sa place, il aurait commencé par sauter dans un train, ce qui signifiait qu'il la rattraperait peut-être assez facilement. De là où elle s'était échappée, elle avait exactement autant de chemin à faire que lui.

Une blonde au bar lui demanda dans quel domaine il travaillait et il répondit imprudemment, sans réfléchir : « La biologie marine. » « Oh, pour le gouvernement. » « Non, en freelance », ce qui lui sembla absurde une fois qu'il l'eut dit. Il passa ensuite de longues minutes à prendre de la distance avec le sujet. Parce qu'il voulait rester là, au bar, entouré de gens, mais sans la moindre relation avec eux.

« Comment s'est-elle échappée ? avait-il demandé à sa mère.

— Disons qu'elle est plus costaud qu'elle en a l'air, et vraiment pleine de ressources. » Sa mère lui avait-elle procuré ces ressources ? Du temps ? L'occasion à saisir ? Il n'avait pas voulu poser la question. « Central a dans l'idée qu'elle va retourner au terrain vague, vu l'absence de contamination du site. »

Mais lui savait que ce n'était pas là qu'elle irait.

« Tu penses pareil ? demanda sa mère.

— Oui. »

Non, elle irait dans le Nord, elle repartirait dans la nature au-dessus de la ville de Rock Bay, même si elle ne croyait pas être la biologiste. Elle irait à un endroit important pour elle. Parce qu'elle en ressentait le besoin, non parce que la Zone X le voulait. Si elle avait eu raison, si elle avait été leur vaillant soldat, elle aurait le cerveau aussi effacé que les autres.

Du moins, c'est ce qu'il choisit de croire. Pour avoir une raison de faire ses bagages, et un endroit à considérer comme un sanctuaire. Ou une cachette.

On annonça l'embarquement de son vol. Il partait vers l'ouest, oui, mais il ne prendrait pas la correspondance, il louerait une voiture, la conduirait jusqu'à une autre agence de location, puis peut-être qu'il en volerait une, toujours sur une trajectoire sud, plein sud, laissant penser à une lente descente. Mais passerait ensuite dans la clandestinité totale pour se diriger vers le nord.

Il avait bel et bien essayé d'éloigner Grace, l'avait prise par la main et tiré jusqu'à la déséquilibrer, l'aurait traînée, s'il avait pu. Lui avait crié dessus. Lui avait donné toutes les raisons, les raisons primales, viscérales. Mais Grace n'en vit aucune, se dégagea avec un regard qui le fit renoncer. Parce que ce regard montrait une conscience de la situation. Parce qu'elle allait rester jusqu'à la fin et que lui-même en était incapable. Parce qu'il n'était vraiment pas la directrice. Il laissa donc Grace s'estomper dans la pluie tandis que la directrice avançait vers la porte et que lui-même, pris d'une panique insensée, battait en retraite dans la cafétéria et sortait regagner sa voiture. Sans ressentir la moindre culpabilité.

Un bip de son téléphone lui apprit que, venue d'une distance inimaginable, il avait reçu les dernières et inutiles vidéos envoyées, depuis le Rempart Sud, par le coq et la chèvre.

Elles ne lui apprirent rien, ne lui permirent pas de tourner la page, ne lui donnèrent aucune idée de ce qui avait pu arriver à Grace. Les images étaient granuleuses, floues. Chaque séquence durait à peu près six secondes et était coupée au même moment. Dans la première, sa chaise restait vide jusqu'au dernier instant, où une forme indistincte semblait venir s'asseoir dessus. Peut-être la directrice, mais la silhouette était mal définie. La seconde vidéo montrait Whitby affalé dans la chaise en face du bureau, les mains occupées à quelque chose d'étrange qui donnait à ses doigts l'apparence de corail mou agité par un courant marin. Un bourdonnement sans paroles en fond sonore. Whitby se trouvait-il désormais dans le monde de la première expédition ? Et si oui, le savait-il ?

Control regarda les vidéos une, deux, trois fois avant de les effacer. Acte qui ne détruisit pas les sujets, mais l'éloigna d'eux, et il faudrait bien que ça suffise.

L'afflux habituel de chaud puis de froid glacial à bord de l'avion. La passe d'armes avec les ceintures effilochées. Pendant le décollage, Control ne cessa de s'attendre à ce que quelque chose écrase l'appareil au sol, se demanda ci Central l'attendrait à l'atterrissage ou des choses plus étranges encore. Il se demanda en plein vol pourquoi les hôtesses le regardaient bizarrement et se rendit compte qu'il réagissait à leur amabilité machinale avec l'intensité de qui n'a jamais été traité avec courtoisie ou s'attend à ne plus jamais l'être.

Le couple installé à côté de lui était du genre ennuyeux mais ordinaire, qui ne parle que pour son public, ou pour s'affirmer en tant que couple. Malgré tout Control voulut le prévenir, dans une soudaine et inattendue effusion d'émotion brute et quasi incontrôlable. Voulut trouver un moyen d'exprimer ce qui se passait, ce qui allait se passer, sans qu'on le prenne pour un fou, sans faire peur ni à ce couple ni à lui-même. Mais, en fin de compte, il prit un autre calmant et se détendit dans son siège en essayant d'exclure le monde.

« Comment puis-je savoir que suivre la biologiste n'est pas une idée que vous m'avez mise dans la tête ?

— La biologiste était l'arme de la directrice, je crois. Tu disais dans tes rapports qu'elle ne se comportait pas comme les autres. Quoi qu'elle sache, elle représente une sorte de chance. Une sorte de chance. » Control n'avait pas raconté à sa mère tout ce qu'il avait vécu lors de ses derniers instants au Rempart Sud. N'avait pas raconté tout ce qu'il avait vu, ni que, peu importait ce qu'était devenue la directrice ou l'endroit où elle avait grandi, elle était moins elle-même qu'elle l'avait jamais été. Que son plan, quel qu'il soit, n'était sans doute pas pertinent.

« Et tu es mon arme, John. Tu es celui que j'ai choisi pour *tout savoir*. »

Le confort des accoudoirs métalliques recouverts d'un épais rembourrage déchiré. Les portions précises de ciel capturées par les hublots ovales. Les inutiles comptes rendus périodiques du commandant de bord dans les haut-parleurs, entrecoupés de blagues inutiles mais réconfortantes. Il se demanda où était la Voix, si Lowry avait des flash-back ou flippait de manière plus générale. Lowry, son pote. Lowry, le pitoyable mégalodon. C'est ta dernière chance, Control. Sauf que non.

C'était plutôt une immolation. Si on se souvenait un tant soit peu de lui, ce serait comme d'un funeste présage.

Il ordonna un whisky avec des glaçons, pour le voir luire, pour garder les glaçons dans la bouche et sentir le froid lisse avec le léger mordant de l'alcool. Cela l'aida à s'enfoncer dans une accalmie, un creux de fatigue auto-induite, en essayant de ralentir les rouages de son cerveau. En essayant de les détraquer.

« Qu'est-ce que Central va faire, maintenant ? avait-il demandé à sa mère.

— Il va s'en prendre à toi à cause de nos liens. » S'en serait pris à lui de toute manière, pour ne pas avoir rendu compte et être parti sur la piste de la biologiste.

« Qu'est-ce qu'il va faire d'autre ?

— Tenter d'envoyer une treizième expédition, s'il y a toujours une porte.

— Et toi ?

— Je continuerai à défendre la direction qui me paraît la bonne », dit-elle, ce qu'elle savait forcément constituer un risque énorme. Cela signifiait-il qu'elle allait retourner à Central, ou en rester à distance jusqu'à ce que la situation se stabilise ? Car Control savait qu'elle continuerait à se battre jusqu'à ce que le monde disparaisse autour d'elle. Ou que Central se débarrasse d'elle. Ou que Lowry se serve d'elle comme bouc émissaire. Pensait-elle que Central n'essayerait pas de rejeter la faute sur le porteur de mauvaises nouvelles ? Il aurait pu lui demander pourquoi elle ne vidait pas ses comptes d'épargne pour partir le plus loin possible… et attendre. Mais s'il avait posé cette question, elle la lui aurait retournée.

Le vol touchait à sa fin quand la femme installée côté couloir de l'autre côté de l'allée centrale leur dit, à lui et au couple, d'ouvrir leur fenêtre pour l'atterrissage. « Il faut ouvrir la fenêtre pour l'atterrissage. Il faut l'ouvrir. Pour l'atterrissage. »

Sinon quoi ? Sinon quoi ? Il fit comme si elle n'avait rien dit, ne transmit pas le message et ferma les yeux.

Quand il les rouvrit, l'avion avait atterri. Personne ne l'attendait quand il débarqua. Personne ne l'appela par son nom. Il n'eut aucun problème pour louer une voiture.

Ce fut comme si une personne différente mettait le contact et s'éloignait de tout ce qui lui était familier. Revenir en arrière n'était plus possible, désormais. Aller de l'avant non plus. Il y allait en crabe, en quelque sorte, ce qui était effrayant, mais procurait aussi le frisson de l'excitation. On ne pouvait pas se sentir mort, dans une telle situation, ni simplement en attente de ce qui allait vous arriver ensuite.

Rock Bay. Le bout du monde. Si elle n'y était pas, l'endroit valait mieux que beaucoup d'autres pour attendre la suite des événements.

Crépuscule du lendemain. Dans un motel miteux de la côte avec le mot *Beach* dans son nom, Control démonta et nettoya avec maniaquerie son Glock, acheté à l'arrière d'une concession automobile sous un faux nom, moins d'une demi-heure après être sorti de l'aéroport. Il le remonta ensuite. Devoir se concentrer sur une tâche répétitive et minutieuse l'empêchait de penser au néant qui rôdait à l'extérieur.

La télévision était allumée, mais rien n'avait de sens. À part dans de très vagues post-scriptum évoquant un éventuel problème au « site d'assainissement environnemental Rempart Sud », elle ne disait pas la vérité sur ce qui se passait. Mais cela faisait très longtemps que rien n'avait de sens, même si personne ne le savait, et il ne doutait pas qu'à sa place, la biologiste ressentirait le même mépris que lui. Et la lumière venant des rideaux n'était due qu'à un camion perdu passant à toute vitesse dans le noir. Et l'odeur était celle de pourriture, mais Control se disait qu'il l'avait peut-être apportée avec lui. Même s'il s'en était beaucoup éloigné, la frontière invisible était proche… les postes de contrôle, la lumière tourbillonnante de la porte. La manière dont cette lumière semblait presque de biais, presque former une image dans cet interstice entre les rideaux, avant de se dissiper de nouveau.

Sur le lit : le manuscrit de Whitby sur le terroir, qu'il n'avait pas regardé depuis son départ de Hedley, se contentant de le mettre dans une solide boîte étanche en plastique. Il ne cessait de se rendre compte, avec une sorte de surprise résignée, une sorte de lente réalisation ou ré-imagination destinée à amortir le choc, que l'invasion avait commencé depuis un bon moment, se manifestait depuis bien plus longtemps que quiconque aurait pu l'imaginer, y compris sa mère. Et que peut-être Whitby avait compris quelque chose, même si personne ne l'avait cru, même si, en comprenant, il s'était exposé à quelque chose qui l'avait ensuite compris, *lui*.

Quand il eut terminé avec le Glock, il s'assit face à la porte en serrant fort la crosse, même si cela lui causait une douleur lancinante dans les doigts. C'était un autre moyen d'empêcher d'être submergé. La douleur comme distraction. Tous ses guides habituels s'étaient tus. Sa mère, ses grands-parents, son père… aucun d'eux n'avait quoi que ce soit à lui dire. Même la sculpture dans sa poche semblait inerte, désormais inutile.

Et pendant tout ce temps, assis sur la chaise, puis couché dans le lit sous la couverture usée et les draps jaunissants aux brûlures de cigarette, Control n'arrivait pas à se sortir l'image de la biologiste de la tête. Son visage dans le terrain vague – cette absence d'expression – et, plus tard, durant les entretiens, le conflit entre mépris, sauvagerie, vulnérabilité nonchalante et véhémence, force. Cela l'avait abattu. Cela s'était accru jusqu'à se fixer partout en lui, sans épargner aucune partie. Quand bien même elle ne le saurait peut-être jamais, n'avait peut-être absolument rien à foutre de lui. Quand bien même cela ne gênerait pas Control de ne plus jamais la revoir, du moment qu'il pouvait continuer à la croire en vie et en liberté quelque part. Les désirs en lui allaient maintenant dans toutes les directions et dans aucune à la fois. C'était une sorte d'affection étrange qui n'avait pas besoin d'objet, qui émanait de lui comme des rayons invisibles destinés à tout et à tous. Il supposa que ces sentiments n'avaient rien d'anormaux une fois qu'on avait dépassé un certain stade.

La biologiste avait fui vers le Nord et il savait où elle irait : cela figurait dans ses notes de terrain. Un à-pic qu'elle n'était pas loin de connaître mieux que personne, où la terre ferme se jetait dans l'océan et où l'océan se ruait sur les rochers. Il fallait juste qu'il soit prêt. Central pourrait le rattraper avant qu'il arrive là-bas. Mais, avançant tapi derrière Central, peut-être y avait-il encore plus grand et plus sombre, ce qui serait le bouquet. Que cette chose qui les rattrapait tous soit encore moins clémente… qu'elle les interroge jusqu'à ce que, telle une serviette bien essorée qu'on laisse au soleil, il ne reste plus d'eux que de fragiles coquilles vides.

À moins qu'il arrive dans le Nord à temps. Si elle était là. Si elle savait quoi que ce soit.

Il quitta le motel très tôt, juste au moment où le soleil se levait, petit-déjeuna dans un café et reprit la route en direction du nord. Il se trouvait dans une région où il n'y avait que des falaises, des virages serrés et l'impression de pouvoir plonger dans le ciel à chaque montée. L'impression que la petite pensée dont on ne tenait jamais compte – cesser d'effectuer les manœuvres permettant de rester sur la route – pourrait cette fois-ci ne pas se laisser étouffer et que, d'un coup d'accélérateur, on décollerait dans les airs et supprimerait tous les secrets qu'on détenait malgré soi. La température dépassait rarement les 24°C et les paysages se firent bientôt luxuriants, avec des verts plus intenses que dans le Sud, et la pluie, quand il y en avait, une sorte de bruine tellement différente des déluges infernaux dont il avait pris l'habitude.

Dans un bazar d'une petite ville appelée Selk dont la station-service était équipée de pompes trop vieilles pour accepter la moindre carte de crédit, il acheta un grand sac à dos qu'il remplit de douze ou treize kilos de provisions. Il acheta un couteau de chasse, un grand nombre de piles, une hache, des briquets et bien d'autres choses encore. Il ne savait pas ce dont il aurait besoin, ni de combien elle aurait besoin, combien de temps il passerait en pleine nature à sa recherche. Réagirait-elle comme il le voulait – et à quelle réaction cela correspondait-il ? À supposer qu'elle soit même là. Il s'imagina des années plus tard, barbu, vivant de la terre, sculptant comme son père, seul, le poids de la solitude le fondant progressivement dans le décor.

Le caissier lui demanda son nom au milieu d'un boniment au bénéfice d'une œuvre de bienfaisance locale, il répondit « John » et se mit dès lors à réutiliser son vrai nom. Pas Control ni aucun des pseudonymes l'ayant conduit jusque-là. C'était un nom courant. Qui n'attirait pas l'attention. Qui ne voulait rien dire.

Il ne changea toutefois pas de tactique. Le terrorisme intérieur l'avait familiarisé avec bon nombre de régions rurales. Pour sa seconde mission après sa formation, il avait passé du temps sur les routes du Midwest, allant d'un comté à l'autre sous prétexte d'aider à la mise à jour du logiciel d'immunisation utilisé par les centres de santé. Alors qu'il recueillait en réalité des données sur les membres d'une milice. Depuis cette autre vie, il connaissait les routes de l'arrière-pays qu'il emprunta comme s'il ne les avait jamais quittées, se servant sans difficulté de tous les trucs dont il ne s'était pourtant pas servi depuis longtemps. À l'époque comme à présent, il se méfiait de la moindre camionnette, surtout avec une plaque d'immatriculation rendue illisible par la boue, du moindre conducteur un peu lent, du moindre autostoppeur. À l'époque comme à présent, il préférait le réseau secondaire avec ses petites routes en terre battue qui lui permettaient de rebrousser chemin. Il se servait de cartes détaillées en papier et non de GPS. Il avait failli garder son téléphone portable, mais l'avait jeté dans l'océan et n'avait pas acheté d'appareil temporaire pour le remplacer. Il savait qu'il aurait pu en acheter un impossible à tracer, mais toutes les personnes qu'il avait appelées devaient être surveillées, désormais. Le besoin de contacter un membre de sa famille, de faire une dernière tentative avec sa mère, s'était estompé au fil des kilomètres. S'il avait eu quelque chose à dire, il aurait dû décrocher le téléphone depuis longtemps.

En conduisant, il lui arrivait de penser à la directrice. Sur les rives d'un lac peu profond qui scintillait au fond d'une vallée entourée de montagnes, tandis qu'il grignotait une saucisse achetée sur un marché fermier. Le ciel d'un bleu si clair et encore si peu troublé par les nuages qu'il ne semblait pas réel. La fillette dans la vieille photo noir et blanc. Cette fixation qu'elle avait faite sur le phare, mais sans jamais parler du gardien. Parce qu'elle avait été présente sur place. Parce qu'elle y avait été presque jusqu'à la fin. Qu'avait-elle vu ? Qu'avait-elle su ? Qui avait su, pour elle ? Grace ? Les efforts fournis pour découvrir le moyen et la manière d'être recrutée un jour par le Rempart Sud. Quelqu'un avait-il à un moment ou à un autre découvert son secret et pensé que c'était une bonne idée, par opposition à une compromission de l'agence ? Pourquoi cachait-elle ce qu'elle savait du gardien du phare ? Ces questions le préoccupaient – les occasions manquées, le retard, la trop grande focalisation sur la plante et la souris, sur la Voix, sur Whitby, sans lesquels il aurait peut-être compris plus tôt. Les dossiers qu'il avait conservés ne l'aidaient pas, la photographie qu'il gardait sur le siège passager ne l'aidait pas.

Roulant à présent dans la nuit, il revint encore et encore sur la côte, ses phares se reflétant sur des traits orange et des catadioptres blancs, parfois sur le gris argenté des glissières de sécurité. Il s'était arrêté pour écouter les informations à la radio. Il ne savait pas si les subtiles allusions qu'il grappillait quant à une catastrophe imminente n'existaient que dans son imagination. Il voulut de plus en plus faire comme s'il existait à l'intérieur d'une bulle sans contexte. Comme s'il allait conduire jusqu'à la fin des temps. Comme si l'important était le voyage.

Quand la fatigue se fit trop lourde, il s'arrêta dans une ville dont il oublia le nom dès qu'il en repartit, commanda des œufs et du café dans un petit restaurant ouvert vingt-quatre heures sur vingt-quatre. À la serveuse qui lui demandait sa destination, il se contenta de répondre « dans le Nord ». Elle hocha la tête, ne lui posa plus de questions, dut en être dissuadée par quelque chose sur son visage.

Il ne s'attarda pas, abrégea son repas, rendu nerveux par la berline noire aux fenêtres teintées garée sur le parking, par la vieille Volvo cabossée aux autocollants de la forêt pluviale, dont le propriétaire était depuis un peu trop longtemps avachi à fumer une cigarette.

La pluie venue du large s'épaissit en brouillard, l'obligeant à se traîner à trente kilomètres-heure dans le noir : il ne savait jamais trop ce qui pourrait surgir devant lui. À un moment un camion le secoua jusqu'aux os, à un autre une biche dansa une seconde comme un tableau animé dans ses phares avant de disparaître.

De grand matin, il arriva à la conclusion que cela n'avait pas d'importance, si sa mère lui avait menti. C'était un détail tactique, non stratégique. Il allait continuer ainsi sans jamais s'arrêter, se convainquit que, puisqu'il était allé au Rempart Sud, il roulerait toujours en direction du nord sur cette route au milieu de nulle part. Les arbres aux troncs noueux, tordus par le vent, devinrent une fumée sombre et désordonnée dans la brume, s'auto-immolant en cendres, comme s'il voyait une version de l'avenir.

La veille de son arrivée à Rock Bay, John s'autorisa un dernier repas. Il s'arrêta pour dîner dans un restaurant chic d'une ville installée à l'ombre des montagnes côtières, dans le méandre d'une rivière qui semblait anémique comparée aux vagues et striations de sable multicolores rayonnant depuis l'eau. Des amas de bois flotté et d'arbres morts donnaient l'impression d'avoir été placés là pour maintenir le tout en place.

Il s'assit au bar, commanda une bonne bouteille de vin rouge, un filet mignon sauce forestière et sa purée de pommes de terre à l'ail. Il écouta avec un enthousiasme délibérément naïf les fanfaronnades débitées d'un ton ostensiblement modeste par Jan, l'expérimenté barman, qui lui parla de ses emplois à l'étranger dans des villes où John n'était jamais allé. Visage nordique taillé à la serpe, longs cheveux blonds, l'homme coulait parfois un regard furtif dans sa direction. Se demandant, peut-être, si John allait lui demander ce qu'il faisait là au milieu de bois flotté dans le trou du cul du monde.

Une famille entra – riche, blanche, vêtue de polos, de pulls et de pantalons de treillis qui semblaient sortir d'un catalogue. En ignorant John. En ignorant le barman, commandant hamburgers et frites, le père s'asseyant juste à gauche de John, protégeant ses enfants de ce type étrange. Bien plus étrange qu'ils ne pouvaient le savoir. Ils existaient dans leur propre bulle : ils avaient à peu près tout et ne savaient presque rien. Ils ne parlaient que de se tenir droit sur son siège, de mâcher sa nourriture, d'un match de football américain auquel ils avaient assisté et d'une boutique pour touristes dans le village. John ne les enviait pas. Il ne les détestait pas. Ils lui inspiraient un étrange rien. Toute l'histoire présente, tout ce qui était codé, avait perdu la moindre bribe de signification. Rien là-dedans ne pouvait signifier quoi que ce soit, comparé aux connaissances secrètes qu'il détenait.

Le barman roula des yeux à l'intention de John en supportant patiemment les commandes fluctuantes des gamins et la manière subtilement condescendante dont le père lui parlait. Tandis que la femme en uniforme militaire et ses deux amis skateurs d'Empire Street se rassemblaient, éthérés, à gauche et à droite de John, le regard fixé avec une faim dont ils n'avaient aucune honte sur le repas de la famille. Combien d'agents passaient inaperçus, complètement inaperçus, ne donnaient jamais de nouvelles et ne recevaient jamais de soutien. Liquidés dans l'obscurité, les planques merdiques, les motels froids et humides. Rendus invisibles. Rendus sans importance. Et combien auraient pu être lui. Étaient toujours lui, au travail dans ce restaurant, à l'insu de la famille ou même du barman, poursuivant ses efforts, même si ce n'était plus seulement la frontière de la Zone X qui réduisait les gens à néant, mais tous ceux qui se trouvaient dans le monde de l'autre côté.

Une fois la famille repartie, et avec elle les compagnons de John, il demanda au barman : « Où puis-je me procurer un bateau ? » d'un aimable ton de conspirateur. Comme pour laisser entendre qu'il était lui aussi un voyageur fatigué du monde. Un aventurier qui ignorait parfois les lois, tout comme le barman dans ses histoires. T'es un bon homme. Tu peux me trouver ça.

« Vous vous y connaissez en bateaux ? demanda Jan.

— Oui. » Sur des lacs. Près du rivage. Rien que cela, sinon Jack se moquerait de lui.

« Je peux peut-être vous aider, sourit le barman. Je peux peut-être arranger ça. » La lumière fracturée d'un lustre composé de globes de verre lui illumina le visage quand il se pencha pour murmurer : « Vous en avez besoin quand ? »

Maintenant. Tout de suite. Au matin.

Parce qu'il n'allait pas arriver à Rock Bay en voiture.

Le *Living with Salt* était un skiff modifié à fond plat et proue basse qui s'obstinait à ne pas vouloir virer à tribord avec un minimum de grâce. Il avait une minuscule timonerie qui protègerait un minimum John des forts vents océaniques et un moteur puissant, bien qu'ayant beaucoup servi. Il était assez vieux pour qu'on voie son bois sous la peinture blanche écaillée. John lui trouva presque un air de remorqueur, mais le rafiot avait servi de bateau de pêche au cliché ambulant qu'était le loup de mer ventru et aux jambes arquées la lui ayant vendue pour le double de sa valeur. John ne fut pas loin de penser que l'homme se livrait par ailleurs à des activités illégales et devait lui aussi jouer un rôle. Il acheta suffisamment de gazole soit pour se faire exploser en mille morceaux, soit pour naviguer jusqu'au bout du monde, puis chargea le reste de ses provisions.

Le *Living with Salt* était fourni avec des avirons « au cas où le moteur lâche », des cartes nautiques « mais que Dieu vous vienne en aide si vous ne cherchez pas un abri, il y a une tempête qui approche » et un pistolet de détresse. Après un peu de persuasion incluant un paiement supplémentaire, John récupéra aussi le vieil imper, le chapeau, la pipe et les caoutchoucs du capitaine, ainsi qu'un filet de pêche troué. La pipe lui fit une drôle d'impression quand il se la mit en bouche et les caoutchoucs étaient un peu trop grands, mais cela lui permit de croire que, de loin, son déguisement ferait illusion.

Le marmonnent inégal et hoquetant du moteur ne lui disait rien qui vaille, mais il n'avait pas vraiment le choix… et il estimait que le bateau pourrait être aussi rapide que l'automobile, vu la dangerosité de la route sur le reste du parcours, aussi rapide et plus difficile à retrouver. En descendant cahin-caha la rivière en direction de l'océan, il eut l'impression d'une apocalypse imminente, comme si le bois flotté avait été jeté à terre et noirci non par des feux et des tempêtes, mais par une catastrophe plus extrême.

De vieilles maisons au milieu des rochers de la côte et quelques plages rudimentaires, voilà ce qu'il vit alors qu'il avançait dans des eaux agitées, puis calmes, en s'efforçant de se familiariser avec les à-coups et la gîte du skiff, en s'adaptant petit à petit au courant. La plupart de ces maisons tombaient en ruine, et même celles éclairées au crépuscule ne semblaient que temporairement ressuscitées. De la fumée montant de barbecues. Des gens sur les jetées en dessous. Rien de tout cela ne semblait devoir encore exister une fois l'hiver venu.

Il dépassa un phare désaffecté, petite tour blanche trapue couronnée de noir. La structure défila en silence, ses pierres ajustées se voyant sous la peinture abîmée, sa lanterne éteinte. John eut une surprenante impression de dédoublement, comme s'il remontait la côte d'une Zone X parallèle. L'impression d'avoir franchi il ne savait quelle limite.

Quelque part dans le brouillard, s'il ouvrait bien les yeux, il verrait Lowry et Whitby, errants et perdus. Autre part, la Brigade Science & Spiritisme en train de procéder à ses relevés, et Saul Evans de monter l'escalier en colimaçon du phare, tandis qu'une petite fille jouait sans se rendre compte de rien sur les rochers en dessous. Peut-être même Grace, en train de rassembler autour d'elle les vestiges du Rempart Sud.

Au milieu d'après-midi, il avait atteint l'endroit où la côte s'incurvait d'un coup, bras de mer conduisant à la ville de Rock Bay. Ce à quoi la biologiste avait donné ce nom était en réalité les récifs et bâches situés à une trentaine de kilomètres au nord. Mais son ancien cottage se trouvait juste à l'extérieur de la ville. Ou du village, pour être précis : il n'y avait environ que cinq cents habitants.

Le *Living with Salt* n'était pas le genre de bateau que John pouvait tirer sur le rivage et dissimuler sous des branches. Il voulait toutefois effectuer une reconnaissance de Rock Bay avant d'aller plus loin. Il prit le risque de remonter un peu le large bras de mer, en restant plus ou moins masqué par les îlots rocheux qui saillaient sur l'eau. Il repéra bientôt une vieille jetée pourrie où s'amarrer. D'après les cartes, elle se trouvait assez près de la réserve naturelle locale pour qu'il puisse, de celle-ci, rejoindre à pied un sentier de randonnée conduisant à proximité de la bourgade. Il abandonna son chapeau et sa pipe, emporta son imperméable, ses jumelles et son arme, se fraya un chemin dans les broussailles, puis la forêt. L'odeur de cèdre le revigora. Il ne tarda pas à se retrouver au sommet d'un promontoire, d'où il put observer le pont en bois qui conduisait dans la petite ville et la minuscule rue principale qui le prolongeait. Par la route, il serait tombé sur un barrage de la police locale bien avant d'arriver au pont, mais il n'avait rien vu de suspect sur les sentiers, rien qu'un joggeur et deux adolescents manifestement à la recherche d'un endroit pour fumer des joints. Mais, de son promontoire et malgré l'épaisseur des arbres, il repéra une demi-douzaine de berlines et SUV noirs aux vitres teintées garés sur la rue principale. Ils empestaient Central à plein nez, tout comme les pseudobûcherons trop coiffés qui se tenaient à côté en chemise à carreaux de couleurs vives, jean et bottes d'apparence trop neuve pour avoir déjà connu le moindre travail pénible.

Qu'ils soient venus en si petit nombre signifiait soit qu'ils fouillaient de multiples autres endroits, soit que la biologiste était désormais partie intégrante d'un problème beaucoup plus vaste qui monopolisait Central ailleurs. Quelque part dans le sud, peut-être.

Suivant leur connaissance des habitudes de la biologiste, ils croiraient peut-être qu'elle préfèrerait se cacher plus au nord, sur la côte. Mais ils devaient d'abord vérifier cette ville et ses environs. Rock Bay était entouré de broussailles denses ou de forêt pluviale plus dense encore, deux types de végétation difficiles à traverser. Le genre de terroir où même les gens expérimentés de la région pourraient se perdre, une fois sortis de la localité, surtout en saison des pluies.

Suivant son intuition, il emprunta un sentier qui descendait et traversait le cours d'eau enjambé par le pont en bois, pour remonter de l'autre côté sur une hauteur qui finit par le conduire non loin de l'eau par une série de collines moussues et riches en cèdres. En face, sur la rive opposée de l'étroit bras de mer, on voyait la maison qu'avait habitée la biologiste. Il se plia en deux pour zigzaguer dans les espaces laissés vacants par les ronces, s'allongea à un endroit, entre des arbres noirs et tordus à feuilles épineuses, où il voyait bien le cottage.

Celui-ci était à peine plus grand que son bateau, et on avait déraciné juste assez de forêt pour obtenir une petite pelouse à l'avant et laisser un chemin de terre battue monter à gauche sur les hauteurs. Qui masquaient une installation plus conséquente : une grande demeure de laquelle John vit une volute de fumée blanche s'élever d'une cheminée qui lui restait cachée.

Mais rien ne sortait de celle du cottage. Rien ne bougeait non plus autour de l'habitation, ce qui ne lui parut pas normal. Il continua à examiner les bois de chaque côté jusqu'à ce que, au bout d'environ une heure et d'une cinquantaine d'explorations visuelles de la zone, il s'aperçoive qu'un morceau de terrain avait bougé : du camouflage. Quelques instants plus tard, il reconnut, étendu sous un affût de style militaire, un homme qui braquait un fusil à lunette sur la maison. Une fois cet agent-là découvert, d'autres lui devinrent visibles : dans les arbres, derrière des rondins, et même jetant durant un instant d'insouciance un coup d'œil à l'extérieur depuis le cottage lui-même. Il savait que la biologiste n'approcherait plus jamais de là, si tant était qu'elle en ait eu envie.

Il battit donc en retraite dans les broussailles et regagna son skiff par un itinéraire tortueux et fatigant. Il ne pensait pas avoir été repéré, mais ne voulait prendre aucun risque. Et se réjouit d'être de retour au bateau. Il avait épuisé toutes ses connaissances des bois, rouillées et peu nombreuses, et avait l'impression d'avoir eu de la chance. D'en avoir aussi que son bateau soit toujours là et qu'il ne semble y avoir toujours personne dans les environs.

Il mangea une boîte de haricots froids avant de larguer les amarres, restant jusqu'au dernier moment collé au littoral… traversa ensuite d'une allure calme et régulière l'embouchure du bras de mer, certain que d'une manière ou d'une autre, il se ferait découvrir de loin et que Central fondrait sur lui.

Mais si cette traversée lui parut longue sur le moment, il ne vit que des mouettes et des pélicans, ainsi que des cormorans et, haut dans le ciel, ce qu'il pensa être un albatros. Il n'y eut que du clapotis, une corne de brume dans le lointain et les vagues formes des bateaux dont il se rapprochait, puis s'éloignait. Rien qui ne semble pas des environs, aucun bateau de pêche donnant une impression de neuf.

Il était plus facile, et préférable, de s'éloigner de tout cela. Elle serait dans l'endroit le plus désert et le plus isolé qu'elle pourrait trouver, mettant tout le monde au défi de la suivre.

Elle y serait ou non. Si elle n'y était pas, cela ne servait à rien, de toute manière.

Cette poursuite lui donnait l'impression d'un pouls intermittent. On ne le sentait plus, puis il revenait. Aux jumelles, il vit un hors-bord foncer sur une trajectoire courbe dans sa direction. Il entendit un hélicoptère, même s'il ne le vit pas, et passa vingt nerveuses minutes, chapeau informe bien enfoncé sur le front, à essayer de pêcher avec son filet déchiré et inutile. À faire de toutes ses forces semblant d'être un pêcheur. Puis les bruits s'estompèrent, le hors-bord repartit vers la côte. Tout redevint comme avant, pendant très longtemps.

Ce nouveau paysage au-dessus du bras de mer de Rock Bay lui parut encore plus étranger, et plus froid… et un soulagement, comme si la Zone X n'était qu'un climat, un type de végétation, un simple terroir, même s'il savait que ce n'était pas le cas. Tant de nuances et de teintes de gris… le gris qui descendait du ciel, un gris infini et continuel qui était si tranquille. Le gris mat et marbré de l'eau, avant la pluie, brisé par les ondulations des vaguelettes, celui de la pluie elle-même, rides et piqûres sur la surface de l'océan. Le gris argenté des vraies vagues, plus loin, qui venaient heurter la proue tandis qu'il guidait le skiff en elles, avec roulis et gémissement de moteur. Le gris de quelque chose de gros et de lourd qui passait sous le bateau et le faisait monter, moments durant lesquels John coupait le moteur et s'efforçait de garder le skiff au même endroit, tout en retenant sa respiration, car la vie était trop proche d'un rêve pour qu'il expire.

Il comprit pourquoi la biologiste appréciait cette partie du monde, où l'on pouvait se perdre soi-même de cent manières. Où l'on pouvait même devenir quelqu'un de très différent de qui on croyait être. Ses pensées se calmèrent pendant les heures de sa recherche. Le besoin frénétique d'analyser, d'atomiser la journée ou la semaine le quitta… et avec lui le poids comme le brouhaha de l'interaction et de l'ingérence humaines, qui ne pouvaient plus loger dans son crâne.

Il pensa au silence quand, enfant, il pêchait sur le lac, les longues pauses, ce que son papy pouvait lui dire à voix basse, comme s'ils se tenaient à l'intérieur d'une église. Il se demanda ce qu'il ferait, s'il ne retrouvait pas la biologiste. Rebrousserait-il chemin ou se fondrait-il dans ce paysage, deviendrait-il partie intégrante de ce qu'il découvrait là, essayerait-il d'oublier ce qui s'était passé avant et deviendrait-il ni plus ni moins que les embruns sur la proue, l'écume sur la rive, le vent sur son visage ? Cette idée lui procurait presque autant de réconfort que le besoin de trouver la biologiste, un réconfort qu'il n'avait plus connu depuis très longtemps, et beaucoup de choses refluèrent au loin derrière lui, parurent ridicules, fantastiques, ou les deux à la fois. Étaient, au fond, sans importance.

*

Les nuits de son voyage toujours plus au nord, ayant mouillé de son mieux là où le permettait le littoral – sous le vent d'un îlot rocheux assez grand pour le protéger, avec un fond capable de retenir l'ancre malgré le varech glissant –, il commença à voir des lumières bizarres loin derrière lui. Elles montaient, descendaient, traversaient l'océan et le ciel, certaines blanches, d'autres vertes ou teintées de violet. Il n'aurait pu dire si elles cherchaient quelque chose ou dénotaient une intention moins intentionnelle. Mais elles rompirent le charme et il alluma la radio cette nuit-là, en la tenant près de son oreille pour laisser le volume au minimum, blotti dans son sac de couchage. Il n'entendit toutefois que quelques mots inintelligibles avant l'irruption des parasites, sans qu'il sache si celle-ci était due à une catastrophe ou à l'éloignement.

Les étoiles dans le ciel étaient grosses et fixes. Elles existaient dans un tissu de nuit aussi vaste et profond que son sommeil, son rêve. Il était fatigué, à présent, aurait voulu se nourrir d'autre chose que de boîtes de conserves et de barres protéinées. Il en avait assez du bruit des vagues et de son moteur. Il avait quitté Rock Bay trois jours plus tôt, n'avait pas vu la moindre trace de la biologiste sur la côte et arriverait bientôt dans la partie la plus reculée de la région. Il avait depuis longtemps dépassé le point où plus aucun endroit de la terre ferme n'était accessible en voiture, mais seulement par les sentiers de randonnée, en hélicoptère ou en bateau. La limite extrême de tout ce qu'on pourrait appeler Rock Bay.

S'il continuait à économiser son eau et sa nourriture, il lui restait de quoi tenir encore une semaine avant d'être obligé de faire demi-tour.

*

Le matin d'une nouvelle journée. Calme plat, à la dérive, il gagna à la rame une crique entourée de rochers noirs pointus comme des ailerons de requin et escarpés comme un versant de montagne. Il avait décidé d'en approcher, parce que l'endroit ressemblait au littoral dessiné dans les notes de terrain de la biologiste.

Patelles et étoiles de mer recouvraient les rochers, et la centaine d'oursins dans les hauts-fonds ressemblaient, avec leurs formes sombres et hérissées, à des mines immergées miniatures. Control n'avait pas vu âme qui vive depuis l'avant-veille. Il souffrait de courbatures aux bras à force de ramer. Il voulait un repas chaud, un bain, un point de repère pour déterminer où il se trouvait exactement. Son bateau avait commencé à prendre l'eau ; il fallait maintenant qu'il écope, sa peur de s'éloigner un tant soit peu du rivage surpassant celle de s'échouer sur quelque chose en dents de scie.

Les rochers formaient une ligne ou arête grossière qui allait jusqu'au rivage et n'était pas facile à contourner. Une houle le transporta trop près et les lui fit heurter, secousse qu'il sentit dans ses os. Il voulut se dégager en les repoussant avec un aviron, mais celui-ci commença par glisser et il dut recommencer la manœuvre, puis ramer frénétiquement jusqu'à se retrouver à bonne distance des remous.

Il lui fallut un moment pour comprendre pourquoi son aviron avait glissé, au lieu de produire l'habituel crissement oppressant. Quelqu'un avait mangé les patelles et les moules. La roche était presque à nu, avec juste du varech. Ses jumelles lui permirent de voir que les rochers un peu plus loin étaient eux aussi dénudés, et quelques-uns plus proches du rivage présentaient de pâles marques circulaires aux endroits où les patelles avaient résisté à la cueillette.

Aucun signe de feu ou d'habitation à proximité, mais ces mollusques avaient servi de nourriture à quelqu'un ou quelque chose. Si c'était à une personne, il savait qu'il pouvait s'agir de n'importe qui. Mais c'était davantage qu'il n'avait eu la veille pour continuer. L'agitation, le soulagement et une certaine indécision s'opposèrent en lui. Si c'était à une personne, celle-ci pourrait avoir déjà vu le *Living with Salt*. Il envisagea d'accoster là, puis changea de côté pour repartir à la rame comme il était venu, redescendant la côte jusqu'à la crique précédente, masqué par un autre des énormes rochers qui sortaient de l'océan pour former une île peu accueillante.

Entre-temps, ayant embarqué davantage d'eau, Control se rendit compte qu'il allait passer la majeure partie de son temps non à ramer, mais à écoper ou à craindre de couler. Il approcha donc de la rive, jeta l'ancre et marcha dans l'eau jusqu'à une plage de sable noir à l'abri d'arbres en surplomb, y resta assis durant les longues minutes nécessaires pour reprendre son souffle. C'était sa dernière chance. Il pouvait essayer de réparer le bateau. Il pouvait essayer de faire demi-tour, de rentrer tant bien que mal à Rock Bay le long de la côte.

En avoir fini avec ça, en avoir fini à jamais avec cette idée. Laisser dans sa tête cette vision de la biologiste, qui n'apparaissait jamais devant lui, et affronter ce qui s'était développé là, derrière lui. Il se demanda ce que sa mère faisait, où elle était. Puis le souvenir de la main de Whitby sortant de l'étagère l'ébranla, tout comme celui de Grace attendant la directrice à la porte.

Il retourna au skiff, en sortit tout ce qu'il avait d'utile et qui tenait dans le sac à dos, y compris le manuscrit de Whitby sur le terroir. Chancelant un peu sous le poids, il repartit vers l'alignement de rochers noirs en s'efforçant de rester dissimulé par les arbres. Le bateau ne fut bientôt plus qu'un souvenir, quelque chose du passé qui n'existait plus.

Cette nuit-là, il remarqua des lumières dans le ciel, encore lointaines, mais qui se rapprochaient. Il imagina entendre un moteur de navire, mais les lumières s'estompèrent, les bruits s'estompèrent, et il s'endormit dans le bruissement et le chuchotement du ressac.

*

Le lendemain, au crépuscule, John vit du mouvement sur les rochers qu'il se mit à examiner aux jumelles. Il voulut croire que la silhouette était celle de la biologiste, qu'il la reconnaissait se détachant sur le ciel usé, qu'il reconnaissait sa manière de bouger, mais il ne l'avait jamais vue que captive. Inerte. Désactivée. Différente.

La première fois, il la perdit de vue presque aussitôt et, de son poste d'observation à bonne distance des rochers, ne put dire si elle revenait ou s'éloignait. Les rochers et la silhouette se mêlaient et se brouillaient, puis il fit nuit. Il attendit l'apparition d'un feu ou d'une lumière, mais rien. Si c'était la biologiste, elle était en mode survivaliste maximum.

Une autre journée s'écoula, durant laquelle il vit seulement des mouettes ainsi qu'un renard gris qui se figea d'un coup en l'apercevant, puis se volatilisa dans la couche de brume présente sur tout depuis bien trop longtemps. Il se demanda avec inquiétude si la personne qu'il avait vue n'avait pas poursuivi son chemin, si cet endroit était en réalité non un avant-poste, mais une simple étape d'un long voyage. Il mangea une autre boîte de haricots, but le moins possible d'eau à sa gourde. Recroquevillé, frissonnant, sous le couvert des arbres. Il atteignait une nouvelle fois ses limites en connaissance des bois et forêts, était davantage fait pour les routes secondaires et la surveillance de petites villes que pour la vie en pleine nature. Il se dit qu'il devait avoir perdu deux ou trois kilos. En guise d'antidote temporaire, il ne cessa de prendre de profondes respirations de cèdre et de tout ce qui était vert et vivant.

La silhouette réapparut au crépuscule, rampant et bondissant sur les nappes de roche noire avec une expertise que John savait hors de sa portée. Quand il reconnut la biologiste dans ses jumelles, son cœur bondit dans sa poitrine, son sang ne fit qu'un tour et les poils se hérissèrent sur ses bras. L'émotion le submergea et il dut ravaler des larmes… larmes de soulagement ou d'autre chose de plus profond ? Il existait depuis si longtemps en lui-même qu'il ne savait pas trop. Mais il se ressaisit aussitôt. Il savait que, si elle regagnait la rive, elle disparaîtrait dans la forêt pluviale. Où ses chances de la retrouver ne lui disaient rien qui vaille.

Sauf que si elle le voyait se lancer péniblement à sa poursuite sur les rochers et qu'il n'arrive pas à l'aborder, elle lui glisserait entre les doigts et il ne la reverrait plus jamais. Cela aussi, il le savait.

La marée avait commencé à monter. Il y avait une lumière terne, monotone et grise. De nouveau. Le vent avait beaucoup forci. Côté océan, rien n'indiquait l'existence d'êtres humains, sinon les montées et descentes de la silhouette de la biologiste, ainsi qu'une profonde nervure de fumée noire dans le ciel, issue d'un navire si loin au large qu'il restait invisible même aux jumelles.

Il attendit qu'elle ait dépassé la moitié de l'arête, en se demandant si elle avait perdu un peu de sa prudence naturelle, car il n'aurait pas dû être aussi facile de lui barrer le passage. Il se glissa ensuite de l'autre côté des rochers, penché en avant, s'efforçant de ne pas apparaître sur l'horizon de la biologiste, même s'il avait la forêt dans le dos et non un jour faiblissant. Il avait emporté son sac à dos par peur paranoïaque que la biologiste ou il ne savait qui le lui vole pendant son absence. Même quelque peu allégé, le sac le déséquilibrait, rendait plus compliqué d'escalader les rochers avec le pistolet à la main. Il aurait pu laisser le manuscrit de Whitby, mais il lui semblait de plus en plus important de ne jamais perdre celui-ci de vue.

Il essaya de faire des petits pas et de plier les genoux, mais dérapa quand même sur les rochers inégaux, glissants d'algues, mais aussi rugueux et acérés à cause des coquilles de patelles, de palourdes et de moules. Dut se rattraper à eux pour ne pas tomber et se coupa malgré le tissu dont il s'était recouvert les paumes. Très vite, ses chevilles et ses genoux fatiguèrent.

Quand il arriva à la moitié de l'arête, celle-ci avait tellement rétréci qu'il dut l'escalader. Il leva ensuite les yeux pour la première fois, mais ne vit la biologiste nulle part. Cela signifiait qu'elle avait trouvé un moyen miraculeux de regagner le rivage ou qu'elle était cachée quelque part devant lui.

Il pouvait se pencher et se courber autant qu'il voulait, elle ne pourrait pas ne pas le voir. Il ne savait pas quelles possibilités s'offraient à elle – caillou, couteau, épieu de fabrication artisanale ? – si elle n'était pas contente de le voir. Il ôta son chapeau qu'il fourra dans la poche de son imperméable dans l'espoir qu'elle le reconnaisse, au moins, si elle regardait. Et que le reconnaître ne la fasse pas seulement penser « interrogateur » ou « ravisseur ». La fasse éventuellement hésiter, si elle l'attendait en embuscade.

Aux trois quarts de l'arête, il se demanda s'il ne ferait pas mieux de repartir. Il avait les jambes aussi caoutchouteuses que la couche de varech sur les rochers. À gauche comme à droite, les vagues frappaient avec davantage de force et, s'il y voyait pour le moment – le soleil un frisson rouge là-bas sur l'horizon, illuminant la fumée au loin –, il aurait besoin de sa torche électrique pour repartir. Ce qui trahirait sa présence à quiconque sur le rivage : il n'avait pas fait tout ce chemin pour livrer la biologiste à d'autres. Il continua donc avec fatalisme. Il avait sacrifié tous ses pions, ses chevaux, ses fous et ses tours. Abuela et Abuelo se trouvaient sous la menace d'une attaque venue de l'autre côté de l'échiquier.

Durant cet effort fatigant et répétitif consistant à marcher sur les rochers, à continuer sans faire demi-tour, une satisfaction lugubre se répandit en un dernier regain d'énergie dans son corps. Il avait mené ce volet de l'enquête jusqu'à son terme. Il était allé très loin, pensée teintée de tristesse à cause de ce qui se trouvait derrière, tant de gens avec qui il avait développé de si fragiles relations. Tant de gens que, alors qu'il arrivait au bout des rochers, il aurait aimé mieux connaître, avait essayé de mieux connaître. Son affection pour son père ne semblait plus altruiste, mais avoir aussi servi à lui montrer ce que signifiait d'être proche de quelqu'un.

Au bout de l'arête, il découvrit un profond lagon d'eau en ondulation permanente, plus ou moins niché dans les rochers. Peut-être était-ce trop généreux de qualifier de *lagon* ce trou profond et gargouillant aux rebords irréguliers tellement acérés qu'ils auraient sans mal coupé une main ou une tête. Le fond en restait invisible.

Derrière, rien que l'océan sans fin, écumant dans ses tentatives pour entrer, se jetant sur le poing fermé des rochers au point que les embruns lui mouchetaient le visage, le vent violent lui secouant le corps. Mais dans le lagon, tout était calme, bien qu'inconnaissable de par son reflet sombre.

La biologiste apparut si près, sortant d'une cachette sur la gauche, qu'il sursauta presque, se reprit à temps en se penchant, la main tendue.

Quand il se redressa après cet instant où il était resté sans défense, il s'aperçut qu'elle braquait un pistolet sur lui. On aurait dit un Glock, comme le sien, modèle standard. Il ne s'était pas attendu à ça. À un moment, quelque part, elle avait trouvé une arme. Elle était plus mince, ses pommettes aussi acérées que les rochers. Ses cheveux avaient commencé à repousser, duvet sombre sur son crâne. Elle portait un jean épais et un pull trop grand pour elle mais épais, ainsi que des chaussures de randonnées marron d'excellente facture. Son visage affichait une expression dans laquelle le défi le disputait à la curiosité et à une troisième émotion. Elle avait les lèvres gercées. Dans cet endroit, son environnement naturel, elle semblait si sûre d'elle qu'il se sentit lourdaud, maladroit. Quelque chose s'était mis en place d'un coup. Quelque chose l'avait affûtée, et il se dit que c'était peut-être la mémoire.

« Jetez votre arme dans l'océan », ordonna-t-elle avec un geste en direction de l'étui de John. Elle dut hausser la voix pour qu'il l'entende, même de si près… si près qu'il aurait suffi à John d'avancer de deux ou trois pas pour pouvoir lui toucher l'épaule.

« Nous pourrions en avoir besoin plus tard, répondit-il.

— Nous ?

— Oui. D'autres arrivent. J'ai vu les lumières. » Il ne voulait pas lui dire ce qui s'était passé au Rempart Sud. Pas tout de suite.

« Jetez-la, si vous ne voulez pas prendre une balle. » Il la crut. Il avait lu les rapports sur son entraînement. Elle se disait peu douée avec les armes, mais les cibles n'étaient pas du même avis.

Ainsi disparut Papy version 4.9 ou 5.1. Il n'avait pas suivi les expéditions. L'océan engloutit le Glock avec un bruit de gifle qui parut être un dernier commentaire de Jack.

John jeta un coup d'œil à la biologiste, debout face à lui à l'endroit où les vagues s'écrasaient sur les rochers, et malgré le gris, malgré l'humidité et le froid, malgré la possibilité qu'il meure dans les minutes qui allaient suivre, il éclata de rire. Il en fut lui-même surpris, crut d'abord entendre rire quelqu'un d'autre.

Elle raffermit sa prise sur l'arme. « Que je puisse vous descendre, vous trouvez ça amusant ?

— Oui. C'est vraiment très drôle. » Il riait si fort, à présent, qu'il dut plier les genoux pour garder l'équilibre sur les rochers. Une joie ou hystérie sauvage avait enflé en lui, le poussant à se demander d'une manière distante et distraite s'il n'aurait pas mieux fait de rechercher plus souvent une telle émotion. L'allure de la biologiste, sur fond d'océan qui enflait et s'effondrait, était presque trop pour lui. Mais pour la première fois, il sut qu'il avait bien fait de venir.

« C'est drôle, parce qu'il y a eu beaucoup d'autres occasions… tellement d'autres occasions où j'aurais compris qu'on veuille me tirer dessus. » Il y avait cela, mais aussi la quasi-impression que la Zone X était sur le point de lui tirer dessus, qu'elle essayait de le faire depuis très longtemps.

« Vous m'avez suivie, alors même que je ne veux manifestement pas l'être. Vous êtes venu dans ce que beaucoup de gens considèrent comme le bout du monde et vous m'avez coincée ici. Vous voulez sans doute poser d'autres questions, même s'il devrait être clair que j'en ai fini avec les questions. Vous croyiez que ça allait se passer comment ? »

En vérité, il ignorait ce qu'il avait cru sur ce point-là, s'était peut-être inconsciemment replié sur une conception de leur relation au Rempart Sud. Mais elle n'était pas valable, là où ils se trouvaient. Il se calma, les mains désormais levées haut, comme s'il se rendait.

« Et si je vous disais que j'ai des réponses, moi ? » demanda-t-il. Alors qu'il n'avait rien de tangible à lui montrer, à part le manuscrit de Whitby.

« Je répondrais que vous mentez et j'aurais raison.

— Si je vous disais qu'il reste aussi quelques-unes des réponses en vous. » Il était d'un sérieux aussi intense que son rire un peu plus tôt. Il voulut soutenir son regard, même dans la pénombre, mais n'y parvint pas. Bon Dieu, que cette partie de la côte était belle, avec les luxuriants verts foncés des sapins lui perçant le cerveau, le ciel et l'océan à moitié déchaînés, l'afflux d'eau salée sur les rochers couplé au déferlement pressant du sang dans ses artères tandis qu'il attendait qu'elle le tue ou l'écoute. Pensée subversive : cela n'aurait rien de bien terrible de mourir là, de devenir partie intégrante de tout cela.

« Je ne suis pas la biologiste. Je me fiche de mon passé de biologiste, si c'est ce que vous voulez dire.

— Je sais. » Il l'avait compris sur le bateau, même s'il ne l'avait encore jamais exprimé. « Je sais que vous ne l'êtes pas. Vous en êtes quand même une version. Vous avez ses souvenirs, dans une certaine mesure, et peut-être que quelque part dans la Zone X, la biologiste est toujours vivante. Vous êtes une réplique, tout en étant vous-même une personne. »

Elle ne s'attendait pas à cette réponse-là. Elle baissa son arme. Un peu. « Vous me croyez.

— Oui. » Ça avait été là. Sous ses yeux, dans la vidéo, dans le mimétisme même des cellules, la différence de personnalité. Sauf qu'elle avait cassé le moule. Quelque chose dans sa création avait été différent.

« J'ai essayé de me souvenir de cet endroit, expliqua-t-elle d'un ton presque plaintif. Je l'adore, mais depuis le début, j'ai l'impression que c'est lui qui se souvient de moi. »

Un silence que John n'était pas sûr de vouloir briser, aussi ne réagit-il pas.

« Vous êtes venu me ramener ? demanda-t-elle. Parce que je ne reviendrai pas.

— Non, pas du tout. » Il s'aperçut que c'était la vérité. L'envie qu'il avait pu ressentir de le faire avait été étouffée. « Le Rempart Sud n'existe plus, avoua-t-il. Peut-être n'y aura-t-il très bientôt là-bas rien que nous reconnaîtrions. »

Dans la pénombre, sans plus aucun oiseau dans le ciel, avec la fumée qui se fondait dans le crépuscule et le bruyant ressac qui semblait être la seule chose vivante à part eux.

« Comment saviez-vous que je serais là ? demanda-t-elle, plongée dans ses pensées. J'ai pris tellement de précautions.

— Je ne savais pas. J'ai deviné. » Quelque chose sur son visage dut trahir une partie de ses pensées, car elle parut un peu abasourdie, plus ou moins prise à contre-pied.

« Pourquoi venir ici si vous ne voulez pas me ramener ?

— Je n'en sais rien. » Pour tenter de sauver le monde ? Pour la sauver elle ? Pour se sauver lui-même ?

Sauf qu'il le savait, en réalité. Rien n'avait changé depuis la salle d'interrogatoire. Rien n'avait vraiment changé.

Lorsqu'il releva à nouveau les yeux, elle disait : « Je pensais que je pourrais rester ici. Me construire la vie qu'elle ne s'est pas construite, qu'elle a gâchée. Mais je ne peux pas. De toute évidence, je ne peux pas. Quoi que je fasse, j'aurai quelqu'un aux trousses. »

Le soleil était à présent complètement couché, on voyait sortir du fond du lagon une faible lueur qui rappelait vaguement quelque chose à Control.

« Qu'y a-t-il là-dessous ? demanda-t-il.

— Rien. » Elle avait répondu trop vite.

« Rien ? Il est trop tard pour mentir… ça n'a aucun intérêt. » Il n'était jamais trop tard pour mentir, pour embrouiller, pour gagner du temps. Control ne le savait que trop bien.

Mais pas elle. Elle hésita, puis : « J'étais malade, en arrivant ici. Un soir que j'étais venue sur ces rochers, j'ai eu le vertige et j'ai perdu connaissance un certain temps. Quand je suis revenue à moi, la marée montait et je n'étais plus malade. La luminosité en avait fini avec moi. Mais il y avait quelque chose au fond de ce trou.

— Quoi ? » Même s'il pensait déjà le savoir. La lumière tourbillonnante lui était trop familière, même fracturée par les ondulations et l'épaisseur de l'eau.

« C'est un point d'accès à la Zone X, je crois. » Elle avait l'air effrayée, à présent. « Je crois que c'est moi qui l'ai rapporté. » Il ignorait comment elle le savait. Il se dit que c'était peut-être la vérité, se souvint que Cheney avait parlé de ce voyage comme potentiellement très difficile et débilitant. Se rappela de l'horrible description que Whitby avait faite de la frontière.

Dans l'obscurité dorénavant totale, la biologiste n'était plus qu'une ombre debout devant lui et tous deux voyaient les lumières plus bas sur la côte. Elles montaient et descendaient. Flottaient. Avançaient péniblement. Par dizaines. Et très loin sous leurs pieds, cette lueur, cette trace d'une impossible lumière.

« Je ne crois pas qu'il nous reste beaucoup de temps, dit-il. Je ne suis même pas sûr qu'il nous reste la nuit. Il faut qu'on trouve un endroit où se cacher. » Il ne voulait pas penser à l'autre possibilité. Pas même commencer à l'envisager de peur que cela envahisse les pensées de la biologiste.

« Ce sera bientôt marée haute, dit-elle. Il faut que vous quittiez ces rochers. » Et elle, non ? Il ne voyait pas son visage, mais savait ce que celui-ci devait exprimer.

« Il faut qu'on quitte *tous les deux* ces rochers. » Il n'était pas sûr de le penser. Il entendait l'hélicoptère, à présent, et il entendait de nouveau les bateaux. Mais si elle délirait, si elle mentait, si en fait elle ne savait rien du tout…

« Je veux savoir qui je suis, dit-elle. Je ne peux pas le faire ici. Je ne peux pas le faire enfermée dans une cellule.

— Je sais qui vous êtes… tout est dans ma tête, tout votre dossier. Je peux vous donner ça.

— Je ne reviens pas. Ni maintenant ni jamais.

— C'est dangereux. » D'un ton suppliant, comme si elle ne le savait pas. « On n'a aucune preuve. On ne sait pas où vous ressortirez. » Le trou était si profond, si déchiqueté, et l'eau commençait à bouillonner sous l'effet des vagues. Il avait vu des merveilles et il avait vu des horreurs. Il devait croire que c'en était une de plus, qu'elle était vraie et connaissable.

La biologiste le jaugea du regard. C'en était fini des paroles. Elle jeta son pistolet. Elle plongea dans l'eau, dans le trou profond.

Il jeta un dernier coup d'œil au monde qu'il connaissait. Il prit une dernière et énorme bouffée de tout ce qu'il en voyait, de tous les souvenirs qu'il en gardait.

« Saute », dit une voix dans sa tête.

Control sauta.

REMERCIEMENTS

Merci à mon éditeur, Sean McDonald, pour toutes ses bontés et ses merveilleuses corrections du roman. Merci à la super équipe de Farrar, Straus and Giroux qui a travaillé avec dévouement sur ce livre… je vous suis vraiment reconnaissant. Merci à mon agente, Sally Harding, et à tout le monde à Cooke Agency. Tout mon amour à mon épouse Ann, la seule personne avec qui je peux discuter du travail en cours, pour ses avis sur les personnages et situations. Merci à mes premiers lecteurs – la plupart d'entre vous se reconnaîtront – et en particulier à Gregory Bossert, Tessa Kum et Adam Mills pour leurs nombreux commentaires. Et pour finir, merci au St. Marks National Wildlife Refuge, aux gens qui y travaillent et à ceux qui s'y intéressent.

Du même auteur
au Diable vauvert :

Annihilation, 2016.

PAPIER À BASE DE
FIBRES CERTIFIÉES

Le Livre de Poche s'engage pour
l'environnement en réduisant
l'empreinte carbone de ses livres.
Celle de cet exemplaire est de :
400 g éq. CO_2
Rendez-vous sur
www.livredepoche-durable.fr

Composition réalisée par Lumina Datamatics, Inc.

Achevé d'imprimer en septembre 2018, en France par
Maury Imprimeur – 45330 Malesherbes
N° d'imprimeur : 230170
Dépôt légal 1re publication : octobre 2018
LIBRAIRIE GÉNÉRALE FRANÇAISE
21, rue du Montparnasse – 75298 Paris Cedex 06